Über dieses Buch:

Die Aktualität der Memoiren von Waldemar Naß ist verblüffend. Mit satirischer Schärfe und drastischem Realismus schildert Erich Loest das Leben eines weiteren »Untertanen«, einem anderen Diederich Heßling: jenen Typ des Machtanbeters, der in der Masse verschwindet, eines Autoritätsgläubigen wider besseres Wissen. Der Typus Waldemar Naß – Tyrann und Untertan zugleich – feiert 1989 Auferstehung, so Erich Loest: »Ein politisches System bricht zusammen, ein anderes etabliert sich, und schon versucht der eine und andere, alte Verflechtungen abzustreifen und neue zu knüpfen.«

Im Leben des sächsischen Fabrikanten Waldemar Naß wies zunächst nichts darauf hin, daß er es anders als mit der Herstellung von Gummiwaren verbringen würde. Meisterhaft gelingt es dem geschickten Taktierer, sein Unternehmen über die schwierigen Jahre der wirtschaftlichen Depression zu bringen. Ohne jede Hemmung erweitert er seine Produktpalette, die unter anderem Gummiwärmflaschen und Badehauben umfaßt, um Gewehrmündungskappen und Gummihüllen für die Fahnen der Deutschen Arbeitsfront. Ihren Glanz gewinnt seine Biographie aber erst durch den Einzug in die Politik. Eine zwillingshafte Ähnlichkeit mit Dr. Robert Ley, dem Führer der Deutschen Arbeitsfront, versetzt Naß in die Lage, auf das Schicksal der deutschen Nation einzuwirken. Während Dr. Ley den einen und anderen seiner bierseligen »Züge« unternimmt, tummelt sich Naß auf den Höhen des Zeitgeschehens. Nach Kriegsende gelingt ihm bauernschlau der Rückzug ins Privatleben, und unbeschwert widmet er sich dem Neuaufbau seines Betriebes.

Kurt Tucholsky hat Heinrich Manns »Untertan« das »Herbarium des deutschen Mannes« genannt. Erich Loest schreibt diese Geschichte fort.

Erich Loest, geboren 1926 in Mittweida, Sachsen, Soldat, Redakteur der Leipziger Volkszeitung, siebeneinhalb Jahre wegen »konterrevolutionärer Gruppenbildung« in Bautzen inhaftiert, schrieb Romane und Erzählungen, bis er 1981, ohnmächtig gegenüber der Zensur in der DDR, die Ausreise in die Bundesrepublik erzwang. 1991 erhielt er den Karl-Hermann-Flach-Preis für kritischen Journalismus. Erich Loest lebt in Leipzig und Bonn.

Erich Loest

Die Mäuse des Dr. Ley

Eine deutsche Parabel

Steidl Verlag
Linden-Verlag

Bitte fordern Sie unser kostenloses Gesamtverzeichnis an!

1. Auflage März 1992

Gemeinschaftsauflage mit dem Linden-Verlag, Leipzig

Umschlaggestaltung: Klaus Staeck/Gerhard Steidl
Gesamtherstellung: Steidl, Druckerei und Verlag,
Düstere Str.4, 3400 Göttingen
ISBN 3-88243-218-7

Inhalt

1. Kapitel

In Stahlgewittern

1

Vor mir liegen säuberlich übereinandergeschichtete Papierbögen, die Feder ist eingetaucht und gleitet, diesen Satz festhaltend, über das Papier, da hebe ich noch einmal den Kopf und werde mir der Kühnheit meines Unterfangens bewußt. Ein Kaufmann setzt sich nieder, um Hunderte von Bögen mit Millionen von Buchstaben zu füllen zu dem Zweck, sie auf maschinellem Wege vervielfacht unter die Leute zu bringen. Wer bin ich? frage ich mich für einen Augenblick verzagt, und es bedarf einigen Willens, mich aus vorübergehender Lethargie herauszureißen. Ich weiß, daß meine Mittel bisweilen ungenügend sein werden – obwohl ich mich mein Leben lang in der Kunst gefälligen Formulierens geübt habe –, jedoch hoffe ich, daß der Stoff den Leser so in Atem halten wird, daß er hier und da vorkommende Rauhigkeiten zu verzeihen mag.
So sitze ich also am Schreibtisch, siebenundsechzigjährig, gesundheitlich erfreulich intakt, und beginne mit meinen Memoiren. Es wird mir sauer werden, denn anstrengende Tagesarbeit wird den Löwenanteil meiner Kräfte verschlingen. Ein Kaufmann, so könnte mancher fragen, wagt es, uns mit seinem Lebensbericht zu kommen? Wäre er Marschall, Spion, Filmstar, Olympiasieger gewesen, dann sollte uns sein Leben interessieren! Aber was will ein Kaufmann?

Gemach! Nicht immer war ich in bescheidener Stellung, stolze Höhen der Wirtschaftslenkung beherrschte ich, und manche bedeutende Persönlichkeit gehörte zu meinen Gefährten. Darüber zu schreiben ist der Sinn meines Vorhabens, und es dürfte niemanden geben, der mein Leben, wenn er es an Hand dieses Buch durchwandert hat, nicht erregend und erschütternd finden wird.

Schrieb ich «dieses Buch»? Welche Kühnheit! Gerade beginne ich, den zweiten Bogen mit meiner weiträumigen Schrift zu füllen, und schon spreche ich von einem Buch. Mit Gottes Hilfe möge es gedeihen!

Die ersten klaren Bilder sind mir aus der Zeit gegenwärtig, als ich fünf Jahre alt war. Ich besaß im oberen Geschoß unseres Hauses ein kleines Zimmer, das zu meinem Entzücken turmartig aus dem Dach vorragte; ich konnte aus dem Fenster in alte Bäume hineinschauen und über einen Teil des Ortes hinweg, und viele Stunden habe ich an diesem Fenster verbracht, träumend, ich sei ein Prinz in einem verwunschenen Schloß oder der Beherrscher des Ortes, dem es gegeben ist, Blitz und Tod über ihn zu schleudern. Oft ging ich im Park, der sich an unser Haus anschloß, spazieren, trällerte wohl ein Liedlein vor mich hin, streckte die Ärmchen zum Licht oder saß träumend im schattigen Moos. An Sonn- und Festtagen scholl durch die Parkbäume das Geläut von Glocken an mein Ohr, die die Ortsbewohner in das Haus Gottes riefen. An einen Ulmenstamm gelehnt, lauschte ich den frommen Tönen. Jede Schwingung des Erzes lehrte meine kindliche Seele die Unschuld der ländlichen Sitten, den Frieden der Einsamkeit, den Zauber der Andacht. Ach, welches Herz wäre so mißschaffen, daß es nicht erbebte, wenn die Glokken des Heimatortes erklingen; jene Glocken, die über seiner Wiege frohlockten, seinen Eintritt ins Leben und den ersten Schlag seines Herzens begleitet, die heilige Freude seines Vaters und den Schmerz und die noch unaussprechlicheren Freuden seiner Mutter rings verkündet haben! In den verzückten Träumereien, die der Klang der Heimatglocken uns schenkt, ist alles enthalten: Religion, Familie, Vaterland, Wiege und Grab, Vergangenheit und Zukunft!*

Meine Gesundheit war nicht die beste, Kinderkrankheiten plagten mich mehr als andere Altersgenossen. Ich wog weniger, als wünschenswert gewesen wäre, und zeigte keinen rechten Appetit. Oft besuchte ein Arzt unser Haus; er erschien gewöhnlich in der Mittagsstunde, zweifelsfrei in der Hoffnung, zu Tisch gebeten zu werden, was auch geschah, und ich besinne mich, daß er etwa zu meiner Mutter sagte: «Ich würde, gnädige Frau, es nicht wagen, Ihrer Einladung Folge zu leisten, verbände sich damit nicht der Zweck, Waldemar beim Mahle im Auge zu behalten, was einer umfassenden Allgemeindiagnose förderlich sein könnte.» Dann schlang er mit einer Gier, die einer Horde von Schakalen Ehre gemacht hätte, mich aber würdigte er keines Blickes. Dieser Herr, der auf den Namen Trobitzsch hörte, begleitete mich durch meine Kindheitstage, und wenn ich zu einem halbwegs gekräftigten Burschen heranwuchs, so danke ich es nicht zuletzt ihm.

Ihren ersten merkbaren Einschnitt erhielt meine Jugend, als ich mit zehn Jahren auf das Gymnasium der benachbarten Stadt Burgstädt geschickt wurde. Diesmal war Dr. Trobitzsch für eine Woche unser Gast, um mich sorgfältig zu beobachten; dreimal täglich konnte ich seinen Appetit bewundern. Am Ende seines Besuchs empfahl er stoffwechselanregende Medikamente und erklärte mich als durchaus imstande, die Strapazen eines auswärtigen Schulbesuchs zu ertragen. Hatte bis zu diesem Zeitpunkt

* Der Leser sei darauf hingewiesen, daß der Teil dieses Absatzes, der mit «An Sonn- und Festtagen» beginnt, der Novelle «René» von Chateaubriand (1768–1848) entnommen wurde. Naß änderte nur weniges, beispielsweise «Feldbewohner» in «Ortsbewohner».

vorwiegend meine Mutter meine Erziehung beaufsichtigt, so griff nun mein Vater mehr und mehr in diesen Prozeß ein. Bisweilen begleitete ich ihn auf Geschäftsfahrten, besuchte ihn im Kontor, und aufmerksam lauschte ich den belehrenden Worten, mit denen er mich bedachte. Schon damals weckte mein Vater in mir Verständnis für die Schwierigkeiten und Reize des Geschäftslebens, und wenn ich später ein allseitig anerkannter Fabrikant und Kaufmann geworden bin, so danke ich das auch diesen Anregungen.

Eines Tages – ich war vierzehn Jahre alt – eröffnete mir mein Vater folgendes: «Mein Sohn, dir ist bewußt, welch verantwortungsvolle Aufgabe dich dereinst erwartet. Die Claußenhainer Gummiwarenfabrik, die dein Großvater gegründet hat, wird einmal in deine Hände gelegt werden. Dir als dem späteren Oberhaupt unserer Familie wird es zufallen, sie blühen zu lassen und dir und den Deinen ein standesgemäßes Auskommen zu sichern. Aber auch der väterliche Ernährer einer mehr als hundertköpfigen Belegschaft wirst du sein. Schon jetzt sollst du in die Fabrik eingeführt werden und den Weg kennenlernen, den der Gummi von seiner rohen Form beispielsweise bis zur Wärmflasche zurücklegt. Mein Sohn, sei dir bewußt, was deine Familie, die Angestellten und Arbeiter der Firma, die Bevölkerung von Claußenhain und Umgebung von dir erwarten!»

Wie mein Vater gesprochen hatte, so geschah es. Am ersten Tag der Sommerferien schritt ich in aller Herrgottsfrühe hinaus zur Fabrik. Wohl lastete noch Müdigkeit in meinen Gliedern, dennoch war ich entschlossen, meinen Vater nicht zu enttäuschen. Hätte ich gewußt, was mich erwartete, mir wäre bänglicher zumute gewesen!

Mit Arbeiterinnen und Arbeitern passierte ich das Fabriktor, und bereits hier traf mich manch scheeler Blick. Hinter mir hörte ich höhnisches Lachen, und ich ging wohl nicht fehl in der Annahme, daß es mir galt. Da errötete ich bis unter die Haarwurzeln, blickte an mir hinunter über meinen neuen Arbeitsanzug und hätte viel darum gegeben, wäre er zerschlissen wie der der anderen gewesen. «Mensch, der geht mit Bügelfalten zur Arbeit!» rief ein jugendlicher Rohling, und ich mußte an mich halten, damit mir nicht die Tränen in die Augen stiegen. So gedemütigt, machte ich mich auf die Suche nach Meister Struckenbild, der mit meiner Unterrichtung beauftragt war.

Struckenbild schien sich nicht im mindesten bewußt zu sein, nicht irgendeinen Lehrburschen, sondern den Sohn seines Prinzipals vor sich zu haben. «Du bist also der Waldemar», brummte er, während er Öl in die Lager einer Maschine träufelte. Um uns herum begannen die Maschinen mit ihrer Arbeit. Dröhnen und Kreischen erfüllten alsbald die Luft, Öl- und Gummigestank stiegen auf. Ich folgte Struckenbild über eine Treppe hinunter. Immer stickiger wurde die Luft, in einer dunklen Ecke des Kellers stieß Struckenbild eine Tür auf und schrie hinein: «Willi, du kriegst Besuch!» Zu mir sagte er, und noch heute erinnere ich mich an das Grinsen, das dabei sein Gesicht verzog: «Hier kannst du lernen, was ein Gummiarbeiter ist.» Damit schob er mich in das Verlies hinein.

Es dauerte eine geraume Weile, bis sich meine Augen so weit an die Dunkelheit gewöhnt hatten, daß ich erkennen konnte, was sich in diesem Kellerloch tat. Es war von diesiger Luft erfüllt, die vom schwachen Licht einer Glühbirne nur unvollkommen durchdrungen wurde. In der Mitte stand eine Maschine, eine Walze, wie ich im Verlauf dieses grauenhaften Tages begreifen sollte; sie lärmte und stieß, daß das Kellergewölbe zitterte, und an ihr arbeitete ein Mann, der mehr einem Teufel als einem Menschen glich. Sein Gesicht war von einer Rußschicht bedeckt, seine Hände rissen fortwährend von den Walzen schwarze

Lappen, die sich krümmten und wieder zermalmt wurden. Es erschien mir unfaßbar, wie ich Tage und Wochen in dieser Hölle verbringen sollte, ohne den Verstand zu verlieren. Meine Hände zitterten, und zum erstenmal in meinem Leben spürte ich, wie eine Ohnmacht auf mich zukroch.

Da kam der Teufel, den Struckenbild mit Willi angeredet hatte, um seine Maschine herum. «Armer Hund», sagte er, «du fängst an der richtigen Stelle an. Das ist die Rußwalze, hier wird Ruß in den Gummi hineingepreßt. Das ist die säuischste Arbeit auf der Welt. Bei mir wird nicht gebummelt, sonst setzt es was hinter die Ohren. Nun mach, daß du rauskommst; hol die neue Mischung. Aber dalli!» Drei Stunden lang trabte ich fortan eine schmale Eisentreppe hinauf und hinunter, trug Kästen und Kisten und schleppte mich mit Rohgummipaketen ab. Einmal setzte ich mich auf die Treppe, um zu verschnaufen, aber just in diesem Augenblick tauchte Struckenbild auf und vertrieb mich. Längst war mein Anzug so verdreckt wie der der anderen Arbeiter, und niemand hätte mehr Gelegenheit gehabt, mich wegen einer Bügelfalte zu hänseln. Ich litt, wie nur jemals Sklaven gelitten haben.

Als die Mittagspause herangekommen war, war ich schon so erschöpft, daß ich keinen Bissen zu mir nehmen konnte. Willi stellte, als eine Frau an dem winzigen Fensterchen erschien und einen Topf mit Essen hinunterreichte, seine Maschine ab und setzte sich auf eine Kiste. Er forderte mich auf, neben ihm Platz zu nehmen, und während er die Suppe löffelte, redete er zu mir: «Schlapp, was? In den ersten Wochen fällt es natürlich schwer, aber nach einem halben Jahr hast du dich daran gewöhnt.» Als er merkte, daß ich nicht aß, fragte er mich nach dem Grund. Ich antwortete, ich sei unfähig, auch nur einen Bissen hinunterzubringen, worauf er feixte: «Da gib mal her, was du mithast!»

Am Nachmittag verstärkte sich die Tortur noch. Ich mußte Gummistücke einlegen und Kästchen mit Ruß darüber ausschütten, mußte die Fladen von den Walzen schneiden, und nicht ein einziges Mal konnte ich mich auch nur für Sekunden ausruhen. «Paß auf, daß dir die Finger nicht zwischen die Walzen kommen!» rief Willi einmal; von da an beherrschte mich panische Angst, zum Krüppel zu werden. Mein Magen zog sich zusammen, die Brust schmerzte, trockener Husten quälte mich. Minuten dehnten sich zu Stunden, und als endlich die Dampfpfeife zum Feierabend rief, war mir, als hätte ich seit Jahren die Sonne nicht mehr gesehen. Ich wankte auf den Fabrikhof hinauf, und nur die höhnischen Gesichter einiger Arbeiter hinderten mich daran, mich auf dem Pflaster zu traumlosem Schlaf auszustrecken. Als ich nach Hause kam, schlug meine Mutter die Hände über dem Kopf zusammen. «Was haben sie mit meinem Kinde gemacht!» schrie sie entsetzt. «Wessen sind diese Rohlinge fähig!»
Ich sah in der Tat erbarmungswürdig aus. Es gab kein Fleckchen an mir, das nicht von Ruß bedeckt gewesen wäre. Der Schmutz war durch alle Kleidungsstücke bis auf die Haut gedrungen und hatte sich mit dem Schweiß zu einer ekelerregenden Schmiere vermischt. Unsäumig wurde ein Bad bereitet, und meine liebe Mutter ließ es sich nicht nehmen, sich selbst der Säuberung meines Körpers zu widmen. Wohl eine Stunde seifte und scheuerte sie an mir herum, wobei sie mehr als einmal den Tränen nahe war. Endlich war ich so weit gesäubert, daß ich, nachdem ich eine Suppe zu mir genommen hatte, ins Bett sinken konnte.
Am nächsten Tag erwachte ich erst gegen Mittag. Nach einer Weile erschien meine liebe Mutter, fragte mich nach meinem Befinden und eröffnete mir, daß sie meinen Vater bewogen hatte, mir weitere Qualen an der Rußwalze zu erlassen. Da umarmte ich meine Mutter und küßte sie in-

brünstig; mir war, als hätte sie mir das Leben ein zweites Mal geschenkt.
Am kommenden Tag suchte ich wieder die Fabrik auf. Besonders war ich über den Umstand erfreut, daß nicht mehr der bärbeißige Struckenbild, sondern der nachsichtige Meister Berndt mein Vorgesetzter war. Dieser führte mich in die Konfektionsräume hinauf, wo Frauen an langen Tischen saßen, und bedeutete mir, hier sei in Zukunft mein Arbeitsplatz. Drei oder vier Wochen verbrachte ich hier, und wenn es auch keineswegs ein Zuckerlecken war, neun Stunden lang täglich Wärmflaschen oder Badehauben zu kleben, so erschien es mir doch nach dem Grausen in der Rußkammer gleichwohl erträglich. In den ersten Tagen hatte ich unter der Neugier und den Spötteleien der Frauen nicht wenig zu leiden; nach und nach aber kümmerte ich mich immer weniger darum. Vor allem fand ich heraus, wie ich mir das Leben erleichtern konnte, und erfreute Meister Berndt des öfteren mit einer Zigarre aus dem Vorrat meines Vaters, wofür mir gewöhnlich ein freier Nachmittag winkte. Und doch war ich überglücklich, als mir mein Vater eines Tages eröffnete, die Zeit meiner Tätigkeit in der Fabrik sei vorbei. «Mein Sohn», sprach er, «wie ich erfahren habe, bist du bemüht gewesen, soviel wie möglich zu lernen. Meister Berndt lobt deine Pünktlichkeit und die höfliche Zurückhaltung, die du ihm gegenüber an den Tag gelegt hast. Verbringe nun den Rest der Ferien, wie es dir beliebt. Vielleicht wirst du dabei das Gefühl haben, etwas Wohlerworbenes genießen zu dürfen! Sei zufrieden in diesem Glück!»

2

Als hätte ein gütiges Geschick für mich ein großes Ereignis aufsparen wollen: Am nächsten Tag brach der Weltkrieg aus! Glocken dröhnten, Fahnen hingen aus allen Fenstern, die Männer eilten zu den Waffen. Ich lief dem Marschzug nach, der zum Bahnhof strebte, streute Blumen über die Helden, und mir schien es, als könnte kein größeres Fest mich für die Mühen belohnen. Nur eines machte mein Herz bänglich, daß es mir nämlich nicht vergönnt war, mit den anderen hinauszuziehen. Vierzehn Jahre war ich ja erst alt, und wie man hörte, sollte der Krieg Weihnachten zu Ende sein.

Niemand wird verlangen wollen, daß mir dieses Ereignis in all seinen Zusammenhängen klargeworden wäre. Nichts wußte ich von dem Mord von Sarajevo, nichts von der Niedertracht des perfiden Albion, nichts von der Tücke des Zarismus. Doch war durch die patriotische Erziehung in Elternhaus und Schule so viel warmes Gefühl für Deutschland und seine Ehre in mir geweckt worden, daß die Begeisterung dieser Tage brausenden Widerhall in meiner Seele erweckte. Der Bürgermeister hielt eine Rede, die Feuerwehrkapelle ließ zündende Weisen ertönen, und die enthusiasmierte Menge brach ein über das andere Mal in Hurras für Gott, Kaiser und Vaterland aus. Endlich rollte der Zug, der unsere Reservisten zur Garnisonstadt bringen sollte, aus dem Bahnhof hinaus. Da eilte ich nach Hause, holte meine Bleisoldaten vom Boden und baute sie in langen Kolonnen auf. Blutige Schlachten ließ ich sie schlagen, und so mancher Franzmann biß ins Gras. «Warum», fragte ich am Abend meine liebe Mutter, «darf ich nicht dabeisein?» Da strich sie mir lächelnd über die glühenden Wangen. Hätte ich gewußt, was das Schicksal noch für ich bereithielt, ich wäre in dieser Minute freudiger gewesen!

Aus den folgenden Jahren ist mir nicht viel in Erinnerung geblieben. In der Schule ging alles eintönig seinen Gang, viel zu ermüdend für meinen Sinn, der immer draußen bei unseren Feldgrauen weilte. Deshalb ist es nicht verwunderlich, wenn meine schulischen Leistungen nicht die besten waren. Erschwerend kam hinzu, daß mein Klassen-

lehrer mich nicht leiden konnte und alles daransetzte, mich zu Fall zu bringen. Er unterrichtete in Mathematik und Physik und legte es darauf an, mir in diesen Fächern die schlechtesten Noten zuteil werden zu lassen. Schutzlos war ich seiner Rankünе ausgeliefert. In zwei Fächern ungenügende Zensuren zu erhalten bedeutete, daß ich die Klasse wiederholen mußte; auch durfte ich nicht hoffen, durch ein «Sehr gut» in anderen Fächern ein Äquivalent zu schaffen. Als die Not aufs höchste gestiegen war, bat ich meinen Vater, mir mit Rat und Tat zur Seite zu stehen.
«Mein Sohn», sprach er, «du näherst dich deinem siebzehnten Geburtstag, du bist kräftig genug, für das Vaterland die Waffe zu tragen. Von allen Seiten bedrängen Feinde unsere Grenzen, Männer unserer Familie, darunter dein Vetter Arthur, setzen ihr Leben ein, und täglich quält es mich, daß nicht auch ich den feldgrauen Rock tragen darf. Aber es muß auch Männer geben, die das Räderwerk der Wirtschaft in Gang halten, damit es der Front nicht an Waffen, Munition und Ausrüstung, beispielsweise an Gasmasken, gebricht. Nun frage ich dich also, bist du gewillt, dich freiwillig in die Schar unserer tapferen Helden einzureihen?»
«Ja, Vater!» antwortete ich ohne Zögern.
«Es hätte außerdem den Vorteil», sprach mein Vater weiter, «daß du das Abitur geschenkt bekämest. Wie du weißt, erhalten alle, die die Schule vorzeitig verlassen, um das Ehrenkleid zu tragen, automatisch die Reife zugesprochen. Aller Ärger wäre vorbei, und ob du nun in einem halben Jahr eingezogen wirst oder dich jetzt freiwillig meldest, läuft auf dasselbe hinaus.»
An einem der nächsten Tage sprach mein Vater in Chemnitz mit einem Offizier der dortigen Garnison, der ihm bekannt war, brachte Formulare mit, die ich ausfüllte, und kurz darauf erhielt ich den Bescheid, ich dürfte als Kriegsfreiwilliger zum 11. königlich-sächsischen Artille-

rie-Regiment zu Fuß nach Chemnitz einrücken. Säuerlichen Gesichts übergab mir daraufhin mein Schuldirektor das Zeugnis der Reife.
Der Abschied verlief herzlich, jedoch mit Fassung. Tränen wurden nicht vergossen, sollte ich doch noch nicht ins Feld, sondern vorerst nur in die Kaserne nach Chemnitz ziehen, um dort ausgebildet zu werden. Wohl wurde meine liebe Mutter hin und wieder von einem trockenen Schluchzen gequält, als der Kutschwagen uns zur Bahn brachte, aber dafür war wohl der Stolz auf ihren Sohn Ursache. Wir umarmten und küßten uns, mein Vater drückte mir mit einem kräftig-männlichen «Mach's gut, mein Junge!» die Hand, und Minuten später führte mich der Zug aus meinem Heimatort hinaus. Meine Jugendzeit lag hinter mir: In Zukunft hatte ich mich als Mann zu bewähren! Der Kalender nannte den 4. April 1917, als ich, mein Köfferchen in der Hand, das Ziegeltor der Chemnitzer Artillerie-Kaserne durchschritt. Ein Gefreiter führte mich über Höfe, Gänge und Treppen in ein Zimmer, das mit Betten und Schränken so vollgestellt war, daß nur noch für einen Tisch und eine Anzahl Schemel Platz blieb. Als erster wandte sich ein rothaariger Bursche an mich. «Was willst denn du Küken hier?» fragte er geringschätzig, worauf ich antwortete, ich sei willens, so bald wie möglich an die Front zu kommen, denn nicht umsonst hätte ich mich freiwillig gemeldet. Da brachen die übrigen in Gelächter aus, und von dieser Minute an hatte ich keinen ruhigen Augenblick mehr. Der erste, der mich zu schikanieren begann, war der Rothaarige, der mir seine Stiefel hinwarf und mir auftrug, sie zu putzen. Ich eilte auf den Hof, reinigte die verdreckten Stiefel, rannte wieder hinauf, worauf mir ein anderer Soldat einen Besen in die Hand drückte und mir auftrug, die Stube auszufegen. Dabei mußte ich mich wohl so ungeschickt angestellt haben, daß mir der Soldat den Besen wieder aus der Hand

nahm und mich lehrte, auf welche Weise diese Arbeit zu verrichten sei. Da kam der Rothaarige auf mich zu, schrie mich an, einen so miserablen Schuhputz habe er sein Leben lang nicht gesehen, und wenn ich nicht in fünf Minuten mit drei Zigarren zur Stelle sei, wolle er mir den Kopf abreißen. Kaum war ich zurück, wurde ich von einem anderen nach Kaffee geschickt, mußte ein weiteres Paar Stiefel putzen, einen Rock ausbürsten, wurde auf dem Gang von einem Offizier angeherrscht, wie ich in Zivil – es hatte sich noch niemand die Mühe gemacht, mir eine Uniform zuzuteilen – es wagen könnte, die Kaserne zu betreten, und es fiel mir nicht leicht, ihn über diesen Umstand aufzuklären.

So verlief dieser Tag in erschreckender Weise, und abends sank ich todmüde auf meinen Strohsack, erschüttert nachsinnend, in welche Hölle ich verschlagen worden war.

Am Morgen wurde ich in aller Herrgottsfrühe aus dem Schlaf gerissen. Noch taumelnd, suchte ich mich zurechtzufinden, kroch zitternd vor Müdigkeit in meine Kleidungsstücke, und kaum war ich damit zu Rande gekommen, wurde mir aufgetragen, für alle Soldaten der Stube Kaffee zu holen. Mit ungefügen Kannen schleppte ich mich ab, und im weiteren wurde ich gequält wie am Vortag, besonders der Rothaarige ließ keine Gelegenheit vorübergehen, mich zu schikanieren. Als er meinen Namen erfahren hatte, schrie er: «Mensch, in der Saubude von deinem Alten hab' ich mal schuften müssen!», und von da an ging es mir noch schlechter als bisher. Er zwang mich, meinen Kuchenvorrat zu verteilen, rief in immer kürzeren Abständen: «Naß, gib mal 'ne Zigarette her», und schwach, wie ich allein gegenüber dieser Horde war, mußte ich mich beugen.

Am Montag endlich erschien ein Unteroffizier und befahl mir, ihm zu folgen. Er führte mich in eine Flucht von Räumen, die bis zur Decke mit Regalen vollgestellt wa-

ren und begann mir Kleidungs- und Ausrüstungsstücke zuzuwerfen. Nach einer Weile fragte er: «Hast du Zigaretten?» Ich bejahte, und der Unteroffizier setzte hinzu: «Na, dann kannst du ja dem alten Dietsch ein paar schenken. Hau den Mist da in die Ecke und setz dich her.»
Ich gab dem Mann eine Handvoll Zigaretten, von denen er eine sofort in Brand steckte, und von da an entwickelte sich ein mit vielen Pausen durchsetzter Dialog.
«Du hast wohl meistens Zigaretten?»
«Oft», antwortete ich, «wenn ich welche brauche, schickt sie mir mein Vater.»
Dietsch schien ernsthaft nachzudenken, wobei ich Muße fand, ihn zu beobachten. Er mochte sich den Fünfzig nähern, war von schmächtiger Gestalt, seine Schultern hingen nach vorn, und seine Vorderseite zierte, zu seiner sonstigen Magerkeit kontrastierend, ein spitzer Bauch. Dietsch erweckte in mir den Eindruck eines Schusters, eines kleinen Postbeamten oder Zugschaffners, und in der Tat hatte ich nicht weit vom Ziel geraten, denn wie ich bald erfuhr, war Dietsch Flickschneider aus einem erzgebirgischen Dorf.
«Dein Vater hat wohl?» fragte Dietsch, wobei er Daumen und Zeigefinger gegeneinanderrieb. Ich gab Auskunft über die Stellung meines Vaters, Dietsch massierte seine Glatze und fragte schließlich: «Schickt dir dein Vater auch zu essen?»
«Vielleicht», antwortete ich, «wenn ich ihn darum bitte.»
Dietsch begann einen Teil der Uniformstücke, die er mir zugeworfen hatte, wieder in die Regale zu räumen, dafür gab er mir eine neuere, bessere Montur. Danach beauftragte er mich, Socken auszusortieren, zu Paaren zusammenzulegen und zu zählen. Dann schlurfte er hinaus und schloß von außen ab. Zum erstenmal, seit ich in die Kaserne gekommen war, war ich allein. Ich hatte Muße, über mein Geschick nachzudenken, und fand, töricht gehan-

delt zu haben, indem ich mich freiwillig zum Militär gemeldet hatte. Nichts von schneidigen Uniformen, blitzenden Paraden, nichts von Begeisterung für Gott, Kaiser und Vaterland, nichts vom berauschenden Auszug an die Front – dafür Schmutz, Demütigung, karges Essen und Schikanen.
Dessen wurde ich mir bewußt, während ich über dem widerwärtig riechenden Haufen von Socken hockte; aber da es meiner optimistischen Natur niemals gelegen hat, einem versunkenen Paradies nachzuweinen, sann ich nach, wie ich diese Situation bessern könnte.
Ehe ich zu Entschlüssen kommen konnte, drehte sich der Schlüssel im Schloß; Dietsch kehrte zurück. Er sagte: «Damit du Bescheid weißt: Bis wir etwas anderes mit dir machen, hilfst du auf der Kammer. Dem Spieß gibst du am besten eine Leberwurst, damit ist er zufrieden. Ich esse Leberwurst nicht gern; du läßt dir für mich Blutwurst schicken und Knackwurst. Eier und Butter und Speck nehme ich immer. Schlafen kannst du mit dem Gehilfen vom Waffenmeister in einem Zimmer. An die Front kommst du noch zur Zeit, Held wird man leichter als Kammergehilfe.»
Nach dieser Ansprache begann mein Dienst. Ich war zunächst mit dem Wechsel zufrieden, ohne daß jedoch mein Drängen zur Front geringer geworden wäre. Mein Sehnen ging dahin, in den Gewittern des Trommelfeuers mein Vaterland zu verteidigen, aber vorläufig hatte ich ja nur die Wahl zwischen der überfüllten Mannschaftsstube mit den Quälereien des Rothaarigen und dem gemütlichen Dienst in der Kammer, und natürlich zog ich letzteres vor.
Ich beeilte mich, für den Hauptfeldwebel und den Kammerunteroffizier Würste und Tabak zu besorgen, und damit schien meine Stellung aufs erste gesichert. Dietsch brachte mir an ein paar Nachmittagen die notwendigsten

militärischen Gepflogenheiten bei, wie da sind Strammstehen, Grüßen und dergleichen. Wir taten dies hinter den verschlossenen Türen unserer Kammer. Ich ließ meine Stiefel über den Betonfußboden klirren, daß die Funken sprühten, riß die Hand an die Kopfbedeckung, daß es eine Freude war, und nach einiger Zeit bemerkte Dietsch, ich sei nun genügend ausgebildet, und außerdem sei es höchste Zeit, Kaffee zu trinken.

Ich gab mir Mühe, mich schnell einzuarbeiten. Nach und nach gewöhnte Dietsch sich daran, mir immer größere Verantwortung zu übertragen, und nach drei oder vier Wochen konnte ich schalten und walten, wie ich wollte. Ich stattete eine ganze Batterie feldmarschmäßig aus, rächte mich an dem rothaarigen Burschen, indem ich ihm die schlechteste aller Hosen und einen ölverschmierten Waffenrock gab, zeigte mich für Zigarettengaben durch gute Belieferung erkenntlich, kurzum, ich tat alles, was auf königlich-sächsischen Kammern seit Jahr und Tag üblich war.

Dietsch fand in dieser Zeit Gelegenheit, öfter auf Urlaub zu fahren. Kaum ein Wochenende gab es, an dem er nicht das Köfferchen packte und sich in sein erzgebirgisches Heimatdorf zurückzog. Er brachte seiner Frau in der Regel etwas Butter und Speck aus den Sendungen meines Vaters mit sowie ein Säckchen Mehl, das er vom Koch gegen Bettbezüge eingetauscht hatte. Daneben ergänzte er aus heereseigenen Beständen seinen Vorrat an Tuch, Futterstoff, Nähgarn, um nach dem Krieg ein florierendes Geschäft betreiben zu können.

Nach und nach hatte ich die Arbeit so geregelt, daß nach dem Mittagessen nichts mehr zu tun blieb. Ich pflegte mich danach für ein Stündchen aufs Ohr zu legen, zog meine Ausgangsuniform an und schlenderte in die Stadt. Bei meiner hübschen Erscheinung und meiner glänzend sitzenden Uniform fiel es mir nicht schwer, mir alsbald

ein reizendes Käferchen zu erobern. Das Kind war wenig älter als ich, verfügte über üppige Körperformen, und lange Zeit konnte es sich nicht über den Umstand beruhigen, daß es mit einem Gemeinen befreundet war, wo ihm doch schon Feldwebel zu Füßen gelegen hatten. Durch kleine Aufmerksamkeiten tröstete ich meine Freundin über meinen Mangel an Litzen und Sternen hinweg. Als ich ihr schließlich ein Paar funkelnagelneue Offiziersstiefel brachte, die nur wenig umgearbeitet zu werden brauchten, damit sie sie tragen konnte, beschenkte sie mich mit der vollen Glut ihrer Liebe.
Acht Wochen etwa währte mein Glück in der Kammer des Unteroffiziers Dietsch, jäh aber zerschellte der Nachen meiner Annehmlichkeiten an der Laune des neuen Hauptwachtmeisters. Bei seinem ersten Rundgang durch den Batterieblock fragte er mich nach Dienstalter, Ausbildungsstand, Gesundheit und dergleichen, und kaum hatte ich geantwortet, als er in fürchterliches Geschrei ausbrach. «Drückeberger!» wütete er. «Was macht dieser Mensch hier? Er gehört an die Front! Unteroffizier, ich werde Sie einsperren lassen!»
In dieser Tonart ging es weiter. Ich hatte nicht mit der Schlauheit meines Unteroffiziers gerechnet, der den Hauptwachtmeister toben ließ, solange dessen Luftvorrat reichte, und dann, die wasserblauen Äuglein von solcher Sanftheit erfüllt, daß auch der Hartherzigste ihm hätte glauben müssen, zu sprechen begann: «Herr Hauptwachtmeister, bitte darauf aufmerksam machen zu dürfen, daß nicht ich die Schuld trage. Die Veranlassung, Kanonier Naß in die Kammer zu versetzen, ging von dem Herrn Vorgänger, von Herrn Hauptwachtmeister Kienast, aus. Jawohl, der Junge gehört an die Front, und ich bin mehrmals bei Hauptwachtmeister Kienast vorstellig gewesen, stimmt's Naß? Aber Hauptwachtmeister Kienast hat immer einen anderen Grund gehabt. Herr Hauptwachtmei-

ster, habe ich gesagt, ich mache Sie aufmerksam, daß, wenn...»

So schwätzte Dietsch weiter, und schließlich gab es der neue Spieß auf, sich mit uns herumzuzanken. Kaum aber waren drei Tage vergangen, als ich aus unserem Zweimannstübchen in einen lärmenden Fünfundzwanzigmannstall gewiesen wurde. Statt vier oder fünf Stunden einer beschaulichen Beschäftigung nachzugehen, mußte ich jetzt zehn Stunden lang durch knöcheltiefen Dreck waten, Granaten und Kartuschen schleppen, mit anderen Leidensgefährten ein Geschütz durch Gräben und Trichter ziehen. Eines aber tröstete mich, wenn ich des Abends todmüde und mit schmerzenden Gliedern auf meinen Strohsack sank: das Wissen, daß ich nach dieser Tortur mein Ziel erreichen sollte, nämlich in den Stahlgewittern der Front mein Vaterland zu verteidigen.

3

Eines Tages hockte ich, vom Helm bis zu den Stiefeln von Lehm verkrustet, hinter dem Rad einer Haubitze, gewärtig, mich auf einen Befehl hin gegen die Speichen zu werfen und das Geschütz nach vorn zu wuchten, als ich einen lang aufgeschossenen Offizier über den Exerzierplatz schlendern sah. Irgend etwas an ihm kam mir bekannt vor, und ich sann angestrengt nach, an wen er mich erinnerte. Als ich schon fürchtete, er würde entschwinden, wendete er für einen Sekundenbruchteil den Kopf, und schmerzendes Glück zuckte mir durchs Herz: Es war kein anderer als Dr. Trobitzsch, unsere ehemaliger Hausarzt! Die Freude über die unverhoffte Begegnung ließ mir den Dienst für den Rest des Tages leicht werden. Kaum waren wir in unsere Stuben entlassen worden, als ich mich auf mein Bett hockte und, den Schemel als Unterlage benutzend, einen Brief an Dr. Trobitzsch schrieb. Ich bat um ein Wiedersehen.

Am Abend machte ich mich auf den Weg zum Offizierskasino. Lange stand ich davor, ehe sich eine Gelegenheit fand, den Brief zu übermitteln. Als ein Soldat herauskam, um einen Eimer zu entleeren, bat ich ihn, den Brief zu überbringen; ich wollte ihm dafür eine Zigarette geben. Der Soldat meinte, er wolle mir gegen zwei Zigaretten gern gefällig sein, nur könne er mit seinem schmutzigen Drillich den Kasinoraum nicht betreten. Er arbeite in der Küche, wolle aber den Brief gern einer Ordonnanz geben, die ihn dann überbringen könnte. Und ob ich für den Kumpel auch noch zwei Zigaretten hätte?
Schon am nächsten Tag erhielt ich ein Billett, das mich aufforderte, Trobitzsch in seinem Zimmer aufzusuchen. Der Empfang war so herzlich, wie ich ihn mir in meinen kühnsten Hoffnungen nicht auszumalen gewagt hatte. «Naß!» schrie Trobitzsch. «Welche Freude, Sie zu sehen! Lassen Sie sich anschauen, junger Held!» Er faßte meine Hände und schüttelte sie kräftig, schlug mir auf die Schulter und lud mich ein, Platz zu nehmen. «Donnerwetter!» rief er. «Früher so ein schwächliches Kerlchen, und jetzt so ein kräftiger Bursche!»
Noch heute sehe ich ihn vor mir, wie er damals war, lang und schlank, und mir schien, nie einen Offizier gesehen zu haben, dem die Uniform besser zu Gesicht stand. Wohl hatten sich seine Haare etwas gelichtet, wohl wölbte sich die Stirn höher als in den Tagen, da er mir stoffwechselanregende Medikamente verschrieben hatte, aber dennoch strahlte sein Gesicht energiegeladene Frische aus. Unter den buschigen Brauen blickten klare, skeptische Augen hervor, von den Nasenflügeln senkten sich höchst ausdrucksvolle Falten in die straffen Wangen hinein, und zwischen diesen und dem kraftvollen, dennoch mageren Kinn ruhte ein schmallippiger Mund, der, wie es schien, zum Befehlen geschaffen war.
Ich wurde mir der eigenartigen Situation bewußt, in der

ich mich befand. Während meiner nun schon drei Monate währenden Militärzeit war es mir in Fleisch und Blut übergegangen, mich als unscheinbares Rädchen der gewaltigen Kriegsmaschinerie zu fühlen, und ich hatte in scheuer Ehrfurcht zu den Offizieren aufgeblickt, mir stets der Kluft bewußt, die mich von ihrem Stand trennte, diese mehr genießend als erleidend. Trobitzsch schien die Gründe meiner Beklemmung zu ahnen und gab sich leutselig. «Alter Freund», munterte er mich auf, «erzählen Sie, wie ist es Ihnen gegangen? Schon die Feuertaufe erhalten? Schon Blut für das Vaterland, das teure, vergossen? Schießen Sie los!» Da schüttelte ich alle Befangenheit ab. Ich erhob meinen Blick, und da sah ich, daß Trobitzsch gar kein richtiger Offizier war, sondern daß seine Schultern lediglich die Embleme des Militärarztes trugen. Das gab mir endgültig Mut, ohne Hemmungen zu sprechen, und binnen weniger Minuten entspann sich ein so lebhaftes Gespräch, als hätten wir uns am Vortag zum letztenmal gesehen. Ohne Scheu schilderte ich mein Schicksal bei der königlich-sächsischen Artillerie; Trobitzsch wollte sich ausschütten vor Lachen, als ich über meine Erlebnisse als Kammergehilfe berichtete. Auf einmal wurde er ernst. «Und Sie bekommen», fragte er, «noch immer Pakete von Ihrem Herrn Vater? Und Sie haben gegenwärtig keinen Gönner, dem Sie aus Dankbarkeit hin und wieder einen Happen zukommen lassen?»

«Wenn ich», äußerte ich daraufhin, «dem Herrn Oberstabsarzt mit einem Schüsselchen fetter Sülze gefällig sein dürfte? Gewiß erinnern sich Herr Oberstabsarzt, mit welch unvergleichlichem Geschick meine liebe Mutter diese zu bereiten wußte!»

Da nannte mich Trobitzsch seinen Freund, und ich verabschiedete mich, denn die Zeit des Zapfenstreiches nahte, versprach aber, mich schon am nächsten Tag wieder einzufinden.

So geschah es. Trobitzsch schien mich sehnsüchtig erwartet zu haben, denn kaum hatte ich sein Zimmer betreten, als er rief: «Was haben Sie mitgebracht?» Er nahm mir eilfertig mein Paketchen aus den Händen, wickelte es auf, brach in Rufe des Dankes und des Entzückens aus, und in der nächsten halben Stunde war er vollauf beschäftigt, Kommißbrotscheiben und Sülze in großen Stücken in sich hineinzuschieben, «Goldsohn!» rief er kauenden Mundes. «Sie glauben gar nicht, wie ich mich freue, Sie wiedergesehen zu haben! Wissen Sie, daß Sie Ihre strotzende Gesundheit meinen stoffwechselfördernden Medikamenten verdanken?» Dann fiel er abermals mit Vehemenz in die Sülze ein. Der Appetit, mit dem er meine bescheidene Gabe würdigte, nicht zuletzt auch seine freundschaftlichen Worte machten mir Mut, auch den letzten Rest der Befangenheit abzulegen. «Doktor», sagte ich und wurde mir für einen Augenblick bewußt, in bezug auf Familiarität möglicherweise ein Schrittchen zu weit gegangen zu sein, faßte mich aber schnell, als ich sah, wie Trobitzsch den Fettrand aus der Sülzschüssel leckte. «Doktor», fuhr ich also fort, «gestern habe ich Ihnen die merkwürdigen Schicksale meines Militärlebens geschildert. Darf ich wagen, Sie um einen Bericht Ihres Lebens im königlichen Rock zu bitten?»
Trobitzsch wischte sich den Mund ab. «Leider», antwortete er, «muß ich Sie enttäuschen. Gesuch auf Gesuch habe ich an meine Vorgesetzten gerichtet, mich auf einen Kriegsschauplatz zu versetzen. Aber immer wieder wurde mir Bescheid, es erfordere mehr Patriotismus, in der Heimat ohne Ruhm seine opfervolle Pflicht zu tun, als in Stahlgewittern von aller Welt gepriesene Pflicht zu vollbringen. Und so beschied ich mich, die undankbare, aber nicht weniger wichtige Aufgabe zu erfüllen, der Front neue Kämpfer zuzuführen. Wären Sie länger in diesem Regiment, so wäre Ihnen längst mein Ruf zu Ohren ge-

kommen: Trobitzsch, der Schrecken aller Drückeberger! Trobitzsch zieht den Gerissensten aus seinem Schlupfwinkel!»

So plauderten wir eine Weile. Dann schlug auch für diesmal die Trennungsstunde, und ich verabschiedete mich, nicht ohne versprochen zu haben, meinen Gönner, sobald Post von meinen Eltern eingetroffen sei, erneut zu besuchen.

In der Zwischenzeit schritt meine Ausbildung hurtig vorwärts. Längst wußte ich mit dem Karabiner umzugehen, immer besser wurde ich mit der Fünfzehn-Zentimeter-Haubitze vertraut, und allmählich lernte ich es, in Schußtabellen und Kladden zu lesen, die ein zielsicheres Handhaben dieses für den Feind so schrecklichen Geschützes ermöglichten. Ausdauernd bewältigte ich längere Märsche, und lautstark erscholl meine Stimme, sangen wir bei der Heimkehr die markigen Soldatenlieder, die damals wie heute jedes Männerherz höher schlagen lassen.

Endlich kam der Tag, an dem unsere Kenntnisse genügend erschienen, um im Trommelfeuer erprobt zu werden. Herbst war es inzwischen geworden, und Deutschland schickte sich an, in seinen vierten Kriegswinter hineinzugehen. In diesen Tagen fuhr ich zum erstenmal auf Urlaub.

Mein Elternhaus fand ich nur wenig verändert. Zwar hatte sich die Zahl der Dienstmädchen um eines verringert, aber meine liebe Mutter verstand es dennoch, den Betrieb eines vornehmen Haushaltes aufrechtzuerhalten. Pünktlich wie immer wurden die Mahlzeiten eingenommen, mein Vater saß, gediegen gekleidet wie eh und je, auf dem Ehrenplatz, von dem aus er die Unterhaltung in gebildeten Bahnen lenkte. Vom ersten Tage an fühlte ich mich wieder heimisch, und es schmeichelte mir nicht wenig, daß ich in allem und jedem als Erwachsener behandelt wurde. Gereift war ich aus dem Soldatendienst heimge-

kehrt, ich durfte mich gleichberechtigt an der Unterhaltung beteiligen, und mein Vater schenkte mir das Weinglas ebensooft voll wie sich selbst.
Als ich eines Tages im Büro meines Vaters saß, erfuhr ich von manchem, was sich in der zurückliegenden Zeit in der Fabrik zugetragen hatte. «Die Blockade unserer Feinde», sprach mein Vater, «mit der sie uns auf die Knie zu zwingen hoffen, hat auch die Kautschukzufuhr abgeschnitten, und du wirst im ganzen Haus nicht mehr Gummi finden, als du in einem Eimer fortzutragen vermöchtest. Aber deutscher Erfindergeist weiß diese Klippe zu umschiffen, und du wirst bemerkt haben, daß das Leben in unserem Betrieb stärker als je pulsiert. Auch die Bilanz am Jahresende wird dies ausweisen. Zur Zeit stellen wir Gasmaskentaschen für die kämpfende Truppe her. Zeltplanen werden hier genäht, Handgranatenbeutel und manches andere.» Lange unterhielten wir uns über die Zeit- und Geschäftsläufe, und erneut wurde mir bewußt, auf welch weitschauende Weise mein Vater seine verantwortungsvolle Tätigkeit meisterte.
Allmählich neigte sich meine Urlaubszeit ihrem Ende entgegen. Meine liebe Mutter und mein ehrwürdiger Vater begleiteten mich zum Bahnhof, meine Mutter umarmte mich weinend, und auch in den Augen meines Vaters blitzte Feuchtigkeit. «Sei tapfer, mein Sohn», sprach er. In das Rattern der Wagen schien sich bereits der Donner der Front zu mischen.
«Junger Held», sprach Dr. Trobitzsch, nachdem ich ihm die Grüße meiner Eltern ausgerichtet sowie ein nahrhaftes Paket überreicht hatte, «zwar sind Sie das Musterbild eines jungen Kriegers, stramm von Figur und von frischer Gesichtsfarbe, aber», und dabei erhob er warnend den Finger, «wie oft trügt dieser Schein! Meine alte Bekanntschaft mit Ihren Eltern verpflichtet mich, mißtrauisch zu sein. Wie oft verbirgt sich hinter der Maske unwandelba-

rer Gesundheit das bleiche Gesicht des Todes! Deshalb werde ich Sie morgen mit aller Gründlichkeit auf dem Zustand Ihrer Lungen hin untersuchen!»
So geschah es. Trobitzsch klopfte und horchte, ließ mich tief einatmen, die Luft anhalten, sie ausstoßen, schüttelte mißbilligend den Kopf, horchte erneut und schrie schließlich: «Habe ich es nicht gesagt! Feuchte Stellen! Und so etwas will hinaus in den Kugelregen? Ins Bett! sage ich. Ohne Widerrede! Wo der Arzt befiehlt, hat der Krieg sein Recht verloren.»
So zog ich also in die Revierbaracke, um mich dort der ständigen Beobachtung Dr. Trobitzschs zu unterwerfen. Zwei Tage darauf rollten an meinem Fenster die Fünfzehn-Zentimeter-Geschütze vorbei, dahinter marschierten die Soldaten meines Bataillons, und ich zerdrückte heimlich eine Träne, daß ich nicht mitziehen durfte. Aber nicht ich entschied, und so blieb mir nichts übrig, als nachzusinnen, wie widrig sich gerade mir immer wieder Hindernisse in den Weg stellten, die mich nicht meinem höchsten Ziel nahekommen ließen, Aug in Aug dem Franzmann gegenüberzustehen.
Über die Wochen, die ich in der Revierbaracke verbrachte, ist wenig zu berichten. Trobitzsch besuchte mich täglich, hielt mich an, mir von zu Hause möglichst viel an nahrhaften Dingen schicken zu lassen, denn je besser ich mich nährte, desto schneller könnte ich geheilt werden. Mit dem gewaltigen Appetit, den ich schon von Kindheit an an ihm bewundert hatte, half er mir, die schwellende Flut von Kuchen, Würsten, Sülzen und Schinkenstücken zu vertilgen.
«Was fehlt Ihnen, mein Sohn?» herrschte mich eines Morgens ein Mann an, der auf seinen Schultern goldglitzernde Raupen und zwei Sterne trug. «Ein leichter Schatten auf der Lunge, höre ich? Sie meinen, im Bett gesund werden zu können? Hinaus mit Ihnen an die frische Luft! Der

Mann geht mit dem nächsten Transport an die Front!» Und ehe ich noch mein «Jawoll!» stammeln konnte, schritt der Gewaltige bereits an das nächste Bett, um dem darinliegenden Soldaten zu versichern, auch mit einer noch nicht ganz verheilten Fleischwunde im Bein könne man der Front beträchtlich nützen.

Kaum blieb mir Zeit, mich von meinem väterlichen Gönner zu verabschieden, denn schon am nächsten Morgen führte mich ein überfüllter Zug aus Chemnitz hinaus. Am Vorabend noch hatte Dr. Trobitzsch mich gemahnt: «Denke stets daran, mein Sohn, daß, wenn auch deine Lunge leichte Schatten aufzuweisen scheint – übrigens ist dies keineswegs sicher –, du doch gekräftigt und als Mann in die Schlacht ziehst. Dies dankst du meinen stoffwechselanregenden Medikamenten. Solltest du in Frankreich gelegentlich ein paar Flaschen von gutem Wein ergattern, so hast du ja meine Adresse. Mein Sohn, strafe England!»

Drei Tage später stieg ich in Lille aus dem Zug. Schmutzig waren die Kasernen, erbärmlich die Rationen, und in den zwei Wochen, die verstrichen, bis ich meinen Eltern meine Adresse mitgeteilt und diese mich mit einem Paket versehen hatten, litt ich rechtschaffen Hunger. Dazu kam meine Erbitterung, noch immer nicht in die Schlacht geworfen zu werden. Geschütze waren knapp, und so mußten wir warten. Eines Tages aber – der Kalender nannte den 9. Februar 1918 – schrillten Alarmklingeln durch die Kaserne und riefen die Soldaten auf den Hof. Der Brite habe angegriffen, hieß es, und an uns sei es, den wankenden Wall zu stützen. Da entrang sich unseren Kehlen ein heiseres Hurra, und wenige Stunden später sah uns eine bleiche Wintersonne auf den Plattformen von Lastwagen, die der Front entgegenjagten.

Ich fühlte mich hochgestimmt. Seit fast einem Jahr schon trug ich das graue Ehrenkleid, doch immer wieder war ich durch mißliche Geschicke gehindert worden, das per-

fide Albion durch meine rächende Hand zu züchtigen. Am liebsten hätte ich gesungen und gejubelt, und nur der schneidende Fahrtwind hielt mich davon ab, da er mich nötigte, meinen Mund mit einem Schal zu bedecken.
Als wir zum erstenmal rasteten, hörten wir von Westen her das Donnern der Geschütze. Seitlich der Straße rief uns ein Hauptmann zusammen. «Vorn im Schlamm», rief er über das Feld, «steht noch so manches verwaiste Geschütz, dessen Mannschaft der Heldentod dahingerafft hat. Wir werden diese Waffen aus dem Dreck ziehen und erneut gegen den Feind richten. Es lebe der Kaiser!»
Gegen Abend erreichten wir ein zerschossenes Dorf (es lag bereits in der Reichweite feindlicher Geschütze!) und sahen uns genötigt, in kalten Kellern zu nächtigen. Noch längst graute der Morgen nicht, als uns ein Unteroffizier herausrief. In langer Reihe schritten wir über dunkle Felder, stiegen in Gräben hinein, und so näherten wir uns den Feuerstellungen der Batterie, die wir übernehmen sollten.
Jedem, der den Krieg wie ich in vorderster Linie mitgemacht hat, werden derartige nächtliche Märsche in Erinnerung sein. Auch er wird den Kopf eingezogen haben, wenn schwere Koffer über ihn hinwegrauschten, auch er wird sich zu Boden geworfen haben, wenn eine Granate in der Nähe einschlug, und unvergeßlich wird ihm der Anblick des von Feuergarben zuckenden, bald glühendrot, bald schwefelgelb lodernden Horizontes gewesen sein.
Nach mühseligem Marsch durch zerschossenes Gelände und enge Gräben erreichten wir die uns zugewiesene Batterie. Hier war wirklich guter Rat teuer. Zwar war ein Geschütz intakt, die meisten Pferde aber waren gefallen, viele der Kanoniere verwundet oder tot. Grau lag noch die Dämmerung über dem Land, als vor uns das Hämmern der Maschinengewehre einsetzte. Wir begannen in

den Nebel hineinzuschießen. Irgendwoher war der Befehl dazu gekommen, und ich spürte mein Blut in Wallung geraten, denn nun endlich konnte ich dem Briten heimzahlen, was er durch seine schändliche Hungerblockade sowie durch die Bekämpfung des totalen U-Boot-Krieges unseren Frauen und Kindern antat. Granate auf Granate verließ das Rohr, und trotz der Winterkälte geriet ich allmählich in Schweiß. Plötzlich schien ein gellendes Bersten Himmel und Hölle zu zerreißen. Eine Riesenfaust hob mich empor und schleuderte mich auf den Lattenrost, der das Geschütz umgab; Feuer und Rauch tosten um mich, ich hörte das Schreien der Kameraden, die Welt sank um mich ins Dunkle, und ich vermeinte tiefer und tiefer zu fallen. Dann überzog mich eine schwarze Wolke.

Als ich erwachte, sah ich um mich ein Bild des Grauens. Ein Volltreffer hatte dicht neben dem Geschütz eingeschlagen. Ein Rad war zertrümmert, so daß sich unsere geliebte Waffe auf die Seite gelegt hatte. Tote und Verwundete umgaben mich, und so laut ich rief, keiner gab mir Antwort. Ich richtete mich auf, taumelte ein paar Schritte, und dabei bemerkte ich, daß mein linkes Hosenbein von Blut besudelt war. Geistesgegenwärtig riß ich den Stoff herunter und preßte ein Verbandpäckchen auf die brennende Wunde. Ich erwog zurückzugehen. Wegen dieser Wunde? schalt ich mich. Niemals! Keiner als du lebt noch an diesem Geschütz, und so wirst du es gegen den Feind richten!

Ich blickte über die Brustwehr. Da zog sich mir das Herz zusammen: Kaum hundert Meter vor mir operierte ein britischer Tank! Und dahinter rollte mindestens ein Dutzend dieser furchtbaren Eisenkästen heran!

Ich besann mich keinen Augenblick, richtete vielmehr das Geschütz, so schwer dies auch war, denn ein Rad war ja zerschossen, überzeugte mich, daß noch eine Granate im Rohr steckte, und zog ab. Mit einem letzten Blick sah ich noch, wie der Tank in die Luft flog, dann übermannte mich abermals eine tiefe Ohnmacht.*

Ich weiß nicht, wie lange ich ohne Besinnung gewesen bin. Als ich erwachte, lag ich in einem Bett, die Ruhe eines Krankenzimmers und seine unverwechselbaren Gerüche umgaben mich. Plötzlich durchfuhr mich eisiger Schreck: Du bist gefangen, die Briten haben dich neben dem Geschütz gefunden, das du als letzter Überlebender

* Nach schwierigen und zeitraubenden Nachforschungen gelang es dem Herausgeber, einen Zeugen dieses Abenteuers zu ermitteln. (Besonders verdient machte sich dabei Harry S., Hamburg, dem hiermit warmherziger Dank ausgesprochen werden soll.) Es handelt sich um den Frisörmeister Herbert Flatzel aus Greiz (Thür.), der uns folgenden ergänzenden Bericht zur Verfügung stellte: «Ich erinnere mich genau an diesen Tag, denn es war mein letzter an der Front. Naß ist mir im Gedächtnis, denn am Abend seiner Ankunft aß er so viel Pferdefleisch, daß er sich erbrach. Morgens ging es los, und wir rannten gleich ans Geschütz. Wir schossen eine Weile, und dann erwischte es uns. Ich hatte mir das gleich denken können und war ein bißchen von der Kanone weggegangen, weil ich einmal austreten mußte. Ich hatte es im Gefühl, wenn etwas passierte, und da ging ich immer austreten. Ich zog auch vorsichtshalber die Hosen herunter, falls jemand vorbeikommen sollte, und so saß ich, als die Granate einschlug. Ich sah auch Naß. Er war wohl vor Schreck hingefallen. Ich sah den Tank, der vor uns herumkroch.

Dann passierte das, was Sie wissen wollen. Naß sprang plötzlich auf. Mit dem Fuß blieb er in der Schlaufe des Riemens hängen, mit dem das Geschütz abgezogen wird. Das Ding war noch geladen, es ging los, und ob Sie es glauben oder nicht, die Granate traf den Tank. Ich mußte lachen, aber Naß hat wohl einen solchen Schreck gekriegt, daß er gleich wieder hinfiel. Dabei oder schon vorher hat er sich auch das Knie geprellt, wie ich von einem hörte, der dann mit ihm im Lazarett war.

Später habe ich die Geschichte noch oft erzählt und immer wieder sehr darüber gelacht, und ich freue mich, daß sie nun in die Literatur kommen soll.

Ihr
Herbert P. Flatzel
Herren- und Damen-Salon,
gegr. 1926»

verteidigt hast, nun schmachtest du hinter Stacheldraht! Aber da trat mit freundlichem Lächeln eine Krankenschwester herein und fragte mich in melodischem Sächsisch, wie ich mich fühle. Nie sind die vertrauten Klänge der Heimat lieblicher an mein Ohr gedrungen als zu dieser Stunde!

Von dieser Krankenschwester, die Jutta hieß und aus Grimma stammte, hörte ich, wie es um mich stand und wie ich aus dem Feuertosen der Schlacht in diese Oase gelangt war. Todesmutig anstürmende Kameraden hatten mich mehr tot als lebendig neben dem Geschütz gefunden und zurückgetragen. Bei meinem Sturz auf den Lattenrost hatte ich die Kniescheibe gebrochen, außerdem war mir ein rostiger Nagel in die Wade gedrungen, was zu nicht geringem Blutverlust geführt hatte. Zum dritten zierte meine Stirn eine Beule, die nur allmählich zurückgehen wollte.

«Und der Tank?» fragte ich Schwester Jutta.

Darüber sollte ich mir keine Sorgen machen. Der sei erledigt und seine Besatzung mausetot. Da sank ich, ein Lächeln auf den Lippen, wieder in traumlosen Schlaf.

Nur allmählich genas ich. Eine leichte Gehirnerschütterung war zu überwinden, ehe ich mit klaren Sinnen meine Umgebung wahrnehmen konnte. Ich bemerkte, daß ich mit drei anderen Kriegern einen schmucken Raum bewohnte, und erfuhr, daß ich im Krankenhaus der belgischen Stadt Gent lag.

Zweimal wurde ich am Knie operiert, was ich, obschon starke Schmerzen leidend, gefaßt ertrug. Dann klärte mich der Arzt auf, daß die Kniescheibe wohl verheile, möglicherweise jedoch ein leichter Gehfehler zurückbleiben würde, denn der Bruch sei kompliziert.

Dies erfüllte mich naturgemäß mit Wehmut, aber ich tröstete mich damit, daß manch anderer, der Arm und Bein fürs Vaterland geopfert habe, ja noch übler dran sei.

Da geriet eines Tages das Lazarett in Aufregung. Ein Major erschien vor meinem Bett, schüttelte mir die Hand, klopfte mir auf die Schulter und hob an, eine Rede zu halten. «Sie haben», so sprach er zu mir, «obwohl noch jung an Jahren und erst seit kurzem an der Front, eine Heldentat vollbracht, die unserem Regiment zur Ehre gereicht. Sächsischer Soldatenmut, sächsische Treue zum Herrscherhaus haben sich wieder einmal aufs höchste bewährt!»
Ich saß, so stramm ich konnte. Die Hände hatte ich, wie es Vorschrift war, ausgestreckt auf die Bettdecke gelegt, und unverwandt starrte ich den Major an. Meine vor Stolz leuchtenden Augen hingen an seinen Lippen, und seine Worte trafen ein bewegtes Herz.
«Sie haben», sprach der Major weiter, «in beispielhafter Pflichterfüllung als letzter Überlebender Ihrer Geschützbedienung die beschädigte Waffe gegen den Feind gerichtet. Hinzu kommt, daß Sie selbst verwundet waren. Es gelang Ihnen, das Führungsfahrzeug einer durchgebrochenen Tankbrigade zu vernichten, worauf die übrigen kehrtmachten und ihr Heil in der Flucht suchten. Sie brachten damit einen britischen Angriff zum Scheitern und töteten überdies einen der gefährlichsten Tankkommandeure, den Hauptmann George S. Williams, Träger des Viktoria-Kreuzes. Auf Grund Ihrer Tat wurden Sie im Regimentsbericht genannt; Ihr Name wird somit in die Annalen der Geschichte eingehen. Sie werden mit Wirkung des heutigen Tages zum Unteroffizier befördert und mit dem Eisernen Kreuz erster und zweiter Klasse ausgezeichnet. Nach Ihrer baldigen Genesung hoffe ich Sie wieder in der vordersten Linie meines Regiments zu finden!»
«Ergebensten Dank, Herr Major», stammelte ich. Der Major beugte sich zu mir herab, steckte mir das Eiserne Kreuz erster Klasse an den Schlafanzug, legte das geringere

auf den Nachttisch, schüttelte mir die Hand und wandte sich zum Gehen.
«Bald werde ich wieder an der Front sein!» rief ich ihm nach. «Und dann wollen wir es dem Feind noch ganz anders geben!»
Danach mußte ich mich schnell legen, denn eine Ohnmacht schickte sich an, mich zu umfangen. Es war zuviel des Glücks gewesen!

4

Auf Grund meiner Auszeichnung und meiner Beförderung sowie der enger werdenden Bekanntschaft mit einem Arzt, der meines Vaters Zigarren schätzte, gelang es mir bald, meine Stellung im Krankenhaus zu verbessern. Ich erhielt ein Einzelzimmer zugewiesen, und jedermann im Lazarett wetteiferte in dem Bemühen, mir gefällig zu sein. Schwester Jutta pflegte mich mit aller Aufopferungskraft, und jetzt erst bemerkte ich so recht, was für ein reizvolles Geschöpf sie war. Allerdings litt sie an einer Unregelmäßigkeit des Hüftgelenks, die ein Hinken zur Folge hatte. Wären andere weibliche Wesen in meiner Nähe gewesen, hätte ich möglicherweise diese vorgezogen, aber so gab mir der Mangel an Ablenkung und die ständige Nähe Juttas Gelegenheit, ihr Wesen zu studieren. Ihr Gesicht zeigte jugendliche Frische, ein voller Mund mit gesunden, großen Zähnen war hineingebettet, und ihre Augen waren von brauner Tiefe. Dunkle Locken fielen keck in die Stirn, aus der Jutta sie mit anmutiger Gebärde herauszustreichen pflegte, und was Jutta besonders anziehend machte, war ihre junge, kraftvolle Gestalt. Da sah ich über ihren Gehfehler gern hinweg.
Einmal – der Stuhl neben meinem Lager war mit einem Tablett bestellt – lud ich sie ein, auf meinem Bett Platz zu nehmen. Errötend tat sie dies, schamhaft die Kante benutzend. «Liebste Schwester Jutta», sprach ich, «wissen Sie, wie Ihre Gegenwart meine Lebensgeister beflügelt? Sie

sind der Engel, der mir die Gesundheit wiederbringt.» Ich haschte nach ihrer Hand, die ich an die Lippen führte, und sie ließ sie mir so lange, bis ich den Mut gefunden hatte, ihren Kopf zu mir herabzuziehen. Sie ließ mich gewähren, und nach einer halben Stunde wußte ich, daß mein Körper wieder dem Leben gehörte.

Zauberhafte Wochen! War Jutta nicht bei mir, so erfüllte mich das himmlische Wunder der Sehnsucht; trat sie in mein Zimmer, senkte sich der Himmel zu mir hinab. Dieses Kind, von der Schöpfung nur zum Teil gesegnet, hatte bisher geglaubt, von den Freuden der Liebe ausgeschlossen und vom anderen Geschlecht durch die Mauer partieller Mißbildung getrennt zu sein. Nun erfuhr sie die starke Liebe, die ich ihr entgegenbrachte, und mit lang aufgestauter Glut wußte sie diese zu erwidern. Lange saß sie an meinem Bett, um mit mir zu plaudern, und zart errötete sie, wenn sich meine Hände bebend verirrten; bald kam sie auch in den freien Nachtstunden zu mir.

Diese Wochen hätten für mich einen unleerbaren Becher der Freude gebildet, wäre nicht immer die Sehnsucht nach der Front in mir aufgestiegen. Selbst wenn Jutta in meinen Armen lag, wichen die Gedanken an mein bedrohtes Vaterland nicht immer aus dem Sinn. Ich betete inbrünstig, zu gesunden, auch um den Preis, Jutta zu verlieren. Schon hoffte ich, wieder an die Front eilen zu dürfen, als Jutta, während Feuer der Lust uns nächtens umbrausten, so heftig an mein Knie stieß, daß die kaum verharschte Wunde erneut aufbrach. Nun siechte ich wieder dahin, und Juttas Besuche mußten für eine mich endlos dünkende Woche unterbleiben.

Gerade war ich so weit genesen, um neuer nächtlicher Kurzweil ins sinnenfrohe Auge blicken zu können, als ein schmerbäuchiger Zivilist, den Geruch schwerer Beutezigarren um sich verbreitend, durch die Krankensäle stapfte, sich von meiner Verwundung und meinen Taten an der

Front berichten ließ, mich energisch ans Kinn faßte und meinen Kopf hin und her ruckte, als wollte er ihn aus den Halswirbeln reißen. Dabei brummte er: «Wenn er sich blöd anstellt, schicke ich ihn morgen zurück.»
Während ich, einer Anweisung des Lazarettkommandanten folgend, meine Siebensachen packte, ahnte ich nicht im geringsten, daß ich in den nächsten Monaten zum erstenmal mit der Kunst in Berührung kommen sollte. Auf vielfältigste Art nahm ich im Verlauf meines zickzackreichen Lebenskurses immer wieder Einfluß auf künstlerisches Geschehen vom Gemäldehandel bis zur Filmproduktion, auch wird der schärfste Kritiker dieser meiner Biographie künstlerisch-stilistische Züge nicht absprechen wollen noch können – in jenen schicksalsschweren Tagen des Jahres 1918 aber überschritt ich die Schwelle des heiligen Tempels der Musen, genauer: Ich betrat das Atelier des Pressezeichners und -malers Zimmermann* in einem kleinen Ort nahe dem kaiserlichen Hauptquartier bei Spa.
Ein kulturhistorisches Einsprengsel ist an dieser Stelle nötig. Heutzutage gibt es keine Pressezeichner mehr, der Fotograf beherrscht die Szene. Damals aber, als Technik und Chemie im Bau der Apparate und dem Zubereiten des Filmmaterials noch in den Jünglingsschuhen steckten, konnte auf den flinken Zeichenstift nicht verzichtet werden, und einer der fähigsten Kriegszeichner war eben jener Ernst Zimmermann. In der Nähe des Hauptquartiers, gefördert von der zentralen Pressestelle der deutschen Kriegsmaschinerie, hatte er einen Fabrikationsraum mittleren Ausmaßes zu seinem Atelier umgestaltet, hier liefen Nachrichten aus erster Hand ein, und hier machte sich

* Herzlicher Dank gilt der Sängerin Hildegard Braune, Borna, für den Hinweis, daß es sich bei dem von Naß erwähnten Zimmermann wahrscheinlich um ihren Großonkel Ernst Zimmer, Bamberg, gehandelt hat. Weiter so, liebe H. Braune!

Zimmermann, Zigarrenasche über seinen fleckigen Mantel streuend, der jeweiligen Uhrzeit nicht achtend, ans heroische und grausige Werk.

Als ich diesen Raum zwei Tage nach meiner Vertreibung aus dem Lazarett betrat, glaubte ich mich in eine Beutesammelstelle, ein liederliches Arsenal, eine bizarre Schrekkenskammer versetzt: Waffen aller streitenden Nationen, Helme, Munitionskisten, Uniformstücke mit und ohne Orden waren über den Boden verstreut oder an die Wände geheftet, von der Decke hingen Flugzeugmodelle, in einer Ecke bäumte sich mit funkelnden Glasaugen ein ausgestopftes Pony. An einer Staffelei werkte Zimmermann. «Angriff der Franzosen am Chemin-des-Dames», erklärte er mir. «Verflucht, ich komme mit den damischen Tanks nicht zurecht!»

Das kongeniale Verhältnis zwischen Zimmermann und mir wurde bereits in dieser ersten Stunde geboren. Tanks – das waren für mich keine gespenstischen Ungetüme, ich hatte sie das Fürchten gelehrt! Auf einem Tisch standen Modelle französischer und britischer Kampfwagen – später sollten Nachbildungen der ersten deutschen Sturmwagen hinzukommen –, sie ordnete ich zu einer dem Leben entsprechenden Angriffsformation. Zimmermann richtete nur hier und da einiges, um es künstlerischen Gesetzen zu unterwerfen, dann huschte sein Stift über das Papier und zauberte in Windeseile eine blutige Schlacht auf den Karton. Meine Aufgabe war es, ihm als Modell zu dienen. Alle Zeichnungen Zimmermanns waren außerordentlich figurenreich; Deutsche, Franzosen, Briten, Portugiesen, Amerikaner und alle möglichen Hilfsvölker von den Zuaven bis zu den Indern wimmelten auf seinen Bögen. Natürlich beherrschte Zimmermann, seit 1914 in dieser Branche tätig, sämtliche Standardsituationen, es war ihm in Fleisch und Blut übergegangen, bajonettstechende Preußen, handgranatenwerfende Tommys, verröchelnde

Poilus zu zeichnen, ein feig durchs Fernglas spähender belgischer Offizier war für ihn ebenso ein Kinderspiel wie eine frische kanadische Leiche. Vorn am Himmel ein Fokker des Richthofengeschwaders, umrahmt von weißen Schrapnellwölkchen, im Hintergrund ein brennend abstürzender englischer Jagdflieger, Baumstümpfe, Granattrichter – Zimmermann zeichnete, ohne aufzuschauen. Aber dann zwang ihn sein künstlerisches Gewissen ins Neuland: Ein sächsischer Sturmmann, der ansetzte, über einen Zaun zu springen, ein Brite, der in panischem Schrecken Hals über Kopf in einen Granattrichter stürzte – da war meine Stunde gekommen! Unverzüglich stülpte ich mir einen deutschen Stahlhelm über den Kopf und machte Anstalten, über den Tisch mit den Tankmodellen zu hechten, zehn Minuten darauf erstarrte ich, mit einem Tommyhelm bedeckt, in einer Pose, als gelüste es mich, meinen Körper auf den harten Fußboden zu schmettern. Rasches Begreifen wechselnder Stiuationen wurde von mir gefordert, und es entsprach meinem aufnahmefreudigen Naturell, daß ich mit Elan den immer neuen Anweisungen des Künstlers folgte.
Gegen Abend war die Zeichnung so weit gediehen, daß ihre wesentlichen Züge zu erkennen waren, da brachte mich eine Ordonnanz ins Quartier. In einem Häuschen wohnten allerlei Helfer der Presseabteilung beieinander, Telefonisten, Stenographen, auch Drucker und Setzer einer Frontzeitung; ich war der einzige Schlachtstatist. Mein Tagewerk im Dienste der Kunst hatte meinen Geist angeregt, meinen noch nicht völlig genesenen Körper jedoch beansprucht; mein Knie, das ich bei der Darstellung eines sich im deutschen Drahtverhau heillos verheddernden Senegalschützen hatte beugen müssen, verursachte mir beträchtlichen Schmerz. Doch frohen Mutes löffelte ich meine Graupensuppe, eingedenk der Tatsache, daß mein geschwächter Leib wieder ein kleines Rädchen der deut-

schen Kriegsmaschinerie war, die nun auch im vierten Kriegsjahr einer Welt von Feinden trotzte.
Bei der Großzeichnung «Kampf um Armentières» warf ich als sterbender Tommy die Arme hintüber und schwang, auf bröckligem Mauerwerk stehend, als schlesischer Kriegsfreiwilliger die tödliche Handgranate. Als angolanischer Gefangener schleppte ich mich erloschenen Blicks aus der Feuerzone, als gutmütiger braunschweigischer Landsturmmann bewachte ich mich selbst sowie ein Dutzend Leidensgefährten aus dem Vielverband, denen deutscher Offensivgeist die Waffe aus der Hand gewunden hatte. Hin und wieder in einer Ruhepause ergab sich Gelegenheit zu kunsttheoretischen Gesprächen. So ließ es sich Zimmermann angelegen sein, den deutschen Soldaten auch in der heißesten Kampfsituation stets der Dienstvorschrift entsprechend bewaffnet und bekleidet darzustellen. Ein Hinweis aus meiner Fronterfahrung heraus, daß sich der Kämpfer bisweilen überflüssig erscheinender Ausrüstungsstücke entledigte, veranlaßte Zimmermann zu dem Hinweis, daß der Kunst eine Vorbildfunktion eigen sei. Ein deutscher Soldat ohne Brotbeutel, Feldflasche mit aufgeschraubtem Trinkbecher, Seitengewehr und Feldspaten am Koppel komme womöglich im Leben vor, habe aber in der Kunst nichts zu suchen. So blinkten in Zimmermanns Werken die deutschen Stahlhelme wie geölt, fehlte auf der Stiefelsohle eines vorspringenden Infanteristen keine Zwecke, ja selbst der Steg, wie in der Schuhmachersprache das Stück zwischen Sohle und Absatz genannt wird, war vorschriftsmäßig geschmiert. Die künstlerische Objektivität Zimmermanns erkannte ich vor allem daran, daß er auch dem Feind diese Ehre angedeihen ließ: Wohl floh oder starb er auf allen Zeichnungen, aber die Anzahl der Patronentaschen an einem Tommykoppel wurde niemals auch nur um eine verringert; das wäre Zimmermann gegen den Strich gegangen.

Wie in einem Wasserglas spiegelte sich in unserem Atelier der Atem des Weltgeschehens. Am 21. März 1918 erhob sich die hundertmal totgesagte deutsche Armee zu einer gewaltigen Offensive, wie ein Hammer fiel das Artilleriefeuer auf die Stellungen zwischen Cambrai und Lafére nieder. Im Morgengrauen riß mich ein Melder aus dem Schlaf, mehr taumelnd als gehend eilte ich ins Atelier, da zweckte Zimmermann gerade einen frischen Bogen auf die Staffelei, herzhaft rief er mir zu: «Es geht wieder los!» Noch ahnten wir nur, wo der deutsche Angriff losschlug, da machten wir uns schon in intuitivem Begreifen an die Großzeichnung «Eroberung einer französischen Batterie nördlich von Moreuil». Vehement schwang ich den Mauserkolben, entsetzt kroch ich als französischer Artillerist, die Augen flackernd, über den Beton, den deutsches Feuer aus allen Rohren zu einer Hölle werden ließ. Fürwahr, diese Tage waren hart! In rascher Folge trafen immer neue Siegesmeldungen ein, und Zimmermann geriet in einen wahren Schaffensrausch. Die Illustrierten aus dem Reich schrien nach Zeichnungen, und aus der Zimmermannschen Feder flossen in unablässigem Strom angreifende deutsche Soldaten, den Tornister vorschriftsmäßig gepackt, links am Koppel die Gasmaskenbüchse, rechts Brotbeutel und Feldflasche, das Gewehr in der Faust, ein Hurra für Kaiser und Vaterland auf den Lippen. «Die Erstürmung von Chauny am 23. März 1918» ließ nicht weniger als zweihundert deutsche Kämpfer auf den Marktplatz quellen, und ich fand eine lohnende Aufgabe darin, einen Briten darzustellen, der, barhäuptig, das Haar wirr, unter einem zerschossenen Lastwagen hervorkroch, vom Trommelfeuer demoralisiert, des Großmuts der Sieger gewärtig.

Bereits einen Tag darauf wurde ich abermals voll gefordert. Im Abendbericht der Obersten Heeresleitung stand der lakonische Satz: «Mit weittragenden Geschützen be-

schossen wir die Festung Paris.» Ein erstaunliches Wunder deutscher Waffentechnik ließ Gallien erzittern: Krupp in Essen hatte ein Riesengeschütz gefertigt, das sein Geschoß 120 Kilometer weit schleuderte. Die Einwohner der französischen Metropole hatten, als sie aus dem Schlummer gerissen wurden, schwerlich daran gedacht, daß solches im Bereich des technisch Möglichen liege. Gerüchte kamen auf, ein Luftschiff werfe aus gewaltiger Höhe seine Bomben ab, oder die Deutschen hätten einen Tunnel gegraben und verschössen nun aus dessen geheimer Öffnung ihre Granaten. Verwirrung herrschte in Paris, die Zeitungen erschienen unregelmäßig, der Magistrat verzog sich ins Kellergeschoß. Sogleich stellte sich der hochfliegende Geist Zimmermanns eine Pariser Straßenszene vor, und ich ging ihm tatkräftig zur Hand. In eine Gardine gehüllt, mimte ich eine der berüchtigten Pariser Straßenschönen, die entsetzt in einen Hausflur flüchtete, als Plünderer packte ich durch eine zertrümmerte Schaufensterscheibe nach einem armseligen Baguette, als fetter Rentier, ein Kissen unter der Jacke, klammerte ich mich an einen geborstenen Laternenpfahl. Noch am gleichen Tag wurde diese Zeichnung vollendet und durch Eilkurier nach Berlin abgesandt, in den Nachtstunden darauf entwarf der unermüdliche Künstler bereits die grandiose Zeichnung «Deutsche Panzersturmwagen im Vorgehen bei Bapaume». Zwei Eisenkästen rückten feuerspeiend vor, aus dem Dunst des Schlachtfeldes züngelte der Strahl eines Flammenwerfers. Nicht leicht war es, einen Tommy zu verkörpern, der so rasch floh, daß sich seine Wickelgamasche löste und seine Unterhose flatterte. Aber auch dieses Problem wurde durch meinen letzten Einsatz gelöst.
Weiter und weiter fraß sich die deutsche Offensive nach Westen. Nie hatte Zimmermann auf einer einzigen Zeichnung so viele Leichen gehäuft wie bei seiner Schöpfung «Deutsche Truppen überschreiten die Straße Bapau-

me–Albert am 25. März 1918». Nicht weniger als 37 gekrümmte Briten zählte ich in einer Rauchpause. Nur ein Deutscher war zu Boden gegangen, ein wenig roter Lebenssaft entquoll seiner Schulter, mit dem gesunden Arm stützte er sich auf und blickte sehnsuchtsvoll seinen Kameraden nach, die unaufhaltsam nach Westen stürmten. Und bei dieser Zeichnung geschah es, daß mich Zimmermann aus meiner Statistenrolle löste, mir den Pinsel in die Hand drückte, und nach kurzem Zögern machte ich mich daran, nach Zimmermanns Anleitung, später auch eigenen Intuitionen folgend, Schrapnellwölkchen an den azurblauen flandrischen Frühlingshimmel zu heften. Ist es unbescheiden, wenn ich meine Funktion in den folgenden Wochen als die eines Hilfskünstlers bezeichne?

Nach und nach bekamen wir Ratschläge, in dezenter, abgewogener Form auch darauf hinzuweisen, daß die siegreichen Kämpfe nicht ganz ohne Verluste ablaufen konnten. So zeigt das Schlachtenpanorama «Der am 27. März zur Wiedereroberung von Albert angesetzte Angriff englischer Divisionen bricht zusammen» auch einen toten Deutschen sowie drei Verwundete, von denen nur einer noch trotzig blickt. Überflüssig zu erwähnen, daß sich demgegenüber zwei Dutzend Briten in ihrem Blute wälzten. «Kollege Naß», brummte an diesem Abend Zimmermann, «ob das wohl alles ein gutes Ende nimmt?»

Jäh wurde ich eines Morgens aus meinem Schaffen gerissen. Eine Ordonnanz stürmte ins Atelier und brüllte: «Alle Sachsen raus!» Inmitten eines aufgescheuchten Häufleins von Landsleuten fand ich mich wenig später auf einem Lastwagen wieder, der nach Süden holperte.* Gerüchte schwirrten, die in der Vermutung gipfelten, wir

* Waldemar Naß versicherte dem Verlag, daß Ähnlichkeiten der folgenden Szenen mit der Studie des Schriftstellers Hans Reimann: «Wie ich ihn kennenlernte» rein zufällig sind.

sollten zu einem Stoßtrupp zusammengefaßt und, von einem Prinzen des königlich-sächsischen Herrscherhauses kommandiert, einen entscheidenden Schlag gegen zentrale britische Stellungen führen. Ein Jäger, der in den Augusttagen 1914 vor dem Dresdener Schloß Wache gestanden hatte, führte ein Gegenargument ins Feld: Aus sicherer Quelle hatte er damals von einem Ausspruch des Königs an einen General, seine Söhne betreffend, erfahren. Friedrich August hatte genuschelt: «Das sachsch eich, wenn mein Schungs was bassiert, da solldr mich genn lärn!» Bisher hatten die königlichen Jungen wie auch die sechs Kaisersöhne das Völkermorden gottlob blendend überstanden – sollte jetzt ein Wettinersproß auf dem Altar des Vaterlandes hingeopfert werden, war ich zum Kanonenbeifutter ausersehen?

Alle Besorgnis fiel von uns ab, als wir in Charleville vom Wagen kletterten und hörten, warum man tausend Träger des sächsischen Idioms konzentrierte: Der König von Sachsen hatte einen Frontbesuch angesagt und wollte hier seinen Landeskindern in die Augen schauen. Eine Woche lang putzten wir an unseren Uniformen herum, probten das heisere Hurra der Frontkrieger und übten den Aufmarsch in Gruppenkolonne. Endlich wurde mit ausgespannten Bindfäden eine – welch treffender Ausdruck! – schnurgerade Paradefront hergestellt, dann harrten wir des großen Augenblicks. Mit drei Stunden Verspätung lief der Hofzug ein, die Kapelle schmetterte den Marsch «Vivat Augustusburg!», und Friedrich August entstieg dem Salonwagen, ihm folgte in Dutzend Offiziere auf den erlauchten Fersen. Der König trug Feldmütze und Uniform, er war ein kleiner, untersetzter Mann, der den Eindruck machte, als wäre er böse, weil ihn jemand beim Doppelkopf gestört hatte. Ein Kammerjäger trug ihm eine Zigarrenkiste mit Orden und Ehrenzeichen nach. Mein König schlurfte an der Front entlang, die Offiziere melde-

ten ihren Truppenteil und bekamen jeder einen Orden, Majestät schüttelte die Hände, wendete sich an einzelne Soldaten und erkundigte sich mit weicher, freundlicher Stimme: «Wie heeßn Sie denn?» Ohne die Antwort abzuwarten, fragte er den nächsten: «Wo sinn Sie denn här?» Zum dritten: «Was sinn Sie denn von Beruf?» So weiter: «Unn Sie, Sie heeßn? So, Gleinerd, na, 's genn ähmb nich alle was Großes wärn, mal 'n Orden forn Gleinerd, awr'n scheen. Unn Sie, wo sinn Sie'n här? So, aus Deebln, da warsch ooch mal. Unn där hier, nee, där nich, där andre, där mid der Nase, jaa, där, wo sinn Sie dänn her, aus Gemtz, Sie ham ja schon drei Ordn, da grieschn Se heide geen, wolln alle was ham. Unn Sie, Sie heeßn?»
Da war der König vor mir, ich reckte die Brust, daß meine Kniescheibe schmerzte, blickte in runde, von Äderchen durchzogene Augen, ich wartete auf eine Frage, aber mein Nebenmann wurde angenuschelt, was er von Beruf wäre, es war ein Handschuhmacher aus Ölsnitz, doch der Kammerjäger mußte erkannt haben, wie es mich peinigte, meinem König keine schlagfertige Antwort nach meinem Heimatort oder meinem Beruf hinschmettern zu können, und so steckte er mir als Trost die Friedrich-August-Medaille an die Brust. Neben mir ging es weiter: «Unn Sie, wo sinn Sie dänn här? Unn was sinn Sie von Beruf?»
«Cand. math., Majestät!»
«Wassn das?»
«Kandidat der Mathematik, Majestät!»
«Das häddn Se ooch gleich sachen genn. Unn Sie, was sinn Sie'n von Beruf?»
«Oberarzt.»
«Unn Sie heeßn?»
«Schneidereit.»
«Na, da glabbds scha widdr mal.»
Gemessen entfernte sich der König mit seinem Gefolge, wir rissen auf Befehl die Köpfe zur Seite, sahen ihn einen

Kutschwagen besteigen und schickten ihm ein rasselndes «Ra! Ra! Ra!» nach, während er dem Kasino zurollte, einem dringend benötigten Rotwein entgegen. Frohen Mutes marschierten wir zum Quartier, mit stolzgeschwellter Brust die Frischdekorierten, während die, die leer ausgegangen waren, aus kleinlichem Neid heraus das Ordenswesen in mißgünstigen Zweifel zogen.
Zwei Tage später ging ich erneut im Atelier des Zeichners Zimmermann meinen Aufgaben nach. Mai und Juni zogen über die schwergeprüfte Erde, wieder und wieder ließen Hindenburg und Ludendorff den Hammer der feldgrauen Divisionen auf den Feind niedersausen, und doch ging derselbe nur zeitweise in die Knie, um sich abermals, wenn auch wankend, zu erheben. Da wollte Zimmermann der Heimatfront Mut machen, indem er mit einer gigantischen Zeichnung auf den Heldenkampf des Generals v. Lettow-Vorbeck hinwies, der an der Spitze einer Handvoll deutscher Siedler und Soldaten, unterstützt von schwarzen Askaris und Trägern, im fernen Ostafrika einer hundertfachen Übermacht standhielt. Stundenlang saß ich auf dem ausgestopften Pony, einen Südwester auf dem Kopf, die Hand über das spähende Auge gelegt. Auch als treuer Askari, den Blick zu meinem Bwana (Kisuaheli: Herr, auch Postmeister, Unteroffizier, Bahnwärter oder Kühlschrankmonteur) hinauf gerichtet, machte ich keine schlechte Figur. Zimmermann und ich feierten mit diesem Werk einen beachtlichen Erfolg: Nicht weniger als achtundzwanzig reichsdeutsche Zeitungen und ein schwedisches Witzblatt druckten es ab.
O launisches Glück! O wankelmütige Fortuna! In hitzeschwangeren Julitagen brach südlich der Marne aus dunklen Forsten der französische Gegenstoß heraus; die deutschen Truppen, seit Monaten im Angriff, mußten blutgetränktes Terrain preisgeben. Ihr Rückzug war sozusagen erfolgreich, gab wertlosen Boden frei, erhielt die eigene

Kampfkraft. Stundenlang berieten Zimmermann und ich über einen Heeresbericht, studierten jede Nuance, debattierten, wie sie ins Bild umzusetzen sei. Der Text lautete: «Auch am 19. Juli setzten die Franzosen ihre Offensivschlacht fort. Wieder drangen ihre Panzerwagen am frühen Morgen in Teile unserer vorderen Linien ein, und nochmals gelang es unseren Truppen, die Sprengung unserer Front zu verhindern. Am Nachmittag trat eine Pause ein, aber Flieger kündeten, daß sich für den Abend eine Fortsetzung der Schlacht vorbereitete. So geschah es nach gewaltiger Feuersteigerung. Diese Angriffe brachen zum Teil in unserem Feuer zusammen, zum anderen Teil wurden sie durch Gegenstöße zunichte gemacht. Die Nacht benutzten unsere heldenhaften Truppen, um sich vom Südufer der Marne zurückzuziehen. Diese Bewegung wurde vom Feind nicht bemerkt und gelang glänzend.»

Nach intensivster Diskussion machten sich Zimmermann und ich ans Werk. Mir fiel es zu, einen blutjungen pommerschen Offiziersstellvertreter darzustellen, der dem Feind mit geballter Ladung und blanker Waffe die empfindlichsten Verluste zufügt, der zum Teil den Feind aufhält, sich zum Teil zurückzieht, der Boden preisgibt und dennoch triumphiert, der weicht, aber nicht wankt, der auch in scheinbar negativer Lage Optimismus ausstrahlt, im Herzen deutsch, im Felde unbesiegt. Dies war die schwerste Aufgabe, die mir je aufgebürdet worden war! Den Arm mit den gebündelten Handgranaten gegen den Feind gereckt, so stand ich, den Körper schon halb gewendet, um mich unbemerkt und glänzend zurückzuziehen, doch diese komplizierte Stellung war für meinen noch nicht wieder völlig hergestellten Körper zuviel. Mein Knie war so den härtesten Belastungen ausgesetzt, ein blitzartiger Schmerz durchzuckte mich, und mit einem Röcheln die Zähne zusammenbeißend, stürzte ich zu Boden.

Im Lazarett beugten sich besorgte Köpfe über mich, abermals sank ich in den mildtätigen Schlaf einer Narkose. Tage später saß Zimmermann an meinem Bett und zeigte mir das grandiose Werk «Der Feind verblutet südlich der Marne am 19. Juli 1918». Es war unsere letzte gemeinsame Schöpfung. Ein neuer Gemetzeldarsteller war inzwischen an meine Stelle getreten, mich führte ein Lazarettzug zurück ins Reich. Während dieses Transportes erfuhr ich, daß unsere Armeen auf breiter Front verbissen zurückwichen, und mein Herz krampfte sich vor Schmerz zusammen, durfte ich doch nicht dabeisein. Der reife Sommer in den Weinbergen vermochte mich kaum zu entzücken, und es war mir gleichgültig, als wir schließlich in einem Moseldörfchen ausgeladen wurden. Mein Sinnen war bei den Helden der Front.
Mein Knie heilte langsam; es blieb, wie der Genter Arzt prophezeit hatte, eine geringfügige Gehstörung zurück. Zweimal besuchte mich meine Mutter und beschenkte mich mit den Freuden der Heimat, als da waren hausbackener Kuchen und gut abgehangene Schlackwurst. Langsam wurde es Herbst, und schließlich, kurz bevor ich als genesen entlassen werden sollte, stand vor mir ein erschütterndes Ereignis: Deutschland war niedergebrochen, von Dolchen aus den eigenen Reihen gefällt. Im Felde unbesiegt, kehrten unsere Armeen über den Rhein zurück, und auch ich schied aus den grauen Kolonnen, Wehmut im Herzen, doch im Innern aufrecht. Ich wußte, wie es auch Millionen deutscher Männer klar war: Unser Vaterland konnte nicht untergehen, solange wir beharrlich an ein solches glaubten!

2. Kapitel

Lehr- und Wanderjahre

1

So kam ich denn im Frühwinter des Jahres 1918 wieder in die Heimat. In Burgstädt stieg ich aus dem Zug, den Mantelkragen hochgeschlagen und meine Habseligkeiten in einem Pappkarton unter dem Arm. Unangefochten gelangte ich an verwegenen Gestalten vorbei, die den Bahnhof bewachten. So mußte ich, der Besieger des gefürchteten Tankkommandanten George S. Williams, in die Heimat zurückschleichen! Nacht war es, als ich die Straße nach Claußenhain hinabschritt, kalt sang der Wind in den Telephondrähten, und Trauer bedrängte mein Herz. Doch als ich durch die Pforte unseres Hauses trat, kehrte die Freude wie Frühlingswind in mein Inneres ein. Wohlige Wärme drang mir entgegen, Lichter flammten auf, und mit einem Aufschrei eilte mir meine liebe Mutter entgegen. Da sank ich an ihre Brust, ein Strom von Tränen entrang sich mir, und jubelnd wurde ich mir bewußt, daß der nicht verloren ist in der Welt der Unbill und Fährnis, auf den ein trautes Heim wartet mit fühlenden Herzen darin, immerdar bereit, den irrenden Wanderer mit Liebe zu umfangen. Mein Vater holte eine Flasche Wein herbei, meine Mutter weckte die Dienstboten und wies sie an, dem heimgekehrten Sohn ein kräftiges Mahl zu bereiten; da dankte ich Gott für wunderbare Errettung und glückhafte Heimkehr. Noch lange saßen wir an diesem Abend zusammen, plauderten über Näher- und Fernerliegendes, und Mitternacht war längst überschritten, als wir uns endlich zur Ruhe begaben. Ich stieg in mein Turmzimmerchen hinauf, umfaßte mit zärtlichem Blick diesen Inbegriff meiner Kindheit, um danach in traumlosen Schlaf zu fallen.

Die kommenden Tage benutzte ich, mich im Hause umzusehen. Mit Freude stellte ich fest, daß meine Mutter die Unbilden der Kriegszeit ohne nennenswerte Veränderungen überstanden hatte. Ihre Gestalt vermochte noch immer als schön zu gelten, fest war ihr Schritt geblieben, durchdringend ihre Stimme, wenn sie die Dienstboten anwies, liebevoll, wenn sie zu mir sprach. Ihr aschblondes Haar wies nicht das geringste Grau auf, kaum merklich nisteten sich die ersten Fältchen um ihre noch immer im Glanz der Jugend strahlenden Augen. Jedoch hatte die Last der Jahre meinen Vater gebeugt. Es konnte geschehen, daß er für Minuten träumerisch die Augen ins Weite richtete, um danach ängstlich um sich zu blicken, erforschend, ob jemand seine Abwesenheit bemerkt hätte. Bisweilen strich er sich mit leidvoller Miene über den Leib, klagend, wie sehr ihm die Galle zu schaffen mache, und nie versäumte er vor und nach dem Mahle, Pillen verschiedenartiger Wirkungsweise zu sich zu nehmen. Er schien sich damit abgefunden zu haben, daß seine Galle von einem chronischen Leiden befallen worden war, denn er winkte resigniert ab, als meine Mutter einmal das Gespräch darauf brachte, er solle sich einen Kuraufenthalt gönnen. In der Tat, mein Vater konnte es nicht wagen, seiner Fabrik auch nur für Wochen den Rücken zu kehren. Die Prosperität der Kriegszeit war beendet, niemand auf der Welt benötigte mehr Gasmasken, und es war schwer, den Fabrikationsgang umzustellen. Kredite waren nur unter äußersten Bedingungen zu erhalten, und so hatte sich mein Vater bereits genötigt gesehen, Entlassungen vorzunehmen.

Bisweilen besuchte ich ihn in der Fabrik, durchschritt die Räume, in denen alles andere als elanvoller Schaffensdrang herrschte, und sah die tiefen Sorgenfalten auf dem Gesicht unseres Buchhalters. Rohmaterial war knapp, die Leute erwiesen sich als unzuverlässig, der elektrische Strom setzte immer öfter aus. «Dreitausend Gasmasken», klagte mein Vater, «liegen in den Regalen. Wenn der Krieg doch wenigstens noch ein Vierteljahr gedauert hätte!»
Zwei, drei Jahre verstrichen, wenig gab es für mich in der väterlichen Fabrik zu tun. Lange berieten wir über meine weitere Ausbildung und kamen schließlich überein, daß ich sie auf einer kaufmännischen Schule in Marburg vollenden sollte.
Marburg, dieses entzückende Städtchen im Tal der Lahn, empfing mich mit all seiner Pracht. Ich trug meinen besten Anzug, hellgrauen Tweed, modern verarbeitet, Wildlederschuhe und einen flotten Hut, und in diesem kleidsamen Aufzug hoffte ich, es mit den Studenten dieser Metropole der Geistigkeit wohl aufnehmen zu können. Zu alldem kam mein Wissen um meine jugendliche Erscheinung, die durch einen kleinen Gehfehler nur unwesentlich gemindert wurde. Ich war kein junger Dachs mehr.
Nach einigem Suchen entschied ich mich für ein Erkerzimmer in der Wohnung einer Majorswitwe. Sie hatte ihren Gatten im Kriege verloren und war nun gezwungen, durch einen Pensionsbetrieb zu einigem Auskommen zu gelangen. Nachdem ich meine Habseligkeiten verstaut hatte, stieg ich ins Souterrain hinab, um an der Mittagstafel teilzunehmen. Die Majorswitwe, Tittersmog mit Namen, stellte mich den übrigen Pensionären vor. Bis auf einen habe ich sie längst aus dem Sinn verloren, und um ihre Namen müßte ich mein Gedächtnis unnötig strapazieren. Einer allerdings brachte es in meinem Leben zu

Bedeutung. Ich kann nicht sagen, daß er mir schon bei der ersten Mahlzeit aufgefallen wäre; in den folgenden Tagen allerdings kam ich mit ihm hin und wieder ins Gespräch. Da stockt mir die Feder, denn ich zweifele, ob das Wort «Gespräch» eine Erklärung für das abgibt, was wir führten.

Mir gegenüber saß ein Mann meines Alters. Er war kleiner als ich und von breiter Gestalt, dunkelschopfig und von heftigen Bewegungen: Zog er die Sauciere zu sich heran, mußte man fürchten, die Tunke schwappe über den Rand, richtete er an jemanden das Wort, schien es, als herrsche er ihn an, und stand er auf, stieß er den Stuhl zurück.

Wie nun entwickelte sich das, was ich in Ermangelung eines besseren Wortes als «Gespräch» bezeichnet habe?

«Naß», fragte er beispielsweise während des Frühstücks, «ohne Bedenken?»

«Wie meinen Sie das?»

«Vorbereitet?»

«Wenn Sie meine Präparation auf den Unterricht meinen, kann ich Sie zufriedenstellen. Den gestrigen Abend habe ich darauf verwandt, mich in...»

Aber Knut Blaskowitz winkte nur ab. «Ausgezeichnet. Marmelade?»

Minuten vergingen, in denen er schweigend seinem Brötchen hingegeben war, bis er unvermittelt äußerte: «Mäßig, gestern.»

Es bedurfte einigen Nachsinnens, bis ich mich erinnerte, daß er am Vorabend einen Film hatte besuchen wollen. «Die Besetzung?» fragte ich. «Die Handlung? Oder die technische Vollkommenheit? Was meinen Sie mit ‹mäßig›?»

«Mäßig», wiederholte er, woraus ich nicht klüger wurde, «schauderhaft mäßig». Danach riß er das Milchkännchen zu sich herüber.

Diese Schilderung mag im Leser Voreingenommenheit oder gar Abneigung gegen Knut Blaskowitz wecken. Dies jedoch liegt nicht in meiner Absicht, und so seltsam es klingen mag, so entwickelte sich zwischen ihm und mir mit der Zeit ein enges Verhältnis.

«Zeit?» fragte er mich eines Abends. «Tolles Wetter. Spaziergang?»

«Es wäre mir sehr angenehm», äußerte ich. «Der Tag war anstrengend, und es dürfte meiner Gesundheit guttun, mich für ein Stündchen an der frischen Luft zu bewegen. Mit Freuden nehme ich Ihr Angebot an.»

«Zehn Minuten», erwiderte Knut Blaskowitz, indem er sich abrupt erhob, daß die Gläser klirrten. Genau zehn Minuten später erschien er wieder in der Diele. Er schritt mir voran durch die Tür, in dem elastischen Gang, der ihm eigen war, und so viel Lärm verursachend, daß einige der noch am Tisch Verweilenden uns mißbilligend nachblickten.

Knut hatte sein Jackett um die Schultern gehängt und die Hände in die Hosentaschen gesteckt. Er ging geneigten Kopfes, als sei er in Nachdenken versunken, und ohne mich um meine Zustimmung zu fragen, schlug er den Weg nach den Höhen ein, die diese Stadt flankieren.

«Im Kriege?»

Ich schilderte den bewegten Ablauf meines Militärlebens, verweilte bei dem so ungleichen und doch siegreichen Duell mit einem gefürchteten britischen Tankkommandanten und konnte mit Genugtuung feststellen, daß Knut mit anerkennender Miene lauschte.

Nachdem ich meinen Bericht beendet hatte, wandte ich mich an ihn. «Wäre es unbescheiden, nun nach Ihrer Herkunft, Herr Blaskowitz, zu fragen?»

Ich möchte auf direkte Rede verzichten, denn seine bruchstückhafte Art könnte den an Flüssigkeit meines Stils gewöhnten Leser ermüden; so dränge ich in Kürze zusam-

men, was er mir darlegte. Knut stammte aus einer begüterten, ja sogar reich zu nennenden Familie. Sein Vater besaß drei Textilfabriken, eine Papiermühle und ein Gut; die Fabriken lagen teils in Krefeld, teils in Düsseldorf, das Gut im Hannoverschen, und Knut ließ durchblicken, daß sich alle in gewinnbringendem Zustand befanden. «Wie kommt es aber», richtete ich das Wort an ihn, «daß Sie mit einer vergleichsweise bescheidenen Pension vorliebnehmen müssen? Läßt es Ihr verehrter Vater am nötigen Monatswechsel fehlen?»
«Geiz», äußerte Blaskowitz. «Soll Sparsamkeit lernen. Alles Blödsinn, werden aufräumen, eines Tages. National?»
«Selbstverständlich», antwortete ich, verwies noch einmal auf meine militärische Laufbahn und die Tradition meiner Familie.
Knut nickte. «Werden aufräumen», wiederholte er. «Von Hitler gehört?»
Damals war der Ruf Hitlers kaum über München hinausgedrungen, und ich mußte die Frage verneinen. Knut bekannte sich zu diesem Mann und seinen Ideen, die er mir zu schildern versuchte, nur wurde ich nicht recht schlau. «Bin Freund von Dr. Ley», fügte er hinzu. «Großartiger Charakter. Deutschland erwache! Übrigens, kolossale Ähnlichkeit mit Ley! Frappierend. Müßten dicker sein. Könnten tadellosen Pg. abgeben.»
An einem jeden Morgen schritt ich, die Aktenmappe unter dem Arm, durch das Portal meiner Schule. Anfänglich war es der Reiz des Neuen, der mich meine Abscheu gegen das traurige Gebäude überwinden ließ, aber allzubald waren mir Zimmer und Lehrer, Mitschüler und Unterrichtsbräuche vertraut, und Langeweile war die Folge. Schon während meines Gymnasiumbesuches war es mir schwergefallen, mich zu konzentrieren; mein phantasiereicher Geist schweifte zu gern in die Ferne, als daß ihn Bücherwissen hätte fesseln können. Anfänglich ging ich

mit dem besten Willen zum Unterricht, erledigte meine Hausaufgaben – man entblödete sich nicht, uns wie Pennäler mit solchen zu belasten! – zur Zufriedenheit und erzielte passable Noten. Dabei war mir immer bewußt, wie fern dies alles einem ungezwungenen Burschenleben lag, und ich bedauerte, daß mich mein Vater auf diese subalterne Fachschule und nicht auf die Universität geschickt hatte. «Schade», meinte Knut einmal, «jüdische Hast! Versauern leider!» Ja, mir bekam das Büffeln nicht, meine Gesichtsfarbe litt, ich zeigte all die Grillen, die einem überarbeiteten Menschen eigen sind.

Einmal – ein Vierteljahr mochte vergangen sein, seit ich nach Marburg gekommen war – beschloß ich, der Trübsal für einen Abend zu entrinnen. Ich zog meinen Tweedanzug an, drückte den Hut ins Genick, schlenderte durch die Stadt und wagte manchen Blick auf die Mädchen, die sich an diesem Sommerabend in ihren Kleidchen besonders anziehend zeigten. Ich nahm in einer Gastwirtschaft Platz, vertiefte mich in die Speisekarte und stellte ein Menü zusammen. Während ich die Weinkarte durchforschte, erhob sich im Nebenzimmer zänkischer Lärm. Ich beachtete ihn zunächst nicht; allmählich aber drangen Gesprächsfetzen in mein Bewußtsein.

«Sie schaffen es nicht, Doktor», hörte ich eine Männerstimme dröhnen, aus der ich Beschwingtheit herauszuhören meinte.

«Wollen wir wetten?» erwiderte ein anderer. Jetzt horchte ich auf: Diese Stimme glaubte ich schon einmal gehört zu haben. «Zwanzig Eier sind für mich ein Kinderspiel», sprach jener weiter. «Ich setze hundert Mark, und ich werde die Eier vertilgen, als hätte ich seit drei Wochen keinen Bissen geschluckt!»

Tumult erhob sich, und auf einmal, als ob mir Schuppen von den Ohren gefallen seien, wußte ich, wer da sprach.

«Herr Ober!» schrie ein dritter. «Zwanzig Sol-Eier! Die Wette gilt!»
Ich begriff: Das Schicksal hatte mich mit einem Menschen zusammengeführt, der längst aus meinem Gesichtskreis verschwunden war und mit dem mich doch noch so viel verband: Im Nebenzimmer saß unser gewesener Hausarzt, mein verflossener Kriegskamerad Dr. Trobitzsch! Schon war ich drauf und dran, hinüberzueilen und unsere Bekanntschaft zu erneuern, als ein Herr an meinem Tisch – ich hatte von ihm bislang kaum Notiz genommen – sich äußerte: «Unfug! Zwanzig Sol-Eier kann niemand essen.»
«Vielleicht doch», sprach ich lächelnd. «Wollen Sie etwa auch wetten?»
Der Herr lachte. «Junger Mann, ich brauche Ihr Geld nicht, möchte Ihnen aber die Gelegenheit nicht entgehen lassen, durch eine verlorene Wette an Leichtsinn einzubüßen. Fünfzig Mark!»
«Die Wette gilt!»
Wir gingen in den Nebenraum hinüber. Ich blickte vorsichtig zwischen den Neugierigen hindurch, da sah ich Dr. Trobitzsch, vor sich eine Schüssel mit Eiern und fünf Gläser Bier.
«Wollen wir auf hundert erhöhen?» raunte ich meinem Partner zu, aber der schüttelte zu meinem Leidwesen den Kopf. In der folgenden halben Stunde beobachtete ich Trobitzsch, wie er ein Ei nach dem anderen entpellte, mit Senf bestrich und in den Mund schob; hin und wieder nahm er einen Schluck Bier, und bei allem machte er einen so ruhigen Eindruck, als gelte es, einen bescheidenen Imbiß zu nehmen und nicht eine Gewaltmahlzeit, bei der er hundert Mark verlieren und obendrein seine Gesundheit ruinieren konnte. Als er sich am Ende gelassen den Mund abtupfte, erhoben sich Jubel und Beifall. Ich nahm mit zurückhaltender Verbeugung einen Fünfzigmarkschein entgegen und drängte mich durch die Menge.

«Sehe ich recht?» schrie Trobitzsch. «Sie sind es, Naß? Alter Junge, kaum habe ich mich einigermaßen gesättigt, kommen noch Sie als willkommener Nachtisch!» Er lud mich zum Platznehmen ein, und ein Erzählen hub an, das den ganzen Abend nicht aufhören wollte. Er war Beamter im hessischen Gesundheitsministerium, verfügte über eine Dienstwohnung, hatte geheiratet und war Vater von zwei Kindern. Er gab mir auch zu verstehen, daß er seinen Aufstieg nicht zuletzt seiner Zugehörigkeit zu einer politischen Partei verdankte, und richtete an mich die Frage, zu welchem weltanschaulichen Bekenntnis ich mich entschieden hätte. «Bei der letzten Wahl stimmte ich national», antwortete ich, «wie es in unserer Familie immer Sitte war.»

«Ausgezeichnet!» schrie Trobitzsch. «Ich bin seit einiger Zeit Demokrat, aber das macht nichts. Trinken wir!»

Eine Zeit begann, wie ich sie mir ersehnt hatte. Die Wochen, die Dr. Trobitzsch in Marburg tätig war, glichen einem Taumel. Studentische Freiheit – nun konnte ich sie in vollen Zügen schlürfen! Wir besuchten alle Tanzböden der Stadt, fuhren des Sonntags in die umliegenden Wälder, wozu wir stets eine reizende Gesellschaft und ein paar Flaschen Wein mitnahmen; mit einem Wort: Wir führten ein Leben in Saus und Braus.

Alle zwei, drei Tage mußten wir uns mühen, zu Geld zu kommen, denn unser Lebenswandel stellte sich äußerst kostspielig. Dazu gingen wir in ein Lokal, in dem man uns noch nicht kannte, und begannen alsbald einen Streit. «Was», schrie Dr. Trobitzsch beispielsweise, «Sie trauen mir nicht zu, fünfzehn Klöße zu vertilgen?»

«Sie nicht!» entgegnete ich vereinbarungsgemäß.

«Ich biete Ihnen jede Wette an!»

«Sie haben wohl Geld übrig?»

«Ich erhöhe!» schrie Trobitzsch. «Sechzehn Klöße, so wahr ich Krausbart heiße!»

Dies trieben wir, bis sich ein paar der Umsitzenden für unseren Zwist zu interessieren begannen und sich in Wetten einließen.
Ich wurde Zeuge, wie Dr. Trobitzsch achtzehn Kartoffelklöße mit Gulasch, wohlgezählte hundertzwanzig Ölsardinen, dreißig Frankfurter Würstchen oder fünfundzwanzig Stück Streuselkuchen verspeiste; er gewann bei jeder Wette zwischen fünfzig und hundert Mark und genoß außerdem den Vorteil, sich auf Kosten anderer satt essen zu können, denn es war bei Wettabschluß vereinbart worden, daß der Verlierer obendrein die Zeche begleichen mußte.
So lebten wir heiter und genußvoll. Dr. Trobitzsch bot mir Brüderschaft an, was mich nicht wenig ehrte, war ich doch mehr als zwanzig Jahre jünger als er. Es gab keine Gaststätte von Marburg, die wir in dieser Zeit nicht besuchten, es gab keinen Wein, den wir nicht probierten, und so manches Mädchen wußte unsere Glut zu schätzen. Dr. Trobitzsch verabschiedete sich, indem er einen in Brotteig gebackenen sechspfündigen Schinken verzehrte und sich danach – die Wette war gewonnen – eine Portion Gänsebraten servieren ließ, um, wie er sagte, Marburg wenigstens einigermaßen gesättigt zu verlassen.
Dann reiste er ab und ließ mich in trauriger Stimmung zurück. Unlustig schlich ich des Morgens zur Schule, und immer öfter kam es vor, daß ich mißmutig im Bett blieb. Die Witwe Tittersmog erkundigte sich besorgt nach den Gründen meiner Mißstimmung, aber was vermochte die gute Frau zu helfen! Ich sehnte mich nach Weite, aber niemand vermochte sie mir zu geben, auch ein Ladenmädchen, das ich durch Dr. Trobitzsch kennengelernt hatte, konnte mich nur zu einem geringen Teil trösten.
Einige Tage vor dem Abschluß fragte mich Knut beim Mittagessen über eine Rohkostplatte hinweg: «Und Sie, Naß, in den Ferien?» Ich sagte es ihm: Ich wollte nach

Hause fahren und mich in meinem Turmzimmerchen verdienter Ruhe hingeben.
«Quatsch, unser Gut, feine Sache, deutsche Scholle. Kommen Sie hin?»
Mit Freuden sagte ich zu.

2

In den letzten Tagen des Juli 1925 rollte ein Tourenwagen mit leise singenden Reifen vor die Villa der Witwe Tittersmog. Die Fenster in den Nachbarhäusern öffneten sich, und manches Augenpaar war Zeuge, wie ich leichtfüßig, meinen geringen Gehfehler geschickt verbergend, die Treppe hinuntersprang.
Knut und ich fuhren durch einen zauberhaften Sommertag. Regen hatte den Staub gelöscht, nun schien wieder die Sonne vom azurblauen Firmament und tauchte die Landschaft in gleißendes Licht. Wir brausten durch die grünenden Berge des Burgwaldes, glitten zur Eder hinab; Frankenberg und Korbach huschten vorbei, noch einmal reckten sich baumbestandene Höhen, bis wir hinter Brilon und Rüthen die Ebene gewannen. Der hohe Mittag sah uns auf dem Kopfsteinpflaster von Lippstadt, dann jagten wir Osnabrück entgegen, um nahe des Marktfleckens Hölter abzubiegen. Endlich holperte unser Gefährt durch eine Pappelallee und hielt vor einem breitflügligen Herrenhaus: Schnabelsbach, das Gut der Blaskowitz, war erreicht. Es ist wohl überflüssig, daß ich erwähne, wie schweigsam unsere Fahrt verlaufen war. Knut hatte vier Bemerkungen über das Auto, eine über die Landschaft und eine über seine Schwester gemacht. Vor uns breitete sich ein Rasengarten, in dem Rosenstöcke die einzige Zier waren; ein Eisenzaun lief herum, den Hühner unterwühlt hatten, und überall, sogar auf der Freitreppe, traf man ihre Spuren. Das Haus, zweistöckig und mit steilem Dach, efeuumrankt an einer Seite, von löchrigem Putz an der

anderen gefleckt, machte einen großzügig angelegten, jedoch verwahrlosten Eindruck. Sollte hinter der Familie Blaskowitz, so fragte ich mich, wirklich so viel Kapital stehen, wie ihr jüngster Sproß mich glauben gemacht hatte? In der Diele wurde ich einer bejahrten, in ihrer rosigen Fleischigkeit bemerkenswerten Dame ansichtig, die sich als Frau Räschlein vorstellte. In dialektgefärbter Sprechweise erklärte sie mir, ihr oblägen die Geschicke des Hauses, und sie hoffe, stets alles zu meiner Zufriedenheit zu verrichten.

«Bier», befahl indessen Knut, der sich in einen Sessel geworfen hatte und die Beine von sich streckte.

Wenig entsprach das, was ich hier antraf, meinen Vorstellungen. Kaminstunden, Jagden hatten in meiner Phantasie eine Rolle gespielt, ich war neugierig gewesen, Damen der Gesellschaft kennenzulernen – aber was hatte ich statt dessen angetroffen?

In den wenigen Stunden, die diesem Tag noch vergönnt waren, gewann ich teils im Gespräch mit Frau Räschlein teils während einer Plauderei mit Ricke, dem Haus- und Stubenmädchen, sowie durch eigene Inaugenscheinnahme einen umfassenden Eindruck. Das Gut verfügte über 800 Hektar Ackerland und 1000 Hektar Wald, Weide und Wasser und wurde von einem Inspektor verwaltet, der die hundertfünfzigköpfige Belegschaft befehligte. Manche Räume des Herrenhauses entbehrten jedes Meublements, einige Räume waren nur für einen kurzen Aufenthalt eingerichtet; als Personal fungierten lediglich Frau Räschlein und Ricke. Knut und ich waren die einzigen Gäste.

Am nächsten Morgen, als ich in der Küche saß und mir von Ricke ein aus Schinken und Eiern bestehendes Frühstück bereiten ließ, hörte ich ein Auto die Allee heraufkommen. Ich erfuhr, die Tochter des Hauses, Knuts Schwester, habe sich zu einem Besuch angemeldet. Des weiteren vertraute mir Ricke an, daß Helene, so hieß

Knuts Schwester, im Alter von achtundzwanzig Jahren stand, unverheiratet war und jährlich für einige Wochen der Abgeschiedenheit von Schnabelsbach die Ehre erwies. Beim Mittagessen erkundigte sich Helene nach meinen Lebensumständen und meinem Elternhaus, worauf ich bereitwillig Antwort gab. Allerdings versandete das Gespräch, als Frau Räschlein das Mahl auftrug, und flackerte nur kurz wieder auf, als wir uns zum Kaffee ins Jagdzimmer zurückzogen. Bald gähnte Helene hinter der vorgehaltenen Hand und entschuldigte sich, da die Reise sie angegriffen habe.

Während der Abendmahlzeit nahm ich Gelegenheit, Helene eingehend zu betrachten. Das am Halse offene Kleid ließ Schlüsselbeinchen erkennen, die mich in ihrer Zartheit rührten; auf ihnen erhob sich ein schlanker Hals, von der gleich matten Haut wie das Gesicht überzogen. Die Augenbrauen wölbten sich dunkel und stark, die Stirn darüber glänzte in schlichter Glätte, und über ihr erhob sich ein fast schwarzer Haarschopf, den Helene kurz geschnitten trug, so daß die kräftig entwickelten Ohren und die Wirbel des Nackens frei lagen. Widerspenstig schien dieses Haar zu sein, auch einige Klammern und Kämmchen konnten es nicht bannen, und es gab dem Gesicht einen eigenwilligen Ausdruck, wie ich ihn an Frauen stets geschätzt habe. Ihre Augen standen breit auseinander und waren von leicht malayischem Typ, sie konnten einen Gesprächspartner besitzergreifend fassen, jedoch stand ihnen auch ein träumerischer Ausdruck zu Gebote. Der Ansatz der Nase, die wie beim Bruder voll entwickelt war, wurde durch einige Sommersprossen verziert, auch die Wangenknochen waren anmutig gesprenkelt, und von ihnen sank das Gesicht zu dem kurzen Kinn hinab, das ebenso von Willenskraft wie von der Fähigkeit sprach, erst nach reiflichem Überlegen zu entscheiden. Voll ausgeprägt wie die Schultern waren ihre Hüften, denen man vielleicht einiges fleischiges Polster hätte gönnen mögen; gerade Beine führten zu kräftigen Füßen hinab – damit, so hoffe ich, habe ich dem Leser genug über das Äußere dieses Mädchens mitgeteilt.

«Brot?» fragte sie mich, wobei sie die Schale an mich heranschob. Ich schrak aus meinen Betrachtungen auf. Ja, Helene hatte bisweilen die gleiche zupackende Art wie ihr Bruder.

«Reiten Sie?»

«Nur schlecht», antwortete ich, und schon das war übertrieben.

«Aber Sie spielen Schach?»

Nach dem Abendessen trafen wir uns im Jagdzimmer zum königlichen Spiel. Das Licht einer altertümlichen Stehlampe umfloß uns, während ich die Figuren mit gemessenen, Helene sie mit raschen Gesten bewegte. Dreimal setzte Helene mich matt, mitten in der vierten Partie strich sie die Figuren ärgerlich vom Brett. «Sinnlos», erklärte sie.

«Ich habe Sie gewarnt.»

Brüsk stand Helene auf und ging in ihr Zimmer.

Vielleicht hätte sich mein Verhältnis zu Helene schon am folgenden Tag in jener stürmischen Weise entwickelt, die das Schicksal für uns bestimmt hatte, aber der Besuch eines gewissen Sigurd von Ilsemann setzte eine unerwartete Zäsur. Zunächst konferierte Ilsemann unter vier Augen mit Knut, bald wurde ich hinzugerufen und ins Bild gesetzt: Ilsemann war Flügeladjutant des ehemaligen deutschen Kaisers, der in Holland im Exil schmachtete. Ilsemann streifte in geheimer Mission durchs Reich, hatte soeben mit Knut delikateste Probleme beraten und dabei erfahren, daß ich, hochdekorierter Frontsoldat, in diesem Haus weilte. «Ich höre», fragte mich der kaiserliche Adjutant, «daß ich einen durch und durch national empfindenden Mann vor mir habe?»

Im weiteren Gespräch erfuhr ich unter dem Siegel strengster Verschwiegenheit, daß sich der Exkaiser mit dem Gedanken trug, bei der ersten sich bietenden Gelegenheit auf den angestammten Thron zurückzukehren. Während des Krieges zwischen Polen und Sowjetrußland 1920 hatte Wilhelm ernstlich erwogen, an der Spitze des deutschen Heeres in die Kämpfe im Osten einzugreifen; als ihm der Kapp-Putsch gemeldet wurde, hatte er wie im Krieg, wenn eine Siegesnachricht eintraf, emphatisch ausgerufen: «Heute abend gibt es Champagner!» Und im Angesicht der Kämpfe in Oberschlesien hatte er sich anheischig gemacht, an der Spitze eines Korps den Annaberg zu stürmen. Durch den Hitlerputsch 1923 schließlich war der Emigrant in Hochstimmung geraten, und grimmig hatte er ausgerufen, daß Ruhe und Ordnung im Reiche erst wieder gewährleistet wären, wenn er als Kaiser das Heft in der Hand halte.
«Problem!» warf Knut ein. «Kaiser über Grenze – aber wie?»
«Man muß für einen künftigen ähnlichen Fall gerüstet sein», ergänzte Ilsemann. «Ich wäre ein miserabler Generalstäbler, träfe ich nicht beizeiten Vorsorge. Der Grenzübertritt des Kaisers muß abschnurren wie ein Uhrwerk.»
Ich schilderte mein Frontenleben, Ilsemann lauschte gebannt. «Mein Herz, meine Hand dem Kaiser!» rief ich. «Mein Fahneneid gilt!»
Im folgenden kamen wir überein, daß ich am nächsten Morgen mit nach Holland fahren und an Ort und Stelle in die Stabsplanung, die unter dem Decknamen «Teeda» lief, eingreifen sollte.
Ich schlief keine Minute in dieser Nacht. Das Bewußtsein, in historische Höhen hinaufkatapultiert zu werden, riß meine Gedanken zu kühnsten Kombinationen hin. Was Wunder, daß ich keine Sekunde lang an Helene dachte, daß nicht ein einziges Mal ihr herbes Antlitz vor meinem

inneren Auge Gestalt annahm! War es nicht immer so in der Weltgeschichte, daß für einen Mann der heimische Herd verblaßte, wenn ihn das Vaterland rief?
Warf ich am folgenden Morgen auch nur einen Blick zu Helenes Fenster hinauf, als ich neben Ilsemann im Tourenwagen Platz nahm? Gen Westen trug uns der brummende Motor, der Sonne nach, und dieselbe sank gerade hinter einem von Windmühlen gezackten Horizont, als ich in Doorn vor dem Schloß, das meinen ehemaligen Höchsten Kriegsherrn barg, aus dem Mercedes stieg. Was hatte das Schicksal für mich bereit?
Am nächsten Morgen wurde ich des Exkaisers von fern ansichtig. Ein klarer Tag begann, und wie stets rückte Wilhelm II. an der Spitze seines Hofstaates zum Bäumefällen und Holzsägen aus. Denn der alte Satz, daß rostet, der rastet, trieb den Exilisten an jedem Morgen in Gottes freie Natur, und an manchem Mittag konnte er in dem stolzen Bewußtsein, bis zu achtzig Stämme gestürzt zu haben, an die Mittagstafel zurückkehren. Während ich ein reichliches Frühstück einnahm – es bestand zu Teilen aus Liebesgaben, die Luisenbünde und andere vaterländisch gesinnte Vereine für den schwergeprüften Hohenzollernsproß gesammelt hatten –, schweiften meine Gedanken in jene Zeit zurück, da ich im Rock des Kaisers in den Materialschlachten der Westfront meinen Mann gestanden hatte und durch partielles Opfer einer Kniescheibe mein Scherflein in die Waagschale der Geschichte geworfen hatte. Mein Kaiser nicht mehr in schimmernder Wehr, sondern mit hochgekrempelten Ärmeln und blinkender Axt – mir quollen vor Gram ostpreußisches Bauernbrot und pommersche Gänsebrust im Munde. Jene Stunde wurde mir gegenwärtig, da ich in einem abgeschiedenen Moseldörfchen meine Genesung herbeigesehnt hatte, um den Feinden des Reiches abermals die Zähne zu zeigen, jene gleiche Stunde, da Seine Majestät, vor roten Aufrüh-

rern flüchtend, die rettende Grenze überschritt. Wahrhaft kaiserlich in ihrer schlichten Erhabenheit waren damals seine ersten Worte gewesen, als er mit kleiner Bedeckung im Kraftwagen das neutrale Holland erreichte: «Raucht, Kinder, ihr habt's verdient.»

Jetzt aber schwang Wilhelm die Axt. An diesem Morgen befand er sich in illustrer Gesellschaft, mit ihm rodeten Prinz Hubertus von Preußen, Erbgroßherzog Friedrich Franz von Mecklenburg-Schwerin, Prinz Eitel Friedrich von Preußen und einige Offiziere des ständigen Gefolges. Dumpf klangen die Schläge herüber, rhythmische Sägegeräusche vervollkommneten die Sinfonie emsigen Schaffens. Einmal eilte Ilsemann über den Vorplatz und rief einer Hofdame zu: «Soeben sägte Majestät seinen dreizehntausendsten Baum!»

Nach dem Mittagessen wurde ich zur Stabsplanung «Teeda» hinzugerufen. Später schaute ich noch manchem Großen dieser Welt ins Auge – der Leser wird zu seiner Zeit erfahren, daß ich zu Hitlers Tischgästen zählte! –, niemand aber wird es wundernehmen, daß mir diesmal, beim erstenmal, das Herz in den Hals hineinschlug. Meine Füße trugen mich vor den Sessel, in dem Majestät ruhte, straff richtete ich mich auf, hell klang meine Stimme, als ich meldete, Unteroffizier Naß erbitte die Befehle seines Obersten Herrn. Jetzt sah ich, daß der unbarmherzige Zahn der Zeit das Haar des Monarchen gebleicht hatte, aber noch immer blitzte das nordische Blauaug', vor dem einst Serben und Russen, Briten, Japaner und Franzosen gezittert hatten. Wilhelm fragte: «Wartet man im Reich auf mich?»

«Jedes wahrhaft deutsche Herz», so begann ich, aber Ilsemann unterbrach mich und legte eine Mappe auf den Tisch, auf der in herben gotischen Buchstaben das geheimnisumwitterte Wort «Teeda» geschrieben stand. «Als Operationsbasis für eine künftige Thronbesteigung», so führte der Adjutant aus, «ist das Gut Anholt der Erbprinzessin Salm vorgesehen. Für das Überschreiten der holländisch-deutschen Grenze stehen zwei Varianten zur Verfügung: Fahrt mit einem Fischerboot oder Marsch durch die Wälder.»

Wilhelm warf ein: «Und wie steht es mit meinem Vorschlag, auf einem Leiterwagen, unter Stroh versteckt, heim ins Reich zu kehren?»

«Auch diese Möglichkeit wird in die engere Wahl gezogen», antwortete Ilsemann. «Wir sollten uns jetzt der Frage der Maskierung zuwenden. Majestät ist der Welt durch seinen Schnurrbart bekannt. Ich empfehle deshalb, ihn abzurasieren.»

«Niemals!» schrie Wilhelm. «Mein deutsches Volk würde mich nicht wiedererkennen!»

Ilsemann beharrte auf seiner Idee, wies darauf hin, daß der Bart im Laufe eines Jahres in alter Pracht nachwachsen würde, daß das deutsche Volk in seiner Mehrheit gewiß Verständnis für eine durch und durch nordische List aufbringen könnte, jedoch ließ sich der Exkaiser nicht umstimmen. Die Debatte stand auf des Messers Schneide, als ich die Situation mit einem salomonischen Vorschlag rettete: «Wie wäre es, wenn es Majestät übers Herz brächten, die Bartenden für die Zeit des Grenzübergangs nicht nach oben, sondern nach unten zu biegen?»

Wilhelm II. und sein Flügeladjutant waren sprachlos. «Dazu ein Kneifer», entwickelte ich, «obendrein ein ungarischer Paß. Majestät werden von einem Schweinezüchter aus der Pußta schwerlich zu unterscheiden sein!» Ich fürchtete schon, mit meinem Vergleich zu weit gegangen zu sein, herzliches Lachen des Hohenzollern bewies jedoch, daß er das Herz auf dem rechten Fleck trug.

In den nächsten Tagen inspizierte ich gemeinsam mit Ilsemann die Grenze. Sie führte im nördlichen Holland durch Waldgebiete, diese schienen mir für einen heimlichen

Übergang geeignet. Auf einer stillen Schneise platzte Ilsemann heraus: «Mit den Bartspitzen nach unten und einem ungarischen Paß könnten Majestät doch in jedem D-Zug fahren!»
Nach intensivem Nachdenken, wobei ich alle Umstände berücksichtigte, mußte ich dem Flügeladjutanten recht geben. Majestät in einem D-Zug-Abteil, einen Koffer mit Speck- und Schinkenproben über sich, diese List war weit nordischer als die, durch mückenreiche Sümpfe zu waten.
Ilsemann fragte mich: «Wissen Sie, warum Majestät so entzückt über Ihren Ratschlag waren? Er ist überzeugt, daß Schweine Glück bringen. Wenn er übers Land fährt, grüßt er jedes Borstentier: Guten Morgen, mein liebes Schweinchen!»
Noch einmal machte ich in Doorn Station. Diesmal wurde ich für würdig befunden, an der kaiserlichen Holzaktion teilzuhaben. Eine Hofdame und ich hielten gemeinsam einen Stamm. Ilsemann und der Kaiser sägten, während die Kaiserin die abgeschnittenen Stücke stapelte. Als sich Wilhelm einmal die Stirn wischte, kommentierte er herzhaft: «Da kommt der ganze Dreck raus, der nicht in den Körper gehört! Deshalb, Leute: Immer feste druff! Nun wollen wir sie dreschen!»
Sechzig Bäume wurden an diesem Morgen das Opfer Wilhelms und seines Hofes; Ilsemann trug die exakte Zahl in sein Tagebuch ein. Am Nachmittag wurde das Projekt «Teeda» noch einmal auf die Tagesordnung gesetzt. Wilhelm marschierte im Raum auf und ab, wie er es einst bei Beratungen im Großen Hauptquartier getan haben mochte, nur waren diesmal nicht Hindenburg und Ludendorff, sondern Ilsemann und ich die kaiserlichen Berater. Einmal bog Wilhelm scherzend die Bartenden nach unten und blies die Backen auf, ja, auch diesem Mann war Neckerei nicht fremd! Dann aber fiel alles Kleine, Zeitweilige von

ihm ab, er reckte sich, und Bilder wurden mir gewärtig, wie ich sie einst in meiner Kindheit gesehen hatte: Der Kaiser hoch zu Roß in Jerusalem einreitend, der Kaiser auf dem Kommandohügel eines Kaisermanövers, Kaiserwetter über sich, der Kaiser auf der Brücke des kaiserlichen Flaggschiffes, ausrufend: Der Kurs bleibt der alte! Auch jetzt sprach Wilhelm Worte, die wahrhaft majestätisch klangen, wie zum Beispiel: «Ich weiß genau, daß mein deutsches Volk mich wieder auf den Thron rufen wird. Und wahrlich, dann werden Köpfe rollen!»
Hinter mir saß die Kaiserin, ein Taschentuch umhäkelnd; nur ich war Zeuge, als sie murmelte: «So siehst du aus! Keinen Finger wirst du rühren.»
Zwei Stunden lang dauerte diese denkwürdige Audienz. Mein Plan fand die allerhöchste Zustimmung – es ist nicht meine Schuld, daß die Zeitläufte sich nicht so gestalteten, daß er seine Bewährung erleben durfte. Jeder weiß, daß es diesem Hohenzoller nicht vergönnt war, den Thron wieder zu besteigen, auf dem der Alte Fritz einst gesessen hatte. Manchmal stelle ich mir vor, wie Wilhelm II. durchs Brandenburger Tor geritten wäre, die Bartspitzen nach unten wie ein madjarischer Bojar, ich hätte jubelnd am Straßenrand in einer vieltausendköpfigen Menge gestanden, und niemand hätte gewußt, daß dies alles mein Werk war.
Am nächsten Morgen, noch ehe kaiserliche Äxte und Sägen ihr fröhliches Lied anstimmten, verließ ich Doorn. Überflüssig zu erwähnen, daß ich dem großen Exilisten in die Hand versprochen hatte, über meine Mission Stillschweigen zu bewahren. Unterdessen ist sie in die Historie eingegangen, die Jahre haben mich von diesem Eid entbunden, zum erstenmal erfährt die Weltöffentlichkeit von jenen schicksalsträchtigen Stunden. Wie so oft in meinem späteren Leben mußte ich mich nun darein finden, aus historischem Höhenflug in die Gefilde des Gewöhnlichen

hinabzusinken, und je stärker das Alltägliche nach mir packte, desto lebendiger trat ein Menschenantlitz vor mein inneres Auge, desto markanter grub sich ein Name in meine Sinne ein: Helene!

«Wohin?» fragte mich des Kaisers Chauffeur. Ich gab das Blaskowitzsche Gut als Ziel an. Hatte ich Teile meines Herzens dort zurückgelassen?

Helene tat, als wäre ich niemals weggewesen, sie fragte nicht, und so mußte ich nicht antworten, daß ein Eid meinen Mund verschloß. Gemeinsam nahmen wir die Mahlzeiten ein, danach zog sie sich auf ihr Zimmer zurück oder ritt aus. Nach einigen Tagen fragte sie unvermittelt: «Wollen Sie mich zu den Teichen begleiten?»

Anfänglich mochte kein rechtes Gespräch in Gang kommen; Helene pflückte Blumen, die sie achtlos wegwarf, stocherte in Maulwurfshaufen und fragte schließlich rundheraus: «Was halten Sie von der Liebe?»

Ich war überrascht, und meine Antwort ließ auf sich warten.

«Halten Sie Liebe für möglich?» drängte sie.

Ich weiß heute nicht mehr im einzelnen, wie unser Gespräch verlief; es bestand aus Andeutungen, halben Sätzen und bedeutsamen Pausen. Wir saßen währenddessen am Rande eines Weihers, Helene starrte ins Schilf. Einmal versuchte ich, um dem Sanften und Begütigenden in meinen Worten Ausdruck zu geben, meine Hand auf die ihre zu legen, aber sie entzog sie mir rasch.

«Liebe», sprach ich, ohne zu wissen, ob ich das Rechte traf, «Liebe schwingt zwischen Herzen wie jener Falter da zwischen den Schilfhalmen; die Luft, die ihn trägt, ist die Zuneigung, der Wind, der ihn davonführen kann, die Eifersucht, doch die Sonne, die ihn wärmt, das ist die Sonne Gottes.»

Warum wohl gelangen mir derartige dichterische Vergleiche? Vielleicht war es, weil ich Zuneigung zu Helene

gefaßt hatte, da sie mich rührte in ihrer Hilflosigkeit, die sie mit Härte zu panzern suchte. Denn das erkannte ich: Bänglichkeit vor dem Leben, vielleicht bittere Enttäuschung waren es, die sie ihre Frage hatte stellen lassen.
Da saß sie, die Erbin von Millionen oder doch von Hunderttausenden, und fragte, wie es um die Liebe stünde! Ja, es ist arg auf dieser Welt eingerichtet, daß Reichtum an irdischen Gütern oft mit Armut des Herzens gepaart ist! Es war offenkundig, daß ein Mädchen, das mir an Alter und gesellschaftlicher Stellung überlegen war, meinen Rat, vielleicht sogar meinen Beistand in seelischer Zerrissenheit suchte, und wenn ihr eigenwilliges Äußeres schon Eindruck auf mich gemacht hatte, so nahm nun mein Herz an ihren Nöten solchen Anteil, als seien ihre Sorgen die meinen.
«Vielleicht», so sprach ich, «kann es für Sie Trost bedeuten, wenn ich Ihnen sage, daß Sie stets auf mich rechnen dürfen. Befehlen Sie über mich.»
Da warf sie mir aus ihren schrägen, in dieser Sekunde übernatürlich geweiteten Augen einen Blick zu, aus dem ich gern Erleichterung gelesen hätte, aber sein Sinn war zu rätselhaft.
Eines Morgens, als die Geschwister ausgeritten waren und das Haus verwaist lag, ließ ich mich in der Küche nieder, um ein aus Schinken und Eiern bestehendes Frühstück zu verzehren. Dabei brachte ich das Gespräch auf Helene, und Ricke, mit der ich inzwischen vertrauter geworden war, legte allmählich ihre Scheu ab. Helene, so hörte ich, war mit dem Sohn einer reichen rheinischen Kaufmannsfamilie verlobt gewesen. Dann hatte der junge Mann sein Auge auf eine Engländerin geworfen, Knall und Fall das Verlöbnis aufgekündigt und Helene in die Strudel tiefster Verzweiflung gestürzt.
Am Abend wußte ich es einzurichten, daß Helene und ich wieder im Jagdzimmer zusammentrafen. «Wie wir so sit-

zen», sprach ich, «sind wir ein Abbild unserer Zeit. Ist es nicht auffällig, wie unsere Jugend mit seelischen Problemen zu ringen hat, die sie oft an den Rand des Verzweiflungsabgrundes schleudern und nur selten zu den Höhen schwebender Leidenschaft emporbeflügeln? Ist es für uns Männer das Fronterlebnis, das uns geprägt hat, so ist es für die Frauen die Sorge um die im Felde stehenden Lieben oder, in Ermangelung solcher, das emotionale Fühlen mit der Mannheit, das sie dazu führte. Ich beispielsweise erlebte grausige und doch erhebende Stunden in den Schlachtgewittern der Front, zu deren auffälligsten die meines Duells mit dem gefürchteten Tankkommandanten George S. Williams gehören. Es ist», so entwickelte ich, «altes Leid auf der Welt von Jahrhunderten überkommen und in die Jahrhunderte gehend, und es gehört Demut dazu, sich ihm ohne Aufbegehren zu beugen. Manche Braut hat weinen müssen, ob ihr der Bräutigam nun von einer Römerin, einer Inkatochter, einer leidenschaftlichen Negerin oder, in unserer Zeit, von einer kühl berechnenden Engländerin abspenstig gemacht worden ist. So ist das Leid in der Welt tausendfach, und der wäre ein schlechter Christ, der nicht im Evangelium darüber Tröstung erführe.»
Unversehens war ich auf die christliche Heilslehre zu sprechen gekommen, hielt es jedoch für angebracht, mich nicht allzusehr in ihr zu verbreitern, denn ich hatte in der letzten Zeit nicht die nötige Muße gehabt, mich mit den Erhabenheiten des Evangeliums zu beschäftigen, so daß ich etwas aus der Übung gekommen war. «Doch auch die Erfordernisse irdischen Lebens», so sprach ich weiter, «verlangen, daß wir uns über das Leid erheben und Ausschau nach neuem Glück halten. Denn es heißt zweifeln an Gott, wenn man nicht Hoffnung in seinem Herzen trägt. Und sollten nicht Sie, Fräulein Helene» – zum erstenmal gebrauchte ich ihren Vornamen, worauf sie mich mit einem schnellen Blick maß –, «sollten nicht Sie allen

Grund haben, an Auswege zu glauben? Sie sind jung, klug und hübsch» – wieder traf mich ihr Blick –, «Sie stammen aus bester Familie, und da sollte sich nicht das Glück für Sie einstellen? Es ist wundersam eingerichtet in der Welt, daß die zusammenfinden, die vom Leid geprüft sind, daß sie einander aufrichten und Trost spenden. So will ich Ihnen, Fräulein Helene, ein Freund sein, und ich würde mich glücklich schätzen, dürfte ich Sie als Freundin bezeichnen. Darf ich hoffen, daß Sie, auch wenn Sie heute noch nicht ja zu diesem Bunde sagen können, dereinst in ihn einwilligen wollten?» Da trafen sich unsere Augen zu einem verzehrenden Blick, und aufstöhnend sanken wir uns in die Arme.

«Ja, Ruhe ist nichts für uns», fuhr ich emphatisch fort, «Ruhe ist für die Alten und Satten, uns aber hungert nach Leben! Helene, nicht länger wollen wir an den Boden gepreßt liegen, wir wollen wachsen und streben, wollen fliegen! Fliegen Sie mit mir!»

In Helenes Augen war ein zuckendes Glimmen getreten, ihre Wangen waren gerötet, und ihr Haar, dessen sie begreiflicherweise nicht achtete, umstand ihren Kopf wie züngelnde Flammen.

Wer hätte annehmen können, Helene würde sich mir mit verlangender Gebärde an die Brust werfen? Bebend umschlang ich ihre Schultern und zog ihren Kopf zu mir herab, leidenschaftlich küßte ich ihren herben Mund. Das Feuer der Begierde drohte uns hinwegzutragen, und hätte nicht ich einige Geistesgegenwart besessen, wären wir ihm erlegen. So aber führte ich meinen Mund an ihr Ohr und flüsterte: «Flieh mit mir! Irgendwohin, aber komme heraus aus dieser Enge, stürze dich mit mir in die Weite. Fort, solange noch die Stunde des Glücks währt, fort, ehe sie in diesen Mauern erstickt!»

«Fliehen?» flüsterte sie und erschauerte.

«Unseres Glücks kann nicht hier sein, wo wir Gäste der

Alten sind. Nimm nur das Nötigste mit, ein paar Kleider, ein wenig Wäsche und allenfalls etwas Schmuck. Bist du bereit, noch in dieser Nacht mit mir zu fliehen?»

Da taumelte Helene zur Tür, um an der dort befindlichen Klingelschnur zu ziehen, worauf ich aufatmend in einen Sessel sank, denn mir war bewußt: Ich hatte gesiegt!

So saß ich wohl fünf oder zehn Minuten, während Helene in ihrem Zimmer die Reisevorbereitungen traf. Die fast mit Ekstase zu bezeichnende Erregung, in die ich mich hineingesteigert hatte, ließ nach, und ich begann kühlen oder wenigstens nicht mehr lodernden Kopfes darüber nachzudenken, was nun geschehen sollte.

«Der Herr haben geläutet?»

Ich schrak auf. Frau Räschlein, die Hausbesorgerin, stand in der Tür und fragte mich mit höflicher Stimme, wenn auch mit ob der nächtlichen Störung ärgerlichem Gesicht, nach meinem Begehr.

«Nicht ich habe geläutet», antwortete ich, «sondern das gnädige Fräulein. Es befiehlt den Wagen, um zur Bahn gebracht zu werden.»

Frau Räschlein schickte sich an, mich mit Fragen zu überfallen, ich schnitt ihr jedoch das Wort ab. «Das gnädige Fräulein wünscht nicht gefragt zu werden. Außerdem möchte es Reiseproviant, gekochte Eier, belegte Brote, ein Stück Schinken, Dauerwurst und dergleichen, mitzunehmen. Ich glaube, daß Sie alle Ursache haben, sich zu beeilen.»

Frau Räschlein zog sich zurück und ließ mich mit meinen Gedanken allein. Fliehen wollte Helene mit mir, so sann ich; man sagte es so leicht, aber was hieß es? Helenes Eltern durften auf keinen Fall, wenigstens eine Zeitlang nicht, von unserem Aufenthalt erfahren. Sodann war es vonnöten, ein Ziel auszuwählen, das sich vorzüglicher Renommierung erfreute, denn schließlich stammte Helene aus bestem Hause. Endlich durfte dieser Ort nicht allzuweit

entfernt liegen, denn meine Barschaft betrug nur wenig mehr als hundertfünfzig Mark.
Während ich diese Gedanken ventilierte, kehrten Ruhe und Zuversicht in mich ein. Ich warf meine Habseligkeiten in den Koffer, ermunterte Frau Räschlein, sich beim Bereiten des Proviants zu beeilen, entnahm dem Keller noch zwei Flaschen Wein, und so wurden die Vorbereitungen so schnell beendet, daß niemand Zeit fand, zu fragen oder nachzudenken, und nach kaum einer dreiviertel Stunde seit Helene ihr Jawort zur Flucht gesprochen hatte, führte uns der Kutschwagen, ein aufgestörtes Haus zurücklassend, vom Gutshof.

3

«Wohin fahren wir?» flüsterte Helene.
«Frage nicht, Geliebte», ich wußte es selbst nicht, «überall, wo wir sind, scheint die Sonne!»
Es gab keinen Augenblick während der folgenden abenteuerlichen Tage, an dem ich den Ablauf unserer Flucht bis zu seinem Ende durchdenken konnte. Ein Schritt ergab sich aus dem anderen, eine Maßnahme machte die nächste notwendig, so tappte ich über Klippen dahin, war über neue Situationen überrascht und fand mich noch meistens darein, aus ihnen das Bestmögliche herauszuschlagen. Wenn man bedenkt, daß ich zum erstenmal mit der höchsten Gesellschaft in Berührung kam, so wird man Bewunderung über die Entschlußkraft empfinden, mit der ich auch die schwierigsten Hindernisse meisterte. Was wußte ich, wie man mit dem Portier eines vornehmen Hotels umgeht? Was konnte ich mit einem Hummer anfangen? Ja, ich vermochte nicht einmal, die französischen Namen auf einer Speisekarte richtig auszusprechen.
Sagte ich, daß ich auf keiner Station dieser Flucht ihr Ende bedachte? Ich erwähnte es wohl, doch nicht genügend, und so will ich diese Wahrheit bekräftigen, ist mir doch

später von gewisser Seite der Vorwurf der Hochstapelei gemacht worden, und ich glaube ihn nicht besser entschärfen zu können, als wenn ich auf den eben genannten Umstand hinweise. Denn was ist der Hochstapler? Zeichnet er sich nicht dadurch aus – wenn das Wort «auszeichnen» hier am Platze ist –, daß er seine Schritte zu einem vorbedachten Ziel hin befördert? Das Gegenteil aber war ich, der von überschäumender Liebe verblendet in die Welt hinausstürmte.

Der Zufall wollte es, daß wenige Minuten nach unserer Ankunft ein Zug nach Paderborn einfuhr; wir stiegen ein und verstauten unser Gepäck. Abermals fragte Helene: «Wohin fliehst du mit mir?» Ich antwortete: «Dorthin, wo das Glück ist.»

Es war Herbst, und dieser Jahreszeit wäre es entsprechend gewesen, nach Italien zu fahren; meine Barschaft gestattete dies jedoch nicht. So trat ich auf den Gang hinaus, um in Ruhe weitere Erwägungen anzustellen; da fiel mir ein Plakat ins Auge. Noch heute sehe ich es vor mir: Blumen umrahmten einen Teich, ein Springbrunnen schickte seinen Strahl in einen azurblauen Himmel, im Hintergrunde leuchtete die weiße Fassade eines Hotels, und über allem luden die Worte ein: «Besucht Bad Homburg, die Perle des Taunus!» Da war mir das Ziel unserer Flucht klar; in Paderborn wechselten wir den Zug, und als die Sonne am höchsten stand, hatten wir Bad Homburg erreicht.

Helenes Augen glänzten, als wir im Taxi durch die Stadt fuhren, sie drückte mir ein über das andere Mal die Hand, und besonders glücklich schätzte ich mich, als ich erfuhr, daß es nicht die Vornehmheit unseres Fluchtzieles war, die sie entzückte – sie hatte im Vorjahr hier einige Wochen mit ihren Eltern verbracht –, sondern daß ihr Jubel dem Umstand entsprang, mit mir hier weilen zu dürfen.

«In welchem Hotel stiegt ihr damals ab?» fragte ich.

«Im Fürstenhof», antwortete sie.

«Dann wollen auch wir dort wohnen», entschied ich. Der Portier neigte sich vor uns, ein Diener bemächtigte sich unseres Gepäcks, ich bestellte zwei der besten Zimmer. Während Helene nach oben fuhr, gab ich Auftrag, ein opulentes Mahl zu bereiten und uns nach Stundenfrist zu servieren; dann ließ auch ich mir mein Zimmer anweisen, säuberte mich vom Staub der Reise und trat schließlich in Helenes Zimmer, wo mich meine Braut mit Umarmungen und Küssen empfing. «Wie herrlich ist es», so rief sie, «aus dem täglichen Einerlei auszubrechen. Du hast recht, wir dürfen uns nicht an den Boden pressen lassen; Ruhe ist nichts für uns, wenigstens nicht für die Dauer. Ich dachte nicht, daß ich noch einmal lieben könnte! Wir wollen verlangen; vielleicht wird uns dadurch Erfüllung?»

Dezentes Klopfen ließ uns aus unserer Versenkung erwachen. Der Zimmerkellner servierte, wir setzten uns nieder, um zu speisen. Zarter Eierstand schimmerte mattgelb durch das Goldbraun der Bouillon, die Pastete war mit zartestem Fleisch gefüllt, eine Ente, mit Reis und Gemüse umlegt, duftete uns verführerisch entgegen, und herber Moselwein, zur Ente und zum Charakter von Helene passend, netzte unseren Gaumen. Da hob ich das Glas und sprach: «Leidenschaftlich wie unsere Flucht ist meine Liebe zu dir, sie wird dauern, solange ich lebe! Und so frage ich dich denn, Helene, wollen wir uns von dieser Stunde an als Verlobte betrachten?»

«Waldemar», erwiderte sie errötend, «deine Frage kommt mir überraschend. Willst du dich mit der Antwort darauf gedulden?»

Am Abend aber, als ich kühne Anklagen gegen die Welt hinausschleuderte und allen Sitten den Kampf ansagte, als ich die Väter für schuldig erklärte, als der Wein unsere Sinne für Höchstes empfänglich gemacht hatte, wiederholte ich meine Frage, und meinem Drängen wurde der schönste Lohn: Stammelnd vor Glück, schwor Helene mir zu, allen Widerständen zum Trotz, die sich von welcher Seite auch immer uns in den Weg stellen sollten, die Meine zu werden.

Kurz nur ist oft das Feuer taumelnder Sinnenlust, bald stellt sich nüchternes Nachdenken ein, und so war es auch in unserem Fall. Zwei oder drei Tage lang schwelgten Helene und ich in trunkenem Glück, dann wurde mir bewußt, daß dieses Leben nicht so weitergehen konnte. Das Volumen meiner Barschaft setzte ihm eine Grenze, und ich wäre ein schlechter Kaufmann gewesen, hätte ich mich durch meine Leidenschaft so weit drängen lassen, bis die Katastrophe unvermeidlich war. Helene einzuweihen, hielt ich für rücksichtslos. Sie, die nicht mehr geglaubt hatte, Liebe empfangen zu dürfen, war viel zu selig, in mir einen tief veranlagten Bräutigam gefunden zu haben. Sie genoß in vollen Zügen die Flucht; obendrein dachte sie, die gewöhnt war, aus dem vollen zu schöpfen, über pekuniäre Fragen nicht nach.

Rechtzeitig fiel mir ein, daß Dr. Trobitzsch nicht weit von Bad Homburg entfernt wohnte. Nur kurz bedachte ich mich, dann schickte ich ihm ein Telegramm, daß er mich unverzüglich aufsuchen sollte, und drei Stunden später hielt ich die Antwort in den Händen: Mein Freund versprach, am nächsten Tag eintreffen und mich in einem bestimmten Hotel erwarten zu wollen.

Dr. Trobitzsch empfing mich mit Jubel: «Naß, alter Junge», rief er, «welche Freude, dich zu sehen! Bißchen blaß um die Nase, werde wieder stoffwechselanregende Medikamente verschreiben müssen! Sonst aber wohlauf? Wo drückt der Schuh?»

Da berichtete ich von meiner Liebe zu Helene, von meinem Werben und der Erfüllung meiner Leidenschaft, von unserer abenteuerlichen Flucht und der außergewöhnlichen Stellung, die meine Braut in der Gesellschaft einnahm, von der Notwendigkeit, unsere Flucht zu beenden, und meinem Wunsch, Helene zu ehelichen. Ich legte ihm das eine und andere meiner Projekte dar, aber Dr. Trobitzsch schüttelte den Kopf. «Ungeeignet», sagte er. «Du mußt in großem Stil vorgehen. Weißt du, wie ich verfahren würde?» Und er sagte es mir.

«Nicht umsonst», so setzte er hinzu, «bin ich Mitglied der Demokratischen Partei, und es entspräche nicht unserer Freundschaft, nützte ich meine Verbindungen nicht aus. In spätestens fünf Tagen wird der alte Blaskowitz hier eintreffen. Möglicherweise gibt es ein Tänzchen, aber am Ende wirst du als Sieger hervorgehen!»

Da dankte ich ihm aufs herzlichste, wir tranken auf unsere Freundschaft, und als ich einige Stunden später – ein wenig bezecht, wie ich gestehe – zu meiner Braut zurückkehrte, waren alle Wolken hinweggefegt.

Am fünften Tag nach meinem Gespräch mit Dr. Trobitzsch geschah, was ich herbeigesehnt hatte. Mir kam dieser Termin günstig, da unsere Hotelrechnung zu einer Höhe angewachsen war, die ich aus meinen Barmitteln nicht nur nicht begleichen konnte, sondern die auch, wenn ich den freibleibenden Teil in absehbarer Zeit bezahlen sollte, mich in beträchtliche Schwierigkeiten bringen müßte. So erschrak ich keineswegs, als eines Mittags die Tür aufgerissen wurde und ein Mann hereinstürmte.

«Sind Sie der Bube, der meine Tochter in einen Skandal gestürzt hat?» schrie er. «Verantworten Sie sich, wenn Sie über einen Funken von Charakter verfügen!»

«Ich vermute», versetzte ich gelassen, «die Ehre mit Herrn Blaskowitz zu haben. Obwohl Sie in einer in der höheren Gesellschaft nicht üblichen Form mein Zimmer betreten haben, bin ich dennoch willens, Ihnen Auskunft zu erteilen. Ich möchte auch die wenig schmeichelhafte Titulierung, mit der Sie mich bedachten, überhören, denn unter Männern, die sich in familiärer Weise einander nähern, ist

es nicht gut, wenn man Unbedachtheiten mit Gewicht versieht.»
«Herr!» dröhnte Blaskowitz hochroten Gesichts. «Was erlauben Sie sich! Gesellschaft! Denken Sie denn, ich wüßte nicht, aus welcher jämmerlichen Bude Sie stammen? Gott sei Dank habe ich Zeit gehabt, mich über das Betriebchen Ihres Vaters zu informieren. Wenn ich noch einmal von familiärer Annäherung höre, schlägt's dreizehn!»
«Ich bitte Sie, mein Herr», entgegnete ich gemessen, denn es gelang mir vorzüglich, mich im Zaume zu halten, «ich bitte Sie zunächst, Platz zu nehmen, damit wir in Ruhe einige Mißverständnisse klären können.»
«Ach was», herrschte mich Blaskowitz an, «ich will meine Tochter holen und Ihnen gehörig die Meinung sagen. Kennen Sie diesen Artikel?»
Mit diesen Worten riß er eine Zeitung aus der Tasche und hielt sie mir vors Gesicht. Es war die in Düsseldorf erscheinende Zeitung «Der rheinische Demokrat», und der Artikel unter der Rubrik «Aus dem Gesellschaftsleben», der von Blaskowitz rot angestrichen worden war, hatte folgenden Wortlaut:

Ein freudiges Ereignis

Es ist Tagesgespräch in Düsseldorf, daß in einer der bedeutendsten Familien unserer Stadt bald eine Hochzeit gefeiert werden wird. Wir alle freuen uns mit, und «Der rheinische Demokrat» schätzt sich als erster Gratulant glücklich. Das Rätselraten, das in den Salons nicht zur Ruhe kommen wollte, wem nämlich H. B., die Tochter des ungekrönten Textil- und Papierkönigs des Rheinlandes, ihre Hand reichen wird, hat nun sein Ende gefunden. Ihre Wahl ist auf einen Fabrikantensohn aus dem sächsischen Industriegebiet gefallen. Was Herr B. in unserer Stadt darstellt, das ist Herr Rudolf N. – so heißt der Vater des Bräutigams – auf dem Gebiet der Gummiwarenindustrie im mittelsächsischen Raum. Herr Waldemar N., der Bräutigam, studiert gegenwärtig in Marburg und wird nach dem Studium als Juniorpartner in die väterliche Firma eintreten. Zur Zeit weilt das junge Paar in Begleitung eines älteren Familienmitglieds in Bad Homburg. Noch während der Wintermonate soll die Hochzeit, wie «Der rheinische Demokrat» aus gewöhnlich gut unterrichteten Kreisen erfährt, in großem Stil gefeiert werden. «Mein Hochzeitsgeschenk für meine Tochter», so äußerte Herr B. im vertrauten Kreis, «wird eine Reise rund um Afrika sein.»

Informatikus

«Was sagen Sie nun?» schrie Blaskowitz.

Ich hielt das Zeitungsblatt noch immer in der Hand, ließ es langsam sinken und richtete meinen Blick auf den Mann, der sich in schlechthin unbegreiflicher Weise wehrte, mein Schwiegervater zu werden.

«Manches» so sagte ich, «erscheint mir übertrieben, wie es in Zeitungen häufig vorkommt. Der Kern jedoch stimmt: Ja, Herr Blaskowitz, Helene und ich haben uns verlobt. In wenigen Tagen hätten wir Sie um Ihre Zustimmung gebeten. Nun ist dieser Schreiberling meiner Absicht tatsächlich in einer für mich nicht wenig peinlichen Weise zuvorgekommen.»

Er stürzte hinaus und schlug die Tür zu, daß der Kronleuchter zitterte. Ich zündete, um meine Nerven zu beruhigen, eine Zigarre an und dachte über die Situation nach, in die ich nicht ganz unvermutet geraten war, die mich aber durch ihre Heftigkeit überraschte, doch durfte ich mit meinem beherrschten Auftreten vollauf zufrieden sein und nahm mir vor, in gleicher Weise weiter zu verfahren. An diesen Vorsatz hielt ich mich, als Blaskowitz nach einer halben Stunde wieder in mein Zimmer trat. «Sie haben alles gerissen eingefädelt», dröhnte er, «aber ich habe Ihnen einen Strich durch die Rechnung gemacht! Sie können sich

darauf verlassen, daß ich Ihren Herrn Vater von Ihrem Bubenstreich in Kenntnis setzen werde. Meine Tochter reist mit mir ab. Ich warne Sie, sich noch einmal meiner Tochter zu nähern! Ein letztes Wort: Bei dem Rest von Ehre, über den Sie vielleicht verfügen, frage ich Sie: Haben Sie sich Helene gegenüber so verhalten, daß Sie ihrem alten Vater ins Auge schauen können, ohne zu erröten?»
Getreu meinem Vorsatz bewahrte ich auch jetzt Ruhe, bemühte mich, die Infektionen* seiner Rede geflissentlich zu überhören, und ihn fest anblickend, antwortete ich: «Mein Herr, ich sagte Ihnen bereits, daß Helene und meine Wenigkeit sich als Verlobte betrachten. Für uns gab es nur eine Richtschnur, das Gebot unseres Herzens.»
Da lief Blaskowitz dunkelrot an, er warf mir einen Blick zu, der mich vernichten sollte, und indem er noch einmal den Kronleuchter zum Klirren brachte, verließ er endgültig mein Zimmer.
Der folgende Morgen stellte mich vor nüchterne Tatsachen. Noch einmal genoß ich die aus glänzendem Nickel springenden Fontänen des Kachelbades, dann klingelte ich dem Zimmerkellner und bestellte ein letztes Frühstück. Ich bat auch darum, mir die Rechnung auszufertigen, der ich in einiger Besorgnis entgegenschaute. Wie atmete ich aber auf, als sich herausstellte, daß Blaskowitz den Teil der Rechnung, der auf Helenes Namen eingetragen worden war, bezahlt hatte. Es erwies sich dabei als günstig, daß ich die Mahlzeiten und Getränke auf Helenes Zimmer bestellt hatte, und so war die Summe, die mir zu bezahlen blieb, gering gegenüber der, die ich hatte befürchten müssen.
So verließ ich dieses Hotel, das mir einen Glückstaumel ohnegleichen beschert hatte, aber auch zum Ort herben Leids geworden war. Ich warf keinen Blick zurück, denn es ist nicht meine Art, Vergangenem nachzutrauern, und

* Gemeint ist offenbar: Invektiven.

bereits im Zug dachte ich angestrengt darüber nach, wie ich das vor mir stehende Marburger Leben meistern könnte.

Bereits am Abend hatte ich harte Prüfungen zu bestehen. Mit einem Scherzwort auf den Lippen trat ich unter die Tischgesellschaft der Dame Tittersmog. «Hallo!» rief ich also. «Wünsche guten Appetit, noch ein Plätzchen frei für den verlorenen Sohn?» Ich schickte mich an, den einzelnen die Hand zu reichen, kam aber nicht recht dazu, weil sich Knut Blaskowitz mit drohendem Gesicht erhob und mir einige so rücksichtslose und jeder Berechtigung entbehrende Worte entgegenzischte, daß ich erbleichte. Unter anderem nannte er mich einen Hochstapler. Am liebsten hätte ich den Schmäher gezüchtigt, doch hielt ich an mich und antwortete: «Sie werden es einst bereuen, mir in dieser Weise entgegengetreten zu sein! Nur dem Umstand, daß ich in Ihnen einen künftigen Verwandten erblicke, verdanken Sie es, daß ich Ihnen nicht mit gebührender Münze heimzahle!» Damit drehte ich mich brüsk um und verließ den Raum, um mich zur Wirtin zu begeben und ihr mitzuteilen, daß nichts mich bewegen könne, auch nur eine Nacht noch unter dem Dach zu verbringen, unter dem ich in schnöder Weise beleidigt worden war. Da begann meine zweite Prüfung an diesem Tag, denn Frau Tittersmog rang die Hände, flehte mich an, sie nicht zu verlassen – es gab nämlich zu dieser Zeit in Marburg mehr leerstehende Zimmer als Anwärter darauf –, ich jedoch ließ mich auf nichts ein; auch die unbillige Forderung, die Miete für den vergangenen Monat zu begleichen, in dem ich das Zimmer nicht einen Tag lang benutzt hatte, wies ich energisch zurück. Da verlor die Dame jede Haltung; sie fiel in den keifenden Ton von Waschweibern, ging mir, während ich meine Siebensachen packte, nicht von der Seite, und es bedurfte aller meiner Beherrschung, daß ich sie nicht in energischer

Form auf das Verletzende ihres Benehmens hinwies. Dann verließ ich das Haus, um es nie wieder zu betreten.
Die folgende Nacht verbrachte ich in einem billigen Hotel. Am nächsten Tag sah ich mich nach einem neuen Zimmer um und fand ein meinen Barmitteln entsprechendes im Hause eines Schneiders; es lag im Dachgeschoß, überdies nach dem Hof hinaus und war nur über eine schmale Treppe zu erreichen.
Nachdem ich mit dem Schneider handelseins geworden war, begab ich mich zu meiner Lehranstalt, wo mich der Direktor mit Verwürfen empfing, hatte doch der Unterricht seit einer Woche wieder begonnen. Mit wahrem Feuereifer stürzte ich mich in die Arbeit. Um eine Note brauchte ich mich nicht zu sorgen, das war die für deutsche Sprache, denn schon damals schrieb ich einen vorzüglichen Stil. Kaufmännisches Rechnen und Schriftverkehr sahen mich unter den ersten der Klasse, während Buchführung nur mit geringem Interesse betrieben wurde, sollte ich mich doch später diesbezüglich auf einen Hauptbuchhalter verlassen können. So ging ich keineswegs blind an die Unterrichtsfächer heran, wie es die meisten meiner Mitschüler taten, sondern wählte mit Bedacht diejenigen zu ernsthafter Bemühung aus, die mir später von Nutzen sein konnten. So verwandte ich auch auf Maschineschreiben, Kurzschrift und Plakatschrift nicht die geringste Mühe, blieb den Leibeserziehungen fern, widmete aber der Verkaufskunde, der Werbe- und Teilen der Warenkunde alles Interesse. Mit dieser Arbeitsmethode gelang es mir alsbald, in den Fächern, die mir von Wert waren, beachtenswerte Noten zu erzielen, und kaum waren wenige Wochen vergangen, als ich das Versäumte nachgeholt hatte.
Wenige Wochen – wie leicht schreibt sich das! Aber wie schwer wurde diese Zeit. Wie oft sandte ich sehnsüchtige Gebete zum Himmel, meinen Schöpfer anflehend, er

möge alles zum Guten wenden? Unzählige Male war ich der Verzweiflung nahe, ebensooft riß ich mich empor, denn es schien mir unfaßbar, eine so starke Liebe, wie sie zwischen Helene und mir bestand, könne vom Schicksal schnöd beiseite geschoben werden. Muß ich sagen, daß ich keine Mühe scheute, um mit Helene wieder in Verbindung zu gelangen? Aber jeder Brief kam ungeöffnet zurück; die Hand, die ihn zurücksandte, war nicht die Helenes, und so schloß ich, daß sie in strengem Hausarrest gehalten wurde. Auch die Versuche, die Dr. Trobitzsch unternahm, um über seine Düsseldorfer Parteifreunde Erkundigungen einzuziehen, schlugen fehl. Der Appetit floh mich, zumal ich gezwungen war, nur billige Speisen zu mir zu nehmen; selbst die Natur, die sich auf den die Stadt umziehenden Höhen in verschwenderischer Farbenpracht zur Ruhe begab, vermochte mein Auge nicht zu entzücken. Da ereignete sich eines Abends eine einschneidende Wandlung. Ich saß wie meist in meinem Dachstübchen, über Bücher gebeugt und alle Gedanken auf ihren Inhalt konzentriert. Ich fuhr erstaunt auf, als jemand an meine Tür klopfte. «Herein!» rief ich, und ins Zimmer trat Knut Blaskowitz, der in der ihm eigenen Art begann: «Einladung vom Alten. Sollen mal kommen.»
«Von Herzen gern», antwortete ich überrascht. «Zwar hatte ich nicht damit gerechnet, so bald zu Ihrem Herrn Vater gerufen zu werden, doch war ich sicher, daß sich die Liebe zwischen Helene und mir gegenüber allen Widrigkeiten behaupten würde.» Ich mußte an mich halten, um meinen künftigen Schwager meinen Triumph nicht spüren zu lassen; am liebsten wäre ich aufgesprungen und hätte die Arme jubelnd zum Himmel emporgestreckt, denn brausendes Glück erfüllte mein Herz.
Ich fragte gelassen: «Wann darf ich Ihrem Herrn Vater meine Aufwartung machen?»
«Nächsten Sonntag. Fahre Sie hin.»

4

Niemand vermag meine Gefühle in den folgenden Tagen zu beschreiben. Ich vermochte nicht, mich zum Studium zu zwingen; es drängte mich hinaus in die Natur, und viele Stunden verbrachte ich in den Wäldern und auf den Höhen der Umgebung.

Ich will den Leser nicht auf die Folter spannen, will nicht schildern, wie ich Vorbereitungen traf, um trotz meiner angespannten Finanzlage in vorteilhafter Gewandung vor meinen künftigen Schwiegervater zu treten, will die Fahrt nicht beschreiben, die meinen Schwager und mich von Marburg nach Düsseldorf führte; ich will den Handlungsfaden wieder aufnehmen, als ich in das Zimmer des rheinischen Papier- und Textilkönigs Reinhold Blaskowitz trat.

«Nehmen Sie Platz», sagte Blaskowitz. «Als wir uns zum erstenmal sprachen, hielten Sie um die Hand meiner Tochter an. Ich darf Sie fragen, wie Sie jetzt, nach einer von mir gewünschten Zeit der inneren Prüfung, zu diesem Antrag stehen?»

«Herr Blaskowitz», antwortete ich, «meine Liebe zu Helene ist stark wie am ersten Tag. Sie würden mir, so darf ich versichern, die größte Freude meines Lebens bereiten, sagten Sie ja zu meinem Antrag, den ich in aller Form wiederhole.»

«Ich habe mit meiner Tochter gesprochen», erklärte Blaskowitz. «Auch sie ist von dem Wunsch erfüllt, sich mit Ihnen ehelich zu verbinden. So will ich denn mit meinem Segen nicht länger zögern.» In den Augen meines Schwiegervaters glänzte die Feuchtigkeit der Rührung, als wir uns die Hände reichten. Dann schlug er an eine zierliche Tischglocke, die einen silberhellen Klang erschallen ließ, eine Tür öffnete sich, und Helene, die auf dieses Signal gewartet haben mußte, fiel mir um den Hals. Wir küßten uns, meine Schwiegermutter trat ins Zimmer und nahm

mich in die Arme, mein Schwager klopfte mir auf die Schulter, und Arm in Arm schritten wir zur Tafel.
Der eine oder andere Leser mag Bewunderung darüber empfinden, daß ich über die Beleidigungen hinwegging, die mir von meinem Schwiegervater und dessen Sohn angetan worden waren. Ungünstige Umstände hatten diese beiden Männer Urteile fällen lassen, die sie inzwischen in ihrem Inneren berichtigt hatten. Sie, Ehrenmänner durch und durch, hatten mich inzwischen in meinem Wert erkannt. Bedurfte es da noch eines Wortes über Äußerungen einer vergangenen Zeit?
Bleich vor Glück saß Helene neben mir; auch sie konnte es wohl noch nicht fassen, daß unsere Liebe so schnell belohnt worden war. Vor uns glitzerte das Tafelsilber dieser alten rheinischen Familie, köstlicher Wein funkelte in herrlichen Römern, ein aufs beste geschultes Personal wartete uns auf, und ich wurde mir so recht bewußt, wie glücklich ich mich schätzen durfte, die Liebe der Tochter dieser Familie errungen zu haben.
Noch an diesem Tage sandte ich meinem Vater ein Telegramm, in dem ich ihn von meiner Verlobung in Kenntnis setzte. Mit meinem Schwiegervater besprach ich einige die Mitgift betreffende Fragen, dann kehrte ich nach Marburg zurück, um meine Ausbildung abzuschließen.
Wenig später fand die Trauung statt. Helene hatte auf einen baldigen Termin gedrängt, damit kein unberufenes Auge jenen gesegneten Zustand erkennen könnte, in den mein Liebessturm in Homburger Flittertagen sie versetzt hatte. Rieselnde Spitze verbarg ihren sich zart wölbenden Leib, als sie an meiner Seite zum Altar schritt, die Glocken kündeten ins rheinische Land hinaus, daß zwei liebende Herzen einander gefunden hatten, und als uns der Pfarrer fragte, ob wir gewillt seien, in Liebe und Treue ein christliches Leben zu führen, antworteten wir aus tiefster Seele mit jubelndem Ja.

3. Kapitel

Der Sprung in die Geschichte

1

Es ist dem Chronisten gegeben, Minuten auf zahlreichen Seiten darzustellen und Jahre in karge Sätze zusammenzudrängen. So mache ich von diesem Recht Gebrauch und eile im Sauseschritt, wie Wilhelm Busch es einst formulierte, hin zu meiner nächsten Lebenszäsur und vermerke nur in Stichworten die dazwischenliegenden Daten.

Hart waren diese Jahre. Meine liebe Mutter starb, mein Vater kränkelte dahin und sah sich genötigt, mir 1929 die Verantwortung für die Firma zu übertragen, gerade zu einer Zeit, da die böse Krise heranzureifen begann. Die Mitgift meiner Frau erwies sich als nicht groß genug, um die Sorgen für längere Zeit von meinem Hause fernzuhalten, und die rheinische Verwandtschaft ließ es an laufender Unterstützung in leidiger Weise mangeln.

Besonders arg erging es mir um die Jahreswende 1932 zu 1933. Wie oft stand ich damals am Fenster meines Kontors und schaute in den Park hinab, das Haupt von Sorgen umwölkt und Gram in der Brust! Tief waren wir alle damals gesunken, Haß zerriß unser Volk, und auch mit der Claußenhainer Gummiwarenfabrik stand es nicht zum besten: Die Wirtschaftsmisere griff mit unerbittlicher Klaue nach der Lebensader dieses Unternehmens. Da fiel der Tropfen, der das Faß zum Überlaufen brachte. Meine Gefolgschaft stieß mir den Dolch in den Rücken; abgefeimte Hetzer hatten sie gegen einen unabdingbaren

Lohnabbau aufgewiegelt. Mit Tränen in den Augen legte eines Tages der treue Meister Berndt die Schlüssel des Werkes vor mich auf den Tisch: Die Claußenhainer Gummiwarenfabrik hatte vorerst ihren Atem ausgehaucht. Da befand es unser greiser Reichspräsident für richtig, Adolf Hitler mit der Regierungsbildung zu beauftragen. Ich will mich jeder Einschätzung dieses Ereignisses enthalten, will weder Worte wie «Machtübernahme» noch «Rettung in letzter Stunde» gebrauchen, denn ich maße mir nicht an, Urteile über die hohe Politik zu fällen. (Dabei habe ich persönlich oft genug in dieselbe eingegriffen!) Auch will ich für Hitler nicht den Titel «Führer» verwenden, der damals im Schwange war, denn bereits er wäre ein Wertmaßstab. Ich bin und bleibe leidenschaftsloser Chronist. Doch hieße es der Wahrheit nicht die Ehre geben, verschwieg ich, daß alsbald frischer Wind zu wehen begann, der den Aufwieglern gegen die Wirtschaftsordnung das Handwerk legte. Meine Gefolgschaft erklärte sich zwar wieder zur Arbeit bereit, aber was nützte dieser Wille, wenn es noch immer an Aufträgen mangelte?
In diesen ereignisreichen Wochen rollte eines Abends ein Personenwagen vor das Tor meiner Villa, und ihm entstieg in schmucker Uniform mein Schwager Knut. Helene und ich erfuhren alsbald, daß sich mit den jüngsten Ereignissen seine Lage grundlegend gewandelt hatte: Dr. Ley, dessen Adjutant er geworden war, hatte eine führende Stellung im Reich eingenommen; Knut selbst arbeitete in Sphären, von denen der gewöhnliche Sterbliche nur eine verschwommene Vorstellung besitzt, befehligte einen Stab von Untergebenen und hatte die Wohnung eines geflüchteten Intellektuellen bezogen. Ständig befand er sich in unmittelbarer Nähe von Dr. Ley, kannte Göring, Heß und Funk persönlich, und auch der Führer hatte ihm bereits die Hand gedrückt. In seiner wortkargen Art, die mich früher bisweilen befremdet hatte, die mir jetzt je-

doch trefflich mit seiner Stellung zu harmonisieren schien, deutete Knut einige Geschehnisse der Staats- und Parteipolitik an, und ein Hauch der großen weiten Welt strich in mein vergleichsweise bescheidenes Milieu. Wahrlich, es wäre besser gewesen, ich hätte damals mit größerem Verständnis auf die Worte meines Schwagers gelauscht, dann wäre mir später manche Unbill erspart geblieben. Aber reinen Herzens hörte ich, was Knut besonders über Dr. Ley sagte. Dieser war von Hitler ausersehen, die Gewerkschaften in die Deutsche Arbeitsfront einzugliedern. Wer will mir übelnehmen, daß mir diese Begriffe damals fast böhmische Dörfer waren? «Eiserne Besen!» rief Knut, als er auf die Methoden zu sprechen kam, mit denen Dr. Ley vorzugehen gesonnen war. «Juden 'raus!» knurrte er und fügte hinzu: «Marxismus mit Stumpf und Stiel ausrotten!» Nur meiner arglosen Gemütsverfassung ist es zuzuschreiben, daß ich diese Worte als rein symbolisch empfand.
Aufs wärmste gratulierte ich Knut zu seiner Karriere. Während wir nach Einzelheiten fragten, verhielt er unversehens und äußerte: «Tatsächlich kolossale Ähnlichkeit!» Worauf er ein Foto, Dr. Ley darstellend, aus der Brieftasche zog. Ich war ernstlich betroffen. Das knappe Haar, die ebenmäßige Form des Schädels, die kräftige Nase, der Schnitt der Augen und des Mundes – man hätte uns für Zwillingsbrüder halten können. Selbst meine sonst so zurückhaltende Frau lachte herzhaft über dieses launige Spiel der Natur, das Knut wohl früher einmal erwähnt, welches ich jedoch in solcher Ausgeprägtheit nicht für möglich gehalten hatte.
Allmählich kam Knut auf den Sinn seines Besuches zu sprechen. In lobenswerter Anhänglichkeit an seine Familie hatte er sie im Trubel der politischen Ereignisse keineswegs vergessen. Einige freie Tage nutzend, war er zur Firma seines Vaters geeilt, um dieser mit einem Auftrag unter

die Arme zu greifen; nun suchte er mich zum gleichen Zweck auf. Die Deutsche Arbeitsfront, deren Führer Dr. Ley war, benötigte Hüllen aus gummiertem Stoff, um darin ihre Fahnen vor dem Regen zu schützen. Ich sollte besagte Hüllen liefern. Dieses nun entsprach nicht völlig meinem bisherigen Fertigungsprogramm, aber eilends warf ich Zahlen aufs Papier und rechnete aus, ob aus diesem Auftrag für mich ein Nutzen entspringen könnte.
«Und wie viele benötigst du?» fragte ich.
«Sechshundert.»
Mit einer Gebärde, die jeden Zweifel ausschloß, schob ich Bleistift und Papier von mir. «Wegen solch einer Lappalie behelligst du mich? Schließlich bin ich kein Handwerker!»
«Achthundert», gestand er zu.
«Achthundert», rief ich aus «höre ich recht? So gering achtest du die Perspektive eurer Idee? Dreitausend, das wäre ein Wort! Und was sollte es schaden, wenn ein paar Hundert vorerst in Reserve blieben, da doch dieses Reich ein tausendjähriges ist und auch die beste Fahnenhülle nicht so lange hält?» Der Schwung, der mir eigen ist, wenn es einen Geschäftsabschluß zu tätigen gilt, riß mich fort und packte auch Knut. Endlich einigten wir uns auf zweitausenddreihundert Hüllen, und obendrein verkaufte ich ihm vierhundert Gummiwärmflaschen, die die Arbeitsfront für noch einzurichtende Sanitätsstuben eines Tages gewiß benötigen würde.
Im besten Einvernehmen trennten wir uns zu später Nacht, und nach nur wenigen Stunden Schlaf machte ich mich ans Werk, meiner Firma frischen Odem einzuhauchen. Meister Berndt entwarf eine Technologie zur Herstellung der Fahnenhüllen, durchdachte den rationellsten Arbeitsablauf und suchte unter den arbeitslosen Frauen des Ortes diejenigen heraus, die bisher am fügsamsten gewesen waren. Mit ihnen begann wenige Tage später die Produktion. Der Schornstein rauchte, dumpf dröhnte der

Kalander, und emsiges Treiben herrschte wieder in allen Räumen des mir so ans Herz gewachsenen Unternehmens.
Wenn ein Vergleich gestattet ist: Was die Baumwolle für Ägypten, der Weizen für Australien und die Kohle für das Ruhrgebiet, das war die Wärmflasche für die Claußenhainer Gummiwarenfabrik. War sie gängig, florierte mein Unternehmen, verstopfte sie die Lager, stagnierte das übrige. Sosehr mir der Auftrag der Arbeitsfront zunächst half, so energisch mußte ich jedoch trachten, meine eigentliche Produktion wieder anzukurbeln.
In diese Zeit fiel ein Ereignis, das weitesttragende Folgen haben sollte. Schwager Knut rief aus Chemnitz an, ich sollte mich am gleichen Abend in einem Hotel dieser Stadt einfinden, die Angelegenheit sei wichtig und dulde keine Widerrede. In hoher Spannung betrat ich zur angegebenen Stunde das genannte Hotel, stutzig gemacht durch eine Reihe von Wagen vor dem Tor. Einige Uniformierte in der Halle blickten mich verwundert an. Einer hob zögernd die Hand zum Gruß. Minuten später war ich im Bilde: Dr. Ley, von Knut gesprächsweise auf seinen Doppelgänger hingewiesen, hatte den Wunsch geäußert, mich kennenzulernen.
Ich war verwirrt, hatte ich doch noch nie einem Großen der Politik Aug in Aug gegenübergestanden. Wenn ich mich recht besinne, machte ich Knut sogar gelinde Vorwürfe, doch dieser wehrte lachend ab. Eine Uniform hing bereit, Knut nötigte mich, sie anzuziehen, und als ich danach in den Spiegel blickte, schaute mir ein Mann entgegen, der dem von vielen Bildern her bekannten Reichsorganisationsleiter tatsächlich täuschend ähnlich sah. Ehe ich mich noch von meiner Verblüffung erholt hatte, befand ich mich in einem Klubzimmer einer Gruppe von Herren gegenüber, die – teils in Parteiuniform, teils in Zivil – an einem großen Tisch Platz genommen hatten.

Knut schrie: «Achtung! Dr. Ley der Zweite!», und augenblicklich erhob sich stürmischer Jubel. Schlagfertig die Situation meisternd, rief ich: «Weitermachen!» und eilte auf den Mann zu, der am oberen Ende der Tafel saß. «Doppelgänger Naß zur Stelle!» meldete ich, worauf Dr. Ley ausrief: «Menschenskind, Sie sind 'ne Bombe!» Er schüttelte mir die Hand, und gleich darauf hatte ich an seiner Linken Platz genommen und stieß mit ihm auf unser Kennenlernen an.

Die Herren um Dr. Ley saßen keineswegs bei politischer Beratung, sondern beim Bier zusammen. Der würzige Saft aus Kulmbach hatte schon die Zurückhaltung einem Neuling gegenüber hinweggeschwemmt: Ich wurde ohne Zaudern aufgenommen, und mein Geschick, mich sogleich in jeder Gesellschaft zurechtzufinden, tat sein übriges. Dr. Ley insbesondere ließ keinen Augenblick den Abstand spüren, der uns trennte. Er war Reichsorganisationsleiter, ich schlichter Fabrikant, er wirkte im Führerstand der Staatsmaschinerie, ich war, wenn dieser Vergleich gestattet ist, ein simples Rädchen; in dieser Stunde aber waren wir alle vereint, gleichgeschaltet sozusagen. Dr. Ley stimmte wie die anderen in die Rundgesänge ein, die den Kronleuchter zittern machten, er schloß sich nicht aus, wenn die Reihe an ihn kam, einen kräftigen Witz zum besten zu geben, und achtete sorgsam darauf, daß er nicht als einziger dem Getränk zusprach.

Verständlicherweise faßte ich im Laufe des Abends meinen Nachbarn zwar verstohlen, aber doch gründlich ins Auge. Womöglich waren es nicht die Teile des Gesichtes, die sich bei uns glichen. So zeigte sich seine Nase kräftiger als die meine, auch war sie von feinem rötlichem Geäder überzogen; seine Augen traten ein wenig aus der Höhlung, die Zähne waren kleiner und wiesen breitere Zwischenräume auf, seine Ohrenläppchen waren recht fleischig – Unterschiede hier und da, aber die Gesamtheit des Ein-

drucks war von frappanter Ähnlichkeit. Besonders unsere Staturen glichen sich: Wir waren beide mittelgroße kräftige Männer in den Jahren, die man mit Recht die besten nennt, allenfalls erschien der Reichsorganisationsleiter ein paar Jährchen älter.
Dr. Ley erkundigte sich nach meinem Beruf und dessen Prosperität, und zwischendurch scherzte er, ob unsere Ähnlichkeit vielleicht durch besondere Aktivität eines unserer Väter... Mit dieser Andeutung sei es genug, denn nicht jede Äußerung, die während eines Herrenabends fällt, ist geeignet, in die Literatur einzugehen, zumal ein Buch ja auch Jugendlichen in die Hände geraten kann. Ich jedenfalls lachte herzlich. Nur eines unterschied uns und war dem Auge des Dr. Ley nicht entgangen: Ich zog ein wenig das linke Bein nach. Auch darauf kamen wir zu sprechen, und ich wies ihn auf die besonderen Umstände meiner Verwundung hin. Er hörte achtungsvoll zu.
Im Verlaufe dieses Abends wurde mancher Ulk getrieben, denn der Alkoholgenuß brachte uns in die ausgelassenste Stimmung. Zu vorgerückter Stunde zog mich einer der Herren in eine Ecke und machte mir einen Vorschlag, in den ich sogleich einwilligte. Ich wurde mit einem Manuskript versehen, das Dr. Ley bei der Einweihung einiger Arbeitsfront-Fahnen am folgenden Tag verlesen sollte. Da ich in den zurückliegenden Stunden nicht nur auf das Äußere von Dr. Ley geachtet, sondern mir auch seine Art zu sprechen eingeprägt hatte, stellte das folgende keine übergroßen Anforderungen an mich. Ich warf mich in Positur und hielt die vorgeschriebene Rede, flocht launige Zwischenbemerkungen ein und wurde am Ende mit einem Beifall bedacht, wie er stärker und ausgelassener nicht denkbar gewesen wäre. (Ich jedenfalls möchte an diesem Abend nicht zu den ruhebedürftigen Gästen dieses Hotels gezählt haben!) So zechten wir weiter, bis in den frühen Morgenstunden auch der Trinkfesteste zur Kapitulation

gezwungen war. «Tadellosen Eindruck gemacht!» lobte mich Knut, als wir Arm in Arm zu unserem Zimmer hinaufschwankten.
In den Wochen darauf besann ich mich häufig auf den mit Dr. Ley verbrachten Abend. Meine Frau nörgelte zwar, ich hätte den Hanswurst für andere gemacht, aber da ich ihre Humorlosigkeit kannte, wunderte mich dieses Urteil nicht. So manches Mal dachte ich über die Einfachheit nach, mit der sich Dr. Ley und die Herren seiner Begleitung gegeben hatten: Da war nichts von Großmannssucht und Standesdünkel spürbar gewesen. Nicht einmal Wein hatten sie getrunken, sondern Bier wie der schlichte Mann von Schraubstock und Werkbank auch, allenfalls ein wenig mehr.

2

Diese Erinnerungen waren fast die einzigen angenehmen Gedanken, deren ich mich in dieser Zeit erfreuen konnte. Zwar sah sich die Bank durch den Auftrag der Arbeitsfront veranlaßt, mir mit einem Kredit beizuspringen, aber in der Folgezeit erwies sich mein Geschäftspartner als säumiger Zahler. Längst waren die vierhundert Gummiwärmflaschen und die ersten tausend Fahnenhüllen abgeschickt, aber noch hatte sich die Arbeitsfront mit keiner einzigen Reichsmark erkenntlich gezeigt. Bereits wollte ich einen energischen Mahnbrief schreiben, als ich mich zur rechten Zeit besann: Zu leicht konnte man in den Ruf vaterlandsloser Gesinnung geraten! Die nationalsozialistische Bewegung war jung, vieles in ihr mußte gären, und warum sollte man sich einen Kunden verscherzen, der wohl etwas unseriös war, sehr bald aber der größte Auftraggeber werden könnte? Gottlob brachte dieser Sommer heiße Tage, so daß ich einen beträchtlichen Posten Bademützen absetzen konnte. Spät im Herbst begann dann das Geld von der Arbeitsfront zu tröpfeln. Wie mir Knut mitteilte, hatten erst die beschlagnahmten Vermögen der

Gewerkschaften flüssiggemacht werden müssen; nun gehörte ich zu den ersten, deren Forderungen berücksichtigt wurden. Wie glücklich war Helene, als ich die rückständigen Kraftfahrzeugsteuern bezahlen und den Wagen wieder in Betrieb nehmen konnte. Wie jubelten die Kinder – zu unserem kurz nach unserer Hochzeit geborenen Stammhalter hatte sich drei Jahre später ein Mädchen gesellt –, als ich sie zu einer Spazierfahrt durch die herbstbunte Natur einladen konnte. Die Grundlage unserer Existenz war wieder gesichert.
Im folgenden Frühjahr sollte ich ein weiteres Mal Gelegenheit finden, mich in der Politik zu tummeln. Undurchsichtig war wiederum der Beginn, das Telefon schrillte, Knut meldete sich aus Stettin und teilte mir mit, ich müßte mich am Chemnitzer Flughafen einfinden; er benötigte mich für zwei oder drei Tage. Seine Stimme klang aufgeregt, fast glaubte ich Besorgnis heraushören zu können. Da es nie meine Art gewesen ist, viel zu fragen, wenn an meine Hilfsbereitschaft appelliert wird, warf ich mich hinter das Steuer und lenkte meinen Wagen nach Chemnitz hinein. Der Leser wird ahnen, daß widerspruchsvolle Gedanken mich dabei bewegten. Kaum war ich vor das Flughafengebäude eingebogen, als ein Herr in der Uniform der politischen Leiter herzueilte und mich aufforderte, eine Kuriermaschine zu besteigen. Obwohl mich das Leben oft vor die absonderlichsten Aufgaben gestellt hat, war ich für den ersten Augenblick perplex. Doch rasch faßte ich mich, kletterte in die Kabine – und auf ging's in die Lüfte, einem ungewissen Geschick entgegen!
Heutzutage ist das Erlebnis eines Fluges nichts Weltbewegendes mehr. So darf ich darauf verzichten, die Häuser unter mir mit solchen aus einem Spielzeugkasten, die Fuhrwerke mit Ameisen und die Eisenbahnzüge mit Raupen zu vergleichen, denn oft genug ist derlei gesche-

hen; auch kann ich mir den poetischen Hinweis ersparen, daß mich ein einsamer Waldsee an das blinkende Auge eines Riesen gemahnte. Erwähnt sei nur, daß ich den Flug bei bester Gesundheit überstand, obwohl wir so manches Mal in Luftlöcher hinabtaumelten, und daß ich auf dem Rollfeld zu Stettin tatenfrisch aus der Maschine sprang.

Es bedurfte auch, wie ich sogleich erfuhr, aller meiner körperlichen und geistigen Kräfte. Schwager Knut führte mich zu einem Mercedes, der mit laufendem Motor auf mich wartete, und während dieser uns in rasender Fahrt in die Stadt brachte, unterrichtete mich Knut, warum er mich in den Norden des Reiches beordert hatte. Dr. Ley sollte an diesem Tag ein Bauvorhaben einweihen und war, um es ohne Umschweife zu sagen, leider betrunken. Eine Zecherei hatte sich am Abend ungebührlich ausgedehnt, Dr. Ley war den Vorbehalten seiner Begleitung gegenüber nicht zugänglich gewesen, hatte immer mehr eines, wie mir Knut versicherte, allerdings vorzüglichen Weinbrandes zu sich genommen und lag nun mit schwerem Rausch im Bett. «Vor abends nicht munter», stellte Knut die Diagnose. Das Weitere verstand sich von selbst: Ich sollte den Reichsorganisationsleiter vertreten! Ich widersetzte mich im Wagen, sträubte mich im Hotel. Gewiß, ich habe Schwächen wie jeder Mensch, jedoch von einer glaube ich bei aller Bescheidenheit frei zu sein: vom Komplex der Minderwertigkeit. Das von mir Geforderte aber überstieg mein Selbstvertrauen beträchtlich. Knut fuhr schweres Geschütz auf, indem er kundgab, die Arbeitsfront sei nicht nur bei mir verschuldet. Ein anderer Partner dieses Gesprächs lenkte in versöhnlichere Bahnen. Er hatte sich mit dem Namen Kümpchen und der Funktion des persönlichen Referenten Dr. Leys vorgestellt und war ein dicklicher Herr Ende der Dreißig. «Schauen Sie», erläuterte er, «Sie bekommen dieses Manuskript und verlesen es. Wo am Rand ein Kreuz ist, schlagen Sie mit der

Faust aufs Pult. Glauben Sie, der Doktor sieht sich seine Reden vorher an? Ich arbeite sie aus, er bringt sie unters Volk.» Kümpchens Stimme klang mild wie die eines Pfarrers – später erfuhr ich, daß er Studienrat an einem Lyzeum gewesen war. «Schade, daß ich Sie damals in Chemnitz nicht kennenlernen konnte; Sie sollen Dr. Ley ja geradezu verblüffend nachgeahmt haben!» schmeichelte er, während Knut eine Uniform aus dem Schrank riß und mir zuwarf. «Verdammt noch mal!» brüllte Knut. «Volksgenossen warten!»

So saß ich hin und her gerissen zwischen Kleinmut und nationalem Verantwortungsbewußtsein, während aus dem Nebenzimmer die glucksenden Schnarchlaute des Reichsorganisationsleiters herüberdrangen. Endlich siegte in mir die Tatkraft, und so fuhr ich mit einem letzten Seufzer in die goldstrotzende Uniform. Kümpchen riet mir, einen Schluck Weinbrand zu genehmigen, denn der ROL – diese Abkürzung gebrauchte er mehrfach – täte dies stets vor einer Rede, und niemand sei es anders von ihm gewohnt. Gern folgte ich seinem Rat; belebt eilte ich die Treppe hinab und sprang in den Mercedes, und wieder heulten die Pferdestärken auf, diesmal, um Kümpchen, Schwager Knut und mich an den Ort meiner Premiere zu führen. Unterwegs erläuterte mir Kümpchen, was von mir erwartet wurde. Um die Arbeitslosigkeit zu beseitigen, hatte Hitler ein gigantisches Projekt der Neulandgewinnung für den Raum der Odermündung anbefohlen, und zu diesem sollte von Dr. Ley der erste Spatenstich geleistet werden. Die NSDAP und ihre Gliederungen hatten zahlreiche Formationen aufgeboten, Arbeitermassen waren zusammengeführt worden, die gesamte Bevölkerung Pommerns blickte nach Krempin – so hieß der Ort –, und ein Mißlingen des geplanten Festaktes mußte katastrophale Folgen zeitigen.

Bereits von fern grüßten mich Fahnen, wir fuhren durch

dichter werdende Menschenspaliere, Beifall brandete auf, und endlich hielten wir vor einem mit Flaggen und Kiefernzweigen reich geschmückten Ehrenportal. Ehe ich den Wagen verließ, flüsterte mir Kümpchen zu: «Arm gestreckt halten!» Ich begriff: Beim Gruß, den man den deutschen nannte, sollte ich den Arm nicht anwinkeln, wie man es beispielsweise von Hitler gewohnt war. So schritt ich mit vorgestreckter Rechten durch die Massen, die mich ihrerseits auf die gleiche Weise grüßten, und rief ihnen aufmunternde Worte zu, wie etwa: «Genug nun des Faulenzens!» oder «Jetzt pfeift's aus einem anderen Loch, Leute!» Kindern strich ich über das flachsblonde Haar, einem greisen Bauern schüttelte ich die schwielige Faust, Mädchen vom BdM legte ich mit einem Scherzwort den Arm um die Schultern und stellte mich so den Linsen der Pressevertreter – mit einem Wort: Ich gab mich wie ein Volksführer von echtem Schrot und Korn. Die Sonne lachte, eine Brise wehte den Salzatem des Meeres heran, Jubel brauste um mich, Führung und Volk waren ein einziges untrennbares Ganzes!

Dachte ich aber daran, daß ich noch vor Stunden lediglich ein durchschnittlicher mittelsächsischer Fabrikant gewesen war? In mir waren Kräfte freigelegt worden, die geschlummert hatten, ungeahnte Gefühle durchfluteten mich und ließen mich so in meine Rolle hineinwachsen, daß ich gleichsam mit ihr verschmolz. Es bedurfte nur hier und da eines knappen Regiehinweises von Knut, alles übrige schöpfte ich aus einem Brunnen, von dessen Existenz und Tiefe ich bislang nicht das geringste geahnt hatte. Während eine Kapelle zündende Marschweisen intonierte, schritt ich die Front eines SA-Sturmes ab. Tausende jubelten mir zu, als ich ein Podium bestieg, in die Runde grüßte und zur Rede ansetzte. Bald entfernte ich mich vom ursprünglichen Text, wagte hier und da eine selbständige Formulierung, und nach kurzem schon benützte ich das Manuskript nur noch als Stütze meines Redeflusses. (Ich habe mir sagen lassen, daß es jeden wahren Volkstribun in der Geschichte ebenso fortgerissen hat!) Besonders einen Passus, der das Fronterleben des Weltkrieges pries, gestaltete ich nach eigenem Ermessen, war ich doch diesbezüglich zweifellos berufener als der biedere Kümpchen! Knut knurrte einige Male, aber das scherte mich wenig, und donnernder Beifall bewies mir am Ende, daß ich ins Schwarze der Volksseele getroffen hatte.

Wie oft erinnerte ich mich später dieses Tages, und auch heute bei der Niederschrift meiner Memoiren will es mich dünken, als sei er einer der erfülltesten meines Lebens gewesen. Umdrängt schritt ich den von Knut gedeuteten Weg; ein funkelnder Spaten war zur Hand, ich stach ihn in die fette Scholle und warf eine solche in die bereitstehende Kipplore. Wieder brandete Beifall auf, und alsbald verwandelte sich die Menge der Jubelnden in ein Heer von Arbeitenden, das wacker die Spaten schwang.

Krempin, schlichtes pommersches Fleckchen Erde! Wie freudig lachtest du mir entgegen, und wieviel Bitternis mußte ich auf deinen Fluren später erleiden! Aber es ist von der Vorsehung weise eingerichtet, daß niemand sein künftiges Geschick erahnen kann, und so blieb mir an diesem Tag der Blick auf das erspart, wovon der Leser zu seiner Zeit erfahren wird. Um mich herum wogte das Bild der Arbeit, als ich davonfuhr, um in einem Schlosse mit den Männern zusammenzutreffen, deren Obhut dieser Landstrich anvertraut war.

Ich gestehe, daß mich die Erregung ermattet hatte und es mir wohltat, in die Polster des Wagens sinken und für einige Minuten die Augen schließen zu dürfen. Kümpchen lobte mich im allgemeinen, wenn er auch hier und da eine Kleinigkeit bekrittelte, was ich ihm nicht weiter übelnahm. Auch verstand ich, daß die Autoreneitelkeit des braven Mannes durch meinen rednerischen Überschwang

gekränkt war; es hätte jedoch keineswegs zur gehobenen Stimmung des Tages gepaßt, wenn ich nicht großzügig darüber hinweggegangen wäre. «Jetzt Schnauze halten!» ordnete Knut an, als wir die Auffahrt von Schloß Tiefenziatz hinaufrollten. «Ernstes Gesicht!»
Zahlreiche Damen und Herren des pommerschen Landadels sowie Parteiführer und Reichswehroffiziere erwarteten mich auf der Freitreppe. Ich grüßte mit gestreckter Rechten und schüttelte dem Hausherrn die Hand. Er begleitete mich in einen Saal, in dem eine Tafel prangte. Was an Getier die Ställe des Schloßgutes bevölkerte oder in den umliegenden Forsten kreuchte und fleuchte, was an Obst und Gemüse in den Gärten gezogen wurde, war hier versammelt. Braten von Reh und Hirsch, Schwein und Rind, Gans und Fasan türmten sich aufs appetitlichste zwischen Salaten und Kompotten, so daß mich selbst die kurzen Begrüßungsworte des Hausherrn zu lang dünkten. Wacker hieb ich alsdann ein, ermunterte auch meine Umgebung, ein Gleiches zu tun, und lobte die Dame des Hauses mit einem «Tadellos, gnä'Frau!», was sie stolz erröten ließ.
Kümpchen steckte mir einen Zettel zu, auf dem er eine Tischrede vorbereitet hatte, und auch dieser Aufgabe entledigte ich mich mit Bravour. Über dem reichen Mahle hätte ich fast das Trinken vergessen, aber Kümpchen raunte mir rechtzeitig eine diesbezügliche Mahnung zu, und so hob ich dann öfter den Becher. Der klare, alte Korn harmonierte trefflich zu den fetten Speisen.
Als wir Herren uns anschließend in einem Seitengemach bei Zigarre und Mokka zusammenfanden, begriff ich, warum Knut mir knappe Rede und beherrschte Mimik geraten hatte. Die Gutsbesitzer der Umgebung erhofften nämlich von dem neuen Bauvorhaben einen Wertzuwachs für ihre Liegenschaften. Der eine riet mir, die Zufahrtsstraße näher an seiner Gemarkung vorbeizuführen.

Ein anderer versuchte mir glaubhaft zu machen, die Entwässerungsgräben des Landstriches, besonders in der Nähe seiner Wiesen, müßten geräumt werden, sollte das neue Projekt nicht unter zu hohem Grundwasserstand leiden, und der Hausherr selbst wollte mir die Zusicherung abschwatzen, Gemüse, Fleisch und Kartoffeln für das Arbeitsheer lediglich von seinem Gute zu beziehen. Gedankenschwer an meiner Zigarre saugend, hörte ich den Herren zu, nickte hier und da und wies Kümpchen an, sich die Vorschläge zu notieren, reichten doch meine Vollmachten nicht aus, Zusicherungen zu geben. Auch aus einem anderen Grund wäre dies voreilig gewesen: Ich hatte beobachtet, daß die meisten Arbeiter der Baustelle ungenügend beschuht ans Werk gingen. Bei dem feuchten Boden waren Gummistiefel äußerst dringlich. Die Gesundheit der Arbeitsmänner erschien mir selbstverständlich als das wichtigste. Übrigens führte ich dieses Gespräch sehr selbstsicher, sah ich doch keinen Grund, mir von Baronen- und Grafentiteln imponieren zu lassen; schließlich galt der Adel der Arbeit, den ich repräsentierte, mehr als ein durch Geburt erworbener Namensschmuck. «Meine Herren», so schloß ich jovial das Gespräch, «ich werde über Ihre Vorschläge nachdenken lassen!»
Mehr hatte wohl auch niemand erwartet, denn alle verbeugten sich und ließen nicht das geringste Zeichen von Mißstimmung bemerken. Als wir in den Saal zurückkehrten, hatten fleißige Hände die Tafel von den Resten des Mahles gesäubert, eine Kapelle stimmte die Instrumente, und alles war trefflich dafür angetan, den Anstrengungen des Tages einen fröhlichen Abend bei Trunk und Tanz folgen zu lassen. Da trat Knut an mich heran und meldete mit jenem durchdringenden Flüstern, das für die nächste Umgebung bestimmt ist – seit jeher Zubehör der Diplomatie! –: «Herr Reichsorganisationsleiter, Führer befiehlt sofort nach Berlin!»

Es bedurfte einiger Zeit, ehe ich zu mir selbst zurückfand. Nicht Maskerade und List hatten mich ja einen Tag lang bestimmt, mein ganzes Sein war in der Rolle aufgegangen, und dieses hatte letztlich meinen Erfolg bewirkt. Denn ein Erfolg war es gewesen, das hätte nicht der Bestätigung von Knut und Kümpchen bedurft. Wohl brachte sie der erstere in seiner bärbeißigen Art dar, wohl fügte der letztere – er konnte auch hier den Schulmann nicht verleugnen – einige Belehrungen hinzu, doch hörte ich aus jedem Wort heraus, wie überglücklich sie waren.

Ich hatte mit Glanz debütiert! Wäre daran noch der geringste Zweifel geblieben, so hätte ihn Dr. Ley selbst zerstört. Ich traf ihn im Hotelzimmer an, ohne Jackett, die Hosenträger über dem Hemd, in einem Sessel liegend und zur Bequemlichkeit den Hosenbund geöffnet. Was sollte er sich vor dem Manne genieren, der einen Tag lang er selbst gewesen war? Abwechselnd berichteten Kümpchen und ich von den hinter uns liegenden Stunden. Vor kurzer Zeit erst, so stöhnte der ROL, sei er wach geworden, und noch plagten ihn Kopfschmerzen. Auf dem Tisch standen eine Flasche Weinbrand und ein Selters-Siphon, aus denen er sich und uns bediente; es war derselbe Weinbrand, dem er am Vorabend zugesprochen hatte. Es sei, so erläuterte er uns, sein Prinzip, am Morgen mit dem gleichen Getränk zu beginnen, mit dem er am Abend aufgehört hatte. Auf diese Weise könne er den hartnäckigsten Kater vertreiben. Wir übersahen höflich, daß es ja keineswegs Morgen, sondern bereits wieder Abend war, und steuerten eigene Beobachtungen seinem Grundsatz bei. Bald aber kehrten wir zum Hauptthema zurück.

«Mensch», rief der ROL, «wenn das nicht geklappt hätte! Der Alte wäre wahnsinnig geworden! Verdammt noch mal, Naß, von heute an haben Sie bei mir 'nen ganz dikken Stein im Brett!»

Mit dem «Alten» war der Führer gemeint, und daß Dr.

Ley in meiner Gegenwart diese familiäre Bezeichnung gebrauchte, zeigte mehr als alles übrige, wie stark er sich mir verbunden fühlte. «Spesen gehabt? Kümpchen, Ihre Sache!»

Noch einmal unterhielten wir uns über die Art, in der der ROL zu trinken pflegte. «Das schlimmste», erläuterte er, «sind die grünen Mäuse. Vor einem halben Jahr waren es fünf, jetzt sind es sechs; ein niedliches Kerlchen ist hinzugekommen, halb so groß wie die anderen, an sich ganz süß. Wenn ich in Fahrt bin, fangen sie an zu tanzen. Ob die mich mal beißen?» Ich wußte nicht, wie ich mich verhalten sollte, aber ein Lächeln auf dem Gesicht Kümpchens und schließlich das dröhnende Lachen des ROL belehrten mich, daß derlei durchaus spaßhaft aufgefaßt werden sollte. Dr. Ley fühlte sich durch den sparsamen Alkoholgenuß allmählich wohler, auch der Appetit kehrte zurück, und da er nicht erst Toilette machen wollte, klingelte er dem Kellner, um einen Imbiß aufs Zimmer zu bestellen. Noch heute überkommt mich Heiterkeit, wenn ich mich des verdutzten Gesichts des Befrackten entsinne, als er ins Zimmer trat. Seine Augen zuckten zwischen Dr. Ley und mir hin und her, Verlegenheit überzog seine Miene, und schließlich wandte er sich an mich, denn ich trug ja die Uniform des Reichsorganisationsleiters, dieser aber befand sich im Negligé. Wir lachten herzlich über dieses Zwischenspiel, aber es war auch für mich das Zeichen, äußerlich wieder in den Alltag zurückzuschlüpfen. Danach verlebte ich mit Dr. Ley und Kümpchen – Knut meldete sich ab, um einem Waldlauf zu frönen – noch einige nette Stunden. Selbdritt brachen wir noch einer Weinbrandflasche den fünfgesternten Hals. Wir plauderten dies und das, und unter anderem wies ich beiläufig auf meine Beobachtung bezüglich des Schuhwerks der Arbeitsmänner draußen in der Niederung hin. Ich fügte hinzu, daß meine Firma durchaus in der Lage sei, besagten

Übelstand zu steuern – Kümpchen notierte auf einen Wink Dr. Leys hin meine Bemerkung.
Fast war es Mitternacht, als ich mich empfahl. Noch einmal wurde ich des aufrichtigen Dankes des Reichsorganisationsleiters versichert, Kümpchen bat mich um entschiedene Diskretion, dann führte mich der Mercedes heimischen Gefilden entgegen.
Ehe mich der Schlummer übermannte, gedachte ich noch einmal des zurückliegenden Tages: Wahrlich, er hatte zu den erfüllten gehört!

3

Fiel es mir leicht, nach solchem Höhenflug wieder in das Räderwerk des Alltags eingespannt zu sein? Ich will nicht leugnen, daß ich sehnsuchtsvoll an den berauschenden Tag von Krempin zurückdachte und nicht wenig darunter litt, mich mit keiner Menschenseele über ihn austauschen zu dürfen. Denn es war offensichtlich, daß ich in die delikateste Staatspolitik eingegriffen hatte; innerhalb und außerhalb des Reiches warteten Neider darauf, ihre Schnäbel an einer solchen Begebenheit zu wetzen. Aber mir blieb nicht allzuviel Zeit, meinen Erinnerungen nachzuhängen, denn wenige Tage darauf lief ein Auftrag über dreitausend Paar Gummistiefel ein. Es genügte nicht, daß ich auch den letzten meiner Stammbelegschaft wieder in Lohn und Brot setzte, weitere Arbeitskräfte mußten aufgeboten werden, und bald durchbrauste neues Leben meine Fabrik. Wie emsig rührten sich die Hände! Wie fröhlich brummten die Maschinen ihr rauhes Lied! Erst nachdem alles in geregelten Bahnen lief, fand ich wieder Zeit, an mich selbst zu denken. Bald erkannte ich, daß es Kümpchen schätzte, wenn die beruflichen Bindungen in solche persönlicher Art hinüberglitten, beispielsweise daß ich ihn in Berlin besuchte und wir zusammen ausgingen. Dabei erwies er sich als Kenner der hauptstädtischen Lokalitäten. Es geschieht ja dem Ortsfremden oft, daß er an den lohnenden Objekten blindlings vorüberläuft und dem Nepp in die feilen Arme taumelt. Vor ähnlichem bewahrte mich Kümpchen. Besonders gern kehrten wir bei Beutel & Borowski ein, einer Weinklause in der Nähe des Wittenbergplatzes, deren Keller und Küche sich bei Kennern eines außerordentlichen Rufes erfreuten. Mit einem der Besitzer war Kümpchen seit langem bekannt. Oft nahm dieser an unserem Tisch Platz, und aus den dabei geführten Gesprächen schöpfte ich, was Erlesenes für Zunge und Gaumen anbetrifft, so manchen Wissensschatz. Überflüssig zu erwähnen, daß ich die neuen Kenntnisse sogleich in der Praxis erprobte.

An diesen Abenden, die oft genug erst in den Morgenstunden ihr Ende fanden, erfuhr ich einige Daten aus Kümpchens Leben. Gleich mir war er Frontkämpfer, war allerdings nicht in den Höllenstürmen der Westfront geprüft worden, sondern hatte an der ruhigeren Ostfront seine Pflicht getan. Danach war er als Studienrat der Mathematik und Physik an einem Berliner Lyzeum tätig gewesen, bis ihn eine Intrige mißgünstiger Kollegen brotlos gemacht hatte. Gegen ihn, einen durch und durch lauteren Mann, war der Vorwurf erhoben worden, er habe sich einer Abiturientin in zweideutiger Absicht genähert, worauf Kümpchen, im Innersten verwundet, es vorgezogen hatte, den Dienst zu quittieren. Die nationalsozialistische Bewegung war ihm neue Heimstätte geworden. Zunächst in bescheidener Funktion tätig, war er sprunghaft aufgestiegen und hatte die einflußreiche Stellung eines Reichswirtschafts-Hauptabteilungsleiters der DAF erklommen.

Wie ich alsbald erkannte, war er die im Hintergrund wirkende Persönlichkeit, die den verzweigten Apparat lenkte, dem Dr. Ley nach außen hin vorstand. Seine Stimme war leise, seine Statur füllig, sein Habitus zu bieder, als daß er hätte soldatischen Respekt einflößen können. Aber in seinem Inneren wachte ein motorischer Geist, der tief in die Dinge hineinsah und weit in die Zukunft hinaus. So empfahl er bereits im Herbst 1935, als wir bei Beutel & Borowski zusammensaßen: «Waldi», so beliebte er mich in vorgerückter Stunde zu nennen, und ihm als einzigem in meinem Leben gestattete ich diese Koseform, «Waldi, die beste Kapitalanlage sind Rohstoffe, deck dich ein bis unters Dach!» Auch so manchen anderen Tip verdankte ich ihm, von Aufträgen ganz abgesehen. War es unter diesen Umständen nicht geradezu natürlich, daß ich es mir nicht nehmen ließ, bei gemeinsam verbrachten Abenden die Zeche zu begleichen? Gebot es nicht der Anstand, daß ich ihm hin und wieder ein Geschenk machte? Nur ein ausgemachter Stoffel hätte anders gehandelt. Die Claußenhainer Gummiwarenfabrik ernährte ihren Mann, und der alte Grundsatz «Leben und leben lassen!» war schon jederzeit meine Devise gewesen.

In dieser Zeit trat ich, durch wachsende Beziehungen dazu genötigt, der NSDAP bei und wurde selbstredend auch Mitglied der Deutschen Arbeitsfront. Letztgenannte Organisation bedurfte der lenkenden Hand, und so gehörte ich bald ihrem Wirtschaftsbeirat an. Vielleicht läßt sich dieser am besten mit dem Aufsichtsrat einer Aktiengesellschaft vergleichen: Wir verwalteten den Besitz der DAF, der sich aus Liegenschaften und sonstigen Aktiva ehemaliger Gewerkschaften und den Mitteln zusammensetzte, die aus Beiträgen stammten – eine schwere und verantwortungsvolle Aufgabe! Zweimal im Jahr fanden Haupttagungen statt. Ich nahm an solchen in Bad Godesberg, Lindau am Bodensee, Helgoland, Oberhof und Wiesbaden teil; es waren dies Tage voll angestrengter Arbeit, aber auch die Schönheiten der diversen Landschaften und die Entspannungsmöglichkeiten der weithin bekannten Orte blieben nicht ungenützt. Zwischendurch versammelten wir uns

des öfteren in Berlin, und ich kann nur sagen, daß die Mitglieder des Wirtschaftsbeirates auch außeramtlich aufs beste harmonierten. Überall spürte man Kümpchens lenkende Hand, ob es bei den Tagungen selbst oder bei einem anschließenden Umtrunk war; ich durfte mir schmeicheln, ihm von allen Beiratsmitgliedern am nächsten zu stehen. Es war nicht nur Sympathie, die uns aneinander band; etwas anderes machte mich ihm unentbehrlich und ließ ihn so manches Mal eine Hilfe bei mir suchen, die von allen Menschen des Erdenrundes nur ich ihm gewähren konnte: Es war die Leidenschaft des Reichsorganisationsleiters. (Bereits damals war es dem deutschen Volk geläufig, daß Dr. Ley dem Alkohol zugetan war, und ich begehe keine Indiskretion, wenn ich hier darauf verweise. Im übrigen möchte ich betonen, daß meine Memoiren auch bezüglich des Dr. Ley und seines Schicksals keinerlei Wertung politischer Art darstellen und ebenso wie alles andere rein objektiv sind.) Sowohl Kümpchen als auch Schwager Knut mußten oft zum Telefon greifen und meine Nummer verlangen, wenn König Alkohol ihren Chef gefällt hatte. Hier wird man fragen: Konnte dieser Mann, der anderseits so Großes leistete, seiner Schwäche keinen Einhalt gebieten? Es gibt heutzutage nur wenige, die wie ich berufen sind, diese Frage zu beantworten. Da es sich Kümpchen angelegen sein ließ, mich häufig mit dem ROL zusammenzubringen – sollte ich mir doch jede seiner Eigentümlichkeiten einprägen können –, und da sich kaum eine Begegnung zutrug, bei der wir nicht das Glas hoben, stelle ich in meiner Person eine der besten lebenden Quellen dar. Und so erwidere ich auf diese Frage, wobei ich mir der Verantwortung gegenüber der Geschichtsschreibung bewußt bin: Nein, er konnte es nicht!
Gewöhnlich verlief der Tag des ROL wie folgt: Er erwachte zwischen neun und elf Uhr und verspürte intensives Durstgefühl. Gab ihm seine unmittelbare Umgebung kei-

nen sichtbaren Aufschluß – etwa durch Flaschen, Neigen oder ähnliches –, welches Getränk er am Vorabend zu sich genommen hatte, so erkundigte er sich bei seinem Adjutanten. Zunächst labte er sich an dem gleichen; wenn es stark war, verdünnte er es mit Selters. Dies stellte ihn alsbald auf die Beine und versetzte ihn in die Lage, seiner Arbeit nachzugehen. Tagsüber trank er fast nur Bier, bis er gegen fünf Uhr nachmittags den kritischen Punkt erreichte. Weitertrinken oder nicht weitertrinken, das war hier die Frage! Hielt ihn Dringendstes davon ab – eine Audienz beim Führer etwa –, konnte es geschehen, daß er es im Laufe des Abends bei einigen weiteren Bieren bewenden ließ. Sonst aber übermannte die Sucht auch seinen ernstesten Widerstand und trieb ihn der Trunkenheit in die Arme. Bemerken möchte ich noch, daß Dr. Ley an einem Abend stets bei der gleichen Sorte beharrte und nur selten an zwei Abenden hintereinander dasselbe trank. Ausnahmen davon kamen lediglich bei einer Trinkserie vor, die er «Zug» nannte. Ein solcher ereignete sich alle zwei bis drei Monate und dauerte jeweils fünf bis sechs Tage. In dieser Zeit schlief der Reichsorganisationsleiter fast nicht und nahm kaum Speise zu sich, trank aber staunenswerte Mengen jeglicher Art, ohne sich um die Reihenfolge zu scheren. Bei diesen ausgedehnten Gelagen traten dann auch die schon erwähnten Mäuse auf. Dr. Ley sah sie eigenen Worten zufolge zum erstenmal im Spätherbst 1931. Damals waren es zwei normale Exemplare von hellgrauer Färbung, die possierlich um Gläser und Flaschen herumturnten. Später vermehrten sie sich auf sieben, ihre Farbe glitt allmählich ins Gelbe. Zu der Zeit, als ich den ROL kennenlernte, schilderte er sie als kanarienfarben. Sie machten ihm meistens Spaß, bisweilen aber, besonders wenn die Trinkserie sich ihrem Ende zuneigte, ängstigte er sich vor ihnen. Als bemerkenswert bezeichnete er es, daß sie niemals Alkohol tranken; dafür

rauchten sie, auf den Hinterpfoten sitzend, niedliche Zigarren.
Selbstredend war der Reichsorganisationsleiter während eines solchen «Zuges» zu keinerlei Arbeit fähig und brauchte danach einige Tage, um sich zu regenerieren. Nun darf keineswegs der Eindruck entstehen, als ob Dr. Ley in ordinärer Art Humpen auf Humpen in sich hineingeschüttet hätte. Im Gegenteil, ich möchte seine Weise zu trinken geradezu als diszipliniert bezeichnen, wußte er doch stets dem Gelage ein Höchstmaß an Genuß abzugewinnen. Seine Rede war, sieht man vom letzten Stadium ab, logisch und entbehrte nicht der Heiterkeit. Gern und mit Sachkenntnis verbreitete er sich über den Charakter des Getränks, dem er zusprach, und nur zweimal erlebte ich es, daß er die Kontrolle über seinen Magen verlor und gesäubert sowie ins Bett gebracht werden mußte.
Unter diesen Umständen war es verständlich, daß Knut und Kümpchen sich überglücklich schätzten, auf meine Hilfe bauen zu dürfen. Nicht nur, daß hin und wieder Volksgenossen vergeblich an einen Versammlungsort geeilt wären, um Dr. Ley zu hören – Neider innerhalb der eigenen Reihen warteten nur darauf, daß das geschähe, um bei Hitler gegen ROL zu intrigieren! Ich habe tief hinter die Kulissen geschaut, und hiermit spreche ich aus, was bisher im dunklen Schoß der Geschichte geruht hat: Der grimmigste Feind von Dr. Ley war kein anderer als der sächsische Gauleiter Martin Mutschmann!
Ich weiß, welche Verblüffung sich jetzt auf dem Gesicht eines jeden meiner Leser spiegelt. Wie oft ist um das Verhältnis zwischen diesen Männern herumgerätselt worden, aber nie wurde das Geheimnis gelüftet. Nun ist es geschehen, und ich will auch die Einzelheiten enthüllen: Mutschmann plante, Dr. Ley zu stürzen und sich selbst auf den Posten des Reichsorganisationsleiters zu setzen. Zwar war Mutschmann, seine Verbindung zu Goebbels ausnut-

zend, zu einer leidlichen Parteistellung gelangt, doch dürstete den Ehrgeizling nach Höherem, und kein Mittel dünkte ihn zu schmutzig, sich diesen Weg zu bahnen. Kümpchen wußte wohl, welche Gefahr von dem Gespann Goebbels–Mutschmann für seinen Chef ausging, und kalkulierte wohlweislich ein, daß mit dem Herzog auch der Mantel fallen müßte. Es galt, Gegenminen zu legen, und eine der wirksamsten von ihnen war ich. Längst gingen wir nicht mehr dilettantisch zu Werke wie am ersten Tag. Der Maskenbildner eines Berliner Theaters hatte einen Abend lang unsere Köpfe studiert und uns auf Unterschiede aufmerksam gemacht. Hier wich ein Fältchen, da eine Verdickung, dort ein Farbton ab. Der Maskenbildner – in der Meinung, es handele sich um einen Fastnachtscherz – klärte uns über die Kniffe auf, wie ich mit wenigem dem ROL noch ähnlicher gemacht werden könnte. Die Utensilien dazu führte ich in Zukunft stets bei mir und lernte es bald, sie in kurzer Zeit zur Wirkung zu bringen.
Beginn des Winterhilfswerks in Löbau: Ich hielt die Rede. Kreisbauerntag in Gardelegen: Ich ließ mich vor Kürbissen fotografieren. Zweites sächsisches Marine-SA-Treffen in Lauenhain: Ich weihte sechs Kutter. Eröffnung der Reichsautobahn München–Nürnberg: Ich gab die Strecke frei. Dreiecksflug der Hitler-Jugend Gau Emsland: Ich schüttelte dem Sieger die Hand. Bewegte, prickelnde Zeit! Geflüsterte Besprechungen in Hotelzimmern, heimlich zugesteckte Zettel bei Banketten, die eiserne Ruhe meines Schwagers Knut, die mich vor Neugierigen abschirmte, hastiger Kleiderwechsel auf einer verschwiegenen Toilette – Waldemar Naß ging hinein, Robert Ley trat heraus –, dies alles lebt in meiner Erinnerung, als ob es gestern gewesen wäre.
Blieb mir unter diesen Umständen noch Zeit für meine ureigensten Belange? Mußte nicht die Claußenhainer

Gummiwarenfabrik unter solcher Betriebsamkeit leiden? Fast könnte es so scheinen, aber ich durfte mich auf einen trefflichen Stamm von Mitarbeitern stützen, von denen der beste Teil bereits unter meinem verehrten Vater tätig gewesen war. Zum anderen geschah etwas, das ich zu dieser Zeit kaum noch zu hoffen wagte. Mag sein, daß meine Frau es überdrüssig geworden war, sich lediglich unseren Kindern zu widmen, möglich, daß das rege Blut ihres Vaters zu spätem Durchbruch kam: Sie begann mich bei meinen Gängen durch die Betriebsräume zu begleiten, ließ sich von Meister Berndt die Fertigungsabläufe erklären, prägte sich die Namen der Angestellten und einzelner Arbeiter ein und bewies bald einen scharfen Blick für Schlendrian und Leerlauf. Natürlich fühlte ich mich glücklich, diese Bestrebungen nach Kräften fördern zu können. So gewährte ich ihr Einblick in die Bücher, machte sie mit den Aufträgen bekannt und versuchte sie für das beseligende Gefühl empfänglich zu stimmen, aus scheinbar leblosen Zahlen das Wunderwort Gewinn herauswachsen zu sehen.

Der allgemeine wirtschaftliche Aufschwung und meine Verbindungen brachten es mit sich, daß eine Fülle von Aufträgen hereinströmte, und so entschloß ich mich im Frühjahr 1934, meine Fabrikationsräume entscheidend zu erweitern. Gewiß wäre dies nicht reibungslos vonstatten gegangen, wenn nicht Helene sich um die Bauarbeiten gekümmert hätte. Mit Energie, die lange brachgelegen hatte, sorgte sie für den Fortgang, kontrollierte den Materialverbrauch, ließ nicht zu, daß mit den Arbeitsstunden Schindluder getrieben wurde, und war ob ihres Scharfblicks gefürchtet. Als das Richtfest nahte – in diese Zeit fiel ihr Geburtstag –, ließ ich es mir nicht nehmen, mit einem besonderen Geschenk für ihren Eifer zu danken. Ich breitete einen kostbaren Pelzmantel, den ich durch Kümpchens Vermittlung zollfrei eingeführt hatte, vor ihr aus und sprach ungefähr: «Vielleicht hast du, liebe Helene, als du in mein Haus zogst, geglaubt, du wärest auf der sozialen Leiter herabgestiegen. Möglich, daß es fürs erste so scheinen mochte, doch jetzt ist mit Gottes Hilfe und durch unsere rastlose Tätigkeit das Glück bei uns eingekehrt. Du hast daran Anteil. Nimm diesen Mantel als wohlerworbenen Lohn!» Da huschte seit langem wieder ein Lächeln um ihren herben Mund, über den ich mich zum Kusse neigte. So fanden Helene und ich auf der Basis von Kameradschaft und Zusammenarbeit ein neues Verhältnis.

Wenn ich von diesem Tage an meinem Heimatort den Rücken wenden mußte, durfte es ohne Sorge geschehen, denn ein treuer Sachwalter blieb zurück. Leidenschaft der Jugend? Taumel der Sinnenlust? Wir sollen nichts heraufbeschwören wollen, das unwiederbringlich dahin ist! Ich jedenfalls beschied mich des eben gewonnenen Zustandes.

Weiter rollte meine Lebenskugel ihre von der Vorsehung bestimmte Bahn. Wirtschaftsbeiratssitzung in Berlin und Kühlungsborn, ein Flug nach Köln, um in der Maske des ROL zur Belegschaft einer Maschinenfabrik zu sprechen, Verhandlungen mit britischen Gummikaufleuten in Düsseldorf – immer wurde von mir der ganze Mann gefordert, und stets warf ich diesen rückhaltlos in die Waagschale. So kann es nicht wundernehmen, daß ich im Januar 1934 in den Reichsrohstoffrat berufen wurde, um in ihm mit einigen anderen Herren das Referat Gummi zu bearbeiten.

Wie aber schon das Dichterwort sagt: Mit des Geschickes Mächten ist kein ew'ger Bund zu flechten, und so zogen sich dräuende Wolken erneut über mir zusammen. Rüde Elemente innerhalb der SA drängten auf eine Fortsetzung der nationalen Erhebung in umstürzlerischer Richtung, wollten in der Wirtschaft das Unterste zuoberst kehren, die SA in ein Milizheer umwandeln und die Reichswehr ihrer Rolle berauben. Bis nach Claußenhain erstreckte

sich diese Welle, die Hitler später als eine nationalbolschewistische bezeichnete. Örtliche SA-Führer gingen mich in immer unverschämterer Weise um Spenden an, und nachgerade mußte ich zu zweifeln beginnen, wer in meinem Betrieb Herr im Hause war, ich oder diese nach oben gespülten plebejischen Kräfte. Selbst Knut konnte mir diesbezüglich keine Auskunft geben. Er munkelte, noch wäre nicht abzusehen, wie die Waage sich neigte, in Berlin kursierten Gerüchte über neue Kabinettzusammenstellungen, Papens Stern sei im Erlöschen, die Reichswehr plane einen Putsch und so fort. Keine Seite dürfe man vergrämen, Röhm, der Führer der SA, sei der einzige Duzfreund Hitlers, Göring und Himmler aber hätten sich gegen ihn verbündet. Dr. Ley nähme eine abwartende Haltung ein. Hitler hätte im Februar dem englischen Außenminister Eden zugesichert, die SA um zwei Drittel zu verkleinern, Röhm hätte als Antwort einige SA-Einheiten mit schweren Maschinengewehren ausgestattet. Mir wurde klar, daß ich auf einem Vulkan lebte! Auch in Claußenhain und Burgstädt wurde die SA immer unzufriedener, wollte den Lohn für die Dienste, die sie Hitler geleistet hatte. Mußte ich fürchten, eines Tages von einer braunen Horde aus meiner Villa vertrieben zu werden? Wollten sich SA-Männer mit ihren Konkubinen in meinen Betten sielen? Es versteht sich, daß ich der Ordnung den Sieg wünschte.
Alle Welt glaubte, das Schlimmste wäre vorbei, als Hitler die SA für den Juli 1934 in Urlaub schickte. Uniformtragen und Aufmärsche waren untersagt, ich hoffte, man würde nun keinen Anlaß mehr haben, mich mit Spenden für Stiefel und Uniformen zu belästigen. Aber ich wußte nicht, was sich hinter den Kulissen abspielte. Die Reichswehr forderte von Hitler die Züglung der SA, anderenfalls sie selbst das Heft in die Hand zu nehmen gedachte. In Berlin war die Stimmung auf dem Siedepunkt, immer

dringlicher sprach man von einer «zweiten Revolution». Da klingelte es eines Nachts an meiner Tür, und wer davorstand, den Hut in die Stirn gedrückt, war kein anderer als Schwager Knut. «Teufel ist los», flüsterte er, als ich ihn ins Haus zog.

In dieser Nacht schwebte Knut in Lebensgefahr, und auch ich war nicht weit davon entfernt, von SS-Kugeln durchlöchert zu werden. In dieser Nacht räumten Hitler, Göring und Himmler auf. Dr. Ley hatte sich nicht eindeutig auf die Seite der künftigen Sieger gestellt, auch Goebbels hatte geschwankt. Die Nacht hindurch saß Knut am Telefon – die Rechnung belief sich endlich auf mehr als 300 Mark! – und telefonierte mit Berlin und München, Hamburg und Breslau, letztlich auch mit dem bayrischen Wiessee, wo Hitler mit Röhm und dessen Gesellen kurzen Prozeß machte. Noch in dieser Nacht erfuhren Knut und ich vom Ausruf des SS-Führers Schneidhuber: «Meine Herren, ich weiß überhaupt nicht, was los ist, aber zielen Sie gut!» Das war kennzeichnend für die Verworrenheit der Stunde, und ich erschauderte, als ich mir klarmachte, welcher Schlag auch mein Haus treffen konnte, schließlich war Knut mein Schwager und rotteten die Nazis doch mit Vorliebe die Sippen ihrer Gegner aus. Wir entwarfen zwei Telegramme, eines an Röhm, in dem wir ihm zum Erfolg der «zweiten Revolution» gratulierten, und eines, in dem wir Hitler zu seinem Sieg über die Aufrührer unseren vaterländischen Dank aussprachen. In den Morgenstunden endlich erreichte Knut den ROL, und dieser teilte ihm mit, daß Hitler gesiegt hatte und er selbst in unwandelbarer Treue zu ihm stünde. Da schickten wir eilends das Telegramm an Hitler ab; der Entwurf des anderen verglühte im Aschbecher gerade zu der Stunde, in der in einem Kasernenhof von Lichterfelde hundertfünfzig Berliner SA-Führer ihren Verrat mit dem Leben bezahlten. «Führer befiehl, folgen!» knurrte Knut.

4

Über viele Seiten hinweg ist der Leser meinem Lebensbericht gefolgt, er hat geurteilt: Die in den ersten Zeilen geäußerte Bescheidenheit dem Können meiner Feder gegenüber war unbegründet. Flüssig rankt sich Satz an Satz, immer plastischer erstehen jene Jahre. Nicht von ungefähr ist mir die Fähigkeit des Formulierens zugeflogen, es gab auf meiner Lebensbahn immer wieder entscheidende Begegnungen mit dem Wort, und in dieser Zeit erreichten sie einen Gipfelpunkt.

Eines Tages holte mich Kümpchen vom Anhalter Bahnhof ab, und bei einem Frühstück im «Adlon» – ich erinnere mich eines gebratenen Fasans – machte er mich mit der Absicht des ROL bekannt, mich als Beobachter zu den Pressekonferenzen der Reichsregierung zu schicken. Nicht, daß die Absicht bestanden hätte, mich als Journalisten einzusetzen, vielmehr wollte Dr. Ley informiert werden, sollte etwas gegen seine Person oder die DAF zusammengebraut werden. Der Leiter dieser Konferenzen war Hans Fritzsche, der später als Rundfunkkommentator bekannt werden sollte, damals aber nur im internen Pressekreis einiges Gewicht besaß. Er verlas die Tagesparole, die von den Zeitungsvertretern notiert und an die Redaktionen weitergegeben wurde. Es war eine Zeit so recht nach dem Geschmack eines Journalisten, dem es nicht auf zügellose Verbreitung eigener Meinungen ankommt, der nicht nach Originalität dürstet oder sich in intellektualistischer Überheblichkeit klüger dünkt als jene, die seine Ergüsse zu lesen gezwungen sind. Unterordnung unter das Große und Ganze war geboten, klipp und klar klangen die Anweisungen, knapp waren Fragen und Antworten. Diese Atmosphäre entsprach so ganz meinem Wesen, und ich gehe nicht in der Annahme fehl, daß diese Begegnungen mit dem gezügelten Wort auch mein Stilempfinden maßgeblich beeinflußten.

Noch heute befinden sich in meinem Besitz einige Notizen, die ich mir aufgehoben habe (ich riskierte damit Kopf und Kragen, denn es bestand strenge Anordnung, alle Notizen nach spätestens einem Monat in Anwesenheit von Zeugen zu verbrennen!); auf sie gestützt, bin ich in der Lage, einige Beispiele anzuführen. Eine Anweisung lautete:

Es soll in Zukunft vermieden werden, Bilder wiederzugeben, die Mitarbeiter der Reichsregierung an gedeckten Tischen, vor Flaschenbatterien u.ä. zeigen, um so mehr, als ja bekannt ist, daß ein großer Teil der Kabinettsmitglieder antialkoholisch eingestellt ist. Die Minister nehmen aus nationaler Höflichkeit oder aus streng dienstlichem Anlaß an gesellschaftlichen Veranstaltungen teil, die sie lediglich als Pflicht, nicht aber als Genuß auffassen. In der letzten Zeit ist im Volke der völlig unsinnige Eindruck entstanden, als ob die Regierungsmitglieder prassen. Die Bildberichterstattung hat sich in dieser Beziehung umzustellen.

Ähnlichen Inhalts war eine Anordnung, wonach es verboten war, Bilder über Jagdveranstaltungen Görings zu veröffentlichen. Eine Notiz erscheint mir kennzeichnend für viele andere, was deutsche Kürze anbelangt:

Es ist verboten, Meldungen über Vergiftungserscheinungen deutscher Kühe auf Grund von Einwirkungen deutschen Kalis zu veröffentlichen.

Nun mag sich heute mancher fragen, ob es angebracht war, diese Richtlinien zu erlassen, und ob es von mir moralisch vertreten werden konnte, bei ihrer Durchsetzung mitzuwirken. Ich antworte darauf mit einem sauberen Ja! Es galt, das deutsche Volk auf ein Ziel auszurichten, da konnten Mäkeleien am Rande nichts nutzen, und da ohnehin ein Hirn nicht ausreicht, alle Geschehnisse in sich aufzunehmen, mußte eine Auswahl getroffen werden. Manches sollte hervorgehoben werden:

Betrifft die aus New York vom 8. ds. Mts. datierte Meldung, daß Streikbrecherinnen nackt durch die Straßen getrieben wurden. Es ist erwünscht, daß diese Notiz groß aufgemacht und stark kommentiert wird.
Andres wiederum wurde der Vergessenheit anheimgegeben:
Es wird daran erinnert, daß in der deutschen Presse nichts über die Wenden und Sorben gebracht werden darf.
Hin und wieder griffen diese Weisungen direkt in die öffentliche Meinungsbildung ein. Auf meinem Schreibtisch liegt die Anweisung Nummer 138, in der es heißt:
Das Propagandaministerium ordnet an: Das Hosentragen der Frauen untersteht nicht der öffentlichen Kritik. Wir sind keine Mucker, und wenn es kälter wird, können Frauen ruhig Hosen tragen, auch wenn die Partei hier und da dagegen meutert. Der Muckerbazillus soll ausgerottet werden.
Wahrhaftig, das ist unmißverständliches Deutsch, an dem sich mancher Schreiber von heute eine Scheibe abschneiden könnte! «Das Hosentragen der Frauen untersteht nicht der öffentlichen Kritik.» Diesen Satz kann man auf der Zunge zergehen lassen!
Die Frage des Nichtrauchens ist nicht zu diskutieren.
Wie versetzt mich doch diese Weisung in jene Zeit zurück! Ich lernte, wie einfach es ist, das Instrument der journalistischen Sprache zu handhaben, wenn nicht nur ihrem Inhalt die Richtung gegeben wird, sondern auch einzelne Wörter durch Wiederkehr in geballter Wucht gebracht werden. Mit meinem mir angeborenen feinen Ohr für sprachliche Nuancen (Erbe mütterlicherseits?) hörte ich bald heraus, wodurch sich der Wortschatz dieser Tage auszeichnete, und stellte einen Katalog zusammen, den ich den Arbeitsfrontzeitungen zur Beachtung weitergab. Ich empfahl: historisch, einmalig, ewig, fanatisch, frenetisch, restlos, unvorstellbar, zahllos, senkrecht, hundert-

prozentig, spontan. Viele Schriftleiter nutzten meine Ratschläge und verliehen dadurch ihren Artikeln das Schmissige, das dem Geist der Zeit entsprach. Natürlich gab es auch Pannen. So befinden sich in meinem Besitz die Abschriften der Weisungen 147 und 148. Die erste lautete:

Die Tänzerin Lea Niako, die vor kurzem von der deutschen Presse unterstützt werden sollte, ist jetzt zu neunmonatigem Gefängnis wegen Landesverrats verurteilt worden. Außerdem ist ihr Vater Jude. Die notwendigen Folgerungen ergeben sich von selbst.

Bereits einen Tag später sah sich Fritzsche gezwungen, eine Berichtigung bekanntzugeben. Sie lautete:

Gestern wurde gewarnt vor einer Förderung der Tänzerin Lea Niako, weil sie wegen Landesverrats zu neun Monaten Gefängnis verurteilt worden ist und weil sie Jüdin ist. Es wird heute berichtigt, daß die zweite Behauptung nicht zutrifft. Lea Niako ist keine Jüdin. Im übrigen wird die Warnung vor einer Förderung zurückgezogen und im Gegenteil geraten, die Tänzerin Lea Niako zu fördern.

Aber was besagt solch ein Fehler gegenüber dem Richtungweisenden, das von diesen Konferenzen ausging? Man mag heute gegenüber der einen oder anderen Anweisung von ihrem Inhalt her Bedenken hegen, zweifellos machte mir jedoch, als einem auf Autorität bedachten Menschen (Erbe väterlicherseits?), die unbedingte Klarheit einen bleibenden Eindruck. So fasziniert mich noch heute die innere Logik der Weisung 824, die lautete:

Die «Nachtausgabe» hatte gestern die Überschrift gewählt: «Reise des Führers nach Kiel – der Oberbefehlshaber der Kriegsmarine empfing den Führer.» Derartige Überschriften sind absolut falsch, denn der Führer kann nicht von einem ihm untergebenen Befehlshaber «empfangen» werden.*

* Sämtliche vom Autor angeführten Weisungen sind historisch.

Gewiß, wir leben in einer anderen Zeit. Aber wäre nicht manchem Zeitgenossen die Achtung vor der Rangordnung anzuempfehlen, wie sie aus jenen Zeilen spricht?
Ich bin sicher, meinen Lesern einen Einblick in etwas gegeben zu haben, was gewiß nicht den größten Teil meiner Kraft beanspruchte, aber eminent lehrreich war. Es machte etwas von dem aus, was ich als Kennenlernen der Weltstadt Berlin, als Eindringen in höchste Sphären bezeichnen möchte. Claußenhain war trotz des industriellen Einsprengsels ein Dorf, ich fühlte mich dem Boden verwurzelt und liebe es auch jetzt noch, den herben Geruch frischgebrochener Äcker zu atmen. Mein Studienaufenthalt in Marburg und die Fühlungnahme mit den Kreisen, denen meine liebe Frau entstammte, hatten jedoch nicht meinen Wissensdurst auf alles das befriedigen können, was man als das Leben der obersten Zehntausend bezeichnet. Ich kam von der Scholle auf den Asphalt, erlebte mit, wie Berlin umgewandelt wurde, wie alte Gesichter verschwanden und neue auftauchten, ich stand mitten in den Kampagnen, mit denen Reichsregierung und NSDAP ihr auf alle Teile des Lebens gerichtetes Programm durchsetzten. Da ich nie ein Mensch gewesen bin, der bloßes Bücherwissen geschätzt hätte, fand ich mich überraschend schnell in vielfältigen Gebieten zurecht, sogar in einem, das bisher vollkommen abseits meines Weges gelegen hatte, nämlich dem der Architektur.
Es war Herbst 1934, als die Reichsjugendführung einen Stab von Experten und politischen Repräsentanten zu einer Exkursion ins märkische Land bat. Dr. Ley hatte zugesagt, befand sich aber in einem «Zug», und so sah ich mich zum Einspringen genötigt. Eine Wagenkolonne durchquerte Berlin und tauchte in die Wälder der Umgebung ein, Dörfer und Seen flogen vorbei. Backsteintore grüßten uns und wir sie, und schließlich hielten wir in einem malerischen Städtchen vor einem Heim der Hitler-

jugend, das es zu weihen galt. Ein Pimpf rezitierte das Trommelgedicht, das mit den Versen beginnt:

> Die Trommel geht in Deutschland um,
> und der sie schlägt, der führt,
> und die ihm folgen, folgen stumm,
> sie sind von ihm gekürt.

Mit diesem Trommler war Hitler gemeint, das versteht sich von selbst. Herbert Böhme war der Verfasser dieses Poems, das von fast allen Zeitungen des Reiches gedruckt und immerfort auf Veranstaltungen vorgetragen wurde. (Heute frage ich mich, ob vielleicht Günter Grass zu seinem Roman «Die Blechtrommel» von diesem Gedicht, wenn auch unterschwellig, angeregt worden ist?) Nach erwähnter Rezitation schmetterten Pimpfe und Maiden ein frisches Lied, ich ergriff das Wort zur Weiherede und schloß in symbolischer Handlung das Tor des Heimes auf. Nach mir sprachen Bürgermeister und Kreisleiter, wir durchmaßen die Räume, die bodenständig und schlicht waren, in denen das Holz der Kiefer, des Baumes dieser Landschaft, dominierte. Anschließend fanden sich Hausherren und Gäste, insonderheit eine Gruppe von Architekten zu einer Beratung zusammen, in der es galt, Erfahrungen für künftige Vorhaben zu sammeln.

Besonders entzündeten sich die Leidenschaften am Dach. Es zeigte durchgehende Ausbauten, verschiedene Walmungen – ich hörte diesen Ausdruck zum erstenmal –, ein Turmaufbau wurde von manchen als heroisch, trutzig, wehrhaft, von anderen als überladen empfunden, jemand zog sich Zorn zu, als er zu bedenken gab, daß dieser Turm fast ein Sechstel der Gesamtkosten verschlungen hatte und doch zu nichts nütze war; er mußte sich sagen lassen, daß die Symbole nationaler Erhebung nicht in Heller und Pfennig zu bewerten waren. Andere machten geltend, das

Dachgeschoß wäre ohnehin kaum zu verwenden, und plädierten für eine flache Abdeckung mit Isolier- und Ersatzstoffen.
Ich hatte gelernt, wie vorteilhaft es ist, erst die anderen reden zu lassen. Meine Miene war wach, beherrscht, ich hörte dem Für und Wider zu und war mir klar, daß von mir als Reichsorganisationsleiter eine grundsätzliche Entscheidung erwartet wurde. Auch das Argument, die Sachlichkeit der arbeitenden Jugend mache das steile Dach für ihr Heim unmöglich, ließ ich noch vorübergehen, dann räusperte ich mich, worauf schlagartig die Stille eintrat, die dem ROL gebührte. Das Dach, so führte ich aus, sei nicht nur Wetterschutz, sondern auch Abschluß im übertragenen Sinne, sei Notwendigkeit, Schutz und Schirm, sei nichts anderes für das Haus als der Führer für das Volk. Ich erinnerte an den Krieg, glitt in mein Duell mit einem berühmten Tankkommandanten hinein, lenkte zu diesem Haus zurück. «Aus dem Boden», rief ich, «wächst das Dach! Es wurde im deutschen Bauen aus natürlichen Gegebenheiten zu einem symbolhaften Hausteil, und nicht zuletzt verbindet die Dachdeckung, die aus der Erde, den Stein- und Schieferbrüchen oder von den Feldern der Bauern kommt, diese mit dem Boden. Das Dach wurde dem deutschen Bauen eigentümlich und vermag schon dadurch dem deutschen Haus das zu geben, was keinem anderen Volke gelingt: den Charakter des Heimes.» Aus dieser weltanschaulichen Forderung heraus formulierte ich die Notwendigkeit, die Dächer mit herkömmlichen Baustoffen zu bedecken, das steile Dach in die Landschaft einzubeziehen. «Brauchen wir übertriebene Walmungen?» rief ich aus. «Klar sei unser Sinn, klar unser Dach! Es lebe das deutsche Dach!» Unter frenetischem Beifall beendete ich so meine Ausführungen.
Es unterliegt keinem Zweifel, daß meine Rede hundertprozentig richtungweisend für den Bau der Hitlerjugend-

heime und nicht nur dieser war. Sie wurde in Fachzeitschriften gewürdigt, die grundlegenden Gedanken gingen in zahlreiche Bücher ein, vor allem aber wurde damit Schluß gemacht, Hitlerjugendheime mit Teerpappe zu bedecken. Daß ich mit meinen Gedanken das Richtige getroffen hatte, wurde mir durch den ROL bestätigt, der sich überaus herzlich für meine Vertretung bedankte. Irgendwann einmal hat er mir einen kostbaren Wandteller geschenkt, ich glaube, es war bei dieser Gelegenheit.
Fest war meine Position, groß das Vertrauen, das der ROL mir entgegenbrachte, unentbehrlich meine Hilfe für ihn. Aber dennoch gelang es mir nicht immer, meinen Bitten Geltung zu verschaffen, einmal sogar erteilte er mir schroffe Ablehnung. Ich hatte auf einem Gartenfest, zu dem Kümpchen mich eingeführt hatte, einen der tätigsten bildenden Künstler dieser Zeit kennengelernt, einen gewissen Richard Klein. Mancher wird sich erinnern, daß es damals im Schwange war, anläßlich jeder sich bietenden Gelegenheit Plaketten zu verkaufen. Gautreffen und SA-Aufmärsche, Großsportfeste und Einweihungen, Erntedankfeste und Reichsparteitage, Eröffnung des Winterhilfswerkes und des Reichsberufswettkampfes – es gab nichts, was nicht durch Plaketten gewürdigt worden wäre. Anfänglich wurden diese aus Blech gestanzt, später kamen, um andere Wirtschaftszweige anzukurbeln, auch solche aus Porzellan, Glas und Holz hinzu, ich erinnere mich sogar einer Plakette, in der man Plauener Spitzen verarbeitet hatte. Richard Klein nun war der führende Plaketten-Entwerfer, was ihm den Namen «Plaketten-Klein» eingetragen hatte. Mit ihm saß ich also beisammen, hörte zu, wie er über die Freuden und Leiden seines Schaffens sprach, und unversehens kam mir eine Idee. «Wäre es», fragte ich, «auch möglich, eine Plakette aus Gummi herzustellen?»
Klein fragte: «An welchen Anlaß hatten Sie gedacht?»

«Autorennen, natürlich!» rief Kümpchen, und schon zog Klein Papier und Stift aus der Tasche und warf einen Entwurf hin. Später, als wir uns mit Details beschäftigten, trat Schwager Knut an unseren Tisch. «Zähe Sache», urteilte er. Später sollte ich begreifen, was er mit dieser Bemerkung gemeint hatte.

Eine Woche lang dachte ich kaum noch an meinen Einfall. Durch meine historische Rede über deutsche Dachgestaltung liefen Anfragen bei Dr. Ley ein, der sie mir zur Beantwortung übergab. Ein Schlageter-Mahnmal sollte im Schwarzwald errichtet werden, in einem Vorschlag wurde geschrieben: «Dieses Mal darf nicht als kalter Stein wirken. Wie eine Gralsburg muß es Berg und Land krönen, und so muß es auch im Inneren zu erleben sein.» Bisher hatte sich niemand mit der Frage beschäftigt: Dach oder nicht, und wenn, welches? Ich schrieb an den Rand die salomonische Gegenfrage: «Wer sucht bei ägyptischen Pyramiden nach dem Dach?» Dr. Ley setzte seine Unterschrift darunter. Ich habe keine Ahnung, wie mein Orakelspruch gedeutet worden ist. Das Mahnmal wurde übrigens niemals errichtet.

Auf ein Wochenende fuhr ich nach Claußenhain. Helene hielt die Firma fest am Zügel, stand dem Haushalt mit der gleichen Energie vor. Beiläufig erwähnte ich den Plan, Gummiplaketten herzustellen, mit anderen Augen als vorher blickte ich auf das Dach meines väterlichen Hauses, das zwar keine Walmung aufwies, trotzdem aber in nichts dem entsprach, was ich unter einem deutschen Dach zu empfinden gelernt hatte. Da es in gutem Zustand war, dachte ich natürlich nicht daran, mich in Unkosten zu stürzen und es nach neuesten – oder muß ich sagen: ältesten? – Erkenntnissen rekonstruieren zu lassen.

Als ich wenige Tage darauf wieder nach Berlin kam, war dort der Teufel los. Knut knurrte: «Gleich gesagt: Zähe Sache.» Dr. Ley empfing mich höchst aufgebracht. «Ha-

ben Sie nie gehört», schrie er mich an, «wie wir die deutsche Jugend und den deutschen Menschen überhaupt wollen? Zäh wie Leder brauchen wir ihn, hart wie Kruppstahl und flink wie Windhunde, und da kommen sie mit Ihrem verdammten Gummi? Haben Sie nicht bedacht, welches Hohngelächter sich erheben wird?»
Ich wagte einzuwenden, daß ja auch Abzeichen aus Spitze hergestellt worden waren und mir keine Parole bekannt sei, in der gefordert worden wäre, die deutsche Frau hätte zierlich zu sein wie Plauener Spitze. Der ROL hörte Widerspruch, vielleicht sogar Spott aus meinen Worten heraus, sein Gesicht rötete sich, und seine Stimme steigerte sich so, daß ich sicher war, sie würde sechs Zimmer weit dringen. Ich mußte mir anhören, daß der Motorsport einer der Unterpfänder deutscher Weltgeltung wäre, daß der Führer mit seinem Autobahnprogramm und den Plänen für ein Volkswagenwerk die Motorisierung zum zentralen Problem gemacht hätte. Das Reich gedächte, mit deutschen Wagen auf internationalen Rennstrecken Weltgeltung zu erlangen, und da käme ich mit dem Vorschlag einer Gummiplakette? «Wollen Sie», rief Dr. Ley, «mit dem Spitznamen Gummi-Naß in die Geschichte eingehen?»
Ich bat zu bedenken, daß ich in der nationalsozialistischen Bewegung noch jung wäre, daß ich einsähe, einen weltanschaulichen Fehler begangen zu haben. Trotz meiner Unterwerfung gelang es mir nicht, den ROL zu besänftigen; mein Abgang ähnelte in peinlicher Weise einem Rausschmiß.
Tage vergingen, in denen mich der ROL nicht rief, in denen sich sogar Kümpchen verleugnen ließ. Bedrückt saß ich in der Pressekonferenz der Reichsregierung, ohne Schwung kam ich meinen Pflichten im Reichsrohstoffrat nach. Das Wort Gummi, in jeder Sitzung Dutzende von Malen ausgesprochen, bekam in meinen Ohren einen fa-

talen Klang. Doch da bat mich Kümpchen zu sich, da war des ROL's Stimmung wie ausgewechselt.
«Alter Zwillingsbruder», rief Dr. Ley und lud mich zu einem Glas Burgunder ein, «ohne Sie bin ich nur ein halber Mensch. Göring braucht unseren Rat.»
So war es tatsächlich. Göring hatte den Entschluß gefaßt, durch den Architekten March in der Schorfheide ein arteigenes Haus errichten zu lassen. Es war March die Aufgabe gestellt, unter Verzicht auf alle Konzessionen an die Großstadt die neuen Gedanken vom Bauen Wirklichkeit werden zu lassen. Es galt, in diesem Haus die Verbundenheit des Bauherrn mit der nordischen Landschaft, die Möglichkeiten eines reinen Holzhauses und unter Ausschaltung entbehrlicher Technik gesunde Handwerklichkeit zu zeigen. Die ortseigenen Materialien Kiefernholz, Findlingsmauerwerk, Ton und Rohr sollten nach alten Methoden angewendet werden; aufs schönste sollten Haus und Wald und See zusammenklingen. Nun gab es beim Planen eine Stockung, hervorgerufen durch meine richtungweisende Rede über das deutsche Dach. «Göring will wissen», sagte Dr. Ley, «ob ich mit dem Dach einverstanden bin. Wie ist das, Naß, bin ich einverstanden?»
Ich streifte durch die Schorfheide, besah Bauernhäuser, vertiefte mich in die Landschaft, kehrte nach Berlin zurück und warf mit sicherer Hand mein Urteil aufs Papier: «Hohes Dach, Rohrdeckung, keinerlei Walmung!»
Nach dieser Weisung wurde «Karinhall» gebaut.
Nachdem ich mich in der Frage des deutschen Daches als instinktsicher in Kunstproblemen erwiesen hatte, schob mir Dr. Ley mehr und mehr alles zu, was diesen Bereich betraf. Ich setze diesen Mann in den Augen meiner Leser nicht herab, wenn ich enthülle, daß unter den vielen Adern seines Körpers nicht eine war, die man als künstlerische hätte bezeichnen können! Anfänglich zeigte ich gewisse Scheu, mich in dem ungewohnten Metier umzutun,

nach und nach aber gewann ich die nötige Sicherheit. So urteilte ich auch vollkommen richtig, als eines Tages der Maler Wolfgang Willrich bei mir vorsprach.
Ich darf als bekannt voraussetzen, daß der Nationalsozialismus mit Richtungen brach, die als entartete Kunst eine Rolle gespielt hatten. Die Vertreter dieser Kunst wurden ausgeschaltet, ihre Erzeugnisse aus den Galerien genommen. Ich betone, daß alle diese Vorgänge ohne mein Zutun vor sich gegangen sind; zu dem Zeitpunkt, an dem ich mit ihnen in Berührung kam, waren sie bereits in vollem Gange.
Willrich, der mir eines Tages in meinem Büro gegenübersaß, war ein Maler, der, so eröffnete er mir, es sich zum Ziel gesetzt hatte, das Gesicht des germanischen Menschen aufs Papier zu bannen. Die Fotografie, so führte er aus, hafte an Zufälligkeiten, wäre niemals in der Lage, Wesenhaftes zum Durchbruch zu bringen. Sein Stift aber habe die Möglichkeit, tief ins Erbe der Altvordern vorzustoßen. Während dieser Worte schob mir der Künstler einige Arbeiten über den Tisch, ich blickte auf hohe Stirnen, in zupackende Augen, auf lange Schädel mit ungebärdigen Blondschöpfen, auf herbe Frauenmünder und stolze Männerkinne. Was Willrich wollte, war dies: Die Deutsche Arbeitsfront sollte die Schirmherrschaft über sein Schaffen übernehmen, ihm Modelle zuführen, Reisemöglichkeiten geben, finanziell unter die Arme greifen. «Sie sollten», entgegnete ich, «einen Mann porträtieren, der in hundertprozentiger Weise verkörpert, was Ihrem Ideal entspricht.» So kam es, daß Willrich die Züge meines Schwagers Knut verewigen durfte, wobei er immer wieder betonte, wie ihn das Harte, Männliche, Karge im Antlitz seines Modells faszinierte. Das Bild geriet vortrefflich, Dr. Ley erwarb es im Namen der Deutschen Arbeitsfront. Meiner Anregung zufolge wurde es durch einen Hammer ergänzt und «Stirn und Faust» benannt. Dr. Ley machte es

der Hitlerjugend zum Geschenk; es wurde in einer HJ-Schule in Potsdam aufgehängt.
Nicht lange gedieh die Zusammenarbeit zwischen Willrich und der DAF. Willrich, der seinen Vornamen Wolfgang später in «Wolf» verkürzte, avancierte kurz darauf zum Reiniger deutscher Museen von artfremder Kunst, auch hielt Reichsbauernführer Darré, der Autor des Buches «Das Schwein als Kriterium für nordische Menschen und Semiten», eine Zeitlang die Hand über ihn.
Vorerst fiel es mir zu, meine Kräfte in eine andere Waagschale zu werfen.

4. Kapitel

Gummi und Schwert

Wichtige Ereignisse schicken ihre Schatten voraus. Als Angehörigem des Reichsrohstoffrates war es mir um diese Zeit kein Geheimnis mehr, daß sich die Reichsregierung mit weitreichenden Plänen bezüglich der Rüstung trug. Hin und wieder erhielten wir den Besuch von Vertretern der Reichswehr, die sich nach Produktionsmöglichkeiten für Heeresbedarf erkundigten. Ich hielt es für probat, eine Miniaturnachbildung der Eisernen Kreuze zu kaufen und bei derartigen Verhandlungen zu tragen. Dieses Abzeichen schlang gewissermaßen ein ehernes Band um meine Verhandlungspartner und mich, stellte die alte Schützengrabenkameradschaft wieder her und machte es uns leicht, eine gemeinsame Sprache zu finden. Dann und wann war ich auf Truppenübungsplätzen zu Gast, machte mich mit modernen Kampfmethoden vertraut, und eines Tages war es mir vergönnt, nach langen Jahren wieder über das Rohr einer Haubitze zu streichen; Erinnerungen an die Stunde wurden wach, in der ich, ganz auf mich gestellt, einen Tank zur Strecke gebracht hatte. An diesem Tag hielt ich im Kreise hoher Offiziere einen Vortrag über den Vorteil der Mündungskappe aus Gummi gegenüber dem herkömmlichen metallnen Schoner. Ich wies auf eigenes Fronterleben hin, sprach als Kamerad zu Kameraden, und demgegenüber traten naturgemäß alle Profitinteressen zurück. Meine Mündungskappe war billig in der Herstellung, sauber und zuverlässig in der Anwendung, und es war gewiß kein Unglück, wenn ein aufgeregter Rekrut einmal einen Schuß löste, ohne sie vorher abgenommen zu haben. «Keine Beschädigung des Korns mehr!» rief ich aus, das gab den Ausschlag. Jeder weiß, daß die Offiziersgehälter damals karg bemessen waren, deshalb war es für mich eine Selbstverständlichkeit, beim folgenden Umtrunk im Kasino manchen Zehnmarkschein springen zu lassen. Wenig später erhielt ich ein Gutachten, mit dem es mir möglich war, durch Vermittlung Kümpchens und unter Hinweis auf den ROL eine maßgebliche Stelle zu bewegen, mir einen Posten Mündungskappen in Auftrag zu geben.

Mit hochfliegenden Gedanken kehrte ich nach Claußenhain zurück! «Wäre doch», klagte ich, als ich Helene gegenübersaß, «noch ein Erweiterungsbau begonnen worden. Wo nur stellen wir die Pressen auf?»

Auch bei dieser Gelegenheit merkte ich, wie die neuen Aufgaben meine Frau hatten wachsen lassen. Nach einigen Telefongesprächen war im benachbarten Burgstädt ein leerstehender Fabrikationsraum gefunden, am nächsten Tag besichtigten wir ihn, und eine Woche später machten sich Monteure daran, Maschinen aufzustellen. Sie waren noch dabei, als es sich wie ein Lauffeuer herumsprach, der Führer würde an diesem Tag eine Rede halten. Wir eilten nach Claußenhain zurück und wurden am Radio Ohrenzeugen, als Hitler den Aufbau der Wehrmacht verkündete. Sofort versammelte ich meine Gefolgschaft; die Älteren, die bereits unter meinem Vater Gasmasken gefertigt hatten, erinnerte ich an jene harte, aber große Zeit, die Jüngeren pries ich glücklich, nun ihrerseits eine historische Stunde miterleben zu dürfen. Klang nicht das Rumoren der Kalander von Stund an fröhlicher? Schritten nicht meine Gefolgsleute aufrechter durchs Tor? Ich jedenfalls genoß es vollen Herzens, zum Aufbau der Wehrmacht mein Scherflein beitragen zu dürfen.

Wer das Wort Rüstung hört, denkt gemeinhin an Stahl. Aber welchen Feldzug hat der Gummi in der modernen Heerestechnik angetreten! Gasmasken, Regenmäntel, Gummistiefel für Pioniere, Abdichtungsringe an Gasmaskenbüchsen, die Bereifung, nicht zuletzt die Mündungskappen der Karabiner – fern von Übertreibung darf gesagt werden: Ohne Gummi stünde jeder moderne Krieg still!

Nur selten konnte ich in diesen Tagen in Berlin weilen. Die Pressekonferenzen der Reichsregierung fanden ohne mich statt, der ROL mußte auf manche Anfrage bezüglich des deutschen Daches die Antwort schuldig bleiben. Schulter an Schulter rang ich mit Helene, um der Wehrmacht zu geben, wessen sie bedurfte. Gummitiere? Bademützen? Sie mochten in einer leichtfertigen Zeit meine Arbeiter in Lohn und Brot gesetzt haben – jetzt war für Tändelei kein Raum. Hunderttausende von Mündungskappen verließen meine Produktionsstätten, und ich darf mit Fug sagen, daß ich damals der größte Gummimündungskappenhersteller Deutschlands gewesen bin. Manchmal mußte ich lächeln, wenn ich daran dachte, daß ich vor nicht allzulanger Zeit mit dem Gedanken gespielt hatte, Gummiplaketten zu fertigen. Mochte Plaketten-Klein das Seine tun, ich hatte zu meiner ureigensten Aufgabe zurückgefunden!

Gewiß hätte ich mich nicht so schnell in den Höhenflug der großen Politik zurückbegeben, wenn nicht eines Abends Schwager Knut vorgefahren wäre. «Sofort mitkommen», befahl er. Als alter Soldat hatte ich gelernt, daß es zu gehorchen galt, ohne zu fragen, aber Helene bestürmte ihren Bruder, was denn geschehen sei. «Gekados», brummte er. Helene wollte sich mit dieser Antwort nicht zufriedengeben, und so war Knut genötigt, ihr einige Grobheiten zu sagen, auf deren Wortlaut ich hier gern verzichte.

In Jüterbog hielt Knut in einer Seitenstraße, aus einem

Hauseingang trat Kümpchen. Alles war geheimnisvoll, geradezu gespenstisch. Kümpchen stieg ein, der Wagen bog nach Osten, nach einiger Zeit merkte ich, daß wir auf den Spreewald zuführen. Irgendwo in der Weite dieser Landschaft hielt Knut; auf einem Waldweg, allenfalls belauscht von einem schläfrigen Specht auf knorrigem Eichenaste, wurde ich in ein Staatsgeheimnis eingeweiht: Vor einigen Tagen, am 1. Mai, hatte Dr. Ley dem Führer nach der offiziellen Großfeier im internen Kreis die Meldung abstatten wollen, soundso viele Obmänner wären angetreten; da er aber zu kräftig dem Maibock zugesprochen hatte, war die Meldung danebengeraten. Gestreckten Armes hatte er gerufen: «Mein Führer, ich melde Ihnen, der Mai ist gekommen!» Hitler war dunkelrot angelaufen, einige unreife Kerle unter den Obmännern hatten gekichert, Knut hatte die Situation zunächst gerettet, indem er der Kapelle einen Wink gegeben hatte, abermals den Badenweiler Marsch zu intonieren. Dennoch hatte Hitler getobt und angeordnet, daß sich der Reichsorganisationsleiter einer Entziehungskur zu unterwerfen hätte. «Seit drei Tagen», so beendete Kümpchen seinen bitteren Bericht, «darbt der ROL in einem Sanatorium.» Voll banger Ahnung fragte ich: «Was kann ich in dieser Sache tun?» Knuts Antwort kam prompt: «Chef vertreten selbstverständlich!»

Ich sträubte mich mit Händen und Füßen. Über meinen Einwand, beim Aufbau der Wehrmacht unentbehrlich zu sein, gingen Knut und Kümpchen hinweg. Ich versuchte klarzumachen, welch üble Folgen eine Kur für einen Körper haben könnte, dem sie nicht angemessen war, aber mir wurde nicht zugehört. «Wir lassen Sie nicht im Stich!» versicherte Kümpchen. «Wenn Sie wollen, besuche ich Sie alle paar Tage. Ihrer Frau dürfen Sie natürlich schreiben.»

«Wie lange soll das Ganze dauern?»

«Bloß acht Wochen.»

Ich stöhnte auf wie ein waidwund geschossenes Reh. Knut knurrte: «Chef im Stich lassen, was?» Kümpchens Ton verlor viel von seiner Verbindlichkeit, als er sagte: «Ich komme mir vor wie in einer liberalistischen Schwatzbude. Der ROL befiehlt, Sie folgen!» Brüsk kehrte er zum Wagen zurück; mir blieb nichts übrig, als das gleiche zu tun.
Kümpchen machte mich dann mit Einzelheiten bekannt: Das Sanatorium arbeitete nach neuesten Erkenntnissen der Entwöhnungswissenschaft, nahm nur seriöse Patienten auf und wurde von Professor Schlömke, einer internationalen Kapazität, geleitet. «Sie werden sehen», versicherte mir Kümpchen, «die nächsten Wochen werden für Sie zu einer Erholungskur. Haben wir nicht alle Entspannung nötig?»
Acht Uhr morgens hielten wir vor einem eisernen Tor, ein stämmiger Mann in weißem Kittel öffnete, mit zwiespältigen Gefühlen schielte ich auf seine Fäuste. Kümpchen hatte mir empfohlen, mich im Hintergrund zu halten, den Hut ins Gesicht zu ziehen. Wir wurden eingelassen und zum Zimmer des ROL geführt. Mein erster Blick fiel auf die Gitter an den Fenstern, dann sah ich, daß die Einrichtung vergleichsweise freundlich war, selbst ein Radio fehlte nicht. Dr. Ley trug einen gestreiften Hausanzug und Pantoffeln; ich war der erste, dem er die Hand schüttelte. «Ich wußte», flüsterte er, «daß ich mich auf Sie verlassen kann.» Fast schämte ich mich meines anfänglichen Sträubens. «Naß, übel ist es hier nicht, solange Sie alle Anweisungen ausführen. Bißchen Alkohol gibt es vorläufig, die Verpflegung ist gut. Nun machen Sie schon, ziehen Sie sich aus!»
Jeder Leser wird nachfühlen können, wie beklommen mir zumute war, als ich die Kleidung ablegte. Nackt standen der ROL und ich einander gegenüber, dann schlüpfte ich in seinen Anzug, fuhr in die Pantoffeln. Dr. Ley zog gerade

meinen Mantel über, als ein Wärter mit dem Frühstück eintrat. «Reichsorganisationsleiter», sagte Kümpchen zu mir und nahm Haltung an, «bitten uns verabschieden zu dürfen! Komme befehlsgemäß morgen wieder.»
«Grüßen Sie Berlin», schnarrte ich. «Es lebe der Führer!»
Hinter Knut und Kümpchen stahl sich Dr. Ley aus der Tür. Ich brauchte einige Minuten des Alleinseins, um in etwa begreifen zu können, was mit mir geschehen war. Wie oft im Leben half auch diesmal Speise und Trank über das Schlimmste hinweg: Die Brötchen waren frisch, das Ei nicht zu weich, und ein Glas Porter, ungewohnt für mich zu solcher Stunde, ließ mich mein Geschick mit Gelassenheit betrachten. So ist es wohl kein Wunder, daß ich in Anbetracht der schlaflos verbrachten Nacht und dieses Frühtrunkes bald in einen erquickenden Schlummer sank.
Kurz vor Mittag wurde ich durch die Visite geweckt. Nahm das Gesicht Professor Schlömkes einen verwunderten Ausdruck an? Ich stellte mich schläfrig, antwortete einsilbig auf die Frage nach meinem Ergehen. Professor Schlömke war ein stattlicher Mann um die Fünfzig, seine Stimme klang befehlsgewohnt, und ich ging nicht fehl in der Annahme, einen ehemaligen Militärarzt vor mir zu haben. Gern hätte ich noch ein Stündchen geschlafen, aber zu viele Sorgen quälten mich. Würde Helene mit den neuen Aufgaben zurechtkommen? In welcher Form sollte ich ihr mitteilen, wo ich mich befand? Wie würde sich die Therapie weiter gestalten? Bestand nicht Gefahr, daß unser Manöver durchkreuzt wurde, daß Mutschmann Lunte roch und uns bei Hitler verpetzte?
Schnitzel mit Gemüse und ein Glas Rotwein zu Mittag vermochten meine Sorgen nur unvollkommen zu dämpfen. Ein Stündchen ging ich im Park spazieren, zum Abendbrot erhielt ich Aufschnitt und – ich traute meinen Augen nicht – eine Karaffe mit Kognak. Erstaunt blickte

ich den Wärter an. «Halben Liter», sagte dieser. «Morgen noch mal, danach jeden Tag fünfzig Gramm weniger.»
Ich hatte schon manches Mal den ROL auch auf alkoholischem Gebiet vertreten, aber meist mit Wein oder Bier. Wenn ich Kognak getrunken hatte, dann nie in diesen Mengen. Ich mußte ja, so machte ich mir klar, diese Karaffe nicht austrinken, ich konnte einen Teil in den Ausguß schütten. Oder sollte ich einen Rest morgen stolz dem Professor vorweisen, sollte erklären, aus freien Stücken verzichtet zu haben? Glaubte er mich dann der Heilung näher und kürzte die Kur ab? Unter diesen Gedanken kostete ich, fand den Kognak mild und blumig, trank ein zweites und ein drittes Glas, fand, daß meine Lage so übel nicht war, daß ich schon andere Klippen gemeistert hatte und eine angemessene Entschädigungssumme fordern durfte. Indem ich überlegte, wie hoch ich den Wert meiner Arbeitskraft taxieren sollte, goß ich mir abermals ein, ließ Musik dem Lautsprecher entströmen, lachte leise vor mich hin, als ich mir vorstellte, welch verdutztes Gesicht Professor Schlömke machen würde, wenn er erfuhr, wem er seine ärztliche Sorgfalt angedeihen ließ.
Ich weiß nicht, was meine Stimmung umschlagen ließ. War es, daß zuviel auf mich eingeströmt war und meine Nerven streikten? War es, daß ich mich im Spiegel sah und über den lächerlichen Eindruck, den ich im gestreiften Anzug und Pantoffeln machte, erboste? Trank ich zuviel? Letzteres hat gewiß eine Rolle gespielt, die heilsame Absicht des Professors schlug in ihr Gegenteil um, jedenfalls warf ich in einem Wutanfall – Haftkoller? – die Karaffe gegen den Spiegel und begann Beschimpfungen gegen Kümpchen, den ROL, Professor Schlömke und vielleicht sogar gegen Hitler auszustoßen. Ich hatte kaum länger als eine halbe Minute dazu Zeit, denn der Hüne, der uns durchs Tor gelassen hatte, trat ein. Höflich sagte er: «Herr Doktor gestatten!», worauf er mich aufs Bett schleuderte,

mir die Hände auf den Rücken drehte und mein Protestgeschrei in den Kissen erstickte. Nach einer Weile riß er mich hoch und schob mich, mir in infamer Weise den Kopf in den Nacken pressend, aus der Tür und den Gang entlang, eine andere Tür stand offen, er stieß mich von sich, wobei er mir ein Bein stellte, ich streckte die Arme schützend vor, aber mein Aufprall war sanft, und ich hätte nicht von der Pike auf im Gummiwarenhandwerk gelernt haben dürfen, wenn mir nicht der mich umgebende Geruch sofort klargemacht hätte: Der Wärter hatte mich in eine Gummizelle geworfen.

Weinte ich in dieser Nacht? Marterte mich die Schmach, gefangen zu sein? Nichts von alledem. So schnell mein Koller gekommen war, so rasch war er vorbei. Die Gerüche der Heimat umfingen mich, ich streckte mich auf dem Boden aus, für kurze Zeit nebelte noch der Kognak durch mein Hirn, dann gaukelte mir meine Phantasie vor, ich läge auf einer Sommerwiese, und alle Blüten um mich wären Gewehrmündungskappen, gefertigt in Claußenhain. Gummiwolken segelten über einen blauen Himmel, die Welt war eine Gummiwelt.

Am nächsten Morgen öffnete der Hüne, als ob nichts gewesen wäre, die Tür und führte mich in mein Zimmer zurück. Das Frühstück wurde serviert, ich labte mich am Porter, und als gegen neun Uhr Kümpchen eintrat, hatte ich zu meiner gewöhnlichen Ruhe zurückgefunden. «Eingelebt?» fragte Kümpchen, wickelte Blumen aus, legte einen Packen Zeitungen auf den Tisch. «Der ROL befindet sich in einer stillen Gegend in Sicherheit, kann ohne Einschränkung seiner Persönlichkeit leben, Sie erwerben sich neue Verdienste um die Bewegung – was also gäbe es auszusetzen?»

«Nichts», antwortete ich und hütete mich, die nächtliche Affäre zu erwähnen. Ich warf einige Notizen über die Leitung meiner Fabrik aufs Papier, die Kümpchen meiner

Frau bringen sollte; im übrigen kamen wir überein, er sollte ihr ausrichten, ich hätte eine geheime Mission zu erfüllen, die mit der Aufrüstung im Zusammenhang stünde. Ich nahm an, Helene würde sich mit dieser Nachricht begnügen.

Endlich einmal fand ich Muße, nach Herzenslust zu lesen. Gab es doch viele Probleme, in die ich mich vertiefen mußte, wollte ich meinen Aufgaben gerecht werden. In den Fragen des deutschen Daches hatte ich instinktsicher geurteilt, als Inspirator einer Gummiplakette kein Glück gehabt, was aber wußte ich beispielsweise vom Film und seinen Schöpfern! Später einmal sollte ich Kristina Söderbaum sowie Heinrich George die Hand schütteln dürfen, und daß ich mich in meine Aufgaben im filmischen Bereich so rasch hineinfand, ist zu einem nicht geringen Teil den theoretischen Studien zu verdanken, die ich damals trieb. Von einem Besuch des Regisseurs und Schriftstellers Trenker bei Hitler las ich, wobei Trenker erstaunt feststellen mußte: Der Führer wußte, daß sein Film «Der Rebell» gerade zu dieser Zeit in den Luitpold-Lichtspielen in München gezeigt wurde; das war ihm selbst unbekannt gewesen! Ich las, daß im Film «Die Reiter von Deutsch-Ostafrika» Fehler gemacht worden waren: «Wenn deutsche Krieger in bestimmten Situationen vor seelischen Qualen und Durst fast vergehen, so mag man das andeuten. Aber derartiges durch grimassierende Schauspieler – Großaufnahmen – möglichst realistisch zur Darstellung bringen zu lassen, ist eine Entwürdigung.» Auch las ich, daß in der Kritik das Zersetzende vorbei zu sein habe, daß Kritik aufbauend wirken müsse, ja durch Kunstbetrachtung abzulösen sei. Viele Beiträge behandelten die Forderung, Juden aus dem Kunstleben zu entfernen – ich darf an dieser Stelle mit Nachdruck darauf hinweisen, daß ich diese Maßnahmen weder gefördert noch gutgeheißen habe. Ich sah Bilder von einem Nibelungenfilm und las

Beiträge darüber, und durch sie angeregt, ließ ich mir aus der Bibliothek jenes Epos bringen, in dem unser deutsches Wesen seinen beredtsten Ausdruck gefunden hat. Ich las ergriffen von den Tagen Hagens von Tronje, und wenn man auch über den Mord an Siegfried anderer Meinung sein kann beziehungsweise einen unblutigeren Ausweg wünschte, so war ich doch von der Treue Hagens beeindruckt. Man spricht von Nibelungentreue – sollte man nicht viel mehr die Hagentreue rühmen? Es liegt auf der Hand, daß ich gern und oft über die Parallelen zwischen Hagen und seinem König und mir und dem ROL nachdachte.

Man sieht, es waren tiefgreifende Themen, mit denen ich die Zeit nutzte. Niemals mehr nahm ich die volle Alkoholration zu mir, trank wohl mit Vergnügen mein morgendliches Porter und meinen mittäglichen Wein, dem abendlichen Kognak sprach ich jedoch nur mit Maßen zu und überließ den Rest gern meinem Wärter, der ihn mit einem «Auf Ihr Spezielles, Herr Doktor!» hinter die Binde goß. Diese Wochen wären, wie Kümpchen prophezeit hatte, zur Erholung für mich geworden, wenn sich nicht meine Frau zu einer Unbedachtsamkeit hätte hinreißen lassen. Wahrscheinlich hatte Kümpchen von einem meiner Briefe den Absender nicht entfernt, vielleicht hatte er sich einfach verplappert, eines Tages jedenfalls erschien Helene, erzwang eine Audienz bei Professor Schlömke und bat, mich, das heißt: gottlob bat sie, Dr. Ley sprechen zu dürfen. Als ich gefragt wurde, ob ich eine gewisse Frau Naß zu empfangen gedächte, erschrak ich ernstlich. Helene schwieg, bis der Hüne die Tür hinter sich geschlossen hatte, dann überschüttete sie mich mit Vorwürfen: Mußte immer ich die Kastanien aus dem Feuer holen? Jetzt war Gelegenheit, unsere Fabrik auszubauen, und was tat ihr Leiter? Er saß hinter Gittern für einen anderen.

Ich ließ Helene ausreden, widerlegte dann ihre Argumente

Punkt für Punkt. «Die Treue des Gefolgsmannes», so gipfelten meine Worte, «verlangt, nicht zu fragen, sondern in die Bresche zu springen. Glaubst du, Hagen hätte je gefragt?» Helene schaute mich fassungslos an. «Was», so rief ich, «machte den Wert unseres Fronterlebens aus? Es war die Schützengrabenkameradschaft, in der Stammes- und Standesunterschiede verschmolzen, und es war der Genuß des Sichunterordnens, den ich als einen echt deutschen bezeichne. Glaubst du, Hagen hätte nicht mit Freuden für seinen König in einer Trinkerheilanstalt gedarbt? Ich trinke für den ROL, ich kann nicht anders, Gott helfe mir, amen.»

«Und», fragte sie, «was zahlt dein großer Chef?»

Das war meine Helene! «Du hast recht», entgegnete ich, «lassen wir das Weltanschauliche, wenden wir uns unserer Firma zu.»

Ob man unter dem Personal munkelte, der ROL hätte ein Verhältnis zu einer Fabrikantenfrau? Es focht mich nicht an. Mehrere Stunden blieb Helene bei mir, wir berieten über die Belange unserer Fabrik und deren Erweiterung und debattierten über die Summe, die ich als Entschädigung von Kümpchen zu fordern hatte. Ich mußte einige Mühe aufbringen, den Vorschlag meiner Frau auf ein tragbares Maß herabzudrücken. Was geschah sonst noch an diesem Tag in der Abgeschiedenheit einer Entziehungszelle dahinten in der Lausitz? Der Kavalier schweigt – mehr sage ich nicht, mag der Leser sich nun vorstellen, was immer er will!

Tags darauf besuchte mich Kümpchen ein weiteres Mal. Aus guten Gründen unterschlug ich ihm den Besuch meiner Frau, plauderte mit ihm über die Reinigung des deutschen Kulturlebens und setzte ihn über meine Kenntnis nibelungischer Probleme in Erstaunen. Noch mehr aber verwunderte sich Kümpchen, als ich meine Rechnung präsentierte. Zunächst versuchte er, eine Gegenrechnung

aufzumachen, indem er mir einen Teil der Sanatoriumskosten anlasten wollte – sein Argument, ich hätte, wäre ich nicht hier, für meine Verpflegung selbst aufkommen müssen, war nicht ohne weiteres vom Tisch zu fegen –, aber durch meine Zähigkeit drängte ich ihn Stück für Stück zurück. Ich war von einer Basis von 3000 Reichsmark monatlich ausgegangen und ließ mich endlich auf 2500 Reichsmark ein, damit auch Kümpchen glauben konnte, er hätte einen Erfolg zu verbuchen; in Wirklichkeit hatte ich mir von vornherein diese Summe zum Ziel gesetzt. «Und wo», fragte ich, «befindet sich der ROL?»
Kümpchen neigte sich an mein Ohr, als er mir zuflüsterte, Dr. Ley befände sich in Masuren im Landhaus des Gauführers der Arbeitsfront von Ostpreußen, er hätte sich einen Bart wachsen lassen und Hechte geangelt. «Es gibt da oben einen wunderbaren alten Kornbrand. Ich werde den ROL bitten, daß er Ihnen eine Kiste davon nach Hause schickt.»
Wie im Fluge vergingen die restlichen Wochen, zuerst fiel der Wein am Mittag fort, dann der Porter am Morgen, das letzte Glas Kognak kredenzte mir der Professor persönlich. «Meinetwegen», sagte ich, «können Sie die Blumen damit gießen.» Aber ich trank den Kognak, um den guten Mann nicht zu kränken. Am nächsten Tag befragte er mich eingehend nach meinem Befinden; Gewicht, Blutdruck und Puls wurden gemessen. Als ich nackt auf der Waage stand, blieb sein Blick an den Narben hängen, die mir George S. Williams einst geschlagen hatte. Befremden überzog sein Gesicht; mir war klar, daß er sich wunderte, diese Narben bei der ersten Untersuchung des ROL übersehen zu haben. «Kleines Kriegsandenken», scherzte ich. «Auch gedient?» Im Plausch über Fronterinnerungen vergaß der Professor, was zu meiner Entlarvung hätte führen können.
Zwei Wochen lang lebte ich ohne jeden Schluck Alkohol,

mein Körper wurde wissenschaftlichen Untersuchungen unterworfen; endlich fuhren Knut und Kümpchen vor, um mich abzuholen. «Der Führer», sagte ich zu Professor Schlömke, «wird es Ihnen danken, den ROL gestählt zurückzuerhalten.» Unter herzlichem Lachen tippte ich ihm an die Brust. «Für den Deutschen Adlerorden wäre wohl noch ein Plätzchen frei?»
Ich stieg in den Wagen. «Mann», röhrte ich, «und jetzt ein Bier!» Zwei Dörfer weiter stürmten wir eine Schenke.

2

Hart war die Arbeit, die mich in Claußenhain erwartete, denn trotz allem Eifer fehlte Helene einige Übersicht. In Berlin war mir im Reichsrohstoffrat allerhand Terrain verlorengegangen. Kümpchen gegenüber ließ ich manche Bemerkung fallen, daß die Entschädigung, die mir die DAF zahlte, nur einen Teil meiner wirklichen Verluste deckte und daß es nur meiner Nibelungentreue zuzuschreiben war, daß ich keine höheren Forderungen stellte.
Bisweilen besuchte ich wieder die Pressekonferenzen der Reichsregierung. Aus dieser Zeit liegen folgende Notizen in meinem Privatarchiv:
Am Sonntag findet in Berlin eine internationale Hundeausstellung statt. Die Hunde von Fräulein Heß, der Schwester von Rudolf Heß, sollen nicht besonders Erwähnung finden.
Der Reichspressechef der NSDAP hat die Weisung ergehen lassen, daß ab sofort von der SA, der SS und dem NSKK nicht mehr als «Kerle» oder «Kerls», etwa in dem Sinne «die SA-Männer sind ganze Kerle», gesprochen werden soll.
Kleinkram war das, gewiß, aber er erweiterte meinen politischen Überblick und schärfte mein Sprachgefühl. Als ich zum erstenmal wieder mit dem ROL zusammentraf – selbstverständlich hatte er sich inzwischen seines Urlaubs-

bartes entledigt –, vergaß ich nicht, ihn auf meine Andeutung bezüglich des Adlerordens für Professor Schlömke hinzuweisen. Wenn ich mich nicht irre, wurde er bald darauf verliehen.

Viel war aufzuarbeiten hinsichtlich des deutschen Daches. Ich durchforschte Zeitschriften, erfuhr, daß das «Bauhaus» hundertprozentig abgelehnt wurde, vor allem, weil es das deutsche Steildach in Acht und Bann getan hatte. Jahre der Schande für den deutschen Baumeister lagen hinter uns, so las ich, nun galt es, Scharten auszuwetzen. Was aber sollte mit den flachen Gebäuden geschehen, die in dieser Zeit entstanden waren? Dem Stadtbaumeister von Offenburg, der den ROL dahingehend befragte, schrieb ich: «Eines Tages werden Arbeitsdienstmänner derartige Gebäude abreißen, und die Bevölkerung Ihrer Stadt wird beifallspendend dabeistehen.» Auch Professor Troost gab ich im Namen des ROL wertvolle Hinweise zum Bauschaffen. «Es ist», so schrieb ich ihm, «die Totalität des Stils, die sich durchgesetzt hat. Die Hauptfrage der neuen deutschen Architektur liegt nicht in der Fassadengestaltung, sondern erstreckt sich vom Grundriß bis zum Dach, das gleichsam durch die Fassade mit dem Grundriß verbunden ist.» Professor Troost dankte dem ROL für diese richtungweisenden Worte durch ein Handschreiben.

In Claußenhain lief jetzt alles wie am Schnürchen. Die kleinen grauen Kappen verließen in ungezählten Paketen meine Fabrikationsräume. Mochte ein aufgeregter Rekrut einen Schuß lösen, ohne die Mündungskappe abgenommen zu haben, mochte ein Infanterist durchs Gebüsch streifen und nicht merken, wie seine Kappe an einem Ast hängenblieb – für Nachschub und Ersatz sorgten viele fleißige Hände. Schlecht beraten jedoch wäre ich gewesen, hätte ich deshalb das Gummiwärmflaschengeschäft brachliegen lassen.

Der Frühsommer des Jahres 1936 blaute über deutschen Gebirgen, als ein offener Mercedes die Steigungen des Böhmerwaldes bezwang. Dr. Ley hatte am Vorabend einen «Zug» beendet und lag vermutlich mit seinen Mäusen ringend in Berlin zu Bett; da aber ein Vortrag in einem Schulungslager der Deutschen Arbeitsfront geplant war, hatte Kümpchen ein Telegramm nach Claußenhain geschickt, Schwager Knut war herzugeeilt, und nun fuhren wir, nachdem ich unterwegs in einer Dienststelle der Geheimen Staatspolizei die Kleidung gewechselt hatte und von Knut dezent geschminkt worden war, unserem Ziel entgegen. In besagtem Lager wurden, so unterrichtete mich Knut, Frauen im Sinne der Deutschen Arbeitsfront geschult: Man bildete sie zu sogenannten Obfrauen aus, auf daß sie, sollten die bisher in den Betrieben eingesetzten Obmänner zur Wehrmacht einberufen werden, an ihre Stelle treten könnten. Wir fanden ein Barackenstädtchen vor, wie sie damals zu Hunderten in deutschen Landen aus dem Boden schossen, und auf seinem Appellplatz eine stramm ausgerichtete Kolonne uniformierter Frauen. Fast alle waren, wie ich beim Abschreiten der Front bemerkte, nicht mehr sonderlich jung, einige trugen das Mutterkreuz, viele hatten, wie es Sitte war, das Haar zu schlichtem Knoten aufgesteckt. In frischem Chor erwiderten sie meinen Gruß, straff meldete die Lagerführerin, eine üppige Frau anfang der Vierzig, die Belegschaft angetreten. Ein Spruch aus der Edda, von einer anderen Führerin deklamiert, schuf kämpferische Einstimmung. Die Augen der Frauen leuchteten mir entgegen, geschah es doch nicht alle Tage, daß einer der führenden Männer des Reiches zu ihnen sprach. Meine Rede – wie üblich von Kümpchen aufgesetzt – drang tief in die Herzen, und da ich spürte, wie sich diese mir öffneten, gewann ich immer mehr Elan. Tugend und Sitte, nordisches Brauchtum im Gegensatz zu welschem Tand, Ehre und Glauben waren die Marksteine meiner Rede, und ich darf mir schmeicheln, auch die letzte der Frauen zutiefst ergriffen zu haben. Einer Eingebung folgend, die der Schwung der Stunde mir schenkte, fügte ich Kümpchens Vorlage einiges hinzu, forderte beispielsweise die Frauen auf, ihre Körper stets sauberzuhalten, denn der Führer wünsche eine peinlich saubere deutsche Frau, und es bedurfte eines Knurrens von Knut, sonst hätte mich die Rednerleidenschaft zu weiteren Eigenschöpfungen hingerissen. Tosender Beifall, untermischt mit Heilrufen, dankte mir am Ende für meine Worte.

Im Anschluß begleiteten mich Knut und die Lagerführerin durch Küche und Speicher, Speisesäle und Aufenthaltsräume. Ich kostete von der Erbsensuppe, die in dieser appetitfördernden Höhenluft vortrefflich mundete, lobte die Ordnung, mit der die Sauerkrautfässer ausgerichtet waren, und strich mit der Hand über Fensterbretter und Simse: Kein Stäubchen blieb an ihr haften. Wenn künftige Obfrauen an mir vorbeigingen, grüßten sie durch Hochreißen der rechten Hand und Blickwendung, die so ruckartig war, daß ich fürchtete, sie könnten sich die Nadeln ihrer Runenbroschen in die Adamsäpfel stechen.

«Sauberkeit des Körpers», sprach die Lagerführerin zu mir, als wir in ihrem Privatzimmer angelangt waren – Knut hatte sich abgemeldet, da es ihn gelüstete, einen Bergsee zu durchschwimmen –, «Sauberkeit des Körpers war schon immer das A und O meiner Lebensführung. Wie außerordentlich mir der Herr Reichsorganisationsleiter aus dem Herzen gesprochen haben! Ich bin, das kann ich jederzeit unter Beweis stellen, eine durch und durch reinliche deutsche Frau!» Ihr Auge blitzte, ihr Busen wogte mir entgegen, alles an ihr war bebende Bereitschaft. Wäre ich nur ich selbst gewesen, hätte ich vielleicht anders gehandelt, aber hier drängte sich Höchstes ins Spiel. Eine deutsche Frau trug sich ihrem Reichsorganisationsleiter an, mein Amt forderte mich in die Schranken! So breitete ich denn die Arme, in die sie mit einem Jubelschrei hineinflog. «Sag Robbi zu mir!» flüsterte ich, ehe wir ineinander versanken.

Die Stunde der Lust verrauschte. Knut stellte mein ein wenig verwischtes Äußeres wieder her, und wir setzten unseren Rundgang fort. Besonders sorgfältig besichtigten wir die Sanitätsstube. In ihr waren, so mußte ich rügen, lediglich zwei Gummiwärmflaschen vorhanden – was aber nützten sie bei fast dreihundert Frauen, sollte beispielsweise einmal eine Gastritisepidemie ausbrechen? Ich gab Anweisung, sofort fünfzig Wärmflaschen zu kaufen, und nannte die Firma, die sie in bester Qualität liefern konnte. Nachdem ich in solcher Weise aktiv in die Organisation des Lagers eingegriffen hatte, ließ ich den Wagen vorfahren und verabschiedete mich mit festem Händedruck von der Lagerführerin, die mir mit einem Aufleuchten in den Augen dankte.

In bester Stimmung rollten wir zu Tal. Quasi im Vorbeigehen stattete ich einem Zeltlager der Hitlerjugend einen Besuch ab und dünkte mich nicht zu stolz, an der Feldküche einen Schlag Nudeln mit Rindfleisch zu verzehren. Zu Pionieren des Heeres, die das Anlegen von Panzersperren übten, sprach ich aufmunternde Worte und ließ mir von einem Bauern, der mich allerdings nicht erkannte und erst von Knut belehrt werden mußte, wen er vor sich hatte, erklären, womit er beschäftigt war: In der rauhen Mundart des Gebirglers teilte er mir mit, er beseitige Unkraut. So bewies ich unermüdlich, wie innig Führer und Volk verbunden waren. An diesem Tag war Knut ungewöhnlich nachsichtig und ließ mich in dieser Weise gewähren; denn meist achtete er darauf, daß ich nach Bewältigung meines Auftrages so schnell wie möglich in die zivile Hülle zurückkehrte. Aber auch er hatte etwas Besonderes geleistet und teilte es mir in seinem Rotwelsch mit: «Knorken Kraulschlag gestochen!» Wäre er nur an diesem Tage weniger selbstzufrieden und dafür prinzipienfester gewesen!

Der Abend sank, als wir in der Nähe von Nürnberg ein Ausflugslokal betraten. Ich erregte das übliche Aufsehen; Kellner schlugen die Hacken zusammen, der Geschäftsführer stürzte herbei: «Herr Reichsorganisationsleiter» hinten und «Herr Doktor» vorn, die Gäste steckten die Köpfe zusammen – endlich hatten wir in einer Ecke Platz genommen und konnten uns dem Studium der Speisekarte widmen. Da der ROL dafür bekannt war, daß er nicht nur ausgiebig trank, sondern auch kräftig aß, achtete ich diesbezüglich streng darauf, ihn getreu zu kopieren, und bestellte Ochsenschwanzsuppe, mit Nieren gefülltes Omelett und Holsteiner Schnitzel. Zuvor einen Steinhäger, zwischendurch ein paar Glas Bier – ich durfte hoffen, auch hier meiner Aufgabe gerecht zu werden.

Während ich dem Schnitzel zusprach, übertrug ein Lautsprecher die Nachrichten: Kreuzer «Hipper» vom Stapel gelaufen, japanische Offensive südlich Jünkiang, imponierender Sieg Schmelings, Furtwängler nach London eingeladen. «Vor einer Stunde», hörte ich weiter, «traf der rumänische Wirtschaftsminister Eminescu als Gast der Reichsregierung in Berlin ein. Reichsorganisationsleiter Dr. Ley empfing ihn auf dem Anhalter Bahnhof, wo Tausende dem Gast stürmisch zujubelten. In seiner Begrüßungsansprache bezeichnete der Reichsorganisationsleiter die deutsch-rumänische Freundschaft als Unterpfand des Friedens auf dem Balkan. Anschließend begannen Besprechungen, die zur Zeit andauern.»

Ich erbleichte. Wie konnte ich in Berlin Besprechungen führen und gleichzeitig in der Nähe von Nürnberg ein Schnitzel verzehren? «Bloß raus!» zischte Knut. Wir winkten dem Kellner, um zu zahlen – schien es nur, daß er es darauf anlegte, Zeit zu gewinnen? Als wir dem Ausgang zuschritten, bemerkte ich allenthalben argwöhnische Blicke; der Geschäftsführer sprach eifrig ins Telefon. Ich hatte die Tür fast erreicht, als ein kaum unterdrückter Ruf an mein Ohr drang: «Der Kerl hinkt ja!» Mit einigen Sätzen hatte ich den Wagen erreicht, der Chauffeur ließ den Motor aufheulen, Sekunden später hatte uns die Nacht verschluckt. Knut rief dem Chauffeur, der uns bereits auf so mancher verschwiegenen Fahrt geleitet hatte, energische Weisungen zu, und dieser setzte nun allen Ehrgeiz darein, unsere Spuren zu verwischen. Bald jagten wir über den Asphalt von Reichsstraßen, bald kurvten wir durch stille Marktflecken, bisweilen knirschten unsere Reifen über den Schotter von Feldwegen. Hetzte uns das Auto, dessen Scheinwerfer über die Hügel huschte? Hockten Schergen in jenem Wagen, der mit abgeblendeten Lichtern unter einem Busch parkte? Mir erging es wie dem Reiter in dem Gedicht «Der Erlkönig», der überall Gespenster sieht. Die Gefahr, die vor mir aufstand, war ungeheuerlich. Zweifellos wäre ich in dem Lokal von der empörten Menge, die in mir einen Hochstapler witterte, zerfleischt worden, hätte ich ihr auch nur eine Minute des Nachdenkens gegönnt. Und was geschah, wenn mich die Büttel fingen, die der liebedienerische Geschäftsführer mir mit seinem Anruf an die Fersen geheftet hatte? Schleunigst würde Dr. Ley von mir abrücken, damit mit dem Mantel nicht der Herzog fiel und die Meute der Goebbels-Mutschmann nicht auch über ihn triumphierte. Ein Schuß in verschwiegener Waldesschlucht würde womöglich mein Leben beenden, damit meine Zunge nicht Worte sprach, die einen Höheren, ja letztlich die Interessen des Reiches gefährdeten. Kalter Schweiß trat mir auf die Stirn, und meine Knie, auf die ich mich bisher in so mancher stürmischen Stunde blindlings hatte verlassen können, begannen zu zittern.

In einsamem Grunde ließ Knut halten und bedeutete mir

auszusteigen. Sollte er einem Meuchelbefehl vorgreifen wollen? Bleich schien der Mond durchs Geäst einer mächtigen Kastanie oder Buche, als ich den Wagen verließ. Hatte es Sinn, so durchzuckte es mich, an Knuts Verwandtengefühl zu appellieren, oder galt jetzt das Gesetz der Wildnis? Denn ich war nicht wehrlos, an meiner Hüfte hing eine zuverlässige Waltherpistole, und ich war willens, mein Leben so teuer wie möglich zu verkaufen. Er oder ich! so lautete die bange Frage in dieser schicksalsschwangeren mitternächtlichen Stunde.

«Waschen!» knurrte Knut. Er öffnete den Gepäckraum und zog den Koffer heraus, in dem meine Zivilkleidung lag. Argwöhnisch beobachtete ich jeden seiner Griffe, und nur allmählich schwand mein Verdacht. Da erst trat ich zum Bach und reinigte mein Gesicht, trank wohl auch ein paar Schlucke des kristallklaren Quells, und die Naturfrische ließ meine Gedanken in ruhigere Bahnen zurückkehren. Ich schlüpfte in die Zivilkleidung, Knut stopfte die Uniform in den Koffer, und um vieles unverdächtiger, setzten wir unsere Schleichfahrt fort.

Im Morgengrauen erreichten wir thüringische Gefilde. Wie mundete ein schlichtes Eiergericht, das uns in einem Dorfgasthaus gereicht wurde! Knut hieb kräftig ein; kaum sah man seinem gebräunten Gesicht die Aufregung der Nacht an. Ahnte er, welche entsetzlichen Befürchtungen mich seinethalben bewegt hatten? Im stillen leistete ich ihm Abbitte, wobei ich mir allerdings im klaren war, daß nur die Größe der Gefahr derartige Gedanken in mir hatte schwelen lassen können. Gegen Mittag trafen wir in Berlin ein und fuhren sofort zu Dr. Leys Villa, Kümpchen empfing uns aufgeregt. Minuten später standen wir dem ROL gegenüber. «Herr Reichsorganisationsleiter», sprach ich mit unbeugsamer Stimme, «ich bedaure, Ihnen in Zukunft nicht in gleicher Weise zur Verfügung stehen zu können. Als Familienvater und Betriebsführer bin ich für zu viele Menschen verantwortlich, als daß ich ähnliches wie gestern noch einmal wagen dürfte. Gestatten Sie, daß ich mich abmelde!» Ich erhob den Arm zum deutschen Gruß, aber Ley sprang mit einer Behendigkeit hinzu, die man ihm bei seiner stattlichen Figur nicht zugetraut hätte, und bog meinen Arm herab. «Mensch, Naß», rief er, «lassen Sie mich nicht im Stich! Setzen Sie sich erst mal hin! Gin, Wein, Kognak?»

«Vielleicht ein Bier», erwiderte ich, um nicht unhöflich zu erscheinen.

Zunächst erläuterte Kümpchen, wie die Panne entstanden war. Der Reichsorganisationsleiter hatte seinen «Zug» gehabt und war am fünften Tag ins Bett gebracht worden. Normalerweise hätte er drei Tage schlafen müssen. Was aber noch nie geschehen war, ereignete sich am nächsten Nachmittag: Des ROL sieben gelbe Mäuse bestiegen ein putziges kleines Flugzeug und entschwanden, artig mit den Schwänzchen winkend, in den Lüften. Daraufhin erwachte Dr. Ley und erhob sich frisch von seinem Lager. Wäre Kümpchen zugegen gewesen, wäre alles gut gegangen. Aber in dieser Minute rief Minister Funk an und bat um eine Gefälligkeit: Irgendein Balkanminister müsse empfangen werden, er selbst sei von zwei Rittergutsbesitzern zu drei Jagden eingeladen worden – könne der Kollege nicht aushelfen? Dr. Ley sprang ein, und die Katastrophe war da.

«Ich verstehe nicht», sinnierte der Reichsorganisationsleiter, «ich habe normalen Zug gehabt – eigentlich hätten die Tierchen mich drei Tage lang ärgern müssen. Und hauen einfach ab! Verstehen Sie das, Naß?»

Wir versuchten den besorgten Mann zu beruhigen. Vielleicht habe er weniger als sonst zu sich genommen, womöglich seien die Getränke niederprozentig gewesen? Damit kamen wir schön an! Der Zug sei nicht von schlechten Eltern gewesen, von dieser Seite lasse er sich nicht an den

Wagen fahren! Er sei kein hergelaufener Zufallszecher, habe seinen Stolz usw. usf. Mühsam lenkte Kümpchen ein und versuchte danach, mich umzustimmen. Aber ich betonte noch einmal, mich fürderhin unmöglich solchen Gefahren aussetzen zu dürfen. «Sollen Sie ja auch nicht!» schrie der Reichsorganisationsleiter. «Ich verspreche Ihnen, daß ich meinen Mäusen nie wieder derartige Zicken erlauben werde!»

«Auch fürchte ich», ergänzte ich, «daß mein an sich unbedeutender Gehfehler bislang unterschätzt wurde. Wie leicht kann er zur Entlarvung führen.»

«Menschenskind, guter alter Naß», rief Dr. Ley, «nimm Vernunft an! Der verfluchte Goebbels haut mich nach vierzehn Tagen in die Pfanne, und wenn Mutschmann auf meinen Posten kommt, richtet er die Deutsche Arbeitsfront zugrunde!»

In dieser Minute geschah, was ich kaum zu Papier zu bringen wage, nicht weil ich damit indiskret wäre – als ehrlicher Chronist darf ich diese Worte nicht kennen –, sondern weil ich fürchten muß, der eine oder andere Leser könnte mich für einen Aufschneider halten. Aber ich glaube, mir durch meine bisherige unerbittliche Wahrheitsliebe, die auch vor dem Bekennen eigener Fehler nicht halt macht, so viel Kredit erworben zu haben, daß ich mich zur Enthüllung durchringen darf: Dr. Ley sank vor mich auf den Teppich und umfaßte meine Knie!

Erschrocken versuchte ich, den Flehenden emporzuziehen. Aber alle Mühe war vergebens; auch Kümpchen und selbst der bärenstarke Knut erwiesen sich als machtlos. Erst als ich versprach, mich erweichen zu lassen, ließ der ROL von mir ab und befreite mich aus einer prekären Lage.

Von da an beratschlagten wir, wie ähnlichem Versagen vorzubeugen sei. Kümpchen sicherte mir zu, bei einem künftigen «Zug» nicht mehr von der Seite Dr. Leys zu

weichen und dessen Schlaf zu bewachen. Auch betreffs meines geringen Gehfehlers äußerte er eine Idee: Er wollte in eine ausländische Zeitung eine Notiz lancieren, wonach der Reichsorganisationsleiter bei einem Unfall verletzt worden sei und seitdem leicht hinke. Diese Meldung, so hoffte er, würde von ausländischen Rundfunkstationen in deutschsprachigen Sendungen ausgestrahlt werden, käme ins Volk, würde als illegale Meldung flüsternd verbreitet und könnte für uns die segenreichsten Folgen zeigen.*
«Naß», fügte der Reichsorganisationsleiter hinzu, «wenn Sie weiter mitmachen, bin ich kein Spielverderber. Dann heißen Sie vom nächsten Monat an Referatsleiter für Gummi im Reichsrohstoffrat!»
Selbstverständlich wehrte ich lachend ab: Ein solches Entgegenkommen sei absolut unnötig: ich würde, nachdem für meine Sicherheit gesorgt sei, auch weiterhin zur Verfügung stehen. So schieden wir in bestem Einvernehmen.

* Vermutlich spielt Waldemar Naß auf eine Notiz an, die am 8. Juli 1936 in der schwedischen Zeitung «Molmoes Tidningen» erschien und auf die uns Konsul R. v. S., Stockholm, aufmerksam macht. Die Übersetzung lautet: «Wie wir aus gewöhnlich gut informierten Kreisen der Reichshauptstadt erfahren, erlitt der Führer der Deutschen Arbeitsfront, Dr. Robert Ley, auf der Autobahn bei Breslau einen Unfall. Sein Wagen prallte gegen einen parkenden LKW der Luftwaffe: Dr. Ley mußte in ein Krankenhaus übergeführt und operiert werden. Inzwischen ist er genesen, zieht jedoch das linke Bein etwas nach, was auf eine Nervenstörung zurückzuführen ist.»
Die deutsche Übersetzung der Meldung besorgte Dr. Heinrich Ülf, Tübingen.

5. Kapitel

An der Kulturfront

1

Eines Tages kehrte ich von der Reichspressekonferenz zurück und fand einen Menschen in meinem Büro vor, den ich mit Recht als einen gebrochenen bezeichnen darf: Wolf Willrich, den Zeichner nordischer Köpfe. «Besinnen Sie sich», rief er, «daß ich einst in diesem Hause ein Porträt geschaffen habe?»

«Mir ist's, als ob es gestern gewesen wäre», antwortete ich, «denn das Modell war mein Schwager.»

«Dieses Gemälde ist geschändet worden.» Willrich schlug ein Tuch zurück, und was ich sah, hätte mich beinahe lachen gemacht: Man hatte Knuts Konterfei einen martialischen Schnurrbart aufgeschmiert.

«Eine Schweinerei!» rief ich aus. «Wer war das?»

«Diese symbolische Rassenschande ist in der Reichsführerschule der Hitlerjugend in Potsdam begangen worden. Ich bin überzeugt, daß die Deutsche Arbeitsfront diese Beleidigung nicht auf sich sitzen lassen wird!»

«Warum wenden Sie sich nicht an den Reichsjugendführer?»

«Weil Schirach ein Gegner meiner Kunst ist und keine Gelegenheit vorübergehen läßt, sie lächerlich zu machen.»

Mir war sofort klar, daß höchste Interessen im Spiele waren. Baldur von Schirach betätigte sich selbst als Dichter – gingen hier künstlerische Auffassungen nicht konform? Man findet es ja oft, daß ein Künstler dem anderen aus

Geschmacksgründen nicht hold ist, daß Fehden ausgetragen werden, deren Sinn dem Außenstehenden nicht klar ist. Daß mich mein künstlerischer Instinkt das Richtige hatte erkennen lassen, wurde deutlich, als Willrich rief: «Hätte ich ein Gedicht auf Schirach und seine Hitlerjugend gemacht, wäre alles anders. Wollen Sie ein Beispiel hören? So was gefällt dem Reichsjugendführer:

Wir folgen singend unseren Fahnen
Als würdige Söhne unserer Ahnen.
Ich bin kein Christ, kein Katholik,
geh mit SA durch dünn und dick.

Die Kirche kann mir gestohlen werden,
Das Hakenkreuz ist Erlösung auf Erden,
Ich will ihm folgen auf Schritt und Tritt,
Baldur von Schirach, nimm mich mit!

Aber ich bin kein Speichellecker, und deshalb hat Schirach mein Bild schänden lassen.»

Ich fragte sofort: «Haben Sie Beweise?»

«Schirach hat vielfach versucht, meine Kunst lächerlich zu machen.» Was folgte, war ein Appell des gekränkten Künstlers an die DAF, das Kriegsbeil gegen die Hitlerjugend auszugraben. Natürlich konnte ich mich darauf nicht einlassen, andererseits wollte ich Willrich ein Trostpflästerchen auflegen und erkundigte mich, was bei seiner Suche nach nordischen Typen herausgekommen sei. Willrich holte eine Mappe hervor und zeigte mir einen blonden, harten Kopf nach dem anderen. «Bauern aus Friesland, Oldenburg, Niedersachsen. Andere Gaue werden neidisch. Rassenbewußte Männer aus Süddeutschland fragen an, wann endlich ich auch bei ihnen Zeugen nordischen Bluterbes ausfindig mache.»

«Hilft Ihnen der Reichsbauernführer nicht?»

Einen Augenblick lang war Willrich verlegen, dann

knurrte er: «Warum immer nur Bauern? Gibt es nicht auch in der Stadt nordische Schädel?»
Damals wußte ich nicht, daß es ein Zerwürfnis zwischen Willrich und Darré gegeben hatte, erst nach dem Krieg erfuhr ich davon; folgender in einer Dokumentation veröffentlichter Brief Darrés beweist es:
«Sehr geehrter Herr Willrich!
Für die Übersendung von 12 Fotokopien Ihrer Zeichnungen danke ich Ihnen bestens, da ich annehme, daß Sie mir damit eine Freude machen wollten. Persönlich kann ich allerdings nicht umhin zu bemerken, daß es mich etwas erstaunt hat, wenn einem Mann wie Ihnen, den ich immerhin fast ein halbes Jahrzehnt über Wasser gehalten und ihm erst die Möglichkeit gegeben habe, in der weiteren Öffentlichkeit bekannt zu werden, als Zeichner nichts Besseres einfällt, als mir die Fotokopien von Bildern zuzuschicken. Auch das kleinste, persönlich gezeichnete Bild wäre ein Ausdruck der Aufmerksamkeit gewesen, während die von Ihnen gewählte Form auf mich schon etwas peinlich wirkte.»
Von diesem Vorfall wußte ich nichts, aber mein Instinkt sagte mir das Richtige. Vielleicht war es möglich, Willrich zum Maler der DAF zu machen? «Ich erfreue mich», führte ich aus, «bester Beziehungen zu einem Schulungslager unserer Organisation im bayrischen Raum. Nicht nur die Schädelform, sondern auch die körperliche Sauberkeit ist ein Merkmal der nordischen Rasse. Ich bin bereit, Sie einzuführen.»
Willrich stimmte erfreut zu. So legte ich den Krieg zwischen Hitlerjugend und Arbeitsfront auf Eis, gewann meiner Organisation einen talentierten Maler und fand obendrein Gelegenheit, das Schulungslager, in dem ich eine durch und durch saubere Lagerführerin kennengelernt hatte, abermals aufzusuchen. Diesmal fuhr ich im schlichten Zivil dorthin, verlebte inhaltsvolle Tage in appetitför-

dernder Höhenluft und vergewisserte mich nebenbei, daß die vor einiger Zeit bestellten Gummiwärmflaschen eingetroffen waren. Unterdessen schwang Willrich Pinsel und Stift und bannte so manches ausdruckstarke Obfrauengesicht aufs Papier. Die Lagerführerin hielt allerdings seinem strengen Blick nicht stand, er fand sie ein wenig ostisch. Mich focht das nicht an, mir war sie in ihrer herbfrischen Art geradezu auf den Leib geschneidert.
Selten waren mir derartige Verschnaufpausen gegönnt. Ich rüstete Luftwaffensanitätsparks mit Gummiflaschen aus, nahm an Übungen mit neuentwickelten Schlauchbooten teil und war Gutachter in einem Test, bei dem Infanteristen zwölf Stunden lang unter der Brause standen, um die Zuverlässigkeit einer Regenhaut zu erproben. Einmal erhielt ich den Auftrag, eine geplante Ausstellung mit Zeichnungen Hitlers ohne großes Aufsehen zu verhindern – es hatte sich schon bis zum Reichspropagandaministerium herumgesprochen, daß ich in Fragen der Kunst eine geschickte Hand bewies. Nach anfänglichen Schwankungen, wie man sich zu den Gemälden und Graphiken, die Hitler kurz vor und nach dem Kriege geschaffen hatte, stellen sollte, setzte Goebbels seine Meinung durch, daß es dem Ansehen des Führers nicht förderlich sein würde, wenn sie publik gemacht wurden. Reichsleiter Bormann kaufte Hitlers Werke zu enormen Summen auf, wo immer er ihrer habhaft werden konnte. In Düsseldorf nun hatte ein Galeriebesitzer einige von Hitlers Zeichnungen zusammengetragen, ich besinne mich auf die Darstellung eines Mannes mit Stahlhelm und Standarte sowie eines gotischen Burghofes. Diskret gelang es mir, diese Arbeiten zu erwerben. Ich ließ sie Bormann zukommen. Das Geschick, mit dem ich dieses Geschäft in aller Stille abwickelte, prädestinierte mich zu einem weit größeren Kunsthandel, mit dem ich wenig später beauftragt wurde. Doch darüber zu seiner Zeit.

Zunächst schreckte mich Willrich abermals auf. Er hatte eine Bäuerin aus dem Bayrischen Wald als Akt gemalt, hatte ihn «Bäuerliche Venus» genannt und in Erfurt ausgestellt. Ich möchte meine Leser darauf hinweisen, daß ich an dieses Kapitel mit gewisser Scheu herangehe, ist mir doch die Verantwortung gegenüber der Jugend bewußt. Ich möchte keinesfalls in den Verdacht kommen, die sogenannte Sexwelle mitzumachen; mir liegt nicht daran, den Verkauf meines Buches zu fördern, indem ein Leser dem anderen zuraunt, daß auch pikante Details in ihm enthalten sind. Mir geht es um die Sache selbst, und deshalb kann ich nicht umhin, ein Kapitel des damaligen Kulturlebens aufzunehmen, das die Überschrift tragen könnte: Der Kampf um den nordischen Busen.
Im thüringischen Raum wirkte damals der Maler und Kunstwissenschaftler Paul Schultze, der sich zur Unterscheidung von gleichnamigen Künstlern Schultze-Naumburg nannte. In zahlreichen Schriften hatte er eine bodenständige Kunst gefordert und sie weltstädtischem Raffinement gegenübergestellt; alle seine Werke atmeten diesen Geist. Er war der Leiter der Hochschule für Handwerk und Baukunst in Weimar und wachte mit Argusaugen, daß in seinem Bereich nichts seiner Kunstauffassung zuwiderlief. Ich wurde zum erstenmal mit dem Namen dieses Mannes konfrontiert, als ich folgendes Telegramm erhielt: WUETENDER ANGRIFF SCHULTZE-NAUMBURG GEGEN BAEUERLICHE VENUS STOP ERBITTE SOFORTIGE HILFE STOP PERSOENLICHE ANWESENHEIT ERFORDERLICH STOP WILLRICH.
Ich fuhr nach Erfurt. Willrich empfing mich in seinem Zimmer im «Erfurter Hof» und rang die Hände. «Ich habe die Brustwarzen mit bräunlichem Ton gemalt», rief er aus und zeigte auf einen Artikel in einer thüringischen Zeitung. «Und nun dieser Angriff!»
Intensive, über Jahre hindurch betriebene Studien, so

schrieb Schultze-Naumburg, hätten bewiesen, daß es einen arischen Busen gäbe, der rundlich und voll, apfelförmig zu nennen wäre und sich deutlich vom nichtarischen, länglichen, birnenförmigen unterscheide. «Das ist es, was die Völker des arabischen Südens und des hunnischen Ostens immer wieder in den Raum der Mitte getrieben hat, die Gier nach dem nordischen Busen. Wenn ein brünstiger Neger in Alabama einer Germanin die Bluse herunterreißt, dann sind es Form und Farbe ihrer Brust, die ihn zu diesem Verbrechen treiben. Wehe uns, wenn es nicht gelingt, das busische Erbe der Vergangenheit zu hüten wie unseren Augapfel!»*

Ich habe später erfahren, daß Schultze-Naumburg bei Hitler wenig angesehen war. Die Frau von Hitlers Lieblingsarchitekten Troost intrigierte bei Hitler gegen ihn und brachte es zuwege, daß der streitbare Thüringer nicht in dem Maße öffentlich geehrt wurde, wie er es ersehnte. In Thüringen allerdings war seine Macht nahezu unbeschränkt, und wenn er die Entfernung eines Bildes aus einer Ausstellung forderte, war dieser Wunsch Gesetz.

«Hier», sagte Willrich und hielt mir ein Buch hin, «hat dieser Verrückte Fotos zusammengestellt, die arische Körperteile darstellen. Das Kapitel über den nordischen Busen ist besonders ausführlich. Wenn ich gewußt hätte, daß nordische Brustwarzen von einem typischen Rosa sind, hätte ich mein Bild in Württemberg oder sonstwo, jedenfalls nicht in Erfurt ausgestellt!»

«Sollten wir diesem Mann eine Falle stellen? Ob seine Frau...»

* Schultze-Naumburg, geb. 1869, ist ebenso eine historische Gestalt wie Wolfgang Willrich; Waldemar Naß hat sein Treiben im allgemeinen richtig dargestellt. Für den hier zitierten Artikel kann der Verlag allerdings keinen Nachweis bringen.
Werke: «Kunst und Rasse», «Kunst aus Blut und Boden», «Nordische Schönheit, ihr Wunschbild im Leben und in der Kunst».

Willrich verstand meine subtile Andeutung. «Keine Aussicht auf Erfolg! Schultze hat eben seine vierte Frau geheiratet, sie ist ebenso nordisch wie die übrigen drei. Er hat sie direkt von einer friesischen Hallig importiert.»
Ich entschloß mich, dem Löwen in den Rachen zu greifen. «Ich werde diese Brustwarzen zu einer Sache der DAF machen. Willrich, warten Sie vierundzwanzig Stunden, und Sie werden die Situation nicht wiedererkennen!»
Ich pflegte damals eine Uniform des ROL und die nötigsten Schminkutensilien bei allen Reisen mit mir zu führen. Ohne Wissen Willrichs – er hielt mich für einen Vertrauten Dr. Leys, wußte aber nicht, daß ich bisweilen in dessen Haut schlüpfte – verließ ich wenig später in der Maske des ROL das Hotel und fuhr mit einem Taxi zur Gauleitung der DAF, wo mein Auftauchen keinen geringen Wirbel verursachte. Ich ließ mir einen Wagen geben, der mich nach Weimar brachte. Telefonisch hatte ich mich inzwischen bei Schultze-Naumburg anmelden lassen.
Der artbewußte Künstler empfing mich an der Seite seiner Gattin auf der Freitreppe seines Hauses. Seine Frau war in der Tat eine Nordine ersten Ranges, blond und blauäugig und rank; ein handgewebtes Kleid floß bis zu ihren Knöcheln hinab, ihre Flechten hatte sie zu einem Kranz ums Haupt geschlungen. In Schultzes Zügen hingegen konnte ich absolut nichts Nordisches feststellen. Ich war kein großer Rassenkundler, aber damals wußte jeder – es entsprach dem Zeitgeist –, daß ostische Köpfe rund und nordische lang waren, daß der Ostler breite Backenknochen besaß und der Fäler eine gedrungene Statur. Schultze war ostisch-fälisch, allenfalls leicht dinarisch, seinen nordischen Blutsanteil konnte man allenfalls an den Ohrläppchen erkennen. Das Ehepaar bat mich ins Haus, wobei die Frau keineswegs in hallig-friesischem, sondern in sächsischem Tonfall sprach; sie stammte, wie ich wenig später erfuhr, aus Meuselwitz. Das Dienstmädchen servierte den

Tee, der aus heimischen Kräutern gebrüht war; Landbrot, frische Butter und fälischer Schinken vervollständigten das frugale Mahl. Wir nahmen es in einer Veranda ein, die mit Bauernmöbeln bestückt war, an den Wänden hingen buntbemalte Teller, wir blickten auf einen Garten hinaus, in dem allerlei Grünzeug wuchs, Gewürze des deutschen Bauerngartens, wie mich Schultze belehrte. «Der Scholle nahe», versicherte er, «denn Kunst muß aus Blut und Boden erstehen, wenn sie zum rechten Leben erwachen will.»*

«Baul», fragte da seine Frau, «häddsde was dorgeschn, wenn'sch ä bissl schbinn däd? Oder Sie, Herr Duggdr Ley?» Natürlich hatten wir nichts dagegen; die Frau des Professors setzte sich ans Spinnrad, alsbald schnurrte die Spindel, flogen Flachsfäden durch feingliedrige Finger; zart neigte sich der sanfte Nacken der Hausherrin. Es hätte nur noch gefehlt, daß sich ein Dutzend blonde Rangen um ihre Knie gedrängt und im Stall ein Roß gewiehert hätte, dann wäre das Bild des nordischen Heims vollendet gewesen. Ich polkte mir eine Schinkenfaser aus den Zähnen und fragte den Hausherrn: «Wie wär's, wenn Sie mir einige Ihrer Werke zeigten?»

Bereitwillig führte er mich durchs Haus. Alle Bilder, die ich sah, paßten zu der Atmosphäre, die Schultze um sich geschaffen hatte, sie waren hell, hygienisch, die Farben waren klar und optimistisch, sie schienen nach Buttermilch und Hirtentäschel zu duften. Draußen in der Veranda sang die vierte Frau des Professors gerade: «Beim Gronenwird is heide Schubl und Danz, heidideldumdideldei», da entdeckte ich einen Akt, stolz erhob sich ein nordisches Haupt auf schlankem Rumpf, und die Brustwarzen waren von makellosem Rosa. «Hübsches Weib», erkannte ich an.

* Historischer Satz Paul Schultze-Naumburgs.

«Meine zweite Frau», erklärte der Professor. «Apfelförmige Brust, hoch angesetzt, Brustwarzen im Winkel von vierzig Grad zur Senkrechten und zwölf Grad auswärtsstehend, ein Idealfall. Leider stellte ich zu spät fest, daß ihre Oberschenkel ostisch-dinarisch waren. Ich kam nicht über diesen Makel hinweg.»
Ich hatte damit gerechnet, daß Schultze das Gespräch auf den Architekten Troost und dessen Frau brachte, prompt begann er damit, als wir im Garten zwischen Perlzwiebeln und Bohnenkraut standen. «Man intrigiert gegen mich», klagte er, «man verleumdet mich beim Führer. Ich habe Frau Troost nie gesehen, muß aber annehmen, daß die allen Anlaß hat, meine Suche nach der Reinheit zu fürchten.»
«Die Dame ist dunkel», erwiderte ich, «über ihre Oberschenkel bin ich nicht informiert, von ihren Brustwarzen ganz zu schweigen. Jedoch: Stehen wir alle so erhaben vor unserem nordischen Gott?» Diese gewiß dichterische Formulierung machte auf Schultze tiefen Eindruck. Seine Stirn rötete sich, er nahm die Brille ab und rieb sie aufgeregt, öffnete den Mund zu einer Entgegnung, schloß ihn aber wieder. «Lore, Lore, Lore, Lore», sang drin die blonde Spinnerin, «scheen sinn die Mädschn von sibbzn, achdzn Johrn», da wies ich zum Dach hinauf und fuhr fort: «Jeder weiß heute in Deutschland, was man unter einem arteigenen Dach versteht, aber was sehe ich bei Ihnen? Eine Walmung neben der anderen! Unter diesem Dach können Sie schaffen? Blicken Sie in den Spiegel, mustern Sie Ihre Backenknochen, und fragen Sie sich, ob Sie es wagen könnten, einen Stein auf die Brustwarzen eines anderen Malers zu werfen!» Ich trat einen Schritt auf den erbleichenden Professor zu, des Estragons unter meinen Stiefeln nicht achtend, und schleuderte ihm ins Gesicht: «Sollten Sie meinen Gefolgsmann Willrich und die Brustwarzen seiner bayrischen Venus nicht in Frieden lassen,

könnte sich das Rasse- und Siedlungshauptamt womöglich für Ihre Backenknochen interessieren. Oder wäre es Ihnen lieber, wenn die SA Ihnen aufs Dach steigt und diese elenden Walmungen zwischen die Rettiche schmeißt?»
Ich wartete keine Antwort ab, ging ins Haus und verabschiedete mich von der rassereinen Meuselwitzerin. Als ich in den Wagen stieg, stand der Professor, bleich bis in die Lippen, die Hand zum Gruß gereckt, auf der Freitreppe.
Abends im «Erfurter Hof» versicherte ich Willrich, alle Anfeindungen von seiten Schultzes würden aufhören. Freilich drang Willrich in mich, ich sollte ihm verraten, wie ich den Professor in die Schranken gewiesen hatte, aber ich schwieg mit feinem Lächeln. «Malen Sie Ihre Brustwarzen», schloß ich, «so bräunlich, wie immer Sie wollen!»

2

Die Aufrüstung der Wehrmacht, auf die ich im vorstehenden Kapitel eingegangen bin, hatte mancherlei Folgen, die unter der Losung Görings «Kanonen statt Butter» sinnfällig zusammengefaßt waren. Im Rahmen der Aktion «Kampf dem Verderb» wurden Kübel aufgestellt, um Küchenabfälle der Schweinemast zuzuführen; ein besonders hygienischer Typ war mit Dichtungsringen aus Gummi versehen, die ich lieferte. In den Gaststätten wurden die Speisekarten verkürzt, Fisch anstelle von Fleisch propagiert, allenthalben las man Artikel, daß der Genuß von Butter schädlich sei. Gottlob merkte man in den Berliner Gaststätten, die ich mit Kümpchen aufsuchte, davon nichts; mit Rücksicht auf ausländische Besucher wurden sie wie vorher beliefert.
Es ist ein alter Brauch: eine Regierung, die das Brot schmälert, fördert die Spiele. «Kraft durch Freude» hieß ein Unternehmen, dessen Träger die Deutsche Arbeits-

front war; KdF lauteten die abkürzenden Buchstaben. Vielfältig waren die Einladungen, die an den ROL zu festlichen oder fröhlichen Veranstaltungen ergingen; in dringenden Fällen schickte er mich. Ich erlebte Opernaufführungen und Bockbierfeste, sah Tricktrommler und Äquilibristen, Seiltänzer und Sängerinnen – wer wollte es mir verübeln, daß mir Einzelheiten entfallen sind? Ein Erlebnis aber hat sich fest in mein Gedächtnis eingegraben, es ist meine Teilnahme an einem Erntedankfest auf dem Bükkeberg bei Hameln.

Fürwahr, man muß diese Veranstaltungen als Großfeste bezeichnen. Die offizielle Statistik nennt für die Jahre 1935 und 1936 nicht weniger als eine Million Teilnehmer. 1937 sollen es sogar noch 200000 mehr gewesen sein. Dr. Ley galt dem Führer gegenüber als von der Trunksucht geheilt, und es war nötig, diesen durch meine tätige Hilfe erworbenen Ruf zu festigen. Es war kein ausgesprochener «Zug», dem sich der ROL kurz vor dem Erntedanktag hingab, es war eine normale, wenn auch über mehrere Tage ausgedehnte Begegnung mit chilenischem Rotwein. Diesmal wurde besonders sorgfältig Maske gemacht, Kümpchen informierte mich eingehend über die Beziehungen Dr. Leys zum Reichsbauernführer Darré und über die Probleme, die der ROL in der letzten Zeit mit Hitler besprochen hatte. Klopfenden Herzens fuhr ich meiner ersten und einzigen Begegnung mit dem Führer entgegen.

Hameln glich einem Fahnenmeer. Überall waren Getreidegarben, Kürbisse, Körbe mit Kartoffeln, Rüben und Apfelpyramiden zu sehen, Frauen und Mädchen trugen Trachten. Vom Auto aus bemerkte ich den Maler Willrich, der nach nordischen Köpfen spähte. Hans Grimm und Hanns Johst, zwei hochgerühmte Dichter, lasen vor andächtigem Publikum, Chöre sangen, Fanfarenzüge bliesen, auf improvisierten Bühnen hüpfte fröhliches Landvolk. Ich schüttelte Hände, winkte lachenden Mädchen

zu, strich über Köpfe von Kindern, die sich um meine Knie drängten, gab mich so recht als Volksmann, wie es meine Aufgabe gebot.
Hitler empfing seine engsten Mitstreiter in einem Hotelsaal zum Abendessen. Er stand im Gespräch mit Göring und Ribbentrop, als ich vor ihn hintrat. «Heil, mein Führer», rief ich, worauf Hitler ernsten Gesichtes den Arm gegen die Schulter winkelte, wie Millionen es aus den Wochenschauen kannten. «Ich hoffe», sagte er mit seiner gutturalen Stimme, «die Kur ist Ihnen bekommen?»
«Vorzüglich, mein Führer. Der brave Arzt hat einen Orden verdient.»
«Wie geht der Bau der KdF-Schiffe voran?»
«Alles klappt», antwortete ich und fühlte mich auf schwankendem Boden. «Eines davon habe ich besichtigt; toll, was da geleistet wird. Auf den Decks ist alles in Ordnung. Keine Walmung, versteht sich. Die Welt wird aufhorchen.» Ich wurde weiterer Ausführungen enthoben, denn Mutschmann, mein Widersacher, trat heran. Wir warfen uns kühle Blicke zu, dann meldete der Gauleiter aus Dresden, seine Kampagne, dem sächsischen Dialekt das Lächerliche zu nehmen, hätte erste Erfolge gezeitigt, nur müsse man gegen gewisse Kabarettisten, die noch immer dieses Idiom verunglimpften, energisch einschreiten. Hitler beendete dieses Thema mit dem Kernsatz: «Der Dialekt, den Richard Wagner gesprochen hat, kann niemals ein lächerlicher sein!» Das Mahl war einfach, wie es der Führer liebte, es bestand aus Obstkaltschale, Schweinsrücken mit Gemüse und Himbeerpudding. Da ich auch in puncto Eßkultur eine vorzügliche Erziehung genossen habe, mußte es mir auffallen, daß sich Hitler leider außerordentlich gehenließ. Natürlich brachte ich Verständnis dafür auf, daß er die Speisen auf seinem Teller von seinem Leibarzt, Professor Morell, vorkosten ließ, mußte er doch ständig mit einem Attentat rechnen. Hitler nahm nur Ge-

müse und Kartoffeln zu sich. Beim Essen stützte er die linke Hand auf den Oberschenkel und ließ die Rechte, die den Löffel führte, auf dem Tisch liegen, führte sie nicht etwa zum Munde, sondern neigte sich bei jedem Bissen zu ihr hinab. Zwischendurch trank er verschiedene vor seinem Teller aufgebaute Flüssigkeiten – auch diese hatte Professor Morell probiert. Selbstverständlich war das Rauchen in Hitlers Gegenwart untersagt. Er sprach viel, wenn auch nicht immer leeren Mundes, und richtete auch einmal das Wort an mich, ob in der Deutschen Arbeitsfront die Musikpflege eine gebührende Heimstatt besäße.
«Wir werden im Herbst», begann ich ohne Zögern, «schlagartig in allen Gauen mit Wagnerkonzerten beginnen. Wir werden den ‹Freischütz›...»
Kümpchen trat mir so heftig auf den Fuß, daß ich fast aufgeschrien hätte. Aber mein letzter Satz war in der Erregung untergegangen, die sich aller Anwesenden bemächtigte, weil eine Volkstanzgruppe in den Saal sprang.
Vielfältig waren die Themen, die Hitler an diesem Abend streifte: die Kunst, eine Rede zu halten, die Erbfeindschaft zu Frankreich sowie das Südtirolproblem. Über die deutsche Jugend erklärte Hitler: «In meinen Ordensburgen wächst eine Jugend heran, vor der die Welt erschrecken wird. Es darf nichts Schwaches und Zärtliches an ihr sein. Das freie herrliche Raubtier muß wieder aus ihren Augen blitzen.» Das Gespräch glitt zur Musik; über den Walzer urteilte Hitler, er habe durchaus nichts Weichliches an sich; der große Walzer-Erfolg «Das Braunhemd», den der Komponist Walter Meinel ihm gewidmet habe, beweise das. Ein weiteres Mal war von Richard Wagner die Rede, und Hitler erboste sich, daß es der Emigrant Thomas Mann gewagt hatte, sich anerkennend über diesen gewaltigen Deutschen auszusprechen. Nach bissigen Bemerkungen gegen die Welthilfssprache Esperanto, die die Volksunterschiede verwischen wollte und deshalb im national-

sozialistischen Deutschland keinen Platz hätte, bedachte Hitler den amerikanischen Präsidenten mit Hohn und Spott. Ribbentrop bewies dabei die Ungeschicklichkeit, Hitlers Ansicht in einem Punkt, was die Wirkung dieser Rede in der angelsächsischen Welt anbetraf, korrigieren zu wollen. Aber Hitler schnitt ihm das Wort ab, bezeichnete Roosevelt als einen Krüppel, der den Juden hörig wäre, und nur Idioten würden ihm noch Glauben schenken. Ribbentrop widersprach nicht noch einmal, was ihm auch nicht zu raten gewesen wäre. Später, als von Rassefragen die Rede war, warf ich ein, daß man es als ungeklärt bezeichnen müsse, ob eine nordische Brustwarze rosarot sein müßte oder ob nicht auch bräunliche Töne annehmbar wären. Göring ergänzte meine Auffassung durch Beispiele aus der Praxis und ließ seinen Beitrag in dem Satz gipfeln: «Was eine nordische Brustwarze ist, bestimmen wir!» Hitler, dem dieses Thema nicht lag, lenkte zu einem anderen Problem über. «Warum», so rief er aus, «soll die entartete Kunst in unseren Museen in den Depots liegen? Man müßte sie über die Grenzen abschieben, vielleicht bezahlt uns sogar jemand etwas dafür!»
Göring war sofort Feuer und Flamme. «Robert», sagte er zu mir, «nimm doch die Sache in die Hand!»
Bis Mitternacht saßen wir bei Selters und Birnenkompott beisammen, unerschöpflich waren Hitlers Gedanken zu mannigfaltigen Problemen. Seine karge Jugend in Linz und Wien, sein Entschluß, Politiker zu werden, der Verrat Röhms und anderer Homosexueller, die Feigheit der Politiker in London und Paris – dieses und unzähliges andere strömte auf uns ein. Ich war redlich erschöpft, als Hitler endlich das Zeichen zum Aufbruch gab.
Der nächste Tag begann mit blauem Himmel von einem Horizont zum anderen. «Führerwetter», urteilte Kümpchen. Militärkapellen rissen auch den Saumseligsten aus dem Schlaf. Aus Zeltlagern und Sonderzügen strömte

Landvolk zusammen, um der Vorsehung sowie den Repräsentanten des Reiches für die Ernte zu danken. Durch spalierbildende SA- und SS-Formationen schritten wir den Berg hinauf. Unübersehbar die Menschenmenge, die uns fanatisch zujubelte. Ich ging an der Seite des Reichsbauernführers und unterhielt mich mit ihm über Porträtkunst, insonderheit über den Maler Willrich. Hitler sprach über seine Jugend in Linz und Wien, wo er die Juden kennenlernte, von seinem Kriegsdienst als unbekannter Gefreiter im Regiment List, von seinem Entschluß, Politiker zu werden, der Feigheit der plutokratischen Politiker und dem ohnmächtigen Versuch Roosevelts, die Welt gegen das nationalsozialistische Deutschland aufzuwiegeln. Nie war ich Hitler näher als damals, nie spürte ich stärker den Einfluß, den er als Redner ausübte. Er begann verhalten mit großen Pausen, steigerte sich, reckte das Kinn, hieb mit der Faust durch die Luft. Er glich einem Priester, als er die Arme zum Himmel reckte und der Vorsehung für den Segen dankte, der über der diesjährigen Ernte gelegen hatte.
«Hätte mehr regnen können», murmelte Darré. Orkanartiger Beifall schlug über uns zusammen. Wir schritten vom Bückeberg herunter und versammelten uns wieder im Hotel.
Ribbentrop machte seinen Fehler vom Vortag wett, indem er ausrief: «Mein Führer, Sie waren gigantisch!»
Wir aßen Ente mit Gurkensalat, Hitler begnügte sich mit drei Kartoffeln. Er gab die Anordnung, den Mittelweg, den wir zweimal beschritten hatten, künftig als «Weg durch das Volk» zu bezeichnen; diese Formulierung trüge von Stund an amtlichen Charakter, niemand dürfe eine andere Bezeichnung benutzen. Sofort eilte der Reichspressechef ans Telefon. Das Tischgespräch berührte diesmal die Entbehrungen der Kampfzeit, als die Führer der Bewegung noch mit dem Berliner Hotel «Kaiserhof» vor-

liebnehmen mußten, die glückliche Hand der Vorsehung, die Hitler gerade Braunau am Inn als Geburtsstadt zugewiesen hatte, die historische Entscheidung im Lazarett von Pasewalk und die Feigheit der Regierungen in Prag, London und New York. «Kein Deutscher ist unmusikalisch», stellte Hitler unter anderem fest, «wenn sein biologisches Erbbild in Ordnung ist.»

Ich war froh, als der Führer die Tafel aufhob. «Ich hoffe, Ihre Schiffe kreuzen bald auf allen Ozeanen!» rief er mir beim Abschied zu.

Im Schlafwagen nach Berlin zogen Kümpchen und ich Fazit.

«Sie hätten leicht abstürzen können.»

«Kein Höhenflug ohne Risiko. Lohnte sonst das Leben?»

In der Tat, so hieß in diesen Jahren meine Devise!

3

«An der Kulturfront» lautet der Titel dieses Kapitels, und ich will mich im wesentlichen an ihn halten, sosehr sich auch Erinnerungen vordrängen, die eine andere Überschrift verdienten. Hauptsächlich war ich ja Wirtschaftsmann, aber Dr. Ley hatte mein Verständnis für die Kunst erkannt und setzte mich demgemäß ein. Unstet war mein Leben, voller Wirrnis die Welt, der Erdball zitterte in allen Fugen, als bereite er sich auf gewaltige Beben vor. Wie ein guter Familienvater sein Haus besorgt, wenn Sturm naht, so mühte ich mich um meine Belange. Weit davon entfernt, das Schicksal in all seinen Winkelzügen vorausahnen zu können, gab mir doch meine Tätigkeit im Reichsrohstoffrat manchen Einblick in Künftiges. So wurde bald klar, wie golden Kümpchens Worte waren, als er mir riet, für Rohstoffvorräte zu sorgen. Die Speicherräume meiner Fabrik wurden gefüllt, und um ein übriges zu tun, mietete ich eine Scheune im benachbarten Röllingsdorf und stopfte sie bis unter die Hahnenbänder

voll Kautschuk. Meiner Frau fehlte der Weitblick, um solche Maßnahmen verstehen zu können. «Und wenn», fragte sie besorgt, «die Preise fallen?»
«Mein gutes Kind», beruhigte ich sie lächelnd, «dann will ich Meier heißen!»
Einmal besuchte ich in der Maske des ROL einen Münchner Verlag, um anläßlich seines 50. Gründungstages die Glückwünsche des Führers, der Reichsregierung, der NSDAP und der Deutschen Arbeitsfront zu überbringen. Das Bankett verlief glanzvoll, ich stand naturgemäß im Mittelpunkt und machte dem Ruf Dr. Leys als Freund guter Speisen und Getränke alle Ehre. Wie es nicht anders sein konnte, unterhielt man sich über Kunst und Literatur, und ich fragte den Inhaber des Verlages über seine Pläne. Er setzte mich in Kenntnis, demnächst sollten Monographien von Beethoven, Brahms und Gluck erscheinen.
«Beethoven ist bekannt», sagte ich, «wer sind die anderen beiden?» Der Verlagsinhaber erläuterte es mir, und nachdem ich das Projekt durchdacht hatte, konnte ich es nur loben. Des weiteren, so berichtete er, habe man eine Neuauflage der «Ilias» ins Auge gefaßt. Auch hier ließ ich mir näheren Bericht geben und konnte schließlich einen wertvollen Ratschlag beisteuern: «Wie wär's, wenn man eine echt nationalsozialistische Übersetzung dieses Werkes anfertigen würde?» Die Mienen des Verlagsleiters und seiner nächsten Mitarbeiter zeigten solche Verblüffung, daß ich sicher war, ins Schwarze getroffen zu haben. «Eine wahrhaft nationalsozialistische Idee», stammelte der Verlagsleiter. Ob er meinen Rat beherzigt hat, habe ich nie erfahren. Vielleicht hat der Krieg diese Kulturtat verhindert.
Eine ähnlich tiefgreifende Entscheidung mußte ich fällen, als mir eines Tages von Kümpchen eine Beschwerde über die sogenannte Handharmonika-Bewegung auf den Schreibtisch gelegt wurde. Mit dem mir eigenen Sprach-

gefühl erkannte ich, daß hier Mißbrauch getrieben wurde. Es konnte nur eine Bewegung geben, nämlich die nationalsozialistische; ich verfügte also, daß die Formulierung «Handharmonika-Bewegung» auszumerzen sei und die Briefunterschrift «Handharmonika-Heil» der Vergangenheit anzugehören habe. Weitere Beschwerden richteten sich gegen ausländisch klingende Namen, mit denen sich manche Künstler schmückten, die bei KdF-Versammlungen auftraten. Auch fanden es einige angebracht, fremdländische Texte zu singen und sich in ihrer Darbietungsart auf nichtdeutsche Vorbilder zu orientieren. Der Jazz war noch immer nicht überwunden, hier und da gab es Erscheinungen verweichlichenden, unmännlichen Musizierens durch Sänger, die durch Fistelstimmen, Flüstertöne und ähnliches den äußeren Effekt über den künstlerischen Gehalt stellten. In kernigen Sätzen wies ich auf das Würdelose derartiger Mätzchen hin. Leider hatte ich nicht immer den gewünschten Erfolg.
Kleinkram? Gewiß, auch damit mußte ich mich herumschlagen; nicht jeder Tag ist ein historischer. Aber mir wurde auch eine Aufgabe anvertraut, die weit über die Grenzen des Reiches hinausreichte. Der Leser erinnert sich, daß der Führer während des Reichserntedankfestes die Absicht geäußert hatte, undeutsches Kunstgut ins Ausland zu verkaufen. Daß diese Aktion nur von einem Mann gemeistert werden konnte, der Kunstverstand besaß, Kaufmann war und es gelernt hatte, sich mit überraschenden Situationen abzufinden, liegt auf der Hand. Nachdem das Haus der Deutschen Kunst in München eröffnet worden war, gab es kein Zurück mehr zu den Werken des Kubismus, des Dadaismus und anderer Ismen; was sollten sie in den Magazinen verstauben? Die muskeligen Gestalten eines Breker, die optimistischen Porträts eines Pitthan, die hellen Frauenkörper eines Ziegler, den man wegen seiner Genauigkeit spaßhaft den «Ma-

ler des deutschen Schamhaares» nannte, und die Kämpferbilder eines Elk Eber hatten sich durchgesetzt.
Vielleicht könnte der eine oder andere einwenden, es wäre geradliniger gewesen, hätte die Reichsregierung die verfemten Werke dem Ofen überantwortet. Aber das wäre wohl zu prinzipienstarr gedacht; wirft etwa jemand, dem sein Wagen nicht mehr gefällt, diesen auf den Schrott? Er gibt ihn in Zahlung – so etwa sollte man den Kunsthandel sehen, mit dem ich beauftragt wurde. Er hatte seinen Ursprung in der Ausstellung «Entartete Kunst», in der zusammengetragen war, was den Führern des nationalsozialistischen Staates an moderner Kunst nicht behagte. Etwa 12000 Graphiken und 5000 Gemälde waren aus öffentlichen Sammlungen entfernt worden, die Augenfälligsten wurden in München ausgestellt. An manchen Tagen strömten 40000, insgesamt mehr als zwei Millionen Besucher durch die Räume, die von der Presse gern als «Schreckenskammern» bezeichnet wurden. Waren viele Menschen darunter, die Abschied von der modernen Kunst nahmen? Ich vermag es nicht zu entscheiden, ich sah diese Ausstellung nicht, sondern kam erst mit diesem Problem in Berührung, als 125 der bemerkenswertesten Exponate zum Verkauf im Ausland angeboten werden sollten. Göring, dem Reichsorganisationsleiter noch immer dankbar für den Rat bezüglich des Dachs von Karinhall, schlug die DAF als vermittelnde Instanz vor, Kümpchen begriff sofort, wessen geschickte Hand hier vonnöten war. «Wo», so fragte er mich, «sollten wir die Gemälde anbieten?» Ich entschied mich für London.
Wenige Tage später ging ich in Bremen an Bord. Nebel lag über der Nordsee, der Themse, der britischen Metropole. Es fiel nicht leicht, herauszufinden, wo der Tankkommandant George S. Williams zur ewigen Ruhe gebettet lag; ergriffen stand ich vor dem schlichten Granitblock und legte einen Strauß nieder. Die Reichsorganisa-

tionsleitung hatte mir einen Dolmetscher mitgegeben, mit seiner Hilfe führte ich Verhandlungen mit Kunsthändlern. Mit echt englischem Mißtrauen wurde ich immer wieder gefragt, wem die Bilder gehörten, die ich anbot. Den deutschen Museen? Aber hatten die nicht die Werke von Chagall, Matisse, Picasso, Nolde, Hofer, Liebermann und Barlach ausgemerzt? Ich merkte, daß man mich für einen Schieber, wenn nicht für Schlimmeres hielt. Ich erhob mich kühl, schließlich war ich nicht auf London angewiesen.

Ich wäre ein Tor gewesen, hätte ich meinen Aufenthalt in England nicht genutzt, bei einer Firma vorzusprechen, von der ich seit langem Rohgummi bezog. Herzlich wurde ich aufgenommen, einen unvergeßlichen Abend verbrachte ich am Kamin im Gespräch über indische, indonesische und malayische Sorten. Wir stießen auf unseren auch künftig florierenden Handel an – hätten wir nur gewußt, welches Schicksal der Welt beschieden sein sollte! Mit wertvollen Hinweisen bezüglich der Mündungskappen für britische Maschinenpistolen – Knut verwertete später diese Information – schied ich von London. Auf der Rückreise versuchte ich in Amsterdam mein Glück, merkte aber bald, daß Emigranten dort die Atmosphäre vergiftet hatten. Die Ausstellung «Entartete Kunst» verstand man als hetzerisch, wies mir die Tür, in einer Winkelgalerie bot man mir so klägliche Preise, daß ich die Verhandlung abbrach.

Paris empfing mich mit strahlendem Glanz. Mir war gestattet worden, einige Drucke unterderhand zu verkaufen, damit nicht auch diese Reise durch Devisenausgaben belastet wurde. Ich erzielte einen höheren Preis, als man in Berlin angenommen hatte, und brauchte meinem Lebenszuschnitt keine Zügel anzulegen. Ich besuchte Pferderennen und amouröse Lokale, ließ mir den Gaumen kitzeln, unternahm Droschkenfahrten und verweilte vor dem

Denkmal des Unbekannten Soldaten in stillem Gedenken an meine gefallenen Kameraden diesseits und jenseits der Schützengräben.
Aber auch hier war mein Anliegen nicht von Erfolg gekrönt. «In die Schweiz!» rief ich kurz entschlossen meinem Dolmetscher zu.
Bern? Basel? Wo ich auch vorsprach, man zeigte mir die kalte Schulter. In Luzern endlich traf ich in der Galerie Fischer einen Mann, der sich als erhaben gegenüber politischen Wertungen erwies. Hier war ich auf keinen Dolmetscher angewiesen, konnte von Mann zu Mann sprechen, und es erwies sich bald, daß meine Devise: «Leben und leben lassen!» auch die Theodor Fischers war. Mit ihm bereitete ich vor, was später Schlagzeilen machte, die Auktion «Gemälde und Plastiken moderner Meister aus deutschen Museen» im Grand Hotel National in Luzern.
Willrich hatte mir eine Liste der zur Verfügung stehenden Arbeiten und ihre Preise mitgegeben, Stück für Stück gingen wir sie durch. Einen globalen Ankauf lehnte Fischer ab, stellte sich nur als Mittler zur Verfügung, beanspruchte zwanzig Prozent des Erlöses. Da ich ihm entgegenkam, ließ er es sich nicht nehmen, mir den Aufenthalt in Luzern so angenehm wie möglich zu machen. Er bestellte ein Mietauto, das mich durch die schönsten Alpentäler kutschierte, bezahlte mein Hotelzimmer, und ich war nicht wenig überrascht, als ich dort einen Umschlag mit Geldscheinen vorfand. So konnte ich nicht nur dem Reichsorganisationsleiter einige Flaschen hochwertigen Alkohols, sondern auch meiner lieben Frau ein paar Pfund Kaffee mitbringen, der damals schon knapp in Deutschland war.
Mit den Einzelheiten des Geschäfts hatte ich nichts mehr zu tun, diese erledigten Willrich und einige Museumsangestellte. Bilder und Plastiken von Gauguin, van Gogh, Marc, Dix, Kokoschka, Liebermann, Feininger und anderen reisten über die Grenze und wurden in Zürich und

Luzern ausgestellt. Am Tage der Auktion aber war ich dabei, um den ordnungsgemäßen Ablauf zu überwachen und zu notieren, welche Ergebnisse erzielt wurden. Die Pressekampagne gegen diese Auktion und ihren Veranstalter erreichte ihren Höhepunkt, aber das focht mich nicht an, hatte ich doch nur mit ihrer finanziellen Seite zu tun. Eine Spritztour nach Genf, zu der Fischer mich einlud, beendete dieses für mich lehrreiche Lebenskapitel!*

Wieder daheim nach langer Kreuzfahrt, daheim im väterlichen Haus! Endlich durfte ich den Fuß auf vertrauten Claußenhainer Boden setzen, das Rumoren des Kalanders hören. An der Wand meines Arbeitszimmers hing nun eine Graphik, über deren Schöpfer ich mich ausschweigen mußte, die nicht zu modern war, um sofort ins Auge zu fallen, und mich an meinen Ausflug in die Sphären der Kunst erinnerte.

Wieder einmal saß ich in der Pressekonferenz der Reichsregierung; diesmal hörte ich eine Anweisung, die mir lebhaft zu denken gab. Sie lautete:

Für die kritische Würdigung des in Hamburg und Berlin zur Uraufführung gelangenden «Michelangelo»-Films wird folgende Sprachregelung gegeben: Wenn dieser Film, der als ein interessanter Versuch zu betrachten ist, auch keine filmische Spitzenleistung darstellt, so kann die fotografische Leistung des Kameramannes erwähnt werden, der sich um die Gestaltung eines ernsten, abendfüllenden Kulturfilms bemühte. Im übrigen steht es der Kunstbetrachtung frei, die in Erscheinung tretenden Mängel hervorzuheben.

Wie leicht, dachte ich, muß es sein, als Kunstbetrachter zu arbeiten, wenn man derlei Richtlinien auf den Weg bekommt! Wenn man Sprachgefühl besitzt, wenn man oh-

* Die erwähnte Auktion hat tatsächlich stattgefunden. Ob Naß an ihr teilgenommen hat, konnte allerdings nicht nachgewiesen werden.

nehin bewiesen hat, wie rasch man sich in den Belangen der Kunst zurechtfindet!

Auf einem anderen Gebiet, dem des Sports, wurde in dieser Zeit meine Tätigkeit eine wahrhaft schöpferische. Denn große Tage kamen für Deutschland und die Welt, die XI. Olympischen Spiele in Berlin. Monatelang vorher hielten sie die Sportwelt in Atem – Knut sprach kaum noch von etwas anderem –, und je näher sie rückten, um so breitere Kreise gerieten in ihren Bann. Mir selbst wären sie herzlich gleichgültig gewesen, wenn nicht meine Pflicht als Double des Reichsorganisationsleiters mich mit ihnen in Berührung gebracht hätte.

Dr. Ley wurde etwa vier Wochen vor dem Beginn der Spiele gerade hart von seinen Mäusen bedrängt, als Dr. Lewald, der Präsident des Organisationskomitees, in der Reichsleitung anrief und den ROL um einen Besuch bat. Knut begleitete mich hinaus in eine Landschaft von Wäldern und Seen, wo in einem Lagerstädtchen eine Schar sportlich versierter Jungen und Mädchen auf eine große Vorführung festlichen Charakters vorbereitet wurde. Es waren keine Wettkämpfer – diese trainierten an zahlreichen anderen Plätzen rund um die Reichshauptstadt –, ihr Beitrag sollte vielmehr der Verschönerung des großen Festes dienen. Da ich mich noch nie in der sportlichen Sphäre umgetan hatte, begrüßte ich es, Knut an meiner Seite zu wissen, der mir während der Fahrt in seiner knappen Art manch brauchbaren Hinweis gab.

So konnte ich also, als ich durchs Lager schritt und mir von Generalsekretär Dr. Diem den Sinn dieser Vorbereitungen erklären ließ, bereits mit etlichem Fachausdruck aufwarten. Kurz darauf versammelten sich die Lagerinsassen – es waren nicht weniger als dreitausend – am Rande einer weiten Wiese. Musik erscholl, alsbald strömten die Sportler in sinnvoller Ordnung auf den Platz, bildeten Schlangen und Kränze, verwirrten sich und lösten sich

auf, standen straff in gelockerten Reihen und begannen mit gymnastischen Übungen. Die Musik gab zündenden Takt, die Körper schwangen im Gleichmaß, bückten sich und hüpften, spreizten die Arme und kugelten am Boden – es war ein hübsches Bild, dreitausend junge Menschen sich in dieser Weise tummeln zu sehen.
Ich bewunderte die Disziplin und die enorme Exaktheit, die alle diese Übungen auszeichneten. Eine halbe Stunde lang achtete ich argwöhnisch darauf, wenigstens einmal einen Teilnehmer dabei zu ertappen, daß er aus der Reihe tanzte, aber es gelang mir nicht. Als mich Dr. Diem fragte, wie mir die Vorstellung gefallen habe, konnte ich nur loben. «Herr Reichsorganisationsleiter», fragte Dr. Diem weiter, «könnten Sie uns einen Hinweis zur Vervollkommnung geben?»
Zwar stand Knut nur einige Meter entfernt, konnte mir aber unmöglich einen Rat zuflüstern, und so mußte ich mir wohl oder übel, um das Renommee des ROL zu wahren, selbst etwas einfallen lassen. «Mir ist», verkündete ich, «bei der Reifengymnastik eine gewisse Einseitigkeit aufgefallen. Die Mädchen schwingen die Reifen lediglich rechtsherum. Warum nicht auch einmal nach links?»
Die Gesichter meiner Begleitung wurden nachdenklich. «Wir danken Ihnen», erwiderte Dr. Diem, «für diesen wertvollen Ratschlag und werden ihn berücksichtigen.»
So an die Olympischen Spiele herangeführt, nahm ich mir dann manches Mal die Zeit, die eine oder andere Veranstaltung zu besuchen. Dr. Ley hielt sich während der Olympiade mit eiserner Energie vom Alkohol fern und konnte seinen Repräsentationspflichten genügen. So blieb ich die ganze Zeit über schlichter Privatmann. Ich sah den dreifachen Erfolg der amerikanischen Kunstspringerinnen, einige Boxkämpfe und eine Leichtathletikveranstaltung mit dem Diskussieg unserer unvergeßlichen Gisela Mauermayer. Es waren Tage der Freude und der Sonne, der

Schönheit und des Schwungs, und selbst ich, der Sportlichem stets ferngestanden hatte und so manches Mal mit Sticheleien meinem guten Knut ein wenig lästig gefallen war, wurde davon angesteckt.

Niemand wird es mir verübeln, daß ich besonders jenen Abend erwähne, an dem das Festspiel «Olympische Jugend» im Stadion der Hunderttausend aufgeführt wurde. Scheinwerfer rissen das Rasengrün aus der Dunkelheit, als die dreitausend harmonischen Körper durch das Marathontor fluteten, Musik schwang aus zahllosen Lautsprechern durch die Abendluft, und mit der unerbittlichen Exaktheit, die uns Deutschen Lebensbedürfnis ist, rollte jene Sinfonie von Kraft, Schönheit und Elan ab. Besonders aufmerksam beobachtete ich die Reifenübung, und siehe da, die Reifen wurden auch nach links geschwungen, was der Disziplin etwas geradezu Überraschendes gab. Da war ich mir bewußt, mein Scherflein zum Gelingen dieses gigantischen Festes beigetragen zu haben.

Auch war ich Teilnehmer der unvergeßlichen Abschlußkundgebung. Nacht senkte sich über das Stadion, in das zum letztenmal die Menschen in großen Scharen geströmt waren. Der sechzehnte olympische Tag ging zur Neige. Durch das von Scheinwerferlicht überflutete Marathontor zogen die 52 Fahnen, um deren Ehre in diesen Augusttagen so erbittert und ehrlich von der sportlichen Auslese der Jugend der Welt gekämpft worden war. An der Spitze wurde diesmal das ruhmbedeckte deutsche Banner getragen. Über der Kampfbahn bildeten Lichtbündel eine strahlende Kuppel. Es war, als trete man zu einem Dankgebet an.

Mit knappen Worten sprach IOK-Präsident Graf Baillet-Latour Deutschlands Führer und seinem Volke, der gastgebenden Reichshauptstadt und den Organisatoren seinen Dank aus. Danach erklärte er die XI. Olympischen Spiele für beendet. Die unsterblichen Klänge von Beethovens

Opferlied ertönten, während die weißgekleideten Mädchen des Ehrendienstes mit Erinnerungsbändern und Eichenkränzen die Fahnen der Nationen, die vor dem Führerbalkon Aufstellung genommen hatten, schmückten. Langsam senkte sich nun die Fahne mit den fünf Ringen auf weißem Grund am hohen Mast, von fünf deutschen Olympiakämpfern wurde sie in feierlichem Zuge durch das Stadion getragen. Droben am Marathontor loderten zum letztenmal die Flammen des olympischen Feuers durch die Nacht. Man konnte nur schwerlich begreifen, daß nun alles zu Ende sein sollte. Aber in den Herzen all derer, die in stiller Ergriffenheit standen, brannte die Flamme weiter. Auch in meinem.*

* Wie wir von der Hauptstelle zur Erforschung der Sportgeschichte bei der Deutschen Hochschule für Körperkultur, Leipzig, Referat Olympische Spiele, erfahren, hat sich Waldemar Naß bei der Abfassung der letzten beiden Absätze dieses Kapitels stark an einen Artikel von Dr. Hermann Harster angelehnt, der 1936 in dem Buch «So kämpfte und siegte die Jugend der Welt» veröffentlicht wurde.

6. Kapitel

Am Abgrund vorbei

1

Da beginne ich ein weiteres Kapitel meines Lebensberichtes, der Gipfelpunkt meiner Memoiren ist erreicht, rasch läuft das Leben in seiner furiosen Bahn weiter, und zügiger als bisher gleitet meine Feder übers Papier. Auch diesmal bin ich ehrlich und bekenne: Hätte ich beim Beginn meiner Arbeit auch nur im entferntesten geahnt, welche Mühe und Entsagung ich auf mich genommen habe, ich hätte nicht den Mut gefunden. Das Wirtschaftsleben verlangt das Äußerste: Will man mit der Zeit gehen, darf man keine Stunde versäumen, denn die Konkurrenz lauert, daß man sich eine Blöße gibt. Man spricht so gern vom Wirtschaftswunder, aber daß es durch unsagbaren Verschleiß an persönlicher Muße erst möglich geworden ist, wird meist verschwiegen. So manchen Abend opferte ich meiner literarischen Arbeit, der besser der wirtschaftlichen Planung vorbehalten geblieben wäre, doch im Laufe der Zeit tat ich es immer lieber: Sah ich doch, in welch erfreulicher Weise sich das künstlerische Werk zu runden begann. Viele Monate sind verflossen, seitdem ich das erste Wort zu Papier brachte. Wochen lagen dazwischen, in denen ich nicht eine Zeile schrieb; Verzweiflung war niederzuringen, Mißlungenes galt es zu eliminieren. Nun aber darf ich hoffen, mein Werk zu vollenden.

Mit Riesenschritten ging die Geschichte ihren Weg: Österreich warf sich dem Reich in die Arme, die Grenzsteine rückten halbwegs in die Tschechoslowakei hinein, eines Tages verschwand dieser Staat gänzlich von der Landkarte. Ich darf sagen: Ich bin dabeigewesen, denn einem ausgewählten Stab des Reichsrohstoffrates, der am Tage der Besetzung nach Prag eilte, gehörte auch ich an. Wir bezogen Quartier in einem Hotel am Wenzelsplatz und begannen sofort mit der Arbeit. Meine Aufgabe bestand darin, alle in Böhmen lagernden Rohstoffe zur Gummifertigung zu erfassen, wozu mir ein Büro mit einigen Helfern zur Verfügung stand. Vom ersten Tage an bemühte ich mich, meine Mitarbeiter zu selbständiger Tätigkeit anzuhalten, denn ein guter Vorgesetzter zeichnet sich ja nicht dadurch aus, daß er alle Arbeit allein tut, sondern daß er sie auf breite Schultern zu verteilen versteht.

Es wird den Leser nicht wundernehmen, daß ich nach Jahren härtester Arbeit eine Ruhepause benötigte, und niemand wird mir verübeln, daß ich die mir hier sich bietende Gelegenheit nützte. Schon nach einigen Wochen hatte sich der Betrieb soweit eingespielt, daß es genügte, wenn ich zweimal wöchentlich für einige Stunden auftauchte, um Anweisungen zu geben und Unterschriften zu leisten. Die übrige Zeit verbrachte ich zumeist in einem Waldhotel, das eine Autostunde von Prag entfernt im herrlichen Berauntal gelegen war und das die Protektoratsregierung für deutsche Führungsstäbe beschlagnahmt hatte.

Viele der in Prag tätigen höheren Führer und Verwaltungsbeamten kamen am Sonntag heraus, manche kreuzten auch in der Woche auf, und nach und nach mußte man auf der Hut sein, um ein Zimmer zu erhalten, eines so regen Zuspruchs erfreute sich die gastliche Stätte.

Wenig später klopfte die Pflicht wieder mit hartem Knöchel an die Tür. Der Vorsteher meines Büros legte mir dar, eine Inspektionsreise durch Mähren empfehle sich, da

es hier und da zu Unstimmigkeiten bei der Erfassung der Rohstoffe gekommen sei. Wenige Tage später rollte ich, von meinem Bürovorsteher und einer Dolmetscherin begleitet, in einem Kraftwagen aus Prag hinaus, um an Ort und Stelle meine Entscheidung zu treffen. Auf dieser Fahrt widerfuhr mir ein spaßiges Erlebnis. Als wir in der Gegend von Iglau zu Mittag aßen, hielt vor dem Hotel ein Omnibus, dem zahlreiche Frauen entstiegen. Sie strömten in den Gastraum, wobei sie aufs herzerfrischendste im wohlvertrauten Idiom meiner sächsischen Heimat durcheinanderplapperten. Nachdem sie mich bemerkt hatten, änderten sie ihr Benehmen schlagartig: Sie starrten herüber und steckten tuschelnd die Köpfe zusammen. Kaum hatte ich meine Begleiter instruiert, wie sie sich zu verhalten hätten, trat die Führerin des Frauenschwarms geröteten Gesichts heran, hob den Arm zum Gruß und fragte, ob sie den Reichsorganisationsleiter vor sich habe. Ich tat erschrocken, als sei ein Geheimnis in Gefahr, und ohne daß ich eine direkte Antwort gegeben hätte, drückte ich mich doch so aus, daß sie eine Bestätigung ihrer Frage heraushören mußte. Ich bat sie, keinesfalls mein Inkognito zu lüften, denn ich sei inoffiziell unterwegs, nötigte sie jedoch an meinen Tisch und erfuhr, daß es sich bei der Reisegesellschaft um die Mitglieder der NS-Frauenschaft des sächsischen Städtchens Öderan handelte, die zu einem Besuch der soeben gegründeten Ortsgruppe der gleichen Organisation nach Iglau unterwegs waren. «Und wenn wir Sie einlüden», fragte sie zagend, «bei unserem Zusammentreffen unser verehrter Gast zu sein?»
Warum, so sagte ich mir mit Recht, sollte ich den biederen Frauen diese Freude versagen? «Die Bitte einer deutschen Frau», antwortete ich galant, «ist noch nie an meinem Ohr vorbeigehallt!»
Kurze Zeit darauf folgte mein Wagen dem Omnibus in das wehrhafte Städtchen Iglau, das so malerisch auf den

böhmisch-mährischen Höhen gelegen ist. In einem Saal war eine Kaffeetafel vorbereitet, und kaum waren die ersten Begrüßungsworte gesprochen, stürzten sich die sächsischen Damen mit Vehemenz auf die Kuchenberge. Das war nur allzu verständlich, denn im Altreich waren Butter und Schlagsahne bereits knapp geworden, während hier geradezu schlaraffische Zustände herrschten.
Die Führerin der Öderaner machte mich mit ihrer Iglauer Kollegin bekannt, und wir vereinbarten, daß ich eine kleine Rede halten, mein Name aber nicht genannt werden sollte – «Dr. Ley» war ohnehin von Mund zu Mund geflogen. Bei meiner Ansprache wies ich auf die Unterschiede zwischen nordischem Brauchtum und welscher Dekadenz hin, forderte zu Tugend und Sitte auf und ermahnte die Zuhörerinnen, ihre Körper stets sauberzuhalten. Wohl hingen die Frauen gebannt an meinen Lippen, doch will ich nicht verschweigen, daß so manche genäschige Sächsin zwischendurch schnell einmal den Löffel in die Sahne tunkte. Ich war weit davon entfernt, es zu verübeln.
Dann wurde es Zeit, daß ich mich auf meine eigentliche Aufgabe besann. In aller Stille zog ich mich zurück. Ich verpflichtete den Bürovorsteher und die Dolmetscherin, die soeben erlebte Episode als Dienstgeheimnis zu betrachten; dann rollten wir neuen Zielen entgegen.
Schon nach wenigen Tagen erwies sich, wie dringend notwendig meine Reise war. Ich will nicht behaupten, daß die tschechischen Fabrikanten und Großhändler bewußt sabotierten – zumindest konnte ich keinen solchen Fall beweisen –, jedoch legten sie die großdeutschen Wirtschaftsbestimmungen auf eine Weise aus, die zwar ihnen, keinesfalls aber dem Gesetzgeber von Nutzen sein konnte. Ich regelte einfache Fälle sofort und übergab diffizilere meinem Bürovorsteher zur Überprüfung.
Am letzten Tage meiner Rundreise besuchte ich Böh-

misch-Trübau, einen Marktflecken unweit von Leitomischl. Die hier gelegene Gummiwarenfabrik fand ich verwaist vor, da es ihr Besitzer vorgezogen hatte, ins Ausland zu flüchten. Der Betrieb war etwa doppelt so groß wie der in Claußenhain, verfügte über einen modernen Maschinenpark, über reichliche Produktionsfläche und Gleisanschluß. Das Glanzstück war die zum Werk gehörige Villa: Sie war erst vor zwei Jahren fertiggestellt worden, verfügte über drei große Zimmer im Erdgeschoß und fünf mittlere in der oberen Etage, über eine Veranda und einen Balkon, über zwei Bäder und reichliches Nebengelaß. Schiebetüren verbanden die einzelnen Räume, durch eine weite Glastür konnte man auf die Veranda hinaustreten und von dort in den parkartigen Garten. Eine liebliche Landschaft umstand dieses Kleinod, Obstgehege und fruchtbare Felder dehnten sich über sanfte Hügel; Dörfer und Weiler waren hineingebettet und leuchteten mit ihren roten Dächern durch das üppige Grün, weit von Norden her grüßten die Gipfel des Adlergebirges.
Von der Hausbesorgerin ließ ich mich durch die Räume führen, begutachtete geschmackvolle Möbel und von Kunstverstand zeugende Bilder. Die Bewohner des Hauses waren Hals über Kopf geflüchtet – über Preßburg und Ungarn weiter nach Südamerika, wie die Hausbesorgerin berichtete –, die Schlafzimmerschränke waren mit Wäsche gefüllt, lange Reihen von Einweckgläsern mit Obst und Wurst standen in den Kellerregalen: Es fehlte nur der Mensch, der diese Dinge wieder in sinnvollen Gebrauch zu nehmen verstand. «Betrachten Sie sich», so befahl ich der Hausbesorgerin, «von heute an als meine Angestellte. Ich bitte mir aus, daß alles pfleglichst behandelt wird.»
Nachdem ich den Bürgermeister von der Entwicklung der Dinge in Kenntnis gesetzt hatte – vorsichtshalber stellte ich sie ihm weit gediehener dar, als sie war –, eilte ich nach Prag. Einen Herrn Dr. Sch. lernte ich kennen, der so-

fort meine Interessen verstand und regelte, später wurde er mir zum Freund. Er beauftragte mich mit der Treuhänderschaft über die Gummiwarenfabrik in Böhmisch-Trübau, drei Wochen später ging sie in meinen Besitz über. Die Kaufsumme war erfreulich niedrig und wurde mir, von einer Anzahlung abgesehen, langfristig gestundet. Es war nur zu verständlich, daß ich diesen hilfsbereiten Oberkommissar eine Nacht lang in Prager Lokalitäten traktierte und einige Schulden übernahm, die sein Beamtengehalt zu sehr belastet hätten.
Voll von tiefem Verständnis verlief die Unterredung, die ich kurz darauf mit Helene hatte. Unsere Liebe, die so stürmisch aufgeflammt war, war im Laufe der Zeit einem Verhältnis gegenseitigen Vertrauens und kameradschaftlicher Zusammenarbeit gewichen. Helene hatte sich zu einer energischen und umsichtigen Frau entwickelt, und als ich ihr nun antrug, die Leitung der Claußenhainer Gummiwarenfabrik in die Hände zu nehmen, war ich mir bewußt, ihr damit keine zu schwere Last aufzubürden. Zwar wollte ich hin und wieder nach dem Rechten sehen, ihr im allgemeinen jedoch die Verantwortung übertragen, um mich mit ganzer Kraft dem Aufbau meines neuen böhmischen Betriebes widmen zu können – die Tätigkeit im Reichsrohstoffrat und die Gefälligkeiten Dr. Ley gegenüber würden ohnehin genügend Energie absorbieren.
So etablierte ich mich bald darauf in meiner Villa in Böhmisch-Trübau. Die Fachkräfte im Betrieb ergänzte ich durch den altvertrauten Meister Berndt, der mit böhmischem Schlendrian aufräumte und auch dem letzten tschechischen Mädchen beibrachte, daß mit der deutschen Ordnung auch deutsche Arbeitsdisziplin gekommen war. Den ansässigen Hauptbuchhalter beließ ich im Amt, zumal er vorzüglich Deutsch sprach und schrieb, brachte mir jedoch aus Prag eine Chefsekretärin mit. Christa war ein hochbeiniges Mädchen von rascher Intelligenz und

zupackender Willenskraft. Sie war entschlossen, sich aus dem Lebenskuchen ein möglichst großes Stück herauszuschneiden und es auf keinen Fall zuzulassen, daß jemand außer ihr davon abbiß. In meiner Situation war sie für mich die richtige Partnerin. Ich überließ ihr zwei Zimmer, und allmählich kam es dahin, daß sie nicht nur in der Firma ein gewichtiges Wort mitsprach und während meiner Abwesenheit dem Hauptbuchhalter auf die Finger sah, sondern sich auch mit der Rolle der Dame des Hauses zurechtfand. Es ist wohl kein Wunder, daß wir beide uns näherkamen und bald auf vertrautem Fuß lebten.

Glücklich und voller tätiger Harmonie waren diese Tage. Ein- oder zweimal im Monat fuhr ich nach Berlin zu einer Aufsichtsratssitzung im Reichsrohstoffrat, zwei- oder dreimal im Vierteljahr vertrat ich den ROL, die übrige Zeit gehörte meiner neuen Aufgabe und dem jungen Glück im traulichen Heim.

Auch in Berlin gab es nicht nur Arbeit, sondern manche schöne Stunde der Geselligkeit. Kümpchen war mir nachgerade zum Freund geworden, und da wir beide für gute Küche und gepflegten Keller empfindliche Gaumen besaßen, nutzten wir so manchen Abend zu einem Probierzug durch die renommiertesten Speiselokale der Hauptstadt. Besonders gern aßen wir in einem stilvollen Restaurant in Charlottenburg, der Weinstube von Beutel & Borowski. Hier verkehrten Künstler, einige von ihnen lernte ich kennen, so die Filmschauspielerin Lucie Belgisch, den Tenor Horst Bulgebusch und den damaligen jugendlichen Helden der Deutschen Staatsoper, Haldor Knaak. Letzterer war ein umgänglicher Mensch, der die Gabe besaß, allerlei lustige Reimereien zu verfassen, mit denen er oft und gern die Unterhaltung würzte. In solch vertrauter Runde verbrachte ich manchen Abend, lebte und ließ leben – und dieser Wechsel zwischen großer Welt und Abgeschiedenheit brachte es mit sich, daß ich in einer ständigen Glücksspannung lebte, die nur dem vergönnt ist, dem sich alles erfüllt: seine Aufgabe im Berufsleben ebenso wie seine Sendung als Mann.

2

Unendlich viel ist über das verwirrende Hin und Her der Kräfte und Interessen geschrieben worden, das zum Ausbruch des Zweiten Weltkrieges führte. Ich für meine Person stand damals auf einem Flügel, auf den ich jeden guten Deutschen gewünscht hätte: auf dem des Widerstandes gegen Hitler. In diesem Zusammenhang halte ich eine Bemerkung für notwendig. In den letzten Jahren ist es mehr und mehr zur Sitte geworden, eine Unmutsäußerung aus damaliger Zeit, ein verschwiegenes Gespräch mit einem Freund, Gedanken gar über das Weiterleben nach einer Niederlage als Aufbegehren gegen den faschistischen Krieg hochzuspielen. So mancher umgibt sich allzugern mit dem Odium eines Widerstandskämpfers. Man sollte jedoch die Ehre einer derartigen Bezeichnung jemandem überlassen, der sie wirklich verdient, beispielsweise mir.
Es mag im August 1939 gewesen sein, als mich Kümpchen zu sich bestellte. Nachdem er sogar das Vorzimmer abgeschlossen und die Gardinen zugezogen hatte, machte er mich mit einigen Umständen bekannt, die mich zutiefst erregten. «Wenn ein Krieg ausbrechen sollte», argumentierte er, «wird die Bedeutung des Heeres steigen und die der DAF abnehmen. Man wird die Namen der Generäle in allen Zeitungen erwähnen, wo aber bleibt dann Raum für unseren ROL, von mir ganz zu schweigen? Schon aus diesem Grund müssen wir Verbindung zu Kreisen aufnehmen, die den Krieg verhindern wollen.»
Ich fragte: «Wer sind diese Herren?»
«Keine Namen!» flüsterte Kümpchen.
Natürlich hörte ich dann doch Namen, als ich mich an einem Sommersonntag auf einem Gut in Niederschlesien

einfand. Rittergutsbesitzer und jüngere Wissenschaftler, auch ein Geistlicher und ein aktiver Major diskutierten auf hoher Ebene über die Berechtigung der Treueaufkündigung, des Eidbruches unter bestimmten Umständen. Ich kannte lediglich einen Südfruchtgroßhändler, der mich unter meinem richtigen Namen einführte und dynamische Beziehungen zur Deutschen Arbeitsfront andeutete. Der Leiter dieses Kreises, Popitz, stellte mich den übrigen Herren vor, die Debatte schwoll an und ebbte ab, Beispiele aus der römischen Geschichte wurden bemüht, schließlich kristallisierte sich eine Erkenntnis heraus: Ein Regime konnte nur dann gestürzt werden, wenn es eine Niederlage erlitten hatte. Niemand nannte die Hitlerdiktatur beim Namen, immer wurde im allgemeinen über allgemeine Gesetzmäßigkeiten diskutiert. In einer Pause ging ich mit Popitz auf einem Gartenweg auf und ab. «Die DAF», erwähnte ich, «ist durchaus am Frieden interessiert.»

«Wir», antwortete Popitz, «sind es alle. Ich würde mich freuen, Sie gelegentlich in Berlin wiederzutreffen. Wir sollten unsere Gespräche fortsetzen.»

Mit diesen Worten war ich in den Kreis der Verschwörer aufgenommen.

Während der Rückreise nach Berlin begegnete ich motorisierten Kolonnen, die nach Osten fuhren, der polnischen Grenze entgegen. In meiner Wohnung schaltete ich das Radio ein und hörte von Grenzzwischenfällen und rastloser diplomatischer Tätigkeit. Am Abend traf ich mit Kümpchen zusammen. «Die Verbindung zwischen der DAF und dem Widerstand ist hergestellt», meldete ich.

«Wunderbar», entgegnete Kümpchen. «Natürlich werden wir den ROL nicht einweihen. Wir denken und planen für ihn mit.»

Wie die Geschichte ausweist, brach der Krieg trotz der Bemühungen unseres Widerstandskreises aus. Es stand von vornherein fest, daß ich als Wirtschaftsführer unabkömmlich sein würde; außerdem hinderte mich mein geringer Gehfehler, als Frontsoldat meine Pflicht zu tun. Für Rohstoffe hatte ich gesorgt; nun galt es, die Produktion umzustellen. Die Abgänge männlicher Arbeitskräfte aus Claußenhain zur Wehrmacht ersetzte ich durch tschechische Facharbeiter aus Trübau; ich brauche wohl nicht hinzuzufügen, wie schnell ihre Umsetzung dank meiner neuen, engen Verbindung zur Prager Burg vonstatten ging. Aufträge der Wehrmacht liefen ein, und ununterbrochen verließen Gasmasken, Gasplanen, Regenumhänge für Kradfahrer und Packtaschen die Fließbänder meiner Betriebe. So fügten sich die Fabriken von Claußenhain und Böhmisch-Trübau nahtlos in das weltweite Ringen ein.

Auch für den Reichsorganisationsleiter brachte diese Zeit eine neue Welle von Aktivität, und da er weiterhin mit den Folgen seiner unseligen Leidenschaft zu ringen hatte, mußte ich des öfteren einspringen. Der Polenfeldzug hatte die ersten Verwundeten gefordert, und es gehörte zum guten Ton für die Führer des Reiches, sich leutselig mit ihnen zu unterhalten und sich ihre Heldentaten berichten zu lassen. Bei einem solchen Besuch in einem Kurort des Harzes geschah es, daß ich durch meine Repräsentationspflicht auf einen gefährlichen Pfad geriet. Nachdem ich von Bett zu Bett gegangen war, Zigaretten und Schokolade verteilt und so manche blasse Hand gedrückt hatte, lud mich die Heimleitung zu einem Abendbrot. Man reichte einen süffigen Rotwein, dem ich in der Weise zusprach, wie es vom ROL erwartet wurde. Witzworte flogen hin und her, die Stunden enteilten, und als ich endlich zu Bett gebracht wurde, drehte sich die Welt um mich in wilden Spiralen. Als ich lag, erschienen die Mäuse. Ich erschrak keineswegs, als sie aus einem dünnen Nebel heraus auf mich zukrochen; mir war vielmehr, als hätte ich sie längst erwartet. Es waren drei mittelgroße Exemplare, die einander glichen wie ein Ei dem anderen, sie waren grau und hatten grüne Schwänze. Anfänglich zeigten sie sich behäbig, als müßten sie sich in eine ungewohnte Umgebung einfügen, alsbald aber begannen sie ein lustiges Kugelschieben, und als Kegel dienten ihnen Rotweinflaschen. Später bauten sie die Flaschen zu Pyramiden auf, kletterten auf ihnen herum, sprangen mutig in die Tiefe und schlugen Kobolz. Nach geraumer Weile verschwanden sie wieder im Nebel. Als ich am Morgen erwachte, verspürte ich einen unbezähmbaren Durst nach Rotwein. Ich ließ mir sofort eine Flasche bringen und leerte sie, ohne das Bett verlassen zu haben. Der vorangegangene Abend wurde mir gegenwärtig, ich entsann mich des nächtlichen Besuchs, und schlagartig wurde ich mir der Gefahr bewußt, in der ich mich befand: Ich war auf dem Wege, ein Quartalstrinker zu werden.

Mit einem Satz fuhr ich aus dem Bett, stürzte in die Uniform und klingelte nach dem Fahrer. Ich wußte: Ließ ich mich jetzt unterkriegen und trank nur ein einziges weiteres Glas, geriet ich in einen «Zug» hinein. Fluchtartig verließ ich diese Stätte, und während der Fahrt nach Berlin grübelte ich nach, wie ich mich vor der Gefahr schützen könnte, auf die gleiche Stufe zu sinken wie der ROL.

Aber bei aller Sorge sah ich in dem Erlebten auch versöhnliche, ja sogar sympathische Elemente. Nach und nach war ich immer vollkommener in die Rolle des Reichsorganisationsleiters hineingewachsen, hatte ihm unzählige Eigenheiten abgelauscht – war es nicht bisweilen schon so gewesen, daß auch er meinen Wesenszügen nachgespürt hatte, damit ich nicht nur ihm, sondern damit auch er mir gliche? Viele Male hatte ich eigenmächtige Anordnungen geben müssen, und sie waren nicht schlechter gewesen, als wenn er sie selbst erteilt hätte. Wir waren mehr und mehr ineinander übergegangen, und deshalb hatte ich schon manches Mal darüber nachge-

dacht, warum die Vorsehung ihn und nicht mich auf diesen Posten gestellt hatte. Oder vielmehr: hatte sie mich doch mit ihm betraut?
In Berlin angekommen, eilte ich zum ROL. Er befand sich seit vier Tagen in einem «Zug», empfing mich aber sofort. Nachdem ich mein Erlebnis geschildert hatte, schlang er die Arme um mich und bettete seinen Kopf an meine Schulter. «Bruder», murmelte er, «Bruder.» Er war so gerührt, daß er ein Schluchzen nicht zurückhalten konnte. «Sie werden zusammen spielen, unsere Kinderchen», stammelte er, «sie werden neue Kinderchen kriegen, gelb mit grünen Schwänzen und grau mit gelben Köpfen. Bruder, mein Bruder!»
Ich setzte mich zu ihm, und siehe, in den Flaschen neben seinem Tisch war Rotwein. Wir tranken und lachten, redeten ungereimtes Zeug und tranken wieder, und so schwer es auch ist, mein damaliges Gefühl in Worte zu kleiden, so weiß ich doch: Niemals vorher oder nachher habe ich mich einem Menschen so wesensnahe gefühlt wie dem Reichsorganisationsleiter an diesem Tag, in der folgenden Nacht und an einem weiteren Tage – dann sank ich in einen brunnentiefen Traum.
Zerschlagen kam ich in Böhmisch-Trübau an, Christa rang die Hände. Ich entschuldigte meinen Zustand mit einer Grippe und begab mich unverzüglich zu Bett. Mit Hühnerbrühe, Milch und Rührei brachte Christa mich allmählich wieder auf die Beine. In diesen Tagen blieb mir viel Zeit, über mein Erlebnis nachzudenken, und sosehr es verlockte, in mythischer Weise mich mit einer anderen Person zu verschmelzen, so sah ich doch ein, daß meine Gesundheit einem solchen Prozeß nicht gewachsen war. Dr. Ley erhob sich nach einem «Zug» wie ein Phönizier*

* Gemeint ist: Phönix, sagenhafter Vogel, der alle 500 Jahre aus der eigenen Asche wiederersteht.

aus der Asche, hatte gleichsam alle Schlacken von sich abgestreift, während ich noch nach Tagen von Übelsein geplagt war. Hunderte von Menschen erhielten von mir Lohn und Brot, und sie wie auch meine Familie durfte ich nicht im Stich lassen.

Christa fügte sich in diesen Tagen so in meine Seele ein, wie es Helene in ihrer herben Art nie vermocht hatte. Zwar erfuhr sie nie und durfte nicht erfahren, daß ich bisweilen auf eigentümliche Weise die Gipfel der Politik erklomm, und so konnte ich ihr auch den Grund und die Umstände meiner Körper- und Seelenkrise nicht offenbaren. Aber sie fühlte, daß ich im Innersten verwundet war, und jeder Blick und jedes Wort waren darauf angelegt, Balsam zu spenden. Ich dankte ihr aus der Tiefe meines Herzens.

3

Als ich genesen war, schrieb ich an Kümpchen und schilderte die Gefahr, in die ich geraten würde, müßte ich weiterhin den Reichsorganisationsleiter allzu naturgetreu nachahmen. Ich hoffte auf eine klärende Antwort.

Ehe sie eintraf, geschah etwas, das mir solche Freude bereitete, daß ich die mich umdräuende Gefahr des Säuferwahns fürs erste vergaß: Eines Tages stand, angetan mit der Uniform eines Militärarztes, der Freund meiner Kindertage und Waffengefährte des Ersten Weltkrieges, der treue Ratgeber in kniffliger Herzensangelegenheit, Dr. Trobitzsch, vor meiner Tür. Die feinfühlige Christa spürte heraus, daß wir unser Wiedersehen so recht nach Männerart genießen wollten, und zog sich bald zurück. Nun konnten wir die Schleusen unserer Erinnerungen öffnen und schlugen uns auf die Schenkel, als wir der Tage gedachten, in denen wir in Marburg so manche Blume geknickt hatten oder als Dr. Trobitzsch mir behilflich gewesen war, meine geliebte Helene zu erringen.

Später erzählte mir mein Gast, was er in der letzten Zeit

getrieben hatte. Bei Kriegsausbruch war er zu den Fahnen geeilt und war jetzt Leiter des Heeres-Sanitätsparkes Wien XII. «Mensch», rief ich aus, «dieser Sanitätspark soll von allen in der Welt am besten mit Gummiwärmflaschen ausgerüstet werden, oder ich will Meier heißen!» Lang lachten wir über diesen beziehungsreichen Scherz.
Nur, so klagte mein Freund, leide er Mangel nicht an Lebensmitteln schlechthin, sondern an frischen Eiern und Geflügel. Schweinefleisch könne er jeden Tag essen, aber sein Gaumen sei nun einmal verwöhnt, und deshalb habe er sich in noch nicht abgegraste Gefilde aufgemacht. «Da bist du bei uns», so antwortete ich, «gerade vor die rechte Schmiede gekommen. Altes Haus, in Zukunft sollst du leben, wie es dir zukommt!»
Der erste Kriegswinter verstrich, das zweite Jahr des blutigen Völkerringens begann mit Paukenschlägen der Wehrmacht gegen Norden und Westen, schließlich mußte England die Hiebe der Luftwaffe spüren. Ich saß fern von allem in meinem böhmischen Städtchen, von Christa umsorgt. Wenn ich in Berlin war, erledigte ich meine Aufgaben im Reichsrohstoffrat zügig und erholte mich mit Kümpchen bei Beutel & Borowski. Allerdings machten sich hier die Kriegseinflüsse allmählich geltend: Die Speisekarte wurde zusehends kleiner.
In der ersten Hälfte des Jahres 1940 war ich von meinen Verpflichtungen Dr. Ley gegenüber entbunden. Seine Leidenschaft hatte so krasse Formen angenommen, daß es abermals zu einem peinlichen Zwischenfall in der Gegenwart des Führers gekommen war. Bei einem Mittagessen auf dem Obersalzberg – Kümpchen unterrichtete mich davon –, bei dem Hitler seine karge Jugend in Wien gestreift, die Juden verdammt und Churchill einen verrückten Säufer genannt hatte, bei dem Hitler seiner Meinung Ausdruck gegeben hatte, er sei glücklich, in einer Zeit zu leben, in der es außer ihm noch einen anderen Staatsmann

gäbe, der groß und einmalig in der Geschichte dastehe, nämlich Mussolini, hatte er auch die Absicht geäußert, nach dem Krieg in Berlin einen Wolkenkratzer zu bauen, der höher sei als der höchste der Amerikaner. In diesem Augenblick hatte Dr. Ley ausgerufen: «Und den füllen wir bis obenhin mit Mampe halb und halb!»
Hitler hatte einen Wutanfall erlitten und seine Ärzte beauftragt, den ROL einer Blutprobe zu unterziehen. Der Anteil von Alkohol im Blut war so horrend gewesen, daß Hitler eine Entziehungskur angeordnet hatte. Himmler hatte Dr. Ley sofort in ein SS-Sanatorium eingewiesen. Wohl ließ Kümpchen nichts unversucht, die Wachen zu bestechen, wohl bereitete ich mich schweren Herzens vor, ein weiteres Mal meine Nibelungentreue unter Beweis zu stellen, aber alle Bemühungen scheiterten. Nun mußte der ROL am eigenen Leibe erfahren, was es heißt, modernen Entwöhnungspraktiken unterworfen zu werden, und mir blieb nichts übrig, als inbrünstig zu hoffen, daß er wenigstens keine Bekanntschaft mit der Gummizelle machen müßte.
Monatelang war der ROL der Kunst der SS-Ärzte ausgeliefert. Aber schon wenige Tage nach seiner Entlassung begann er wieder zu trinken. Die Zahl seiner Mäuse war von sieben auf vier herabgesetzt worden, aber alle, die den Reichsorganisationsleiter kannten, waren sich im klaren, daß sie sich sehr bald wieder auf die alte Zahl hinaufhekken würden.
Den ersten «Zug» absolvierte Dr. Ley unbemerkt in seiner Villa in Berlin; beim zweiten bereits mußte ich einspringen. Kümpchen war diesmal ausgeschaltet, nur Knut war mir aus dem Stab der Arbeitsfront beigegeben; alles übrige geschah durch die Reichsleitung der NSDAP. Ich wurde mit einer Sondermaschine nach Schleswig-Holstein geflogen, wartete am Rande eines Flugplatzes, hörte immer wieder von «Spezialauftrag» und «sensationeller Wen-

dung» reden und wußte doch noch immer nicht, was gespielt wurde. Ich winkte Knut beiseite, aber er wußte lediglich soviel: Dr. Ley habe am Tage vorher stundenlang mit dem Stellvertreter des Führers, Rudolf Heß, konferiert, er sei blaß und erregt zurückgekommen, habe geflucht und hastig nach der Kognakflasche gegriffen. Wie es sonst nicht seine Art sei, habe er sich in wenigen Stunden nachhaltig betrunken, und seine letzten Worte, bevor er einschlief, seien gewesen: «Das soll der Naß machen.»
Augenblicklich spürte ich, daß Gefahr auf mich zukroch.
Es war ein milder Frühlingstag, die Sonne lachte über grünen Marschwiesen, mir aber war bänglich ums Herz. Der Leiter des Unternehmens, ein baumlanger Politischer Leiter, trat nach einer Weile an mich heran und meldete flüsternd: «Herr Reichsorganisationsleiter, ich muß um Entschuldigung bitten, daß sich die Aktion verzögert. Aber es ist schlechtes Flugwetter über der mittleren Nordsee gemeldet.»
Flugwetter? Nordsee? «Macht nichts», bluffte ich, «der Führer hat zehn Jahre lang warten müssen, ehe er die Macht erkämpfte, da wird es bei uns auf ein paar Stunden nicht ankommen!»
Kurz darauf tauchte ein Kurierflugzeug über dem Platz auf und setzte zur Landung an. Ihm entstieg, mir von vielen Bildern her wohlbekannt, Rudolf Heß. Er blickte mich unter buschigen Brauen heraus verwundert an. «Bist du krank?» fragte er. «Vorgestern sahst du wohler aus – Mein Gott, bist du blaß geworden!»
«Rudi, altes Haus», versuchte ich zu scherzen, «wir werden alle nicht jünger. Warum hast du dich verspätet?» Auf diese geschickte Weise wollte ich Heß zum Reden bringen, und es gelang mir vorzüglich.
«Unsere Mission ist gewaltig», entgegnete er, «und ich freue mich, daß du dich nach anfänglichem Zaudern entschlossen hast, mitzutun. Ich habe drüben in England

großartige Beziehungen, wir werden Deutschland den Frieden bringen. Dann wird die Partei endlich ihr Schattendasein aufgeben können. Und auch deine DAF ist nicht mehr das Mauerblümchen wie jetzt im Krieg. Die Wehrmacht hat sich vorgedrängt, die SS gilt schon mehr als die Partei!»

Allmählich dämmerte mir, was geplant war, und Furcht, aber auch Zorn auf den ROL, der mich in diese Lage manövriert hatte, griffen nach meinem Herzen. Fieberhaft überlegte ich, wie ich die Situation wenden könnte; da wurde gemeldet, nicht eine Heinkel 111, sondern eine wesentlich kleinere Me 110 stünde leider nur zur Verfügung. «Zum Teufel», rief Heß, «sie kann ja auf diese Strecke nur einen Mann befördern!»

Mir fiel ein Stein vom Herzen. Schlagfertig setzte ich hinzu: «Ach, und ich hatte mich schon so gefreut!»

Das Gesicht des düsteren Mannes straffte sich. «Robert», sagte Heß, «mein Plan duldet keinen Aufschub, die Brükken hinter mir sind abgebrochen. Ich weiß, wie bitter es dir ums Herz ist, zurückbleiben zu müssen. Ich muß meine Mission allein durchführen!»

Ich rief entschlossen. «Es lebe Deutschland!» Beide sprangen wir auf und streckten die Arme so stracks nach vorn, daß wir uns beinahe in die Augen gestochen hätten.

«Die Heimat wird dich nicht vergessen», versprach ich. Ich begleitete Heß hinaus zu seiner schlanken Jagdmaschine und war der letzte, der ihm in diesem historischen Augenblick die Hand schüttelte. Dann erhob er sich zu seinem Flug, der die Welt aufhorchen machte, und ich darf sagen, ich habe ihm nachgewinkt.

Als ich mit Knut in Berlin eintraf, erfuhr ich von Kümpchen weitere Zusammenhänge. (Bezeichnenderweise ließ sich der Reichsorganisationsleiter verleugnen.) Dr. Ley hatte sich von Heß zu diesem Abenteuer verleiten lassen, war aber im letzten Augenblick zurückgeschreckt und

hatte mich vorgeschickt – eine andere Deutung gab es nicht. «Diese Handlungsweise», urteilte ich in Kümpchens Gesicht hinein, «ist in keiner Weise nibelungentreu. Ich werde meine Konsequenzen ziehen.»
Wie das Abenteuer des Rudolf Heß verlief, ist durch die Geschichte bekannt. Heß sprang über Schottland mit dem Fallschirm ab und wurde gefangengesetzt. Die britische Regierung ließ sich nicht dazu herab, mit ihm zu verhandeln, und so war schließlich die Reichsregierung zu der schwächlichen Ausflucht genötigt, Heß habe seinen Flug in einem Anflug von Schwermut unternommen. Ich als Zeuge dieses historischen Ereignisses bin jedoch befugt zu erklären, daß Heß zwar ernst, jedoch keinesfalls trübsinnig war. Diese Enthüllung mache ich im vollen Bewußtsein meiner Verantwortung vor der Geschichte.
Nachdem ich von Kümpchen alle Zusammenhänge erfahren hatte, stand mein Entschluß fest. «Der Reichsorganisationsleiter», so stellte ich klar, «hat unfair gehandelt. So manches Mal habe ich ihm die Kastanien aus dem Feuer geholt, aber nun wird mir die Sache zu heiß. Schon nach jenem Nürnberger Debakel war ich entschlossen, meine Dienste aufzukündigen, und nur die flehentlichsten Bitten des ROL haben mich zur Umkehr erweichen können. Heute könnte er sich erneut vor mich in den Staub werfen, ich würde hart bleiben.»
Kümpchen beschwor mich, Knut drohte, aber ich gab nicht nach. Zum letztenmal ließ ich mir meine Spesen auszahlen, dann verließ ich diese Räume, um sie, so war ich überzeugt, nie wiederzusehen.

4

Als ich in meiner böhmischen Abgeschiedenheit das jüngst Durchlebte bedachte, beschlichen mich Sorgen hinsichtlich meiner beruflichen Sicherheit. Knut hatte gedroht, der Arm Dr. Leys sei lang – war damit gemeint, man könnte mich meiner führenden Stellung im Reichsrohstoffrat berauben? In der Macht des ROL hätte es gelegen, aber ich muß es ihm heute noch anrechnen, daß er sich nicht zu einem solch kleinlichen Racheakt herabließ. Obwohl das Tuch zwischen uns zerschnitten war, ließ er mir über Kümpchen bisweilen sogar Aufträge zukommen – Beweis genug, daß er sich seiner Schuld bewußt war. Ein wenig mehr freie Zeit als bisher konnte ich jetzt für mich erübrigen, ja sogar zwei Wochen unbeschwerten Urlaub zusammen mit meiner einfühlsamen Christa verleben. Dr. Trobitzsch hatte uns in ein Heim eingeladen, das zu seinem Befehlsbereich gehörte, und so entstanden uns nur geringfügige Kosten. Das Heim lag inmitten des Salzburger Landes, zwischen Berge und Seen gebettet, und niemand, der diese friedvolle Landschaft sah, hätte glauben wollen, daß um uns der Krieg tobte.

Eines Tages kam Dr. Trobitzsch auf einen Sprung von Wien herüber. Wir feierten unser Wiedersehen bei etlichen Flaschen guten Weines und vor allem bei einem lekkeren Festbraten: Dr. Trobitzsch war es gelungen, einen jungen Hammel zu ergattern. Der Braten war mit Zwiebel und Knoblauch auf offenem Holzkohlenfeuer zubereitet worden und kam im ganzen auf den Tisch. Jeder schnitt sich ein Stück heraus; dazu aßen wir Salate aus Tomaten, Gurken und Paprikaschoten. Selten habe ich mit solchem Appetit gespeist. «Und woher», so fragte ich, «bekamst du dieses herrliche Stück?»

Dr. Trobitzsch lächelte, und erst nachdem ihn Christa scherzend bestürmt und ich ihm volle Diskretion zugesichert hatte, lüpfte er einen Zipfel seines Geheimnisses. Der Hammel, so erfuhren wir, stammte aus der Slowakei; er war nicht der erste, den mein Freund bekommen hatte, und sollte nicht der letzte sein. Lange saßen wir noch beisammen, tauschten Rezepte aus und weideten uns an unseren Phantasien. Christa bewies dabei, daß sie nicht nur eine tatkräftige Chefsekretärin war, sondern auch über hausfrauliche Qualitäten verfügte, wenigstens in der Theorie. Dr. Trobitzsch küßte ihr die Hand und versicherte immer wieder, wie froh er sei, sie an meiner Seite zu wissen, und wie gern er wieder in Böhmisch-Trübau einkehren würde.

Nicht lange ließ er uns auf sein Kommen warten, und im Gepäck des Doktors befand sich, wie ich erhofft hatte, ein junger Hammel. Christa ließ ihn von unserer Hausbesorgerin zubereiten. «Es ist», so sprach ich, als wir beim Mahl zusammensaßen, «ein Jammer, daß beispielsweise mein Berliner Stammlokal in immer stärkerem Maße unter dem Mangel an hochwertigen Lebensmitteln, besonders an Fleisch, leidet. Wie gern würde ich mit dem jugendlichen Helden der Deutschen Staatsoper, dem begnadeten Haldor Knaak, solch einen Braten verzehren.»

Es ist bekannt, wie bisweilen ein Steinchen eine Lawine ins Rutschen bringt, und so war es auch mit diesem hingeworfenen Satz. Dr. Trobitzsch griff ihn auf und begann nach Wegen zu suchen, um meinen Berliner Bekannten zu helfen. «Die Slowakei», so bemerkte er, «ist im Augenblick das gelobte Land. Rationierung von Lebensmitteln ist dort unbekannt. Man müßte nach zwei Wegen suchen. Einmal: Wie bezahlt man das Fleisch? Zweitens: Wie schafft man es nach Berlin?» Mein Gehirn begann zu arbeiten.

Als ich bei meinem nächsten Berliner Besuch bei Beutel & Borowski in trauter Runde saß, brachte ich das Gespräch wie von ungefähr auf Hammelbraten, Hammelrippchen, Hammelgulasch, und alsbald erhob sich um mich Stimmengewirr. «Willst du uns foltern!» rief Haldor Knaak enthusiastisch aus: «Ist es nicht genug, daß wir bei magerem Stammgericht darben müssen?» Flackernde Gier lag in seinem Blick, als ich beschrieb, wie ich unlängst aus einem über offenem Holzfeuer gebratenen jungen Tier

faustgroße Stücke herausgeschnitten hatte. Unter vier Augen sprach ich darauf mit dem Wirt, erkundigte mich nach den Möglichkeiten, seine Geschäftsfreunde zu beliefern, und kalkulierte einen Preis aus, der zwar über dem lag, der normalerweise verlangt wurde, dem Gastwirt aber noch allerhand Verdienstmöglichkeiten bot. Nachdem das Terrain in Berlin sondiert war, reiste ich mit Dr. Trobitzsch in die Slowakei. Zwei Rittergutsbesitzer, die in der Nähe von Zilina ihre Liegenschaften hatten, erwiesen sich als die richtigen Partner. Das Geschäft war kompliziert: Dr. Trobitzsch kompensierte überschüssige Medikamente aus seinem Sanitätspark, die wertmäßig wiederum mit Gummiwärmflaschen abgedeckt wurden, ich selbst exportierte Wärmflaschen in die Slowakei, tauschte sie teils gegen Düngemittel, die ich an die Gutsbesitzer abgab, teils verkaufte ich sie gegen bar; nicht zuletzt nutzte ich gewisse Verrechnungsmöglichkeiten, die ich durch die Beschäftigung von slowakischen Arbeitern in meinen Betrieben gewann.
Es bedurfte meiner ganzen kaufmännischen Geschicklichkeit, dieses Geschäft allseitig zu organisieren und mit optimalem Nutzen zu betreiben. Das wäre letztlich nicht möglich gewesen, wenn mein Vertrauter von der Prager Burg nicht seine Kenntnisse und Verbindungen beigesteuert hätte. Endlich war es soweit, daß der erste Waggon mit ausgeschlachteten Hammeln seinen Weg antreten konnte, und ich rechnete es mir hoch an, mein Scherflein zur Versorgung der darbenden Berliner Bevölkerung beigetragen zu haben.
Nachdem die Fundamente gelegt waren, lief das Geschäft ohne Schwierigkeiten. Trotzdem: wenn ich heute von der Warte eines gereiften Mannes aus auf jene Zeit zurückblicke, so muß ich mich selbst bewundern, welch vielgestaltige Last ich auf meinen Schultern trug. Die Arbeit im Reichsrohstoffrat, die Aufsicht über Claußenhain (wie-

wohl dort Helene die Zügel fest in der Hand hielt und trotzdem die Kraft fand, sich der Erziehung unserer Kinder zu widmen), die Leitung des Werkes in Böhmisch-Trübau und nun noch das Fleischgeschäft – es war eine Titanenarbeit.

Nicht nur materieller, sondern auch ideeller Lohn wurde mir: Wie ging mir das Herz über, saß ich in Berlin bei Beutel & Borowski und durfte zusehen, wie es meinen Freunden schmeckte. Haldor Knaak rief einmal in seiner launigen Art aus:

«Kotlett, das ist stets vom Schwein,
und Hamlet wird vom Hammel sein.»

Von da an bestellten wir, wenn wir ein Hammelkotelett essen wollten, nur noch ein «Hamlet». Man kann sagen, dieser Ausdruck wurde geradezu zu unserem Kennwort.

5

Doch mit den Himmelsmächten ist kein ew'ger Bund zu flechten, und das Schicksal schreitet schnell. Eines Tages war ich dabei, den Transport von drei Waggons Hammelfleisch über die slowakische Grenze zu beaufsichtigen, als zwei mit Schlapphüten und Ledermänteln bekleidete Herren die Papiere zu sehen wünschten. Diese waren echt, dafür hatte mein Freund von der Prager Burg gesorgt, beziehungsweise sie waren so gut wie echt. Eine Kleinigkeit wäre allenfalls zu bemängeln gewesen, und gerade auf diesen Umstand lenkten die Herren ihr Augenmerk. Ich versuchte sie in jovialer Art zu beschwichtigen, aber es nutzte nichts: Sie forderten mich unmißverständlich auf, in ihrem Kraftwagen Platz zu nehmen. Das letzte, was ich sah, war, wie man meine Fleischwaggons auf ein Abstellgleis schob. Dann brachte mich das Auto davon.

Der Leser wird sich denken können, daß mir während dieser Fahrt bang ums Herz war. Zwar konnte ich mich in dem guten Gewissen sonnen, alles in meinen Kräften Stehende getan zu haben, um die Bevölkerung der Reichshauptstadt zu unterstützen, dennoch war ich mir bewußt, einige Verordnungen weitherzig ausgelegt zu haben. Trotzdem protestierte ich energisch gegen die Festnahme, was die Herren natürlich nicht im mindesten rührte.

In schneller Fahrt ging es nach Süden. Endlich tauchte der Turm des Stephansdoms am Horizont auf, und da dämmerte mir, von wo aus das Unheil seinen Lauf genommen hatte. Als ich mich schließlich in einem Wiener Gewahrsam einem Untersuchungsrichter gegenüber befand, wurde mir schon aus den ersten Fragen klar, woher die Gefahr auf mich zukroch: Dr. Trobitzsch stand im Mittelpunkt des Interesses. Einen halben Tag lang durchforschte man meine Beziehungen zu ihm nach allen Richtungen, und am Abend schließlich, als ich zum wiederholten Male meine sofortige Freilassung forderte, wurde mir eröffnet, ich sei wegen Verstoßes gegen die Kriegswirtschaftsbestimmungen in Untersuchungshaft genommen.

Wer von meinen Lesern sich nicht selbst in ähnlicher Lage befunden hat, kann sich nicht vorstellen, was ich litt. In der vergangenen Nacht noch hatte ich in meiner Villa auf Linnen und Daunen gelegen, jetzt netzten meine ohnmächtigen Tränen einen übelriechenden Strohsack. Gestern war ich noch ein geachteter Wirtschaftsführer gewesen, jetzt schändete meinen ehrlichen Namen der Zusatz «Untersuchungshäftling». Bislang hatte ich trotz des Krieges keine Entbehrungen gekannt, jetzt mußte ich mit Mehlsuppe und Brot vorliebnehmen. Manch einer hätte in dieser Nacht das Hemd zu Streifen zerrissen und sich am Gitter aufgeknüpft, ich aber sagte mir: nicht verloren ist, wer unwandelbar auf seine Errettung hinarbeitet.

Am nächsten Morgen wurde die Untersuchung weitergeführt. Ich saß auf hartem Schemel einem Mann gegenüber, der mich mit unerbittlichen Fragen in die Zange zu nehmen hoffte. In den bitteren Nachtstunden, in denen mich der Schlaf geflohen hatte, war mir klargeworden, daß meine Lage nicht aussichtslos war, rang ich mich von vornherein zur Wahrheit durch. «Mir ist», sprach ich deshalb, «jede Lüge fremd, und so erkläre ich von vornherein, daß ich Ihnen helfen werde, den wahren Schuldigen zu finden. Ich bin ein Opfer der Verhältnisse. Der wahre Schuldige, der die strafwürdige Idee aufgebracht hat und das Unternehmen leitete, ist kein anderer als Trobitzsch.»

Nichts ist mir widerwärtiger als dunkle Kumpanei. Für mich gibt es nur eine Devise: Hat ein anderer einen Fehler begangen, so gilt es, ihn durch offenes Bekennen wiedergutzumachen. Trobitzsch hatte mich in ein zwielichtiges Unternehmen hineingelockt, mochte er nun die volle Verantwortung tragen. Zwar schmerzte es mich, den vertrauten Ratgeber entschwundener Kindertage und langjährigen Freund in mancherlei Fährnissen nun in einer ausweglosen Situation zu sehen, aber die Wahrheit dem Gesetz gegenüber ging mir über alles.

Der Untersuchungsrichter füllte Bogen auf Bogen mit meinen Angaben, und als es Mittag war, lobte er mich für meinen Bekennermut. Nach drei oder vier Tagen erhielt ich bessere Verpflegung, die aus Eintopf nach Soldatenart zum Mittag und Brot, Margarine und Wurst zum Abend bestand. Aufgrund einer persönlichen Bitte an den Anstaltsleiter wurde mir sogar Raucherlaubnis erteilt.

Trotz meiner Ehrlichkeit war an Entlassung nicht zu denken. Mein Untersuchungsrichter deutete mir nach etwa zwei Wochen an, das Verfahren würde sich noch einige Zeit hinziehen, da die skandalösen Unterschlagungen, die Trobitzsch in dem ihm anvertrauten Sanitätspark begangen hatte, noch längst nicht geklärt seien. Der Prozeß sei in etwa einem Vierteljahr zu vermuten; für mich rechne er mit einer Gefängnisstrafe zwischen zwei und drei Jah-

ren, wozu höchstwahrscheinlich der Entzug des Vermögens kommen würde. Trobitzsch hingegen müsse sich auf viele Jahre Zuchthaus gefaßt machen.
Mir krampfte sich das Herz zusammen, und nur ein schwacher Trost war es mir, daß ich den Claußenhainer Betrieb längst auf Helene überschrieben und somit den Klauen der faschistischen Blutjustiz entzogen hatte. Meine Frau und meine über alles geliebten Kinder würden nicht darben müssen. Aber wie schrecklich griff das Schicksal dennoch in mein bisher unbescholtenes Leben ein, und wie wenig durfte ich darauf rechnen, daß meine bisherigen Verdienste um Volk und Vaterland gewürdigt wurden. Ehrlos würde ich dastehen; man würde mir das Haupt scheren und mich in gestreifte Kleidung stecken und in einem Steinbruch oder auf windiger Chaussee beim Straßenbau meine Gesundheit zermürben. Ade, du schönes Böhmisch-Trübau, ade, freundliche Christa, ade, du bürgerliche Unbescholtenheit. Zorn überkam mich auf den schurkischen Trobitzsch, der meine Gutgläubigkeit ausgenutzt hatte, und nur meinem gütigen Herzen ist es zuzuschreiben, daß ich in manchen Augenblicken dennoch Mitleid empfand, wenn ich an die bitteren Zuchthausjahre dachte, die ihn erwarteten.
Öde dehnten sich die Tage. Manchmal drang eine Kunde aus der Außenwelt zu mir herein: Einmal teilte mir mein Untersuchungsrichter mit, mein Freund von der Prager Burg sei, da ihm zumindest mangelnde Aufsicht vorzuwerfen wäre, in eine mindere Funktion strafversetzt worden. Ein andermal erhielt ich einen Brief von Helene. Er war sachlich, wenn auch kühl, jedenfalls enthielt er keine Vorwürfe. Arg jedoch kränkte es mich, daß sie es ablehnte, mir Pakete zu schicken. Von den Kindern, nach denen ich mich inbrünstig sehnte, schrieb sie kein Wort.
Tag und Nacht sann ich, wie ich meine Lage bessern könnte. Ich durchforschte mein Hirn unablässig nach

neuen Einzelheiten von Trobitzschs Verbrechen, aber ich hatte wohl schon alles ausgesagt. Ich schrieb Briefe an Gott und die Welt, in denen ich die unglücklichen Umstände schilderte, durch die ich in Trobitzschs Fänge hineingeschliddert war, aber alle meine Bekannten distanzierten sich von mir. Nach langem Bedenken wendete ich mich schließlich an Kümpchen und bat ihn, beim Reichsorganisationsleiter zu intervenieren. Denn wenn mir einer helfen konnte, war es er, dem ich meinerseits so unendlich viel geholfen hatte.

Eines Tages wurde ich zur Anstaltsleitung gerufen und in ein separates Zimmer geführt, wenige Minuten später trat Kümpchen ein. Er bot mir zu rauchen an, erkundigte sich nach meinem Befinden, neigte erschüttert den Kopf, als ich ihm berichtete, wie mich Trobitzsch in eine Falle gelockt hatte, und machte schließlich ein Angebot: «Ich habe mit dem ROL gesprochen. Dir werden alle Sünden vergeben, und du verpflichtest dich, dem ROL in der gleichen Weise zu helfen wie bisher.»

Niemand kann von mir verlangen, daß ich alles voraussah, was sich in der Folge ereignete. Vielleicht hätte ich sonst lieber zwei Jahre Gefängnis auf mich genommen, aber so sah ich nur die bittere Gegenwart. «Von Herzen gern!» rief ich aus. «Wann? Wann?»

Eine Woche verbrachte ich noch in diesem Gefängnis. In diesen Tagen konnte ich Bücher erhalten, und meine Verpflegung bezog ich aus der Küche des Gefängnispersonals. Ein liebevoller Brief Christas zerstreute geringen Zweifel, diese treue Seele könnte sich von mir abgewandt haben. Dann endlich öffnete sich mir das Tor zur Freiheit. Noch am selben Abend traf ich in Böhmisch-Trübau ein, aufs herzlichste von Christa empfangen, am nächsten Tag reiste ich nach Berlin weiter, um Dr. Ley meines Dankes zu versichern. Ich wurde empfangen, als hätte es niemals die geringste Verstimmung zwischen uns gegeben.

7. Kapitel

An Gotengräbern

1

Welt, wie bist du schön! hätte ich ausrufen mögen nach all der Mühsal, die ich durchlitten hatte. Berlin gehörte wieder mir, ich gehörte Berlin. Stunden verbrachte ich am Kurfürstendamm in einem Café und schaute auf das Treiben um mich. Gewiß zeigte auch Berlin Spuren von Einschränkungen, aber mit Rücksicht auf neutrale und verbündete Diplomaten wurde die Reichshauptstadt weit besser versorgt als andere Städte. Bombenangriffe waren noch selten. Nur Eingeweihte wie ich wußten, daß das Damoklesschwert für diese Stadt bereits geschliffen wurde.

Gering waren in diesem Winter die Dienste, die ich dem ROL zu leisten hatte. In der Tat, es war abwärtsgegangen mit der Deutschen Arbeitsfront! Die Organisation «Kraft durch Freude» hatte ihren Geist ausgehaucht, längst waren ihre Schiffe zu Truppentransportern umfunktioniert worden. «Erst siegen, dann reisen», stand an Bahnhofsmauern, und die Schönheit des Arbeitsplatzes galt keinen Pfifferling mehr. Nicht Dr. Ley war der Initiator der Rüstung, sondern Speer, nicht der ROL lenkte den Arbeitskräfteeinsatz, sondern Sauckel – die Ehrfurcht vor der geschichtlichen Wahrheit erfordert die Feststellung: Der ROL hatte sich manchen Zügel aus der Hand nehmen lassen und keinen neuen ergriffen. Der Schwung, der ihn in der Kampfzeit in die erste Reihe der nationalsozialisti-

schen Führer emporgehoben hatte, war dahin. Hatte König Alkohol sein Mark ausgehöhlt?
Nur selten wurde ich benötigt, um den ROL zu vertreten. Ausgebombten einer rheinischen Stadt rief ich aufmunternd zu, ohne Gepäck marschiere es sich leichter, Rüstungsarbeitern heftete ich Kriegsverdienstkreuze an die Rockaufschläge, ich besichtigte Kinderlandverschickungsheime und Sammelstellen für Woll- und Wintersachen. So manches Mal fragte ich mich: Lohnt das alles?
Wenn schon nicht Dr. Ley, so trug sich wenigstens Kümpchen mit Gedanken auf Änderung. «Wir müssen», sagte er eines Tages zu mir, «unser möglichstes tun, der DAF den alten Glanz wiederzuverleihen. Schon einmal haben Sie Verbindung zu Widerstandskreisen aufgenommen, jetzt ist der Zeitpunkt gekommen, sie erneut zu knüpfen. Vielleicht sind diese Männer in absehbarer Zeit die Führer des Reiches und handeln einen Frieden aus? Es wäre gut, auch bei ihnen ein Eisen im Feuer zu haben.»
Verstohlen ging ich ans Werk, von Kümpchen aus dem Hintergrund gelenkt und gefördert. Zunächst traf ich mit dem schon erwähnten Popitz in einer Bahnhofsgaststätte zusammen, wenig später standen wir in einem Museum scheinbar in den Anblick eines Gemäldes versunken und raunten uns verschwörerische Formeln zu. Beim drittenmal, in einer Privatwohnung, eröffnete mir Popitz, daß die Niederlage vor Moskau manchen General in Ungnade gestürzt und dem Gedanken eines Staatsstreiches nähergebracht hätte. Namen von Marschällen und Generälen wurden genannt – wer würde das Signal zum Aufstand geben?
Leicht schreiben sich heute diese Zeilen hin, aber welche Gefahren drohten damals meinem Haupt! Wäre uns die Gestapo auf die Schliche gekommen, hätte uns niemand vor dem Schafott retten können, und so manche meiner Mitverschworenen haben ja später ihre Untergrundarbeit

mit dem Tode bezahlt. Stets war ich mir bewußt, daß ich von niemandem eine Rückendeckung erwarten durfte, zuallerletzt von dem Mann, für den ich das alles tat, vom ROL.

Den Höhepunkt meiner konspirativen Tätigkeit bildete die Teilnahme an einer Konferenz in einer Villa am Wannsee. Größen des Widerstandes waren versammelt, darunter der ehemalige Reichsminister Dr. Schacht, der als neuer Regierungschef vorgesehene Goerdeler, Oberst Freiherr Sennft v. Pillach, General Graf Finck v. Finckenstein und ein Mann aus dem Auswärtigen Amt, dessen Name nicht genannt wurde.

Popitz leitete die Aussprache, die nur einen Tagungsordnungspunkt hatte: War es angebracht, nach dem Sturz Hitlers einen Hohenzoller als Kaiser einzusetzen, und wenn, welchen? Popitz sprach sich für den Kronprinzen aus, Goerdeler wünschte Prinz Oskar, den jüngsten lebenden Kaisersohn. Gute Gründe brachte Dr. Schacht vor, als er Prinz Wilhelm, den ältesten Sohn des Kronprinzen, vorschlug. Alle waren sich einig, daß niemand den vierten Sohn des Kaisers, Prinz August Wilhelm, genannt «Auwi», inthronisieren wollte, denn er war SA-Gruppenführer. Nach stundenlanger Debatte einigte man sich auf Louis-Ferdinand, den zweiten Sohn des Kronprinzen, und Popitz übernahm es, mit ihm Fühlung aufzunehmen. Unter Einhaltung aller konspirativen Regeln verließen wir zu dunkler Nachtstunde die bedeutungsvolle Sitzung.

Zuversichtlich war mein Bericht Kümpchen gegenüber, jedoch vermochte er dessen Miene nicht zu erhellen.

Eine Woche später, ich wertete gerade Erfahrungen aus, die in der russischen Winterkälte mit Gummierzeugnissen aus Claußenhain und Böhmisch-Trübau gemacht worden waren, rief mich Kümpchen erneut in sein Büro. «Auch ich bin inzwischen», führte er aus, «was den Widerstand betrifft, nicht untätig gewesen. Folgendes habe ich erfah-

ren: Das Frühjahr bricht an, frische Armeen sind an die Ostfront geworfen worden, unsere Truppen werden eine neue Offensive beginnen. Die Generäle bereiten sich auf heroische Siege vor, haben also im Augenblick weder Zeit noch Anlaß für den Widerstand.» Im einzelnen teilte mir Kümpchen noch mit, daß Feldmarschall v. Kluge, auf den die Widerständler große Hoffnungen setzten, von Hitler zu seinem Geburtstag aus dessen Privatschatulle ein Geschenk von einer Viertelmillion Mark erhalten hatte; Hitler hatte auf den Scheck geschrieben: «Zu Ihrem Geburtstag, mein lieber Feldmarschall. 125 000 können Sie auf Ihrem Gut einbauen lassen, Reichsminister Speer hat Anweisung.» Leider, so teilte mir Kümpchen mit, dämpfte diese Dotation den Widerstandswillen des Marschalls. Überdies gab es Gerüchte, daß sowohl v. Kluge als auch v. Manstein nach einem gelungenen Putsch den Oberbefehl über die Ostfront für sich beanspruchten, sich nicht einigen konnten und sich deshalb schmollend von jeder weiteren Mitarbeit zurückgezogen hatten.
«Wir müssen also», stellte ich in raschem Begreifen fest, «was den Widerstand anbetrifft, über den Sommer kommen.»
«Leider ist eine Panne unterlaufen. Ein Mitverschwörer, ein gewisser Graf Eller von Eberstein, hat ein Tagebuch geführt und bei einem Jagdreiten verloren; es könnte sein, daß Andeutungen über Verbindungen zur DAF darinstehen.»
Ich spürte, daß ich erbleichte. «Deshalb», fuhr Kümpchen fort, «müssen Sie fürs erste aus Berlin verschwinden. Ich habe eine interessante Mission im Auge. Was wissen Sie von den Goten?»
«Alter germanischer Stamm», antwortete ich überzeugt. «Lebten zur Zeit der Nibelungen.»
«So ungefähr.» Kümpchen informierte mich anhand detaillierter Unterlagen über ein weitgespanntes Vorhaben.

«Unsere Armeen», so führte er aus, «werden in Bälde auf der Krim und am Kuban alten gotischen Lebensraum befreien. Die Krim könnte nach dem Krieg wieder germanischen Bauernsöhnen als Siedlungsgebiet dienen. Es ist die Idee des ROL, dort Forschungen zu treiben und einen namhaften Schriftsteller, der zudem Kenner des Ostens ist, ein Buch darüber schreiben zu lassen. Hätten Sie Lust, dieses Unternehmen zu leiten? Der ROL möchte vermeiden, daß sich Himmler mit seinem Rasse- und Siedlungshauptamt die Sache unter den Nagel reißt. Ich bin froh, daß sich Dr. Ley zu dieser Initiative aufgerafft hat, nun muß schnell gehandelt werden.» Telefonate nach Claußenhain und Böhmisch-Trübau setzten Helene und Christa in Kenntnis, daß sie einige Wochen lang allein schalten und walten mußten; rasch wickelte ich in Berlin dringende Geschäfte ab. Unterdessen schlug ich in einem Atlas nach, wo Krim und Kuban lagen, und wenige Tage nach der Unterredung mit Kümpchen machte ich mich auf, den von diesem ins Auge gefaßten Schriftsteller zu besuchen. Die Wahl war auf Edwin Erich Dwinger gefallen, der mehrere scharf antisowjetische Bücher geschrieben hatte. Dwinger wohnte auf einem Berghof im Allgäu, dem Hedwigshof, und widmete sich der Literatur und der Viehzucht. In einer begnadeten Jahreszeit kam ich dort an. Eines Morgens im grünen Mai, an dem kein Lüftchen ging, die Sonne zum erstenmal brannte, erwachte der Hedwigshof gerade zum Leben. Im Winter war es ihm wie den Tieren des Feldes ergangen, er hatte sich scheu in sich selbst zurückgezogen, nur hinter seinen dicken Mauern hatte sich gedämpftes Leben geregt. An diesem Maimorgen aber sprang er gleichsam mit beiden Beinen ins Dasein zurück. Dwinger empfing mich inmitten seiner Rinder, die zur Almweide mit Glocken behangen wurden, und die allgemeine heitere Stimmung teilte sich mir unverzüglich mit. Wie jeder echte Bauer ließ es sich auch

Dwinger nicht nehmen, mich auf dem Hofe herumzuführen. Eindringlich wies er mich auf die ummauerte Dungstätte hin und rief aus: «Hunderte von Millionen Mark entfliegen jährlich den Misthaufen Deutschlands!»* Den ganzen Tag über ging ich auf im Weben und Leben dieses Hofes, sah den weißen Araberhengst Hamid ibn Hassan, der eine Haltung hatte, als spähe er in ferne Wüsten, und war Zeuge, wie er einen Fanfarenlaut ausstieß, unter dem eine Stute erzitterte; sie blieb wie angewurzelt stehen, Hamid ibn Hassan nahte in federnder Passage, schrie noch einmal in kurzer Siegerpose auf, mit scharfem Zischen schlug der lange milchweiße Schweif die Flanken, dann blies er röhrend durch die zackig aufgespannten Nüstern, hob sich in seiner ganzen Pracht zu bäumender Levade. Leben, so hätte ich ausrufen mögen, wie bist du schön! Aber der Erbhofbauer und Nebenerwerbsdichter lenkte meinen Sinn wieder zu Praktischem zurück, wies auf seine Gärfutterbehälter und sagte: «Eine normale Durchsilierung der gesamten deutschen Bauernschaft würde ihr eine Milliarde Mark ersparen.» In diesem Mann paarte sich poetische Formulierungskunst mit wirtschaftlichem Weitblick!

Am Abend bei einem herben Tropfen an einem handfesten Holztisch sprach ich von meinen Plänen. Krim und Kuban altgermanischer Siedlungsraum! Allgäuer Bauernsöhne auf endlosen Weizenschlägen! Gotengräber als Thingstätten eines neu aufblühenden Bauerntums auf durch Blut erworbener Scholle! Dwinger hätte nicht Dichter und Bauer sein dürfen, um von meinen Worten nicht entflammt zu sein. Freudigen Herzens stimmte er zu, sich meiner Expedition anzuschließen, nachdem ich

* Naß hat in diesem Absatz stilistische Anleihen bei Dwingers Buch «Ein Erbhof im Allgäu» gemacht. Dort findet sich auch der zitierte Satz.

zugesichert hatte, daß die DAF einen Großteil seiner Buchauflage abnahm. Ich begriff, daß Geistiges besonders gedeiht, wenn man es auf eine solide wirtschaftliche Basis stellt.

Einen Tag lang noch weilte ich auf dem Hedwigshof. Mit dem Bauern ritt ich durch den feierlichen Morgen auf die Alm; in seiner Satteltasche steckte Salz, denn mit ihm kann man Rinder unfehlbar heranlocken. Er streute aus, hei, wie sie schleckten! So konnte der Hofherr jedes Tier betrachten, den Glanz der von Wind und Wetter geputzten Felle, der die beste Skala der Gesundheit ist, die leichten Falten im Fleisch der Hinterschenkel, die ihm untrüglich den Futterzustand verrieten. Tief atmete ich den Ozon der deutschen Berge. Keinesfalls leicht war es mir ums Herz, als mich ein Kutschwagen zur Eisenbahnstation hinabbrachte. Ein Stück Schinken und ein paar Würste in meinem Gepäck trösteten mich über den Abschiedsschmerz hinweg.

In Berlin betrieb ich weitere Vorbereitungen. Mit verschiedenen Stellen der Wehrmacht galt es Absprachen zu treffen, Wissenschaftler aus Museen und Universitätsinstituten wurden hinzugezogen, schließlich fuhren wir – Dwinger, ein Archäologe namens Dr. Klippings und ich – den Weiten des Ostens entgegen. In Warschau und Lemberg kannte Dwinger höhere SS-Offiziere, auf unserer Reise weiter durch die Ukraine waren wir auf uns selbst angewiesen. Gewiß, alle Dienststellen respektierten unsere Papiere, hier und da wurden wir in ein Offizierskasino eingeladen, aber so manches Mal mußten wir mit dem einfachen Mahl zufrieden sein, das auf den Bahnhöfen an unsere Landser ausgekellt wurde. Erinnerungen an die Zeit wurden in mir wach, als ich den feldgrauen Rock getragen hatte, und Dwinger und ich wurden nicht müde, uns unsere Fronterlebnisse zu erzählen. Anfänglich trug ich Bedenken, über mein Duell mit dem Tank-As Williams zu sprechen, denn ich wollte vermeiden, Dwinger auf billige Weise einen literarischen Stoff zukommen zu lassen – dachte ich damals schon an ein eigenes Memoirenwerk? –, aber dann hielt ich doch nicht hinter dem Berg. Dwinger lauschte mit angehaltenem Atem. Ich muß diesem Manne Anerkennung zollen: Er hat sich zu keinem geistigen Diebstahl hinreißen lassen.

Unendlich weit waren die Flächen, die wir durchquerten, hier und da zeugten zerschossene Panzer und ausgebrannte Häuser von stattgehabtem Kampf. Erregung erfaßte mich, als wir den Boden der Krim betraten, sofort begann ich, Ausschau nach altgermanischen Hügelgräbern zu halten. Aber Dr. Klippings vertröstete mich: Sie lagen tief drin in der Steppe, wir würden noch manche Tagesreise hinter uns bringen müssen, ehe wir den Spaten ins geschichtsträchtige Erdreich stoßen durften.

In Simferopol machten wir halt. Ich fand ein halbwegs komfortables Gebäude, das noch nicht beschlagnahmt worden war, und erwirkte von der Kommandantur den Räumungsbefehl. Einem ortsansässigen Maler gab ich den Auftrag, ein Schild mit der Aufschrift GOTEN-HAUPTFORSCHUNGSSTELLE SÜDOST zu malen, das über dem Eingang unseres Hauses, einer ehemaligen Bücherei, aufgehängt wurde. Dr. Klippings durchstreifte in den nächsten Tagen mit einem Panjewagen die nähere Umgebung, konnte jedoch keine Ergebnisse beibringen. Nun weiß jeder, der wenigstens etwas von der Geschichte großer Entdeckungen gehört hat, daß Ungeduld schlecht zu einem Archäologen paßt; die Ausgrabung Trojas, um nur ein Beispiel zu nennen, hat Jahrzehnte in Anspruch genommen! Deshalb ist es um so beklagenswerter, daß Dwinger erklärte, er könnte hier nicht wochenlang warten, würde aber sorfort wiederkommen, wenn die ersten Knochen vorlägen.

Wissenschaftliche Ausdauer, die Zähigkeit des Forschers stellte ich als menschliche Tugend hin, appellierte an die

Disziplin des Soldaten und die Geduld des Bauern, die Frucht reifen zu lassen, aber nichts hatte Erfolg. «Ich sitze hier herum, während auf dem Hedwigshof die Gülle auf die Wiesen muß!» Das war eines von Dwingers Argumenten. Einigen Sonderführern, die an Dwingers letztem Abend bei uns zu Gast waren, gab er noch Hinweise über die Durchsilierung der Krim, dann machte er sich auf den Rückmarsch. Nie mehr habe ich ihn seither gesehen.
Lange Tage saß ich allein in der Goten-Hauptforschungsstelle Südost, während Dr. Klippings die Ebenen durchstreifte. In meinen Gedanken war ich in Böhmisch-Trübau und Claußenhain, aber auch in Berlin, wo die Widerständler gegen Hitler entweder bei neuer konspirativer Tätigkeit oder aber schon von der Gestapo gefaßt waren – mir wäre wohler gewesen, hätte mich auch nur die kleinste Nachricht erreicht. Aber die Post war säumig, auf telefonischem Wege durchzudringen war unmöglich.
Die Welt ist ein Dorf, diese Weisheit wurde erneut bestätigt, als mir eines Tages auf dem Bahnhofsplatz von Simferopol, eine Mappe unter dem Arm, der Maler Willrich über den Weg lief. Natürlich war die Freude auf beiden Seiten groß. Willrich reiste durch die Frontgebiete, um Soldatenköpfe aufs Papier zu bannen; Panzerkommandanten und Pioniere, Flugzeugführer und Kraftfahrer, Generäle und Gemeine hatten ihm Modell gesessen, und eben war er auf der Suche nach einem Unteroffizier, der neun Panzer abgeschossen hatte und sich in einem hiesigen Lazarett befand. Natürlich ließ ich es mir nicht nehmen, Willrich am Abend zu bewirten, des Erzählens wollte kein Ende nehmen, und unsere Erinnerungsfreude erreichte ihren Höhepunkt, als wir uns der dunklen Brustwarze der bäuerlichen Venus, der sächsischen Professorengattin und der Walmungen auf Schultze-Naumburgs Haus entsannen.
Im Laufe des Abends sprach ich auch über meine Mission,

ohne freilich ihr auslösendes Motiv zu erwähnen; da wurde Willrich nachdenklich. «Letzte Woche», eröffnete er mir, «folgte ich unseren Truppen auf den Fersen ins Kubangebiet. Ich habe in der Gegend von Maikop seltsame Hügel in der Steppe gesehen – Gotengräber?»
Dr. Klippings und ich waren sofort Ohr. Wir ließen uns die Form dieser Hügel beschreiben, Willrich warf sie aufs Papier, marterte sein Hirn, bei welcher Ortschaft er sie gesehen hatte. «Die Form», erwiderte Dr. Klippings, «läßt in mir Hoffnungen erwachen. Drei Hügel – es wäre ein Geschenk Gottes.»
«Eine Gabe Wotans!» rief ich beziehungsreich aus und füllte erneut die Gläser.
Am nächsten Morgen nahm ich Verbindung zu einem Feldflugplatz auf, traf dort einen Oberst an, der volles Verständnis für unsere Mission aufbrachte – oder kämpfte er wie ich im Widerstand und war eingeweiht, warum ich Berlin fernbleiben mußte? Sofort stellte er uns Plätze in einer Ju 52 zur Verfügung. In einem von Jägern geschützten Pulk überquerten wir das Asowsche Meer und landeten am Rande eines Erdölgebiets. Ein Gefühl überkam mich, das nur der kennt, der von Kind an wie ich das Fernweh in seinem Herzen getragen hat: Asien war nahe. Diesem Gedanken der Heimatentrücktheit und dem immerwährenden Verwundern gegenüber der Unendlichkeit des Raumes hat wohl in unseren Tagen kein anderer Künstler gültigeren Ausdruck gegeben als Freddy Quinn. Mir war wie Freddy zumute.
Karg war diese Landschaft, der Wind blies Sand und Staub vor sich her. Ein Kübelwagen brachte uns weiter nach Osten. Kalmückensiedlungen duckten sich in die Steppe, Kamele zogen schaukelnd ihres Weges, Ziehbrunnen unterbrachen hier und da den eintönigen Horizont. Immer stärker stellte ich mir die bange Frage: War ich nicht womöglich vom Regen in die Traufe geraten?

Eines Morgens endlich standen wir vor den Hügeln, die uns Willrich gezeichnet hatte. Sie waren nicht ganz so groß, wie ich angenommen hatte, hartes Steppengras bedeckte sie, sie lagen am Rande eines dürren Akaziengehölzes. Sofort machte sich Dr. Klippings an die Arbeit, mit Hacke und Schaufel stand ich ihm bei. Hart war die Erde, heiß die Sonne, Fliegen belästigten uns, Schweiß rann in Strömen. Aber endlich nahe vor dem Ziel, ließen wir's uns nicht verdrießen. Von der Seite her brachen wir einen Hügel auf, bis wir vor Felsbrocken haltmachen mußten. Nun allerdings war guter Rat teuer.
Wir fuhren zurück in die nächste Stadt und wurden beim Befehlshaber vorstellig. Gerade hatten wir unser Anliegen vorgebracht, als ein Adjutant ins Zimmer stürzte und meldete, russische Panzer wären durchgebrochen. Natürlich hatte von dieser Sekunde an niemand mehr Zeit für uns. Minen wurden ausgelegt, Ladungen gebündelt, Geschütze in Stellung gebracht, und aufs lebhafteste fühlte ich mich an jene Zeit erinnert, als ich in einer Tankschlacht des ersten Weltkrieges meinen Mann gestanden hatte. Schulter an Schulter mit jungen Soldaten spähte ich in die Steppe hinaus, aus der die gefürchteten T 34 kommen sollten. Ich darf heute sagen: Ich blieb in dieser Situation eiskalt. Nach Stunden endlich begann das Leben wieder seinen Gang zu gehen, der Alarm war ein blinder gewesen. Dem Befehlshaber, zu dem ich endlich vordrang, trug ich mein Anliegen vor und wurde an einen Sonderführer weitervermittelt, der für die Arbeitskräftelenkung in diesem Distrikt zuständig war. «Ich brauche», eröffnete ich ihm, «fünfzehn bis zwanzig kräftige Kerls aus der Zivilbevölkerung, dazu Fuhrwerke zum Abtransport der Knochen sowie Schaufeln, Spaten und Hacken.»
«Mehr nicht?» antwortete mir der Sonderführer. «Haben Sie gar keine Ahnung, was im Augenblick wichtig ist?» In barschem Ton wies er mich darauf hin, daß er beauftragt

wäre, soundso viele Arbeitskräfte ins Reich zu schicken, daß er andere für das Ausheben von Panzergräben sowie für das Schrottsammeln einsetzen müßte, daß örtliche Wehrmachtsstellen Bedarf an Kutschern und Küchenpersonal angemeldet hätten. «Und da kommen Sie mit Ihren Knochen?» Vergeblich machte ich den hohen ethischen Wert gotischer Knochen gerade in diesen Steppen geltend, sprach von frisch zu erwerbender germanischer Scholle und der Durchsilierung des Kubans durch nordische Siedler. Dieser Mann blieb hart. Einen einzigen Arbeiter wies er uns zu, einen fünfzigjährigen Mann mit Schnauzbart und nicht geringen Körperkräften, den ich, einem Zug der Zeit folgend, Iwan nannte, obschon er vermutlich ganz anders hieß. Ich war wütend, wie man sich denken kann; immerhin möchte ich davon absehen, den Namen des damaligen Arbeitskräftelenkers für das Kubangebiet einer breiten Öffentlichkeit bekanntzugeben, da er heute in der Wirtschaft eine Rolle spielt (er ist Direktor der K.-Werke in P.), sein Unverständnis gegenüber der Wissenschaft muß ich jedoch in aller Schärfe anprangern.
Am nächsten Tag, als die Steppe rein war von sowjetischen Panzern, machten sich Dr. Klippings, ich und Iwan auf einem Pferdegespann erneut zu den Hügelgräbern auf. Während Dr. Klippings und ich die Koordinaten ihrer Lage aufzeichneten, gelang es Iwan, Felsbrocken beiseite zu räumen und einen Gang in den Hügel hineinzutreiben. Später half ich ihm, indem ich die lockere Erde wegräumte, und schließlich, als die Hügelmitte erreicht war, löste uns Dr. Klippings ab, um die nun nötige Feinarbeit zu leisten. Ich hielt die Lampe, während der Archäologe Erdschicht auf Erdschicht beiseite kratzte, stieß einen Jubelschrei aus, als er auf Tonscherben stieß, und mein Herz stockte, als er den ersten Knochen freilegte. War es ein Schienbein, ein Becken-, ein Schulterknochen, ich weiß es heute nicht mehr. Behutsam trugen wir Knochen auf

Knochen hinaus unter das gleißende Steppenlicht und breiteten sorgsam eine Zeltplane darüber, um sie vor zu starken Temperaturunterschieden zu schützen. Dr. Klippings war blaß vor Erregung, während sich Iwan ungerührt seine Machorka drehte.

Unsere Ausbeute war reich. Wir verstauten sie in hölzernen Munitionskisten; ein MG-Munitionskasten aus Blech barg den am besten erhaltenen Schädel. Einmal flogen Heinkel-Bomber über uns dahin, unweit hörten wir Einschläge. Fern grollte die Front, und so manches Mal blickte ich von unseren Knochen auf und sicherte argwöhnisch in die Runde.

Am nächsten Morgen war Iwan verschwunden, und das in einer Stunde, als er die Grobarbeit beim Öffnen eines weiteren Hügels leisten sollte. Fast schon war ich entschlossen, diese Arbeit auf mich zu nehmen, als ich verdächtige Geräusche in der Ferne vernahm. Was ich kurz darauf sah, ließ mein Blut beinahe erstarren: Panzer näherten sich uns in rascher Fahrt, Staubwolken emporwirbelnd.

Deutsche? Sowjetische? Das war die bange Frage! Wir waren lediglich mit Pistolen bewaffnet. Nun, ich hatte gelesen, daß beherzte Einzelkämpfer von hinten auf fahrende Panzer gesprungen waren und, durch die Sehschlitze feuernd, die Besatzung niedergekämpft hatten, aber zu einer derartigen artistischen Leistung fühlte ich mich in meinem Alter nun doch nicht fähig. Einmal drehte ein Turm, ich erkannte einen roten Stern an seiner Flanke, und aufs rascheste, Dr. Klippings mit mir ziehend, suchte ich im Grabe Unterschlupf. Das mochten sich die alten Gotentotengräber nicht gedacht haben, daß dereinst ihr Werk zwei Blutsnachkommen zur Rettung diente! Draußen heulten Granaten, wir aber saßen, wiewohl bangend um den Ausgang der Schlacht, sicher im jahrtausendealten Gewölbe. Stunde um Stunde harrten wir aus, endlich ebbte das

Kampfgewoge ab, da wagte ich es, meinen Kopf hinauszustecken. Die Dämmerung hatte sich gesenkt, hier und da brannte ein Panzerwrack, aber von Freund und Feind war nichts zu sehen. Dr. Klippings und ich waren allein auf weiter Walstatt.

Ich hätte kein fronterfahrener Soldat des Ersten Weltkrieges sein dürfen, wenn ich nicht kurzerhand gewußt hätte, was zu tun war. Mit wenigen Worten verständigte ich mich mit Dr. Klippings, welche Fundstücke unbedingt gerettet werden mußten, dann verstauten wir noch einige Rippenknochen neben dem wertvollen Schädel im MG-Kasten und brachen auf. Eine Nacht lang hielten wir die entsicherten Pistolen in der Faust, ständig bereit, unser Leben so teuer wie möglich zu verkaufen. Im Morgengrauen wurden wir noch einmal in Deckung gezwungen, als Reiter am Horizont auftauchten, höchstwahrscheinlich Kosaken. Wie bedauerte ich es, jetzt Dwinger nicht bei uns zu haben, denn dieser war des Russischen mächtig und hätte wahrscheinlich einer Begegnung mit Feinden das Ärgste genommen. Wenig später schlichen wir geduckt weiter, und gegen Mittag fanden wir endlich die Unseren.

Nach einer Woche erreichten wir Rostow, damals der Dreh- und Angelpunkt des deutschen Vormarsches. Stets hüteten wir unseren MG-Kasten wie unseren Augapfel. Verschiedentlich wurden wir in Offizierskasinos eingeladen, wo wir über unsere Erlebnisse berichteten und die gotischen Knochen vorwiesen. Wie staunte ich, als ich bei solch einer Gelegenheit einen Namen hörte: Graf Eller v. Eberstein! Er war ein hochdekorierter Panzeroffizier von angenehmen Äußeren und tadellosen Manieren. «Graf», sagte ich, «dürfte ich unter vier Augen mit Ihnen sprechen?»

Zwischen verschwiegenen Akazien machte ich ihn mit dem wahren Beweggrund meiner Forschungsreise bekannt: Er hatte sein Tagebuch mit geheimen Aufzeichnungen verloren – war womöglich mein Name darin genannt worden? «Keine Bange», lachte der forsche Graf, «längst von Küchenfrau wiedergefunden! Übrigens jetzt keine Zeit für Widerstand, große Siege vor der Tür! Können ja im Winter wieder mal drüber reden.» Ein Stein fiel mir vom Herzen.

Am nächsten Tag traten wir die Rückreise an, die reibungslos verlief, wenn man davon absieht, daß uns auf dem Bahnhof von Breslau leider der MG-Kasten mit den Knochen gestohlen wurde. So konnte letztlich nicht mit völliger Gewißheit geklärt werden, ob sie gotischen Ursprungs waren. Aber das hatte ja auch später keine besondere Bedeutung, da aus bekannten Gründen der Kuban ohnehin nicht als germanisches Siedlungsgebiet in Frage kam. Ich für meine Person jedenfalls war froh, die Heimat gesund und einer schweren Sorge ledig wieder erreicht zu haben.

2

Wer die Geschichte kennt, weiß, daß hinter mir die Front zusammenbrach. Kaukasus und Wolga wurden zwar von der Wehrmacht erreicht, aber bald mußten die deutschen Truppen unter schweren Verlusten den Rückzug antreten. Graf Eller v. Eberstein fiel wie so mancher tapfere Mann des Widerstandes.

In Berlin belehrte mich Kümpchen über eine Reihe von Intrigen innerhalb der Führungsspitze von Partei und Staat. Görings Stern war im Sinken, Goebbels und Speer, Himmler und Bormann griffen nach der Macht, wobei sie auch untereinander rivalisierten. Dr. Ley schlug sich einmal auf die eine, einmal auf die andere Seite, verbündete sich mit Speer gegen Sauckel, um gleich darauf wieder Göring zu hofieren. Goebbels schloß unter dem Eindruck der Niederlagen im Osten einige Berliner Luxusrestaurants, Göring verteidigte sein Stammlokal «Horcher», Goebbels organisierte eine Volkszornaktion und ließ bei «Horcher» die Fensterscheiben zertrümmern. «Natürlich schlagen wir uns jetzt auf die Seite von Goebbels», eröffnete mir Kümpchen, «aber deshalb dürfen wir Göring nicht verprellen. Der ROL beauftragte dich deshalb, auf dem Balkan einige Gemälde aufzukaufen oder zu beschlagnahmen, die wir dem Reichsmarschall schenken können. So leid es mir tut – dein Aufenthalt in Claußenhain wird diesmal kurz sein.»

In der Tat, nur flüchtig wusch ich den Staub der Front von den Füßen, informierte mich rasch über den Stand der Produktion, blieb nur eine Nacht in Böhmisch-Trübau. Belgrad empfing mich mit einem strahlenden Morgen, der Strom von Soldaten, Zivilisten und eleganten Frauen nahm mich auf und trug mich zum Hotel. Schnell hatte ich in einem Museum einige Gemälde beschlagnahmt, zwischen uralten Kasematten der Festung schlenderte ich dahin, dort grünte und blühte es, weit unten zu Füßen des Festungsberges und der Stadt glitzerten und gleißten im Scheine der Sonne die Ströme Donau und Save.* Es war ein brausendes, bezauberndes Bild. Ich setzte mich auf eine der vielen Bänke, und hier fand ich sie, Tanja, die schöne fremde Frau. Später führte ich sie in eine kleine Weinstube, dort steckte ich ihr eine halbaufgeblühte Rose ins Haar. Eine Welle jugendfrischer Romantik überfiel mich unversehens, mir war wie damals, als ich mit Helene des königlichen Spiels gepflegt hatte. Tanja nahm meinen Kopf in die Hände und zog mich näher heran. Zauberhafte Tage und Nächte folgten, auf Stunden drängte ich meine Mission zusammen. Plötzlich war Tanja verschwun-

* Dem Göttinger Literaturkritiker G.Cw. verdanken wir den Hinweis, daß sich der Verfasser bei dieser Szene an eine Passage aus dem Roman «Herz im Stacheldraht» von Erich Kern angelehnt hat.

den. In einem Lokal, in dem ich mit ihr gespeist hatte, fragte ich den alten Oberkellner nach ihr; er verzog keine Miene, angeblich hatte er sie nie gesehen. Ich beschwor ihn, verwies darauf, erst gestern mit ihr hiergewesen zu sein. Unbewegt antwortete er, es kämen so viele Menschen jeden Tag, wie sollte er alle kennen? Verzweifelt suchte und fragte ich, ich fand Tanja nicht. Am nächsten Tag saß ein Hauptmann der Feldgendarmerie zufällig an meinem Tisch, er war völlig verstört. «Trinken wir», murmelte er, «mir ist der Dienst zum Kotzen, ich lasse mich wieder an die Front versetzen.»
Ich erwiderte: «Aber die Etappe hat auch ihr Gutes. Ich habe unlängst eine wunderbare Frau kennengelernt.»
«Lassen Sie mich mit den Frauen in Ruhe», fuhr der Hauptmann auf, «ich mußte eben bei der Erschießung einer serbischen Spionin dabeisein. Ein Märchen von einem Weib! Sie wurde mit wichtigen Plänen ertappt, als sie die Feldkommandantur verlassen wollte. Als meine Männer die Gewehrläufe hoben, nahm sie spielerisch eine halbverwelkte Rose zwischen ihre blitzenden Zähne und lächelte der Salve entgegen. Herrgott, das Herz dreht sich einem im Leibe herum!»
Meine Stimme war rauh. «Wie hieß diese Frau?»
«Tanja Passiovic.»
Drei Tage lang suchte ich vergeblich ihr Grab. Am vierten Tag ging ich zu den Kasematten, wieder flimmerten und rauschten in der Tiefe die Wasser von Donau und Save. Ich legte einen Strauß roter Rosen auf die Bank, wo wir uns das erste Mal gesehen hatten.
Am nächsten Tag führte mich der D-Zug nach Ungarn. In Budapest erreichte mich eine Nachricht: Ein Baron bot Gemälde zum Kauf, sein Schloß lag in der einsamen Pußta. Ein Vierspänner holte mich von einem Provinzbahnhof ab. Irgendwo ragte ein Ziehbrunnen, der Regen trommelte auf die Plane. «Der Baron ist in der Stadt»,

raunte mir der Kutscher zu. «Um sieben wartet die Baroneß mit dem Essen.»
Die Tafel im damastnen Kleid, die hohen gelben Kerzen schimmerten in den venezianischen Spiegeln, der Sekt perlte in hauchdünnen Gläsern. Nach dem Essen führte mich die Baroneß ins Musikzimmer. Der Diener stellte den Leuchter aufs Klavier und verschwand. Ich fragte: «Was sollen die Spiegel kosten?» Die Baroneß flüsterte zurück: «Geschäfte morgen, heute die Liebe!» Vor den Fenstern blaute nachtdunkle Einsamkeit. Langsam ließ sich die schöne Frau vor dem Instrument nieder. Chopin, vermutete ich, silberne Streifen liefen über die graue Tapete. Die blauen Augen der Baroneß strahlten im Schein der flackernden Kerzen. Ich stand schwankend auf und ging auf sie zu. Sie wich keinen Schritt zurück, ihre schmale Hand löschte die Kerzen.
Träume in einer brennenden Welt? Wie benommen kehrte ich zurück, von Wien aus meldete ich mich telefonisch bei Kümpchen. Seine Anweisung war bündig: «Sofort nach Breslau!»
In Breslau traf ich mit dem Vertrauten des ROL zusammen, eine Uniform Dr. Leys und die unentbehrlichen Schminkutensilien lagen in einem Koffer. Überschwenglich lobte Kümpchen meine Einkäufe und zuckte mit keiner Wimper, als ich den Preis nannte. «Dr. Ley ist im Führerhauptquartier», berichtete Kümpchen, «wir müssen Angriffe gegen die DAF abwehren, natürlich macht sich Mutschmann wieder mausig. Morgen fährt Dr. Ley zu einer Geheimkonferenz mit Spitzen der Arbeitskräftelenkung ins Ruhrgebiet. Deshalb mußt du Göring gegenüber den ROL vertreten.»
Mein Herz schlug nicht schneller, als ich mich umzog, als Kümpchen mich schminkte. Göring fuhr, so hörte ich dabei, gerade mit seinem Sonderzug von einer Bärenjagd in der Tatra zu seinem Elchrevier in der Rominter Heide,

kurz machte er in Breslau Station, der Besuch des ROL war angemeldet, bis Posen sollte Dr. Ley den Reichsmarschall, der ja auch Reichsjägermeister war, begleiten.
Vier Soldaten trugen die von mir gekauften Kunstschätze in den Salonwagen und stellten sie an den Wänden auf. Göring trug einen fliederfarbenen Schlafrock aus Wildleder, der von einer Rubinbrosche zusammengehalten wurde.
«Mein lieber Ley», dröhnte er huldvoll und reichte mir beide Hände. Göring war noch korpulenter, als nach Fotos zu vermuten gewesen war. Später erfuhr ich, daß er ständig Morphium spritzte. «Mein lieber Ley, was haben Sie mir für wunderbare Dinge mitgebracht!»
Diener in grüner Livree servierten, ich saß zwischen einem mit dem Eichenlaub ausgezeichneten Jagdflieger und einem Stahlkönig des Saargebiets. Ich hatte an mancher Tafel gesessen – daß es möglich war, in der engen Küche eines Salonzuges ein solch erlesenes Mahl zu bereiten, nötigte mir Achtung ab. Immer wieder flogen meine Gedanken in jene glutendheiße Pußtanacht zurück; am Morgen danach hatte mir die Baroneß einen Preis für die Spiegel genannt, der so hoch war, daß er schon lächerlich wirkte. Ohne mit der Wimper zu zucken hatte ich einen Scheck ausgestellt.
In diesem Salonwagen begriff ich, daß ich recht getan hatte, es auf eine Null mehr oder weniger vor dem Komma nicht ankommen zu lassen. Göring erzählte leichthin, daß ihm ein Luftwaffengeneral aus Italien drei Waggons mit Schwarzmarktware geschenkt hatte; durch General Milch hatte er Seife und Strümpfe, Weine und delikate Konserven unter der Hand verkaufen lassen oder seinem Stab zugewiesen. Und ich mußte, so sann ich bitter, während ich ein Rebhuhn tranchierte, wegen einiger Hammel für das hungernde Berlin im Kerker schmachten! Einmal kam es zu einem unliebsamen Zwischenfall: Wir hielten auf einer

kleinen Station und merkten nicht, daß auf dem Nebengleis ein Güterzug mit erschöpften, zum Teil verwundeten Soldaten stand, die von der Ostfront zurücktransportiert wurden. Stumm starrten sie durch die Fenster auf unsere Tafel. Als wir es merkten, ließ Göring die Gardinen zuziehen.

Von Posen aus kehrte ich nach Berlin zurück, und wieder packte der rauhe Alltag mit ungepflegter Hand nach mir. Gummi wurde als Abdichtung für einen neuen Panzer gebraucht. Immer weitere Extras verlangte Hitler für diesen Panzer, er sollte unter Wasser fahren können und mußte deshalb bis zum Turm hinauf abgedichtet werden, immer schwerer und unhandlicher wurde er dadurch. Kreuz und quer eilte ich durchs Reich, bremste, förderte, regte an, in klugen Dosen steckte ich meine Materialreserven aus den Scheunen von Röllingshain ins Geschäft. Trotz der zunehmenden Bombenangriffe stieg 1943 die Rüstungsproduktion steil an – ich würde ein Buch allein über dieses Kapitel schreiben, hätte sich nicht Speer mit seinen Memoiren vorgedrängt. Nur selten kam ich dazu, mich von den Strapazen zu erholen. Goebbels hatte das Lokal von Beutel & Borowski verschont, weil seine damalige Geliebte, die tschechische Schauspielerin Baarova dort verkehrte, und so war es mir möglich, hin und wieder einen entspannenden Abend in den stilvollen Räumen zu verleben. Zu bedauern war nur, daß Hammel nicht mehr auf der Speisekarte stand. Gern unterhielt ich mich mit Haldor Knaak über Zeit- und Kunstläufe, hörte vom Auf und Ab auf den weltbedeutenden Brettern, ließ mich anregen zum Nachdenken über das Wesen des Komödiantischen. «Eine wunderbare Chance liegt vor mir», rief Knaak einmal aus, «man hat mich mit einer wichtigen Filmrolle betraut! Haben Sie von dem Kolberg-Film gehört, den Veit Harlan dreht?» Knaak rezitierte Stellen aus seiner Rolle: Einen französischen Offizier hatte er zu verkörpern, der mit einem anderen Offizier in Streit gerät, weil er auf den sinnlosen Ansturm gegen das heldenhafte Kolberg verzichten will. Beeindruckend klangen Knaaks emphatische Worte von den Gewölben zurück. Wenig später erfuhr ich von Kümpchen weitere Einzelheiten. Goebbels hatte Harlan beauftragt, einen Großfilm Kolberg herzustellen, dessen Aufgabe es war, am Beispiel dieser Stadt und ihres Kampfes darzustellen, daß ein in Front und Heimat geeintes Volk jeden Gegner zu überwinden vermag. Harlan war ermächtigt worden, alle Dienststellen von Wehrmacht, Staat und Partei um Unterstützung zu ersuchen und sich darauf zu berufen, daß der Film im Dienste der geistigen Kriegführung stand. Kümpchen rieb Daumen und Zeigefinger. «Geld steckt dahinter. Glücklich, wer mitmachen kann. Dabei ist historisch mindestens die Hälfte verbogen!»

«Geschichte», erwiderte ich, «hat schon immer zu meinen Lieblingsgebieten gehört. Über Nibelungen und Goten könnte ich Bücher schreiben. Warum tut man ihr Gewalt an?»

«Die Propaganda», belehrte mich Kümpchen, «macht aus der Historie, was sie braucht. Harlan soll sich nur im allgemeinen an die Ereignisse von achtzehnhundertsechs und -sieben halten und eine Liebesgeschichte dazu erfinden. Nettelbeck, der Bürgermeister Kolbergs, der die Bevölkerung seiner Stadt zum Kampf gegen die Franzosen aufrief, soll der Held sein, nicht Gneisenau. Obgleich Nettelbeck ein kleiner, dünner Mann gewesen ist, wird er vom massigen Heinrich George verkörpert. Kolberg ist über See von den Engländern versorgt worden, das läßt Harlan natürlich weg. Auch Hitler hat Wünsche angemeldet; so soll Napoleon eine verehrungswürdige Gestalt sein.»

Wenige Tage später rief mich ein Telefonat hinaus in die Werkstätten von Babelsberg. Nicht der Kunstverständige oder der Politiker, sondern der Wirtschaftsführer in mir

wurde gerufen. Nicht weniger als zehntausend Uniformen galt es zu schneidern, zehntausend Stiefel mußten beschafft werden. Die Wirtschaftslage war aufs äußerste angespannt, aber für dieses Filmwerk war das Beste gerade gut genug. Mit ernsten Gesichtern saßen wir zusammen und brüteten. «Das Beste», fragte ich nach einer Weile, «muß es wirklich das Beste sein? Sollte nicht Wachstuch wenigstens für das Koppelzeug in den hinteren Reihen genügen?»
Vor einer schweren Entscheidung standen da die Verantwortlichen. Schließlich wurde sie so gefällt: Die preußischen Truppen sollten in Leder kämpfen, für die Franzosen ließ ich in meinen Fabriken passables Riemenzeug aus Wachstuch oder gummiertem Leinen herstellen. Mein Vorschlag, beim Schuhzeug ebenso zu verfahren, wurde jedoch, nachdem er Harlan zur Entscheidung vorgelegt worden war, abgelehnt. Nun, auch in diesen Dimensionen war der Auftrag für mich lukrativ.
Etliche Werkstätten in Babelsberg glichen damals einem Zeughaus aus längst entschwundener Zeit. Altertümliche Waffen stapelten sich, von einem Fachmann erfuhr ich Einzelheiten über Originale und Nachbildungen der Pistolen vom System Bérenger und Pauly-Robert, englische Marinetrombone, Perkussions-Karabiner, Lanzen und Säbel aus französischen, russischen und preußischen Arsenalen; ich sah zu, wie Soldaten an ihnen ausgebildet wurden und dies als erheiternde Abwechslung im eintönigen Alltag betrachteten. Pulverwolken standen über dem Gelände, und mit Hurra stürmten Pelotons durch die Havelwiesen, um gerüstet zu sein, wenn an der Persantemündung im östlichen Pommern der Filmernst beginnen sollte.
Filmwelt, Traumwelt! Zarah Leander begegnete mir und erwiderte mit majestätischem Neigen des Hauptes und kehliger Stimme meinen Gruß. Brigitte Horney und die

schöne Irene von Meyendorff tranken am Nebentisch Hagebuttentee. Wolfgang Liebeneiner stieg vor mir aus dem Auto, und ich gehörte zu den herzlich lachenden Zuhörern, als Willy Birgel eine deftig-männliche Schnurre zum besten gab. Ich saß mit im Studio, als mein Freund Knaak unter Harlans Anleitung seine Szene probte. Eine große Zeit stand vor mir auf, und ich muß anerkennen, daß ich mich voll in sie hineinzuversetzen verstand. Was galt schon der Umstand, daß Kolberg schließlich von den Franzosen besetzt worden war, was der Film selbstverständlich nicht zeigte, vielmehr wurde sogleich zum Befreiungskriege übergeleitet, zu diesem furiosen: Nun Volk steh auf, und Sturm brich los!
So reizvoll das Leben und Weben in Babelsberg war, so durfte ich doch nicht meine zahlreichen anderen Obliegenheiten vernachlässigen. In der Reichsleitung der RAF ging ich weiterhin aus und ein; dort zeigte mir Kümpchen, der es sich angelegen sein ließ, Material über Gegner aus den eigenen Reihen zu sammeln, um Intrigen das Wasser abgraben zu können, eines Tages mit schalkhaftem Lächeln einen Brief, den ein SS-Obergruppenführer namens Werner Lorenz an den Vorsitzenden der Reichsschrifttumskammer Hanns Johst geschrieben hatte. Er lautete (ich zitiere aus meinem Abschriftenarchiv):

Lieber Hanns Johst!
Vielen Dank für Deinen Brief, den ich leider erst heute beantworten kann, da ich wochenlang auf Dienstreisen war. Die einzige Möglichkeit, Dir ein passendes «Mädchen» zu besorgen, geht über Litzmannstadt. Ich habe mich schon an den Höheren SS- und Polizeiführer gewandt, aber bisher noch keine Antwort erhalten. Ich hoffe, Dir von dort eine «Jungfrau» zuweisen lassen zu können bzw. Dir in die Arme zu legen. Wenn ich Zeit hätte, würde ich persönlich nach Litzmannstadt fahren und Dir

eine Jungfrau suchen, die vor Deinen künstlerischen Augen Gnade findet. Ich selbst verfüge nicht über Jungfrauen, so daß Du Dich noch einige Zeit gedulden mußt. Mit herzlichem Gruß und Heil Hitler!

Stets Dein Werner*

Das war natürlich eine Geistesblüte, die geradezu verlockt, sie bei einem Herrenabend zum besten zu geben, aber es ist kennzeichnend für meine Diskretion, daß ich davon Abstand nahm. Der harte Konflikt mit der Macht, den ich schon einmal zu einem guten Ende gebracht hatte, ließ mich vorsichtig sein. Künftig, so war mir klar, würde es Hanns Johst, der mit Hinkel von der Reichsschrifttumskammer und Goebbels liiert war, schwerfallen, gegen die DAF und ihren Leiter zu intrigieren, außerdem war eine alte These bestätigt: Auch Heroen des Geistes sind menschlich, allzu menschlich. Leider kann ich die Mit- und Nachwelt nicht darüber aufklären, ob der «Schlageter»-Dichter die ersehnte Jungfrau erhalten hat.

Wie schon das Sprichwort sagt: Wem man den kleinen Finger gibt, der will die ganze Hand, und da man in Babelsberg mein Organisationstalent und meine wirtschaftlichen Verbindungen kennengelernt hatte, berief man mich alsbald in den Organisationsstab Großfilm Kolberg, genannt Orgroko, ein Gremium, das dem Reichspropagandaminister direkt unterstand und mit weitreichenden Vollmachten ausgestattet war.

Der Kolberg-Film kam erst kurz vor Kriegsende zur Uraufführung, an eine Verbreitung in den Kinos war nicht mehr zu denken. Zwei Jahre lang wurde an ihm unter gigantischem Einsatz gearbeitet, und ich darf sagen, ich habe seine Voraussetzungen mit geschaffen. Goebbels hatte, als mit den Arbeiten begonnen wurde, in sein Tagebuch ge-

* Dieser Brief ist historisch.

schrieben: «Ich verspreche mir von diesem Film außerordentlich viel. Er paßt genau in die militärisch-politische Landschaft, die wir wahrscheinlich zu der Zeit zu verzeichnen haben werden, wenn dieser Film erscheint.»
Diese Landschaft war am Tag der Uraufführung das zerstörte Berlin und das abgeschnittene La Rochelle am Atlantik, Kolberg war in den Händen der Roten Armee, und ich saß, ein Opfer des Faschismus, in einem Konzentrationslager und betete für meine Befreiung. 187 000 Soldaten wirkten an diesem Film mit. Harlan verfügte über 6000 Pferde; Kosaken des Generals Wlassow wurden eingesetzt. Als einmal Harlan 4000 Matrosen anforderte, die durch überflutete Felder angreifen sollten, wurden sie ihm von der Admiralität verweigert; ein Anruf bei Goebbels genügte, um sie freizustellen. Manchmal, wenn ich in meinem improvisierten Büro saß und ein Blitzgespräch nach Böhmisch-Trübau anmeldete, um preußische Infanteriemützen oder französische Schulterriemen nachzufordern, kamen mir meine bescheidenen Anfänge in den Sinn, die ersten Jahre in Claußenhain. Hatte ich nicht einst mein ganzes rednerisches Talent aufbieten müssen, um Schwager Knut zur Bestellung von hundert Fahnenhüllen zu bewegen? Jetzt rüstete ich ganze Filmregimenter aus.
Gewaltige Schlachten wurden um Kolberg geschlagen und aufs Zelluloid gebannt, um später teilweise der Schere zum Opfer zu fallen. Der Krieg wurde in seiner ganzen Grausamkeit dargestellt, aber dann kam Goebbels auf die Idee, diese Härte könnte dem Kinopublikum nicht zugemutet werden, und wieder traten die Schnittmeister in Aktion. Bitter ist es, wenn so die Früchte eigenen Mühens in den Papierkorb der Geschichte geworfen werden!
Oft wurde ich zu Besprechungen des Orgroko hinzugezogen, manchmal tagten wir in Berlin, manchmal in Stettin oder Kolberg; ich leitete eine Zeitlang das Referat Ausrüstung U/3. Ich wurde Zeuge und Mitgestalter eines gigan-

tischen Aufwandes, wie ihn die Filmgeschichte bisher nicht gekannt hatte. Natürlich durfte die Öffentlichkeit weder durch Bild noch durch Wort von seinem Ausmaß unterrichtet werden, denn dieses hätte bei der allgemein fortschreitenden Verknappung wie eine Herausforderung gewirkt. Achteinhalb Millionen Mark wurden ausgegeben. Für eine Szene wurde die Kaiserkrone herbeigeholt, die Karl der Große getragen hatte. Eines Tages war guter Rat teuer: Mitten im hohen Sommer sollte eine Schneelandschaft dargestellt werden, es war unmöglich, bis zum Winter mit den Aufnahmen zu warten. Im Orgroko berieten wir, und ich war es, der den Vorschlag machte, Salz anstelle von Schnee einzusetzen. Ich fuhr nach Mitteldeutschland und verhandelte mit Salinenbesitzern, harte Tänze hatte ich mit der Reichsbahndirektion in Halle zu bestehen, ehe Frachtraum frei gemacht wurde. Die Front mußte auf Munition und Verpflegung warten, denn mehrere Güterzüge mit Salz wurden nach Pommern abgefertigt, dort schaufelten fleißige Hände das Salz auf die Felder. Angesichts dieser Verschwendung wird es als gerechtfertigt erscheinen, daß ich einen Waggon nach Böhmisch-Trübau umleitete. Christa ließ das Salz in einem Schuppen einlagern, und nur dem Umstand, daß Salz bis zum Kriegsende nicht eigentlich knapp wurde, ist es zuzuschreiben, daß wir damit nicht Not lindern konnten, wie es meine Absicht gewesen war.

Den ersten Dreharbeiten mit Heinrich George und Kristina Söderbaum sah ich noch zu, ich nahm an einem Festmahl teil, zu dem die Stabsführung Orgroko ihre Mitarbeiter, den Regisseur und die wichtigsten Schauspieler eingeladen hatte, dann übergab ich das Referat Ausrüstung U/3 meinem bisherigen Stellvertreter. Ein letztes Mal war es mir vergönnt, direkt in das künstlerische Geschehen einzugreifen. Wieder einmal wurden Schlachtszenen von den Kameras erfaßt, Franzosen verröchelten im preußischen Musketenfeuer, und dabei schien mir, daß etliche Statisten zu dick auftrugen. In diesen Minuten entsann ich mich eingehender Studien, die ich einst, den ROL vertretend, in einem Sanatorium des Spreewaldes gesammelt hatte: Es war unwürdig, grimmassierend in den Tod zu gehen – war nicht der Film «Reiter von Deutsch-Ostafrika» deshalb kritisiert worden? In aller Bescheidenheit machte ich Veit Harlan, Heinrich George und Kristina Söderbaum auf meine Überlegungen aufmerksam. Nach reiflichem Nachdenken entschlossen sich die drei, meinen Anregungen zu folgen.

8. Kapitel

Gott in Frankreich

1

Längst war dieser Krieg ein totaler geworden, Tag für Tag arbeiteten meine Betriebe in voller Auslastung für die Wehrmacht. Materialmangel kannte ich nicht, da es mir meine Stellung im Reichsrohstoffrat möglich machte, Beute aus eroberten Ländern zweckentsprechend zu verteilen. Wo gearbeitet wird, bleibt Gewinn nicht aus: Ich erwarb einen mittelgroßen Betrieb in Düsseldorf, dessen Besitzer sich aus Altersgründen zur Ruhe zu setzen gedachte. Mein Schwiegervater half, die Verhandlungen zu führen, und empfahl mir einen befähigten jungen Mann, den ich als Prokurist einsetzte. Ich hätte mich nicht zu diesem Kauf entschlossen, wäre die Fabrik nicht am Rande von Düsseldorf gelegen gewesen; so war sie der Gefahr, bei einem Bombenangriff zerstört zu werden, nur in geringem Maße ausgesetzt.
Dr. Ley bedurfte meiner eine Zeitlang nur zu geringfügigen Aufgaben, die ich ohne Mühe erledigte. Meist galt es, Ansprachen in Rüstungsbetrieben zu halten, um zu verstärkter Leistung anzuspornen. Kümpchen arbeitete die Manuskripte aus, es war alles wie eh und je. Nur Schwager Knut gehörte nicht mehr zur Umgebung des ROL: Er hatte die braune Uniform der DAF mit der schwarzen des Reichssicherheitshauptamtes vertauscht und war in verschwiegenen Missionen tätig. In jedem Jahr kletterte er auf der Rangleiter eine Sprosse nach oben.

Wie ich alles im Leben so gewissenhaft wie möglich getan habe, so bemühte ich mich auch, meine Rolle als Reichsorganisationsleiter bis auf den Grund auszuloten. Des öfteren unterhielt ich mich mit Haldor Knaak über das Wesen des Komödiantischen und entdeckte in mir immer neue Züge der Verwandlung. Dies ging so weit, daß mir eine Rückentwicklung vom Dr. Ley zum Waldemar Naß immer schwerer wurde und mich Christa bisweilen verwundert fragte: «Wie sprichst du nur? Was ist das für ein Blick? Was soll diese Geste?» Liebes, unwissendes Kind, was hätte ich darum gegeben, hätte ich dich in die Abgründe meines Doppellebens einführen dürfen!
Einen Nachteil brachte mir die Stellvertretung des ROL allerdings: Es war unabdingbar, daß ich des öfteren dem Alkohol zusprach, und nach und nach zeitigte dies seine Folgen. Das Verlangen, am Morgen mit dem gleichen Getränk zu beginnen, mit dem ich am Abend aufgehört hatte, war das mindeste. Die Kennzeichen beginnender Sucht stellten sich ein, und eines Tages sah ich wieder, wenn auch nur verschwommen und in ihrer Zahl nicht genau auszumachen, einige Mäuse. «Große Klasse!» jubelte der ROL. «Bruder, sauf mit mir und laß die Mäuse tanzen!» Mir war nicht wohl bei alledem, und böse Ahnungen beschlichen mich.
Im Frühjahr 1944 traf in Böhmisch-Trübau, wo ich mich am liebsten aufhielt, ein Telegramm ein, das mich nach Brüssel rief.
Ich traf Dr. Ley in einem erbarmungswürdigen Zustand an. Er war mitten in einem «Zug», saß unvollkommen bekleidet in einem Sessel, von Flaschen und Gläsern umgeben, und unterhielt sich mit seinen Mäusen. Als er mich sah, rief er mich lallend zu sich und hielt mir ein Glas hin, ich aber zog mich so schnell wie möglich zurück, zumal Kümpchen mit dringenden Gesten dazu aufforderte. Kümpchen befand sich in großer Verlegenheit. Noch nie

hatte ich ihn so niedergedrückt, ja gealtert gesehen. Mit bisweilen schwankender Stimme setzte er mich ins Bild: Dr. Ley sollte eine Reise durch Frankreich unternehmen, alles war bis in die Einzelheiten hinein geplant, und nun setzte ihn ein «Zug» außer Gefecht. Auf keinen Fall durfte die Reise ausfallen, die diplomatischen Verwicklungen wären erheblich gewesen, und das neidische Gespann Goebbels-Mutschmann hätte nicht gezögert, daraus Profit zu ziehen. «Wenn irgend etwas schiefgeht», klagte Kümpchen, «sind wir unsere Posten los.» Zwei Wochen lang sollte Dr. Ley mit Vertretern des Hochadels ebenso verhandeln wie mit Repräsentanten der Industrie, sollte Arbeitsdienstlager und Wehrmachteinheiten besichtigen, den Kampfwillen stärken und Zuversicht in alle Herzen pflanzen. «Allerdings», erläuterte Kümpchen, «werde ich nicht mitfahren können. Ich muß den ROL abschirmen, damit nicht eine derartige Panne passiert wie damals beim Besuch des rumänischen Ministers.»

Das lag ganz in meinem Sinn. Mein Adjutant sollte der Nachfolger Knuts sein, ein farbloser junger Mann, der ohne rechten Arm aus dem Frontdienst ausgeschieden war. Dazu kamen der Fahrer, eine Dolmetscherin und ein Untersturmführer mit zehn SS-Männern, die meinen persönlichen Schutz zu garantieren hatten.

Das Wetter war sonnig, ohne allzu warm zu sein, durch eine grünende und blühende Landschaft rollte unsere Wagenkolonne nach Süden. Die Spitze bildete ein SS-Mann auf einem Krad, dann folgte ein Kübel mit dem Untersturmführer und drei weiteren SS-Männern; der Wagen mit mir, dem Adjutanten und der Dolmetscherin bildete das Zentrum. Hinter uns fuhr ein Lastauto mit dem Gepäck, während ein weiterer Kübel und ein Krad mit Beiwagen, auf dem sich ein Maschinengewehr befand, uns nach hinten abschirmten.

Auf schnurgerader Straße eilten wir Namur entgegen und

folgten dem gewundenen Lauf der Maas. Charleville und Sedan säumten unseren Weg und erweckten historische Erinnerungen. Gebannt blickte ich auf die blutgetränkten Hügel von Verdun und labte meinen Blick an den Weinbergen, die sich südlich davon über die Hänge zogen. Meine Dolmetscherin klärte mich auf, daß dieses Land vor Jahrhunderten deutsch gewesen war und daß auf den Burgen einst deutsche Ritter gesessen hatten. Darüber hinaus nutzte sie die Zeit, mich auf das Geschlecht des Herzogs von Montmorency vorzubereiten, mit dem ich meine erste Unterredung zu führen hatte. Ich erfuhr, daß diese Familie bis auf die Zeit der Kreuzzüge zurückging und einen ihrer Ahnen beim Kampf um die Festung Acron verloren hatten. Später hatten die Montmorencys wichtige Ämter am französischen Königshof innegehabt; einer war Gesandter bei der schwedischen Regierung, ein anderer General im hundertjährigen Krieg gegen England gewesen. Leider befand sich gegenwärtig der älteste Sohn als Fliegeroffizier in der Streitmacht von de Gaulle, ein Umstand, auf den ich im Gespräch nur mit Delikatesse eingehen sollte. Alles in allem bildeten die Montmorencys das einflußreichste Adelsgeschlecht im Departement Marne und waren eine der führenden Familien in Ostfrankreich überhaupt.

Noch einmal hatte die Dolmetscherin Gelegenheit, mich auf ein historisches Ereignis hinzuweisen; während unserer Fahrt durch das Städtchen Valmy informierte sie mich über die dort unter den Augen Goethes stattgehabte Kanonade. Bald darauf rollten wir auf den Hof eines weiträumigen Schlosses. In strahlendem Weiß präsentierten sich die Fassaden, golden glänzte ein Adler über dem Portal, und es hätte mich nicht wundergenommen, wenn Landsknechte mit Federhut und Hellebarde zu seiten der Freitreppe gestanden hätten.

Der Herzog war ein schlanker Herr Mitte der Fünfzig,

mit stark ergrautem Haar und vorquellenden, müden Augen. Er begrüßte mich mit leiser Stimme und entschuldigte die Herzogin, da diese unpäßlich sei und das Zimmer hüten müsse. «Na ja, die Frauen!» erwiderte ich lachend, um eine ungezwungene Note ins Gespräch zu bringen, aber der Herzog ging auf meinen Scherz nicht ein. Der Diener servierte Kaffee, den wir während eines einsilbigen Gesprächs tranken – es wurden Floskeln über unsere Reise, das Wetter und unseren Wagen gewechselt.
Im Anschluß daran besichtigten wir das Schloß. Es war ein weiträumiger Bau aus dem 16. Jahrhundert. Alte Waffen waren zu sehen, kostbare Möbel, Gobelins, Kristallüster, reichverzierte Uhren und Porträts der diversen Ahnen dieses Hauses. Der alte Herr aus den Kreuzzügen fehlte leider. «Wäre nicht schlecht, wenn Sie wenigstens ein Paßbild von ihm hätten», scherzte ich, aber entweder hatte die Dolmetscherin schlecht übersetzt, oder der Herzog besaß auch nicht einen Funken Humor, denn er lächelte auch diesmal nicht.
Vor jedem Bild blieben wir stehen, unser Gastgeber berichtete monoton wie ein Museumsführer, wer auf ihm dargestellt war und welche Rolle er gespielt hatte. Viele hatten an Schlachten teilgenommen, von denen ich nie gehört hatte, einer war General gewesen und hatte gegen die Engländer gekämpft – «Bravo!» rief ich ihm zu –, ich sah den Gesandten am schwedischen Hofe, sah Männer, die im Kerker geschmachtet hatten oder gefoltert worden waren, einer war auf der Seefahrt von Piraten geraubt und gegen Lösegeld freigegeben worden, ein anderer hatte sich beim Sturz vom Pferd die Wirbelsäule gebrochen. Schicksale über Schicksale, und alle mußte ich mir sie anhören, wollte ich meine Mission nicht gefährden.
Das Abendmahl verlief eintönig, der mit Kastanien gefüllte Kapaun allerdings war ein Kabinettstück. Weit holte ich aus, als ich auf Beziehungen zu sprechen kam, die

jahrhundertelang zwischen Deutschland und Frankreich bestanden hatten. Meist habe Krieg zwischen diesen größten Nationen des Abendlandes geherrscht, aber nun sei es an der Zeit, das Kriegsbeil zu begraben und den Kampf gegen die gemeinsamen Feinde zu richten, gegen England und die Sowjetunion. Wie mir Kümpchen geraten hatte, beschwor ich den Geist Karls des Großen und forderte eine Neuordnung Europas in dessen Sinn. «Dann werden diejenigen an der Spitze stehen, die frühzeitig den Sinn der Entwicklung erkannt haben. Ihnen, verehrter Herr Herzog, könnte die Aufgabe zufallen, den Adel Ostfrankreichs, ja schließlich ganz Frankreichs unter dem Banner der Neuordnung zusammenzuschließen. Geben Sie das Fanal!»

Müde blickte mich der Herzog an. «Der Führer», sprach ich weiter, «hat noch nie diejenigen vergessen, die sich an seine Seite gestellt haben. Es kann nur einen Adel geben, den Adel der Arbeit», zitierte ich und merkte gleich, daß ich mich auf ein delikates Gebiet gewagt hatte. Aber elegant fing ich mich und setzte fort: «Erneuern Sie deshalb Ihren Adel durch eine Großtat im Sinne unserer Zeit! Wenn Sie den Aufruf nicht erlassen, werden es andere tun, aber gerade Sie hat die Reichsregierung für würdig befunden, ihr Bündnispartner zu werden. Ihr ist bekannt, daß Sie mit der Familie des Grafen von Bourdon in jahrhundertealtem Zwist liegen. Ich kann Ihnen im Namen des Führers garantieren, daß die Liegenschaften dieses Grafen Ihre Besitzungen arrondieren werden, wenn Sie zwei Dinge tun. Rufen Sie Ihren Sohn von seinem Irrweg zurück – ihm wird vergeben werden –, und erlassen Sie den erwähnten Aufruf!»

Wieder hielt ich inne, jetzt endlich hob der Herzog die schweren Lider. «Ihr Angebot ist weittragend», entgegnete er leise. «Darf ich fragen, ob ein Entwurf des Aufrufs besteht?»

Eine Handbewegung meinerseits genügte, und mein Adjutant zog das erwähnte Schriftstück aus der Tasche. Umständlich setzte sich der Herzog seine Brille auf und begann zu lesen. Es dauerte so lange, daß ich schon fürchtete, der Schlaf habe ihn übermannt. Endlich faltete er das Dokument zusammen und reichte es zurück. «Mein Urururgroßvater Henri de Montmorency», erklärte er, «unterlag siebzehnhundertzweiundachtzig in einer Fehde dem König. Er konnte dem Schafott nur dadurch entgehen, daß er beschwor, weder er noch seine Nachkommen würden sich je an irgendeinem Bündnis beteiligen. Dieser Eid gilt auch für mich. Ich bedaure, Ihnen aus diesem Grunde nicht behilflich sein zu können.»

Ich begriff, daß meine Mission beendet war. Stumm verneigte ich mich und zog mich auf mein Zimmer zurück. Am nächsten Morgen verließ ich mit meiner Begleitung das Schloß. Der Herzog, so meldete mir der Diener, sei ausgeritten.

Während der Weiterfahrt fand ich Zeit, das Erlebte zu bedenken. Es war sonnenklar, daß der alte Fuchs sich auf diesen verstaubten Eid besonnen hatte, um einer klaren Antwort ausweichen zu können; das aber hieß, daß er die Europapolitik des Führers ablehnte. Mit keinem Wort hatte er sich von seinem mißratenen Sohn distanziert. Ich bewunderte seine Selbstbeherrschung und Großmut, daß ich nicht auf den Tisch geschlagen oder gar Weitergehendes getan hatte, schließlich verfügte ich ja über einen Untersturmführer und zehn bis an die Zähne bewaffnete Männer. Aber ich beschloß, diese Kränkung nicht ungerächt zu lassen.

2

Um die Mittagszeit verhielten wir in Vitry, einer sauberen Stadt an der oberen Marne. Ich fuhr vor das beste Hotel, ließ einen kleineren Saal und eine Reihe von Zimmern räumen und schlug mein Quartier auf. Während meine Männer zu Mittag aßen, diktierte ich einen Bericht an Kümpchen, in dem ich den Vorschlag machte, nicht dem Herzog von Montmorency die Güter des Grafen von Bourdon zuzuschlagen, sondern umgekehrt zu verfahren. Sollte der stolze Herzog daraus keine Lehre ziehen, blieb immer noch die Möglichkeit, ihm seinen Adelstitel abzuerkennen. Sodann teilte ich Kümpchen meinen Standort mit, damit er in der Lage war, mir Weisungen zukommen zu lassen.

Unterdessen hatte mein Adjutant die Honoratioren der Stadt ins Hotel geladen. Gegen acht Uhr versammelten sich der deutsche Ortskommandant, der Bürgermeister mit seiner Gattin, der Polizeipräfekt ebenfalls mit Gattin, zwei Fabrikanten, ein Rittergutsbesitzer und der Direktor der Sparkasse. Ich hieß sie im Namen der Reichsregierung und der Deutschen Arbeitsfront willkommen und brachte den ersten Toast auf die deutsch-französische Freundschaft aus, die es im Geiste von Karl dem Großen zu erneuern galt.

Ursprünglich hatte ich nicht die Absicht gehabt, mich länger auszulassen, da aber die Frau des Polizeipräfekten, eine rassige Schwarzhaarige, mit Glutaugen an mir hing, ereiferte ich mich und führte etwa aus, was ich am Vortag bereits dem Herzog dargelegt hatte. Als ich geendet hatte, hob die Frau des Präfekten als erste ihre schmalgliedrigen Hände zum Beifall.

Der Bürgermeister dankte mir und versicherte, er würde alles in seinen Kräften Stehende tun, um die Idee Karls des Großen zu pflegen. Nur würden viele an sich gutwillige Franzosen noch abgehalten, da sie – hier zögerte er, sprach aber dennoch weiter – nach dem nur unvollkommenen Sieg von Stalingrad am Kriegsglück der deutschen Waffen zweifelten. Wäre ich in der Lage, diese Bedenken zu zerstreuen?

Nicht dies, gab der Präfekt, der mir robuster zu sein schien als der Bürgermeister, zu bedenken, sei das Problem, sondern der Feind im eigenen Land müsse die harte Hand spüren. Deshalb sei es erforderlich, ein Gefängnis zu bauen. Hier warf seine Gattin schelmisch ein, dieses müsse auch eine Dienstwohnung für den Präfekten bekommen. Des weiteren, fügte der Präfekt hinzu, müsse ein neues Gefangenenfahrzeug, genannt «Grüne Minna», angeschafft werden, denn bei dem alten hätten in der vorigen Woche zwei Häftlinge während der Fahrt die Seitenbretter herausgenommen und wären geflüchtet.

Vielfältig waren die Wünsche des Rittergutsbesitzers, sie erstreckten sich auf bessere Bezahlung der an die Wehrmacht gelieferten Produkte, auf die Versorgung mit Kunstdünger und nicht zuletzt auf die Übergabe der Ländereien von Feinden der Neuordnung an deren Freunde.

Auf alles ging ich in meiner Antwort ein. «Gewiß», so führte ich aus, «kann die Frontbegradigung im Raum von Stalingrad für den Laien wie eine Niederlage aussehen. Sie ist aber Ausdruck nordischer List, die unseren Feind in Sicherheit wiegen soll. Geheimhaltungspflicht verbietet mir, Ihnen mitzuteilen, was der Führer in der vorigen Woche zu mir sagte. Aber ich kann Ihnen versichern, daß noch in diesem Jahr im Osten die große Wende sich vollziehen wird, und dann gnade Gott unseren Feinden! Mir ganz aus dem Herzen gesprochen waren die Worte des Präfekten, und ich verhehle nicht die Ansicht, daß dieser Mann von dem Holze ist, aus dem man Oberpräfekten schnitzt. Ein neues Gefängnis muß her, und daß es eine komfortable Dienstwohnung besitzen muß, ist eine Selbstverständlichkeit.» Hier belohnte mich ein Aufleuchten in den Feueraugen der schönen Präfektin und ein schimmerndes Lächeln ihrer Perlzähne. Nordische Rasse hin, welsche Rasse her – selbst als Reichsorganisationsleiter hätte ich dieses Weib keineswegs aus dem Bett gewiesen. Zu dem Rittergutsbesitzer sprach ich so, daß er aus meinen Worten den Ansporn entnehmen mußte, noch mehr Produkte als bisher dem deutschen Volk und seiner Wehrmacht zur Verfügung zu stellen. «Die Güter unserer Feinde», und damit schloß ich, «werden unter den Pflug unserer Freunde kommen, und ich darf Ihnen heute schon sagen: Als erste werden die Äcker des sogenannten Herzogs von Montmorency von diesem gerechten Schicksal betroffen werden!»

Der Gutsbesitzer bat, eine Kiste Wein aus eigenem Erzeugnis zur Verfügung stellen zu dürfen, was allerseits dankbar quittiert wurde. Der Wein erwies sich als exquisit, unsere Stimmung stieg, und des öfteren traf mich ein verlockender Blick des Teufelsweibes. Aber ich sagte mir, daß ich in meiner Eigenschaft als Reichsorganisationsleiter keinesfalls derartiger Versuchung erliegen durfte, repräsentierte ich doch das Siegervolk gegenüber dem unterlegenen. In anderem Lichte hätte ich das Problem gesehen, wären wir unter vier Augen gewesen.

Zu später Stunde schieden wir. Dem Gutsbesitzer versprach ich, am nächsten Tag bei ihm zu frühstücken; sein Gut lag in meiner Fahrtrichtung. Ein herrlicher Sonnentag strahlte wieder über dem Land, ein kurzer Regen hatte den Staub gelöscht, und in funkelnder Frische präsentierte sich das lachende Sommergrün. Doch der klare Himmel barg auch Gefahren, lockte er doch feindliche Flieger in die Tiefe Frankreichs hinein, und so sahen wir uns genötigt, keinen Augenblick in unserer Wachsamkeit nachzulassen.

Das Frühstück war reichhaltig, und wie ich es schon erwartet hatte, brachte der Rittergutsbesitzer dabei ein privates Anliegen vor. Noch immer befänden sich einige seiner Arbeiter in Kriegsgefangenschaft, Frauen und Kinder warteten auf sie, und nicht zuletzt benötigte er sie dringend als Arbeitskräfte, um seine Produktion im Dienste

der Wehrmacht steigern zu können. «Ich werde sehen, was ich tun kann», versicherte ich und wies meinen Adjutanten an, die Namen, die Heimatadressen und die Gefangenenlager dieser Leute zu notieren. «Doch nicht nur», führte ich aus, «um Arbeitskräfte müssen wir uns kümmern, auch die Durchsilierung der gesamten Landwirtschaft ist wichtig. Und vergessen Sie nicht: Milliarden entfliegen jährlich den Dungstätten Frankreichs!»
Zwei Kisten mit dem süffigen Wein, den ich schon am Vorabend probiert hatte, wurden mir als Geschenk gemacht; ich wies meinen Adjutanten an, sie nach Böhmisch-Trübau zu schicken. Es ist nicht meine Schuld, daß ich mich in der Folge nicht um die Arbeiter dieses Gutsherrn kümmern konnte, und der Leser, der dem dramatischen Höhepunkt meines Lebensberichtes entgegenfiebert, wird es zu gegebener Zeit begreiflich finden.

3

Wie es meiner Aufgabe entsprach, traf ich am selben Abend am Rande von Troyes ein, wo einer der führenden Flugzeugindustriellen von Frankreich, Jean Suippes, seine Villa besaß. Expertenkonferenzen waren vorausgegangen; nun sollte ich durch meine Unterschrift den Schlußpunkt unter einen Vertrag zwischen deutschen Wirtschaftsgruppen und französischen Unternehmern setzen.
Die Villa präsentierte sich als ein prachtvoller Bau auf einem mit uralten Kastanien bestandenen Hügel. Eine Betonstraße schwang sich hinauf; mit singenden Reifen nahm sie mein Mercedes und hielt vor dem Portal. Etwa zwanzig Personen hatten Aufstellung genommen, in der Mitte Oberregierungsrat Dr. Reinhold Sauber vom Reichswirtschaftsministerium und Standartenführer Jörg Brunduff vom Reichssicherheitshauptamt. Sie überragten beide um Haupteslänge Jean Suippes, einen kleinen fetten Mann, der sich vergeblich bemühte, sich zu den flankie-

renden Germanen hinaufzustrecken. Während ich den Wagen verließ, entsann ich mich einer Situation am Beginn meiner Double-Laufbahn, als ich in Krempin vor den pommerschen Landadel hingetreten war. Unbeholfen und ängstlich war ich damals gewesen; unterdessen hatte ich Dutzende von Malen die Uniform des Reichsorganisationsleiters getragen und fühlte mich in ihr mehr zu Hause als im Zivil des Fabrikanten von Düsseldorf, Claußenhain und Böhmisch-Trübau. Gedanken, die mir schon manches Mal gekommen waren, überfielen mich erneut: Warum hatte ein unberechenbares Geschick jenen Dr. Ley und nicht mich auf den Posten des ROL gehoben? Galt nicht der Adel der Arbeit mehr als jeder andere? Und war nicht ich es, der diese Funktion besser ausübte als ihr etatsmäßiger Inhaber? Man geleitete mich ins Haus, wo Suippes bat, mich vor der Unterzeichnung noch einmal unter vier Augen sprechen zu dürfen. In seiner Bibliothek brachte er eine Reihe von Vorbehalten vor, die alle in dem einen Gedanken gipfelten. War es Deutschland möglich, das Steuer des Krieges nach Niederlagen in der Sowjetunion, in Afrika und Italien wieder herumzureißen? «Wir schreiben», rief ich aus, «den Mai vierundvierzig, noch in diesem Jahr werden die Alliierten wohl oder übel in Frankreich landen müssen, und das wird ihr Untergang sein. Am Atlantikwall werden sie sich die Köpfe einrennen. Was zögern Sie?»
Die Tür wurde einen Spalt geöffnet, Jörg Brunduff steckte seine Nase herein und fragte: «Reichsorganisationsleiter, soll ich nachhelfen?»
«Nicht nötig», erwiderte ich. «Mann», drängte ich, nachdem wir wieder allein waren, den wetterwendischen Franzosen, «was zögern Sie noch? Oder wollen Sie, daß Göring Ihre Betriebe schluckt und Brunduff Sie zu einem Besuch Dachaus einlädt?»
Da erhob sich seufzend Jean Suippes und schritt mir voran

zum Konferenzsaal. Unterwegs wurde ihm von einem Sekretär mitgeteilt, amerikanische Bomber hätten vor einer Stunde sein Motorenwerk in N. dem Erdboden gleichgemacht. Resignierend zuckte der Fabrikant die Schultern. Dann fand die feierliche Unterzeichnung statt. Die Lichter der Photoreporter blitzten auf, eine Kamera surrte, und ich unterschrieb dieses weitreichende Abkommen, das die französische Flugzeugindustrie kartellmäßig an die deutsche band. Ich war mir bewußt, in diesem Augenblick in höhere geschichtliche Sphären aufgestiegen zu sein als jemals vorher.

Beim anschließenden Bankett mußte ich auf der Hut sein. Oberregierungsrat Dr. Sauber kannte mich – das heißt also Dr. Ley – aus einem Ferienaufenthalt im Spessart, von dem ich allerdings keine Ahnung hatte. Er erwähnte gemeinsame Bekannte, die mir leider unbekannt waren, und Erlebnisse, die für mich böhmische Dörfer bedeuteten. Durch geschickte Redewendungen gelang es mir allerdings, keinen Argwohn aufkommen zu lassen. Wohler fühlte ich mich im Gespräch mit Standartenführer Brunduff, der mir Grüße von Knut überbrachte und mir berichten konnte, wie gut sich dieser strebsame junge Mann in seine neue Umgebung eingelebt hatte. Mit dem Hausherrn plauderte ich über die Feinheiten des Mahles, und hier kamen mir meine Kenntnisse zustatten, die ich bei Beutel & Borowski gesammelt hatte. Zwar war mir die französische Küche nicht so geläufig wie die deutsche, doch konnte ich so viel beisteuern, um das Gespräch auf hohem kulinarischem Niveau zu halten.

Danach zogen wir uns zu Zigarette und Kognak in die Klubräume zurück. Hier überreichte mir der Hausherr eine goldene Schlipsnadel in Propellerform, die mit Brillanten besetzt war. Ich revanchierte mich mit dem Ehrenschild der Deutschen Arbeitsfront, einer Messingplatte, die auf dem linken Oberarm zu befestigen war. Nur war mir

nicht klar, wie man sie jemals an einem Frack tragen sollte, und die Vorstellung, der fette kleine Suippes könnte eine Uniform anziehen, war von vornherein absurd.
Der Kognak war edel, die Atmosphäre aufgeschlossen. Selbst Suippes machte gute Miene zum bösen Spiel; einem Franzosen ist wohl auf Grund seiner leichtlebigen Art ohnehin gegeben, über Mißliches schneller hinwegzukommen als uns schwerblütigen Deutschen. Während die Herren des beiderseitigen Gefolges sich in die Nebenräume verteilten, nahmen Dr. Sauber, Brunduff, der Hausherr und ich vor dem Kamin des Jagdzimmers Platz. Nach einiger Zeit schlug Brunduff ein Spielchen vor, das er «Bodensehen» nannte. Er erläuterte es wie folgt: «Ein Glas Kognak wird auf den Tisch gestellt, daneben ein verdecktes Spiel Karten gelegt. Reihum deckt man auf. Wer einen König findet, trinkt das Glas an, wer den zweiten findet, trinkt so viel, bis man bei dem schräggestellten Glas den Boden sieht – daher der Name –, wer den dritten findet, trinkt aus. Der Finder des vierten Königs schließlich muß unter dem Tisch durchkriechen und das Glas wieder vollschenken.»
Wir probierten und waren begeistert. Selbst der dicke Suippes lachte herzlich, wenn er sich unter dem Tisch hindurchzwängen mußte. Wir merkten nicht, daß man bei diesem Spiel schneller trinkt, als man es sonst tut, und gerieten in immer ausgelassenere Stimmung. Man könnte einwenden, daß alter Kognak zu schade sei für eine derartig zügellose Zecherei, aber dem ist entgegenzuhalten, daß er uns ja nichts kostete und Jean Suippes Mittel und Wege finden würde, die Ausgaben von der Steuer abzusetzen.
Der erste, der ausschied, war der Oberregierungsrat. Schon einmal war er, als die Reihe an ihn kam, unter dem Tisch durchzukriechen, halb bewußtlos liegengeblieben, aber unser dreistimmiger Gesang der Liedstrophe «In Hamburg, da bin ich gewesen» brachte ihn noch einmal auf die

Beine. Kurz darauf sackte er im Sessel zusammen und war weder durch gutgemeinte Reden noch durch kräftiges Schütteln aus seinem Schlummer zu wecken. Wir drei Übriggebliebenen verpflichteten uns daraufhin feierlich, keinen Separatfrieden mit den Kognakflaschen zu schließen, sondern sie bis zum letzten Hals zu bekämpfen.

Wie dieser Kampf endete, habe ich nie erfahren. Ich erwachte in einem Schlafzimmer mit schwerem Kopf und brandigem Hals. Es war sieben Uhr morgens, die Luft war frisch, das Haus lag noch ruhig. Zwar hatte ich am Abend weiterfahren und in einem der Wehrmacht gehörigen Gebäude übernachten sollen, aber auf Grund meines Zustandes hatte mein Adjutant wohl den Reiseplan geändert. Ich verspürte Durst auf Kognak, und dieser Urinstinkt war stärker als alles andere. Rasch zog ich mich an und stieg ins Erdgeschoß hinunter. Verlassen und nur notdürftig aufgeräumt lagen die Zimmer. Ich fand einen Diener, der sich an einer Schüssel Hummermayonnaise gütlich tat und erschrocken aufsprang. «Ich will nicht stören, mein Sohn», sprach ich, «meinetwegen kannst du essen, soviel du willst, aber vorher bringst du mir Kognak.» Der Diener enteilte und kehrte mir einer vollen Flasche und einem Glas zurück. «Falsch», sagte ich, «zwei Gläser.» Ich setzte mich vor den Kamin, stützte die Beine aufs Gitter und begann, planmäßig meinen Durst zu löschen. Der Diener mußte Glas um Glas mithalten, eine neue Flasche bringen, Hummermayonnaise essen und die tiefgründigen Sentenzen anhören, die ich von mir gab. Um diese Zeit schätzte ich es, wenn ich einen Zuhörer hatte.

Nach und nach fühlte ich mich wohler. Um den Diener scherte ich mich nach einer Weile nicht mehr, sondern versank immer mehr in mich selbst. Da erschienen mir die Mäuse. Sie krochen aus der Tiefe des Kamins heraus, kletterten am Gitter hoch und turnten possierlich auf den schmiedeeisernen Spitzen. Es waren drei gutgewachsene

Exemplare, grau mit grünen Schwanzspitzen. Ein anderer hätte vielleicht ihr Kommen mit Erschrecken, zumindest mit Befremden aufgenommen, nicht so ich. Denn für mich waren sie der Beweis, daß ich in meiner Rolle aufgegangen war, ja daß sie eigentlich keine Rolle mehr bedeutete, sondern die Wesenseinheit zwischen dem ROL und mir sich vollzogen hatte. «Ich bin Dr. Ley!» rief ich meinen Trabanten zu. «Alles hört auf mein Kommando. Die Schwänze hoch!» Und steif streckten sie die grünen Spitzen in die Luft. «Die Schwänze hoch, die Reihen fest geschlossen!» begann ich nach einer weitbekannten Melodie zu singen. Da bemerkte ich hinter mir Räuspern und Hackenschlagen. «Herr Reichsorganisationsleiter», meldete mein Adjutant, «die Wagen sind vorgefahren.»
Ich flehte, mir noch ein Stündchen mit meinen Mäuschen zu vergönnen, aber mein Adjutant blieb hart. Er verwies auf den Reiseplan und die Unmöglichkeit, ihn zu verletzen, lauerten doch die Spitzel von Goebbels und Mutschmann überall. Schließlich rief ich mich selbst zur Pflicht, riß mich aus der Idylle und schritt nur unwesentlich schwankend zum Wagen. Noch während wir über das Betonband hinunterkurvten, schlief ich ein.
Ich erwachte durch ohrenbetäubendes Getöse und einen Schlag gegen die Schulter. Gleich darauf begann ein Maschinengewehr zu feuern, heisere Schreie gellten, mein Adjutant brüllte: «Der ROL ist tot! Rächt den ROL!» Trotz größter Mühe gelang es mir nicht, die Augen zu öffnen. «Tod den Banditen!» schrie mein Adjutant, während der Untersturmführer den Befehl gab, einen Buschstreifen zu durchkämmen. Allmählich ließ das Feuer nach, um schließlich ganz zu verstummen. Der Schmerz in meiner Schulter wurde stärker, auf der Stirn spürte ich ein Brennen. Endlich gelang es mir, den Oberkörper aufzurichten und die Augen zu öffnen. Mir bot sich ein grausiges Bild. Eine Explosion, vermutlich von einer Mine, hatte

die Straße aufgerissen, den Kradfahrer getötet und den Kübel des Untersturmführers gegen einen Baum geschleudert. Mein Mercedes war umgekippt, wobei ich herausgeschleudert worden war. Das war mein Glück gewesen, denn das nachfolgende Lastauto hatte meinen Wagen zu einem Blechhaufen zusammengequetscht.

Nun lag ich im Straßengraben. Neben mir hockte die Dolmetscherin, zwar schreckensbleich, aber unverletzt. Der Adjutant erholte sich allmählich von seinem Schreck und hörte auf, sinnlose Parolen zu schreien. Der Untersturmführer meldete, er habe das Gebüsch rechts und links durchkämmt, aber keine Partisanen angetroffen. Offenbar hätten sie die Mine gelegt und sich dann aus dem Staube gemacht. «Außerdem gestatte ich mir den Hinweis», schloß er seine Meldung, «daß der Herr Reichsorganisationsleiter an der Stirn verwundet ist.»

In der Tat rieselte es mir über die Brauen. Ein Blick in den Taschenspiegel belehrte mich, daß quer über meiner Stirn eine fünf Zentimeter lange Kratzwunde klaffte. «Trotzdem geht der Kampf weiter», lachte ich beim Verbinden.

Wenige Minuten später setzte ich in dem zweiten Kübel, nur noch von einer Beiwagenmaschine eskortiert, meine Fahrt fort. Das Maschinengewehr war schußbereit, ich hatte die Pistole gezogen, und argwöhnisch musterten wir Baum und Strauch.

Ohne weiteren Zwischenfall erreichten wir die nächste Stadt und alarmierten die Ortskommandantur. Sofort wurde ein Trupp an den Ort des Überfalls entsandt, um die Verfolgung der Attentäter aufzunehmen und meine übrige Bedeckungsmannschaft nachzuführen. Sodann verlangte ich, mir stärkeren Schutz zu stellen, und machte in einem Telegramm nach Paris den Oberkommandierenden West, Generaloberst von Stülpnagel, für meine Sicherheit verantwortlich. Der Standortarzt gab mir eine Tetanusspritze und legte einen sachgerechten Verband an.

Danach stellte er die notwendigen Dokumente aus, die mich zum Empfang des Verwundetenabzeichens berechtigten.
Wenig später traf meine Leibwache ein, und wir konnten, verstärkt durch zwei Panzerspähwagen und drei Lastkraftwagen mit Infanterie, unsere Fahrt fortsetzen. Am späten Nachmittag erreichten wir ein Arbeitsdienstlager. Die Arbeitsmänner waren im weiten Geviert angetreten und präsentierten mir zu Ehren die Spaten, daß ein goldener Schein der sich senkenden Sonne über den Appellplatz hinflog. Wind ließ die Lagerfahne wehen, tausend blanke Augen leuchteten mir entgegen. Ich muß in dieser Stunde ein mitreißendes Bild geboten haben, wie ich in meiner goldstrotzenden Uniform, die Stirn von einem Verband umschlungen, im Purpurglanz der Abendsonne stand. «Ich komme soeben aus der Schlacht», rief ich den Jungen zu. «Hinterhältige Banditen versuchten, meine Fahrt aufzuhalten, aber wir haben sie zu Paaren getrieben! Ich bin bei euch, und keine Macht der Welt hätte mich aufhalten können. Zu dieser Stunde sind Einheiten des Heeres und der Waffen-ss dabei, auch den letzten Banditen aus seiner Höhle herauszuziehen! Und so wie ihnen wird es jedem ergehen, der die Hand gegenüber Deutschland erhebt! Denn unsere Ehre heißt Treue!» Dann überbrachte ich die Grüße des Führers, der, wie ich sagte, gerade die Arbeitsdienstmänner, die Soldaten von morgen, in sein Herz geschlossen hatte. «Als ich vorige Woche beim Führer war», so berichtete ich, um die Stimmung zu heben, «sprachen wir eingehend über euch, meine jungen Freunde, und er sagte mir, daß er beabsichtigt, eure Rationen an Knäckebrot und Puddingpulver heraufzusetzen, daß der Führer unablässig an euch denkt, obwohl doch so unerhört viel auf ihn einstürmt. Aber dafür erwartet er von euch...»
Es war vielerlei, was ich zu einem Pflichtenbündel zusammenband. Aber der Blick dieser Jungen blieb ebenso gläu-

big wie zu Beginn, und ich häufte Aufgaben über Aufgaben auf ihre jungen Schultern.
Anschließend besichtigte ich das Lager, und wie schon oft mußte ich auch hier feststellen, daß die Ausrüstung an Gummiwärmflaschen in bedenklicher Weise zu wünschen übrigließ. Unverzüglich gab ich Anweisung, diesem Übelstand abzuhelfen, und verwies sie auf die bekannten Fabriken von Böhmisch-Trübau und Düsseldorf.
Am nächsten Tag fuhr ich südlich an Paris vorbei nach Orleans. Hier traf ich auf die Loire, einen sanften Fluß, der durch grünende Auen, an Schlössern und Burgen vorbei durch eine satte Landschaft strömt. Schmucke Dörfer säumten den Weg. Man spricht oft vom Gott in Frankreich: Hier und nirgendwo anders muß er wohnen, und wie ich so durch das Land rollte, von einem waffenstarrenden Kordon umgeben, erschien ich mir selbst als dieser Gott.
In der Nähe von Tours begegnete ich einem Transportzug, der spanische Freiwillige der «Blauen Division» zurück nach Hause brachte. Ich hatte mich nie mit dem Problem näher befaßt, daß General Franco mit Deutschland zwar eines Sinnes war, aber nur eine einzige Division für den gemeinsamen Kampf stellte. Als ich mich mit dem Kommandeur des Transportes unterhielt, wurde mir klar, daß Wandel not tat. Der Kommandeur schilderte mir, daß bei ihm zu Hause Tausende von jungen Burschen arbeitslos in den Straßen lungerten, die an der Ostfront viel besser aufgehoben wären. Er selbst, jetzt nur Hauptmann, könne dann leicht zum Major oder gar zum Oberst aufsteigen, und nur die unbegreifliche Zurückhaltung seines Staatschefs hindere ihn daran.
«Diese Frage», antwortete ich, «wird in Bälde gelöst sein.» Dabei besaß ich noch keinen Plan dazu, hatte noch nicht einmal begonnen, ernstlich über einen solchen nachzudenken; aber meine Stellung gebot mir, niemals den Ein-

druck aufkommen zu lassen, ich hätte etwas noch nicht bedacht oder könnte an etwas zweifeln. Auf jede Frage eine Antwort, so hieß meine Devise wie für jeden echten Volksführer überhaupt.

Zu diesem Zeitpunkt lockerte sich meine Verbindung zu Kümpchen erheblich. Hatte ich in den ersten Tagen meiner Frankreichreise täglich an ihn Bericht erstattet, so unterließ ich es jetzt immer mehr, und da ich es bisweilen vergaß, meinen Standort anzugeben, war es Kümpchen auch nicht möglich, mir Weisungen zu erteilen. Aber ich bedurfte dieser Bindungen nicht mehr, vielmehr behinderten sie meine Schöpfungskraft, denn ich war vollkommen in meine Rolle hineingewachsen und eins mit ihr geworden. Ich war der Reichsorganisationsleiter, ich war Dr. Ley, und ich konnte zielstrebiger handeln, wenn ich nicht durch äußere Fesseln gehemmt war.

In Saumur machte ich zwei Tage lang Rast, obwohl nur ein Tag vorgesehen war. Die Loire fließt hier in mehreren Armen durch eine liebliche Auenniederung, und ich konnte mich nicht satt sehen an dieser so friedvollen Landschaft. Wäre hier irgendwo eine Gummiwarenfabrik gewesen, ich hätte sie sofort beschlagnahmt und von ihr aus in der Rolle des Waldemar Naß meinen Konzern verwaltet. Zunächst aber trachtete ich danach, Erholungsheime für die Deutsche Arbeitsfront zu finden. Schlösser gab es genug. Ich ließ mir eine vollständige Liste ihrer Besitzer anfertigen mit Vermerken ihrer politischen Einstellung. Sodann verbesserte ich die bereits bestehenden Satzungen des deutsch-französischen Adelsbundes. Was in Ostfrankreich nicht gelungen war, wollte ich von Westfrankreich aus auf die Beine stellen, diesmal jedoch nicht durch die Überzeugungskraft des Wortes, sondern auch durch die von Taten. Die wirkungsvollste Maßnahme sollte sein, daß Adlige, die sich dem Beitritt verweigerten, ihre Schlösser an die Deutsche Arbeitsfront zu

übergeben hätten. Im übrigen war der Beitritt natürlich freiwillig.
Nach zwei Tagen hatte ich die Vorbereitung soweit abgeschlossen, daß ich die Ausführung meinem Adjutanten überlassen konnte. Nach einer Woche sollte er mir nachreisen und die Erfüllung meines Auftrages melden. Einhundert Mitglieder – zwanzig Schlösser, so hatte seine Meldung zu lauten. Außerdem brachte meine Anordnung den Vorteil mit sich, daß ich für einige Zeit von seiner mir lästig werdenden Aufsicht befreit wurde. Er bestand zu sehr auf Kümpchens Plan und begriff nicht, daß ich ihn mit meinem schöpferischen Geist erfüllte. Ich jedenfalls war nicht bereit, mich als Reichsorganisationsleiter mit den Ratschlägen eines simplen Bürovorstehers zufriedenzugeben.

4

Waffenstarrend – denn ich hatte meinen Pulk unterdessen durch drei leichte Flak auf Selbstfahrlafetten bereichert – fuhr ich wenige Tage später in St. Nazaire ein. Vor der Kommandantur wurde ich durch einige Admirale empfangen, auch eine soeben eingelaufene U-Boot-Besatzung war angetreten; die Männer trugen noch das verschmierte Ölzeug und ihre zünftigen Bärte. Wir drückten uns die Hände, ich, der Reichsorganisationsleiter mit dem Stirnverband aus unlängst bestandenem Partisanenkampf, sie, ausgestattet mit den Insignien einer Feindfahrt. Eine Kapelle intonierte das «Engelland-Lied», die Kameras der Wochenschau surrten, und durch ein Spalier von Seekadetten marschierte ich in die Kommandantur ein. Hier war nichts von Prunk und Üppigkeit, wie ich es bei ähnlichen Anlässen gewöhnt war. Man führte mich in ein bescheidenes Sitzungszimmer, und sofort begann eine inhaltsschwere Konferenz. Zwar, so entwickelten die Admirale und U-Boot-Kommandanten, sei ich als Reichsorganisationsleiter der Deutschen Arbeitsfront kein Angehöriger der Wehrmacht, wohl aber Mitglied der Reichsregierung, auch ginge ich beim Führer ein und aus, und aus diesem Umstand heraus wollten sie mir ihre brennenden Sorgen vortragen. Die Verluste seien durch das gegnerische Geleitzugsystem und die Funkmeßortung unerträglich angestiegen. Von zehn ausgelaufenen Booten kehrten bisweilen nur drei von Feindfahrt zurück. Aber alle Vorstöße beim Großadmiral, den U-Boot-Krieg einzustellen, bis ein neuer weitreichender Torpedo entwickelt sei, hätten keinen Erfolg gehabt. Könnte ich mich einschalten? Wäre es mir möglich, vor den Besatzungen eine aufmunternde Rede zu halten?

«Meine Herren», so antwortete ich, «Ihre Wünsche sind so tiefgreifend, daß ich erst mit dem Führer sprechen muß. Ich werde mich in mein Hotel zurückziehen und von dort aus mit dem Führerhauptquartier Verbindung aufnehmen. Sobald ich neue Führerbefehle eingeholt habe, finde ich mich wieder bei Ihnen ein, und es ist nicht ausgeschlossen, daß ich dann zu Ihren tapferen Männern spreche.»

In Wirklichkeit aber empfand ich üblen Durst. Ich war es nicht mehr gewöhnt, längere Konferenzen in trockenem Zustand abzuhalten. Dieses einerseits so gesegnete Land war für mich auch mit Fluch beladen: Die Versuchung durch den Alkohol war so groß, daß das, was für mich erst Pflicht gewesen war, nun in Neigung und gar in Leidenschaft umschlug. Ich fuhr eilig in mein Hotel, schloß mich in mein Zimmer ein und holte ein paar Flaschen Wein aus dem Gepäck. Ich trank zwar nicht so lange, bis die Mäuse erschienen, dämpfte aber immerhin meine gröbste Gier. Dabei dachte ich nach, was ich den U-Boot-Leuten erzählen könnte, und wie eine dunkle Wolke senkte sich über mich der Gedanke, daß damit meine Mission als Reichsorganisationsleiter fürs erste beendet war. Zwei Wochen lang war ich ungebunden gewesen, hatte die Macht in tiefen Zügen geschlürft, und wann wohl jemals in der Geschichte hätte jemand, der im Besitz von Macht gewesen ist, freiwillig auf sie verzichtet? Der Leser, der meine Taten im folgenden unbegreiflich empfinden wird, möge sich dies vor Augen halten, ehe er vorschnell urteilt. Ich jedenfalls empfand Grausen davor, meine goldstrotzende Uniform auszuziehen und in die farblose Hülle eines Fabrikanten zurückzüschlüpfen. Wie, so sann ich, konnte ich meine Macht verlängern?

Aber auch etwas anderes bedrängte mich. Daß die Frontlage im Osten katastrophal war, war mir bekannt; nun mußte ich erfahren, daß auch der U-Boot-Krieg seinen Höhepunkt längst überschritten hatte. Von allen Seiten bedrängten Wolken das deutsche Waffenglück. Sollte ich mich, so fragte ich mich bang, zu stark bei der Führungsspitze des Reichs engagiert haben? Sollte deren Sturz auch mich in den Abgrund ziehen können? Ich wußte, daß Dr. Ley bisweilen harte Mittel angewendet hatte, um ausländische Arbeitskräfte der deutschen Rüstungsindustrie nutzbar zu machen. Ich war, wenn auch bei weitem nicht umfassend, über die Methoden informiert, die beim Einfangen dieser Menschen, bei ihren Transport und bei der Unterbringung bevorzugt wurden, und mußte fürchten, eines Tages, sollte ich mich nicht rechtzeitig distanzieren, mit dafür, wenn auch völlig zu Unrecht, verantwortlich gemacht zu werden. Dr. Ley war nicht der harmlose Säufer, als der er mir meist gegenübergetreten war. Er hatte stets zu dem engsten Kreis um Hitler gehört, hatte mit diesem den Aufstieg aus der Anonymität bis zur Führung des Reiches erkämpft und war dabei mit seinen Mitteln niemals wählerisch gewesen. Ich möchte nicht müde werden zu betonen, daß ich damals fast nichts von alldem gewußt und bei jedem meiner Schritte im Befehlsnotstand gehandelt habe, doch eine leise Ahnung ließ mich erschauern. Ich wußte fast gar nicht, daß Dr. Ley einer der fanatischsten Antisemiten war, und sein auf diesem Gebiet wohl markantester Satz ist mir erst nach dem Krieg so richtig bekannt geworden: «Wir schwören, wir werden den Kampf nicht aufgeben, bis der letzte Jude in Europa ausgerottet und wirklich tot ist.» Ja, meine Memoiren wären nicht auf der Höhe der Objektivität, wollte ich nicht bekennen, daß ich das unglückselige Opfer eines Verführers im größten Stil geworden bin. Der spätere Nürnberger Prozeß klagte Ley der Verschwörung zum Völkermord, zum Angriffskrieg und zur Judenvernichtung an. Nach allem, was dieses Verfahren zutage förderte, mußte Ley mit schwerster Verurteilung rechnen und entzog sich der Verantwortung, indem er sich am Klosett seiner Zelle aufknüpfte. Doch alles das ist ein weites Feld, und ich führe es nur an, um meinen Lesern die bedrückte Stimmung begreiflich zu machen, in der ich mich befand. Zwei Seelen rangen, ach, in meiner Brust, die eine drängte zum Außergewöhnlichen, die andere fürchtete den Blitzstrahl, der den trifft, der sich über die Menge erhebt, und leider wollte es das Schicksal so, daß die zuerst erwähnte Seele den Sieg davontrug.

Nachdem ich drei Flaschen Wein geleert hatte, waren die Schatten der Vorahnung so weit verdrängt, daß ich wieder vor die Seeleute hintreten konnte. Ich telephonierte mit dem höchsten Admiral und wies ihn an, sofort so viele U-Boot-Fahrer zusammenzubringen, wie greifbar waren. Mir wurde der Hof einer Kaserne genannt und die Uhrzeit angegeben.

Als ich auf dem besagten Kasernenhof ein eilig aufgestelltes Podium betrat, waren mehrere Hundert unserer blauen Jungs angetreten. «Neue Waffen sind auch für euch in Vorbereitung», rief ich, daß es hohl von den Mauern zurückschallte. «Vor kurzem nahm ich an einer Besichtigung teil, und ich kann sagen, daß mir das Herz stehenblieb. Heute nachmittag erst habe ich mit dem Führer telephoniert, und er hat mir zugesichert, daß der neue Torpedo, den ihr ersehnt, im nächsten Monat ausgeliefert wird. Auch das Gerät, das die Radarstrahlen wirkungslos macht, ist fertiggestellt und wird in wenigen Wochen in die Boote eingebaut. Die große Wende im U-Boot-Krieg steht bevor.» Da warfen die rauhen Männer jubelnd die Mützen in die Luft und brachen in Hurra-Rufe aus. Ihre Begeisterung trug mich zu kühnen Prophezeiungen empor: «Bald wird ein Torpedo an die Front kommen, der aus zwanzig Seemeilen Entfernung auf einem Geleitzug abgeschossen wird und sich selbst vermittels einer automatisch-elektrischen Steuerung das lohnendste Ziel heraussucht. Haltet noch kurze Zeit aus, und herrlicher Lohn wird euch werden!»

Ist meine Handlung als verwerflich zu bezeichnen? Das Gegenteil ist der Fall. Niemand konnte diese Männer von ihrer schweren Pflicht befreien. War es dann nicht gut, wenigstens einige Sorgen von ihnen zu nehmen? Als alter Frontsoldat weiß ich: Es kämpft und stirbt sich leichter, wenn man hofft.

5

Während ich in mein Hotel zurückfuhr, überkam mich Mutlosigkeit. Jetzt mußte ich, genügte ich meiner Aufgabe, ein Telegramm an Kümpchen schicken und ihm melden, daß ich meinen Auftrag erfüllt hatte. Aber mein Inneres sagte mir, daß ich mehr leisten konnte, wenn ich der ROL war, als wenn ich die Produktion von Gummiwärmflaschen organisierte. Alles in mir bäumte sich auf gegen diesen Sturz vom Gipfel hinab in die Mittelmäßigkeit.

Ich begann sachte zu trinken, steigerte mich allmählich und sprang schließlich, was ich ebenso wie Dr. Ley nur selten tat, vom Wein auf Kognak. Da, kurz bevor sich die Mäuse einstellten, kam mir der zündende Gedanke. Ich

rief die Dolmetscherin herbei und teilte ihr mit: «Ich habe soeben vom Führerhauptquartier den Auftrag erhalten, Verbindung zu General Franco aufzunehmen. Spanien befindet sich kurz vor der Kriegserklärung an England und Amerika, und ich habe den Befehl, die letzten Formalitäten der Zusammenarbeit zu leisten. Schicken Sie sofort Telegramme an die spanische Regierung, an den deutschen Botschafter in Madrid und an die Grenzwache von Hendaye, damit die Vorbereitungen für meinen Übertritt getroffen werden. Wir fahren in einer Stunde.»
Mein Plan war folgender: Gelang es mir bei einem Gespräch mit General Franco nicht, ihn zum sofortigen Eintritt in den Krieg zu bewegen, so war ich doch sicher, wenigstens ein Dutzend Divisionen für die Ostfront zu erhalten, wenn ich ihm nach dem Endsieg die Abtretung des Gebietes südlich der Garonne versprach. Kehrte ich mit einem solchen Erfolg aus Madrid zurück, wollte ich den sehen, der mich wegen Eigenmächtigkeit zu belangen gewagt hätte!
Wieder rollte mein Pulk, diesmal längs der Atlantikküste nach Süden. In La Roche gelang es mir, ihn durch drei Panzer zu verstärken. Der Kommandeur der dort liegenden Division sträubte sich anfänglich mit Händen und Füßen. Schließlich setzte ich ihn vertraulich von meiner diplomatischen Mission in Kenntnis und häufte die Verantwortung auf sein Haupt, sollte mir unterwegs etwas geschehen. Wieder war ich Gott in Frankreich. Machte ich in einer Stadt halt, sammelte ich die örtlichen Würdenträger um mich, ließ mir Bericht erstatten und gab Weisungen und Befehle. In Fontenay sah ich mich genötigt, den Bürgermeister seines Amtes zu entheben, da er sich erdreistete, sich auf anderslautende Anordnungen der Militärkommandantur zu berufen. Zwischen Rochefort und Saintes gewann ich im Handumdrehen zwei Herzöge und einen Grafen für die deutsch-französische Adelsge-

meinschaft. Acht Schlösser bereicherten obendrein den Fundus der Deutschen Arbeitsfront.
Gerade besichtigte ich in Bordeaux ein Wehrmachtslazarett, als sich durch meine Begleitung ein aufgeregter Mann drängte. Schon glaubte ich an ein Attentat und wollte die Pistole ziehen, als ich meinen Adjutanten erkannte, den ich noch im Raume von Saumur bei der Werbung für den Adelsbund wähnte. Aufgeregt nahm er mich beiseite und zeigte mir ein Telegramm: «Reise sofort abbrechen! Rückkehr nach Brüssel! Kümpchen.» Dazu teilte mir der Adjutant ergänzend mit, daß ihn Kümpchen dringend ersucht habe, mir nachzureisen und mich zur Umkehr zu bewegen.
«Wann war das?» fragte ich.
«Vor drei Tagen.»
«Ich dachte es mir», erwiderte ich. «Inzwischen habe ich vom Führer neue Befehle erhalten, die die Empfehlung von Kümpchen aufheben. Sie stehen wieder unter meinem Befehl.» Gehorsam knallte er die Hacken zusammen.
Von Bordeaux aus schickte ich noch einmal Telegramme an die spanische Regierung und an die Grenzwache von Hendaye. Als ich in den Wagen steigen wollte, um die letzte Fahrtetappe unter die Reifen zu nehmen, trat ein Reporter der «Basler Neuen Zeitung» an mich heran und bat mich um ein Interview. «Ich möchte», antwortete ich, «meine Meinung in einem Satz zusammenfassen. In den nächsten Tagen werden die Zeitungen nicht über die Ereignisse auf den Schlachtfeldern, sondern über die in den Konferenzsälen berichten. Blicken Sie nach Madrid!» Sodann gab ich das Zeichen zur Abfahrt.
Als ich mich dem Grenzbereich von Hendaye näherte, stockte mein Pulk. Ich wollte meinen Adjutanten nach vorn schicken, um die Ursache festzustellen, als ich einige SS-Männer auf meinen Wagen zukommen sah. Sie stellten sich zu beiden Seiten auf. Ich herrschte sie an, was ihr selt-

sames Benehmen bedeuten solle, aber sie würdigten mich keiner Antwort. Gleich darauf riß ein Offizier den Wagenschlag auf und knurrte: «Aussteigen!» Es war mein Schwager Knut.

Ich wußte, daß es besser sei, jetzt nicht an familiäre Bande zu erinnern, auch schien es mir aus einer Vorahnung heraus als angebracht, meine Autorität als Reichsorganisationsleiter nicht in die Waagschale zu werfen. Ich folgte Knut in ein Zollgebäude. «Verhaftet», teilte mir Knut in seiner kargen Art mit. «Umziehen!» Er wies auf einen Koffer. Ich öffnete ihn. In ihm lag die Zivilkleidung des Waldemar Naß.

6

Ich beginne die letzte Phase meiner Memoiren in dem sicheren Gefühl, meine Aufgabe so gut bewältigt zu haben, wie ich es mir nie und nimmer hätte träumen lassen, als ich sie begann. In einem nur habe ich mich getäuscht: in der Zeit, die diese Arbeit beanspruchte. Längere Pausen haben sich eingeschlichen, in denen ich voll und ganz damit beschäftigt war, meine Düsseldorfer Gummiwarenfabrik zu leiten, und mit den Jahren kommt ja auch eine gewisse Behäbigkeit über den Menschen. Meine Tochter hat sich verheiratet und mich zum dreifachen glücklichen Großvater gemacht, mein Sohn steht längst als Juniorpartner an meiner Seite. In dieser Situation raffe ich mich auf, um meine literarische Arbeit abzuschließen. Wenn ich dann das Steuer der Düsseldorfer Gummiwarenfabrik aus den Händen gegeben und die Feder niedergelegt habe, werde ich mich in ein Häuschen in den Schweizer Bergen zurückziehen, um zusammen mit meiner treuen Helene beschauliche Jahre zu verleben. Aber noch einmal gilt es, die Kräfte anzuspannen.

Vom Himmel in die Hölle war ich gestürzt. Vergeblich versuchte ich Knut von meinen lauteren Absichten und

den gewaltigen Perspektiven zu überzeugen, die meine diplomatischen Schritte für Deutschland eröffneten; er ließ sich auf keine Diskussion ein. Der Schmerz preßte mir die Kehle zusammen, als ich die Hülle wechselte.
Man brachte mich zu einem geschlossenen Wagen von der Art, wie sie in Deutschland als «Grüne Minna» bekannt ist. Ich wurde genötigt, in ein fensterloses Abteil zu steigen, das nicht einmal soviel Platz bot, die Beine zu strekken, und eine entsetzliche Fahrt begann. Am Abend hielt man gewöhnlich im Hofe irgendeines Gefängnisses und brachte mich in eine Zelle, wo ich kärgliche Nahrung, einen Strohsack und ein paar übelriechende Decken bekam. Oft hatte ich nicht einmal die Möglichkeit, mich zu waschen, selten erfuhr ich, in welcher Stadt ich mich befand, schließlich kletterte ich mit steifen Beinen auf einen Gefängnishof, den ich schon kannte: Ich war in Wien. Drei Tage lang blieb ich im ungewissen über mein Schicksal. Dann führte man mich dem gleichen Untersuchungsrichter vor, der mich anläßlich der unglücklichen Hammelaffäre vernommen hatte. Auf seinem Tisch lagen die Akten von damals, und er lächelte, als er sie öffnete.
Niemals fiel in den nächsten Wochen ein Sterbenswörtchen über meine Mission als ROL in Frankreich und meine gewisse, allerdings gutgemeinte Überschreitung der Befugnisse. Der Untersuchungsrichter machte auch nicht die geringste Andeutung über den Umstand, daß ich für eine Reihe von Monaten seinem Einflußbereich entzogen gewesen war. Mir war klar: Der Reichsorganisationsleiter, der mich aus dem Kerker geholt hatte, weil er meiner Hilfe bedurfte, schleuderte mich in denselben zurück, weil er meiner überdrüssig war. Ich war klug genug, mich damit abzufinden, denn es steht dem Sterblichen schlecht an, die Mächtigen dieser Erde herauszufordern. Zwar grollte ich im stillen über die Ungerechtigkeit, aber ich hielt es für das klügste, sie hinunterzuschlucken.

Gemächlich ging das Justizverfahren seinen Gang. Die Akten von Trobitzsch mußten herausgesucht werden, mein Gedächtnis wurde durch Vorbehalte aufgefrischt, und ich muß an dieser Stelle leider Gottes sagen, daß Trobitzsch, der doch nun einmal die Hauptschuld trug, es in bedauerlicher Weise an Fairneß fehlen ließ. Schließlich kam es zur Verhandlung, und ich wurde zu vier Jahren Gefängnis verknackt.

Ich kann mir von der heutigen Warte einer gesicherten Existenz aus nur schwer vorstellen, mit welcher Ruhe ich damals dieses Urteil trug. Heute mäkelt man schon, wenn ein Brötchen einige Stunden alt ist, damals war ich über jeden Kanten trockenen Brotes glücklich. Heute stört mich die geringste Unregelmäßigkeit der Zimmertemperatur, damals ertrug ich Hitze und Kälte mit Selbstverständlichkeit. Gewiß kamen auch mich bittere Stunden an, aber niemals gab ich mich der Verzweiflung hin. Hocherhoben trug ich meinen kahlgeschorenen Kopf.

Bald nach meiner Verurteilung stellte man einen Transport zusammen. Zwanzig Leidensgefährten wurden mit mir in einem Viehwagen zusammengepfercht, und über Brünn, Prag und Dresden ging die Fahrt nach Norden. Das Herz krampfte sich mir zusammen, als ich wenige Dutzend Kilometer nördlich meines Reisewegs Böhmisch-Trübau wußte, und nicht weniger schwer wurde es mir, als ich im Sächsischen die vertrauten Laute meiner Heimat vernahm.

Als wir endlich ausstiegen, schmeckte ich den Salzatem der See. «Krempin» las ich auf der Wand des Bahnhofsgebäudes, und schmerzliche Erinnerung durchzuckte mich. In Krempin betrat ich zum erstenmal als Reichsorganisationsleiter die Bühne der Weltgeschichte.

Flankiert von pistolenbewaffneten Justizbeamten mit Hunden, marschierten wir durch das Dorf. Dort, wo ich einst den ersten Spatenstich zur Gewinnung von Neuland

getan hatte, erstreckte sich ein Straflager mit Baracken und Stacheldrahtzäunen. Ein Gittertor tat sich auf, wir wurden abgezählt, in Listen erfaßt, und von dieser Stunde an war ich nicht mehr Waldemar Naß und schon gar nicht Dr. Ley, sondern der Häftling 3359, ein Nichts, eine Null, ein Abschaum.
Zwei Wochen brachte ich unter entsetzlichen Umständen zu, ohne eine Möglichkeit zu sehen, wie ich meine Lage verbessern konnte. Ich fand mich damit ab, daß erst eine gewisse Zeit verstreichen müßte, ehe ich mich mit den Umständen des Lagers vertraut gemacht haben konnte, um dann eine Gelegenheit auszuspüren. Denn auch in dem härtesten Lager gibt es Posten in Küche und Verwaltung, und ich traute mir zu, einen davon ebensogut oder besser auszufüllen als jeder andere. Mir war klar, daß ich mit aller Härte zuwege gehen mußte, denn nur wer in einer solchen Situation die Ellbogen zu brauchen versteht, kann überleben.
Eines Tages wurde ich zum Lagerkommandanten gerufen. Ich knallte die Hacken zusammen, riß die Mütze vom Kopf und wollte meine Meldung schnarren, aber die Worte blieben mir im Halse stecken: Hinter dem Schreibtisch saß Dr. Sch., der in geheimnisvoller Mission auf der Prager Burg tätig gewesen war und wesentlichen Einfluß auf den Verlauf meiner Hilfsaktion für die notleidende Berliner Bevölkerung gehabt hatte. Er sagte: «Laß die Faxen und setz dich, altes Haus.»
Zunächst wagte ich natürlich nicht, dieser Aufforderung Folge zu leisten, sondern stand starr und steif an der Tür, wie es die Vorschrift verlangte; mein Freund mußte erst um den Schreibtisch herumkommen und mich auf einen Stuhl ziehen. Dann befahl er in das Nebenzimmer hinein, er habe eine wichtige Besprechung und dürfe keinesfalls gestört werden. «Mensch», sagte er, «ich hab' dich erst heute in den Listen entdeckt. Wußtest du nicht, daß man

mich in dieses öde Nest strafversetzt hat? Aber es ist immer noch besser, ich bin hier Lagerkommandant als Häftling.» Mein Freund steckte mir eine Frühstücksstulle zu, die ich heißhungrig verschlang, und ließ sich erzählen, auf welche Weise ich zunächst den Fängen der faschistischen Blutjustiz entronnen und dann dennoch in ihr Garn gegangen war. «Ich habe dir einiges zu danken», sagte er, «denn du hast, was mich betrifft, im wesentlichen dichtgehalten.»

Als ich das Zimmer verließ, war ich zum Verwaltungsleiter ernannt worden. Ich ließ mir bessere Kleidung aushändigen – die Kammer unterstand mir – und zog in den Block der Prominenten um, wo ich mit dem Oberkoch, dem Magazinverwalter und dem Kammerchef ein relativ gemütliches Zimmer bewohnte. Von da an war ich neben dem Lagerältesten der zweitwichtigste Häftling.

Was sich seit meiner Verhaftung in der Welt ereignet hatte, erfuhr ich nun nach und nach. Der Attentatsversuch vom 20. Juli war mißlungen, viele meiner Mitverschworenen fanden den Tod – nur der Verschwiegenheit dieser tapferen Männer und ein wenig dem Glücke des Tüchtigen habe ich es zu verdanken, daß ich nicht mit in den Strudel gerissen wurde. Noch einmal setzte um die Jahreswende die Wehrmacht zu einer Energieleistung im Westen an, dann brachen sowjetische Armeen über den Osten des Reiches herein – das Ende des Krieges war besiegelt.

In diesen Monaten der Götterdämmerung erwies es sich als vorteilhaft, daß im Unterschied zu anderen Häftlingen mein Postverkehr kaum der Beschränkung unterlag, und so konnte ich meine Stellvertreter in Claußenhain, Böhmisch-Trübau und Düsseldorf mit Hinweisen bedenken. Mein nützlichster Schachzug war, moderne Maschinen von Böhmisch-Trübau nach Düsseldorf zu verlagern. So erlitt ich bei Kriegsende keinen Totalverlust und konnte meinen Düsseldorfer Betrieb schlagartig erweitern.

Götterdämmerung, dieses schicksalsschwangere Wort entglitt eben meinem Filzstift. Die Scheingötter des Dritten Reiches traten noch einmal ins Rampenlicht, der unerforschliche Ratschluß der Nemesis riß mich ein letztes Mal zu ihnen hinauf beziehungsweise hinunter. Am Lagerzaun stand ich an so manchem Abend und blickte zu den Wolken, die, Sinnbild der Freiheit, über das Lager zogen. Wohin, so fragte ich mich bang, trieb ich?

9. Kapitel

Zu neuen Ufern

1

In den ersten Apriltagen ließ mich der Lagerkommandant in sein Büro rufen. Unter finsteren Brauen heraus musterte er mich. «Verdammter Hund», knurrte er, «seit wann hast du Verbindungen zu Himmler?»
Ich breitete überrascht die Hände. Himmler? Nie war ich dem Herrscher über ss und Polizei, dem seit Görings Sturz zweitwichtigsten Manne im Reiche, begegnet, Dr. Ley war ihm nie grün gewesen. So eifrig ich beteuerte, nie mit dem düsteren Reichsführer zu tun gehabt zu haben, so wenig glaubte mir mein Freund. Nach unendlich langen Minuten rückte er mit der Wahrheit heraus: «Der Reichsführer fordert dich an.» Ich ließ überrascht die Hände sinken. Neuer Aufstieg? Sollte ich wieder den Thronen der Mächtigen näherrücken? Aber um welchen Preis?
«Hör zu, alter Schuft. Das kann bedeuten, daß du morgen an einem Laternenpfahl baumelst oder dein Kadaver in einem Moorloch verschwindet. Es können sich aber auch Dinge anbahnen, von denen wir noch keine Ahnung haben. Es ist eine schöne Sitte in meinem Lager, daß es keiner verläßt, ohne noch einmal gehörig verprügelt worden zu sein. In deinem Fall sehe ich davon ab. Ich darf annehmen, daß du dich an mich erinnerst, wenn du im Fett schwimmst?»
«Keine Bange. Allerdings wäre mir lieber, du würdest melden, daß ich die letzte Nacht gestorben bin.» Da lach-

ten wir zum ersten und einzigen Mal in dieser inhaltsschweren Stunde.

Einen Tag lang bereitete ich mich auf den Absprung zu neuen Ufern vor, ich suchte mir aus der Effektenkammer einen sportlichen Anzug heraus – Fischgrätenmuster, Knickerbocker, Jacke mit saloppem Gürtel –, den ich mir vom Lagerschneider passend machen ließ, in einem Koffer verstaute ich Hemden, Schuhe und Konserven, zum Abschied schenkte mir der Lagerführer eine Flasche Gin und eine Hunderterpackung Zigaretten. In einer neuen Häftlingsuniform, gebadet und rasiert, meldete ich mich ab, ein Kübelwagen stand am Tor, ein Obersturmführer nahm mich in Empfang. Stundenlang fuhren wir durch die Nacht nach Westen, schweigend saß der Obersturmführer neben mir. Meine Phantasie gaukelte mir grauenhafte Bilder vor. Der Schweiß brach mir aus, als ich mir ausmalte, daß Dr. Ley angesichts der bevorstehenden Niederlage des Reiches untertauchen wollte und, um allen Nachforschungen die Spitze abzubrechen, einen Selbstmord vortäuschte. Ich als Double bei diesem Selbstmord – am liebsten hätte ich die Ginflasche aus dem Koffer gerissen und meine Furcht ertränkt.

Im Morgengrauen rollten wir durch das zerbombte Lübeck, zwei Stunden später hielten wir vor einer Pension im Seebad Hohenfelde. Der Obersturmführer ging ins Haus und kam gleich darauf mit einem Mantel der Waffen-ss zurück. Er befahl mir, diesen anzuziehen, und so, in Häftlingsuniform, mit einem ss-Mantel darüber, einen Koffer mit einem Zivilanzug in der Hand, betrat ich die Pension. Am Tisch neben der Tür saß Kümpchen.

«Setz dich», sagte Kümpchen. Er bestellte Frühstück, zum erstenmal nach einer mich unendlich dünkenden Zeit stieg mir Kaffeeduft in die Nase. «War gar nicht so leicht, dich zu finden, und es war auch nicht leicht, Himmler zu überzeugen, daß man dich aus dem Lager holen muß.»

«Und wo ist der ROL?»
«In Berlin. Hitler hat in diesen schweren Tagen gern seinen alten Kumpan bei sich. Wie ich hörte, sitzt Hitler stundenlang mit Bormann, Lammers und unserem Chef zusammen, dabei unterhalten sie sich wehmütig über ihre Erlebnisse in der Kampfzeit. Wie ist das eigentlich, sprichst du englisch? Macht nichts, Dolmetscher haben wir ja genug. Schwedisch kann doch keiner von uns.»
Das alles waren für mich böhmische Dörfer. Aber ich hatte gelernt, daß es bei gewissen Anlässen besser war, nicht zu fragen, so aß ich Eier im Glas und frische Blutwurst, trank Kaffee und rauchte mit Behagen eine Zigarre. Zwischendurch fragte Kümpchen, ob in dem Lager, in dem ich die letzten Monate zugebracht hatte, die Juden in jüngster Zeit besser behandelt worden wären – ich hatte nichts davon gemerkt. «Himmler will die letzten Juden den Alliierten als Zeichen seines guten Willens anbieten», erläuterte mir Kümpchen. «Himmler ist überzeugt, daß er nur eine Stunde lang mit Eisenhower verhandeln muß, und dieser wird einsehen, daß die Alliierten ohne Himmler als künftigen Polizeiminister für Europa aufgeschmissen sind. Aber lassen wir das; wenn du satt bist, können wir maßnehmen lassen. Du brauchst doch wieder eine Uniform.» Kümpchen schmunzelte. «Was glaubst du, warum ich mir solche Mühe gegeben hatte, dich in meiner Nähe zu haben? Wir müssen dich herausfüttern, die Uniform lassen wir auf Zuwachs abmessen. Warte ab, in einer Woche haben wir dich auf dem alten Kampfgewicht.» In der Tat verliefen die nächsten Tage so, als wäre es meine Hauptaufgabe, täglich drei Pfund zuzunehmen. Ich bekam ein sauberes Zimmer zugewiesen, fünf Mahlzeiten am Tag schufen einen erfreulichen Rhythmus, Spaziergänge am Strand förderten meinen Appetit. Nicht, daß ich in der Idylle eines Seebades den Krieg hätte vergessen können: Die meisten Pensionen waren mit Ver-

wundeten und Flüchtlingen überfüllt, hoch am Himmel zogen Bomberpulks, nachts loderte der Horizont über dem brennenden Kiel. Einmal warf ein durch einen Torpedo beschädigter Dampfer vor Hohenfelde Anker, mit Fischerbooten wurden Flüchtlinge an Land gebracht. Bang fragte ich mich: Wie erging es meinen Lieben in Claußenhain und Böhmisch-Trübau?

Ich war nicht frei, und ich war nicht gefangen. Kümpchen hatte mich gebeten, die Pension nicht ohne Bedeckung zu verlassen, entweder er oder der schweigsame Obersturmführer begleiteten mich bei meinen Spaziergängen. Ein SS-Mann, im Zivilberuf Schneidermeister, beschaffte braunen Stoff, nach meinen Anweisungen schuf er eine Uniform der DAF; nicht leicht war es, ein Goldenes Parteiabzeichen aufzutreiben, eine geschickte Frau, Altparteigenossin und ehemalige Besitzerin eines Posamentengeschäfts in Königsberg, stickte die Eichenblätter für den Kragen. Fünf Tage nach meiner Ankunft in diesem Seebad drehte ich mich in der Uniform des ROL vor dem Spiegel, Kümpchen sparte nicht mit anerkennenden Worten. «Die Schweden merken nichts!» rief er. Die Schweden?

Eines Abends stürzte Kümpchen in mein Zimmer und rief: «Die Schweden kommen! Waldi, zieh dich an!»

Waldi, so hatte Kümpchen mich genannt, als wir bei Beutel & Borowski kulinarische Studien getrieben hatten – wie lange lag das zurück! Ich schlüpfte in die Uniform, und während wir auf einem Sandweg aus Hohenfelde hinausfuhren, erläuterte mir Kümpchen meine Aufgabe. Himmler hatte es auf sich genommen, Fäden zu einem schwedischen Grafen zu knüpfen, der sollte mit den westlichen Alliierten Verbindungen aufnehmen und diesen einen Verhandlungsfrieden vorschlagen. «Der Führer weiß natürlich von nichts. Mit Hitler würde ohnehin niemand verhandeln. Andere müssen retten, was zu retten ist!»

Schweiß brach mir aus allen Poren. «Das ist Hochverrat!»

«Nicht, wenn wir Erfolg haben. Dann sind wir die Retter des Vaterlandes.»
«Und im anderen Fall?» Auf diese Frage schwieg er.
Die Gegend, durch die wir fuhren, glich einem Heerlager. Immerfort wurden wir kontrolliert, Kümpchen hatte allerdings so viele Dokumente, Stempel usw. aus Berlin mitgenommen, daß es nicht schwierig gewesen war, mich und meine Begleitung mit Papieren auszustatten. «Deine Aufgabe», entwickelte Kümpchen während der Fahrt, «besteht darin, die Schweden davon zu überzeugen, daß Himmler nicht allein arbeitet, sondern daß hohe Führer des Reiches, zum Beispiel Dr. Ley, mit ihm im Bunde sind. Himmler wird sich zum Reichskanzler machen, du sollst die Partei übernehmen.»
Schlagartig sah ich mich auf dem Reichsparteitag auf der Tribüne stehen, Hunderttausende jubelten Himmler und mir zu. «Heinrich und ich könnten ein gutes Gespann abgeben.»
«Hitler hat versagt.»
«Göring hat versagt», urteilte ich, «Ley hat versagt. Ich werde Ley ausschalten. Wo treffe ich die Schweden?»
Wer sich in der jüngsten Geschichte auskennt, weiß, daß Himmler über den schwedischen Grafen Bernadotte den Amerikanern und Briten vorschlug, mit ihnen Frieden zu schließen und den Rest der Wehrmacht an die Ostfront zu werfen – in dieses diplomatische Aufbäumen wurde ich hineingerissen. Es war nicht Bernadotte, mit dem ich im Morgengrauen im Bürgermeisteramt eines Landstädtchens zusammentraf, es war ein jüngerer Legationsrat, der sich reserviert gab, nicht ein einziges Mal lächelte, weder Kaffee noch Alkohol noch eine Zigarette annahm und Fragen stellte wie ein Staatsanwalt. Am meisten befremdete es mich, daß er nicht wußte, wer ich – das heißt, wer Dr. Ley war. Gemäß Kümpchens Anweisung entwickelte ich, daß im Zusammenhang mit dem Friedensschluß im

Reich umfangreiche Machtverschiebungen vor sich gehen würden, daß es nicht unmöglich wäre, daß wir, wenn diese Maßnahme dem Frieden diente, das Opfer auf uns nehmen und Hitler den Alliierten ausliefern würden. Jäh schoß mir eine Erinnerung durchs Hirn: Elf Jahre vorher hatte ich mit Knut eine Nacht lang am Telefon gesessen, wir hatten fieberhaft versucht, Licht in das Dunkel zu bringen, das uns bedrohte, es war jene Nacht gewesen, als Röhm und Konsorten unter den Kugeln der ss verröchelten. Damals hatte Hitler die letzte Opposition innerhalb der eigenen Reihen ausgeschaltet, elf Jahre lang hatte er unumschränkt geherrscht, jetzt, da sich sein Stern hinter den Horizont senkte, begannen die Diademenkämpfe* seiner ehemaligen Paladine.

Ich wuchs über mich hinaus. Ohne Bedenken war ich bereit, Hitler auf dem Altar des Vaterlandes zu opfern. Lange nach dem Krieg besuchte ich wieder jenes friesische Städtchen, ergriffen stand ich vor dem Bürgermeisteramt und stellte mir vor, meine damalige Mission wäre erfolgreich gewesen; dann hätte eine Tafel die Fassade geschmückt, Kinder hätten sie bekränzt, Menschen wären von nah und fern zusammengeströmt, um mich, ihren Retter, zu sehen.

Heute wissen wir: Himmler scheiterte zur gleichen Stunde in den Verhandlungen mit dem Grafen Bernadotte. Was ich aufbaute, jenes neue Vertrauensverhältnis zu einer stabilen Reichsregierung, zerstörte Himmler durch überflüssiges Taktieren. Größten Eindruck machte ich auf den Legationsrat, als ich durchblicken ließ, daß die Regierung Himmler–Ley, sollte sie von Schweden diplomatisch anerkannt und den Westmächten gegenüber gestützt wer-

* Naß meint Diadochenkämpfe. Die von dem Berliner Tierfreund Krutt vertretene Leseart «Dinosaurierkämpfe» gilt als unwahrscheinlich und wurde von Prof. Dr. Heinrich Mohr, Osnabrück, stilkritisch zurückgewiesen.

den, durchaus bereit wäre, alten schwedischen Besitz an der Ostseeküste, Rügen, Stralsund und Wismar etwa, heim ins schwedische Reich kehren zu lassen – profunde Geschichtskenntnisse aus längst vergangenen Schultagen waren mir wieder ins Gedächtnis gestiegen und gaben meinen Vorschlägen die nötige Breite und Tiefe.

Fliegeralarm trieb uns in die Keller. Auf einem Kohlenhaufen sitzend, versuchte ich, den Legationsrat festzulegen, er aber berief sich darauf, keinerei Vollmachten zu besitzen. Heute ist es an der Zeit, ernste Anklagen gegenüber der schwedischen Regierung zu erheben, daß sie sich damals nicht entschieden genug für eine rasche Beendigung des Krieges eingesetzt hat – die Karte Europas sähe anders aus!

Unsere Stimmung war, als wir nach Hohenfelde zurückkehrten, gedämpft optimistisch. Ich war überzeugt, daß ich nach einem Sieg unserer Bemühungen Dr. Ley nicht nur aus seiner Funktion, sondern auch aus seiner physischen Existenz, aus seiner Haut sozusagen verdrängt haben würde. Natürlich wäre der eigentliche Dr. Ley nicht fähig gewesen, in einem schwer angeschlagenen, dennoch in seiner Grundsubstanz erhaltenen Reich dem Apparat der NSDAP vorzustehen, das hätte einer unverbrauchten Persönlichkeit bedurft. Dr. Ley im gütlichen Vergleich abzufinden schien mir nicht unmöglich, im Falle einer Weigerung hätte ihn Himmler gewiß auf Lebenszeit in einer Trinkerheilanstalt verschwinden lassen. Wenn nicht, ich beschränke mich auf diese Andeutung, Schlimmeres mit ihm geschehen wäre.

Zwei Tage verstrichen. Dann wurden wir durch einen Stoßtrupp der Marine aus den Betten geschreckt: U-Boot-Männer durchstöberten unter dem Vorwand, nach Deserteuren zu suchen, auch unsere Pension. Die Schergen hatten sich mit Maschinenpistolen und Handgranaten bewaffnet, mißtrauisch musterten sie unsere Papiere. Der Anführer, ein blutjunger Offizier, erdreistete sich, mich nach Verbindungen zur SS, insonderheit zum Reichsführer befragen zu wollen, und berief sich dabei auf höhere Befehle. Ich machte ihn darauf aufmerksam, daß ich dereinst in meinem Besuch an der Atlantikküste in entscheidender Weise dazu hatte beitragen wollen, das Ruder im U-Boot-Krieg herumzureißen – schließlich machte Kümpchen unserem Disput ein Ende, indem er unsere SS-Posten alarmierte. SS-Männer und Matrosen standen sich verbissen gegenüber, dann zogen die Blaujakken ab.

Am Abend gelang es Kümpchen, telefonisch die schwergeprüfte Reichshauptstadt zu erreichen. Aus dem Keller der DAF-Reichsleitung erfuhr er von einem dort ausharrenden Getreuen, daß Dr. Ley zu überraschender Aktivität erwacht war. Ein Oberlehrer für Physik aus Parchim hatte ihm eine verblüffend einfache Erfindung angeboten, ein Kästchen mit zwei Taschenlampenbatterien, einigen Spulen, einem Unterbrecher und einer Richtantenne, mit dem es möglich wäre, einen tödlichen Strahlenstoß über zweihundert Meter abzugeben. Dr. Ley war überzeugt, damit die Wunderwaffe in den Händen zu haben, mit der das Reich zu retten war, er war bei Rüstungsminister Speer vorstellig geworden und hatte Produktionskapazitäten gefordert. Vor allem aber erfuhren wir, daß für uns Vorsicht geboten war, denn Speer hatte sich mit dem Hamburger Gauleiter Kaufmann zusammengetan. Beide konspirierten gegen Hitler, Speer trug sich mit dem Gedanken, über den Hamburger Sender die Kapitulation des Reiches bekanntzugeben. War ich als Dr. Ley diesem Zwiegespann im Weg? Andererseits liefen in den Regierungskellern Gerüchte um, wonach der Führer den Marineoberbefehlshaber Dönitz im Falle seines Heldentodes als Reichskanzler vorgesehen haben sollte. Also Dönitz und nicht Himmler? Mir schwante, daß wir womöglich auf

das falsche Pferd gesetzt hatten. Das Auftauchen von Matrosen war ein Warnsignal; trachtete Dönitz danach, potentielle Nebenbuhler aus dem Wege zu räumen? Mit Grausen dachte ich daran, wieder hinter dem Stacheldraht eines Konzentrationslagers zu verschwinden – da entschloß ich mich zur Flucht nach vorn.
In den uns umgebenden Wirren brauchten wir einen eigenen Machtfaktor, sonst wurden wir zwischen ss und Marine oder dritten Kräften zerrieben. Sodann mußten wir uns in einen Raum durchschlagen, in dem wir unsere Interessen entfalten konnten. In diesem Sinne befahl ich den Aufbau der Kampfstaffel Ley.
Ein treuer Kraftfahrer, ein Wagen – mehr besaßen wir nicht, als wir uns, angeblich zu einer erneuten Besprechung mit dem schwedischen Legationsrat, aus Hohenfelde davonmachten. Wieder war es Nacht, über den Himmel zuckten Feuergarben, dumpf grollten Bombergeschwader, die den Tod ins Restreich trugen. Für uns gab es kein Zurück. In Botzenbergen, einer Stadt an der unteren Elbe, besetzten wir im Morgengrauen schlagartig das Höhere Mädchenpensionat und ernannten es zu unserem Kampfquartier. Der Fahrer hieß Kuppelt, seine Verdienste sind groß genug, seinen Namen hiermit zu verewigen. Wir befahlen, den Schulbetrieb sofort einzustellen, forderten zur Absperrung des Gebäudes einen Gendarmeriezug an, beorderten Bürgermeister und Ortsgruppenleiter zu uns und beschlagnahmten Lebensmittel und zwei Lastwagen der Molkerei. Am Nachmittag kämmte Kümpchen mit einigen Gendarmen die örtlichen Handwerksbetriebe durch und zog zwanzig Männer zur Kampfstaffel Ley ein. Die Nacht verbrachten sie auf Stroh, am nächsten morgen ließ ich sie einkleiden – durch die Aktion «Volksopfer» waren genügend Uniformen zusammengebracht worden, sie lagerten in einem Speicher, wo wir auch Stiefel, Kochgeschirre und einige Zentner Erbsen fanden. Ge-

gen Abend brachen wir auf, den zurückbleibenden weinenden Frauen winkte ich aus der Fahrerkabine des Spitzen-LKW entschlossen zu.

Damals zeigten sich nur noch wenige Prominente in der Öffentlichkeit. Hitler, Goebbels und Bormann saßen in den Kellern der Reichskanzlei, Göring hatte sich in die Alpen geflüchtet, dort warteten auch Ribbentrop, Funk und Streicher auf das von Ost und West vordringende Schicksal. Dem Machtkampf Dönitz–Himmler war ich mit Mühe entronnen, im Raum Magdeburg schlüpfte ich gerade noch vor amerikanischen Panzerspitzen vorbei, nicht anders erging es mir vor Halle und Leipzig. In Wurzen wurde ich vom Kleinmut geschüttelt: Sollte ich alles stehen- und liegenlassen, die Kampfstaffel Ley auflösen und mich selbst nach Claußenhain flüchten? Aber als schlichter Gummiwarenfabrikant Waldemar Naß wäre ich womöglich in die Fänge des neidischen Gauleiters Mutschmann geraten, der dann Gelegenheit gehabt hätte, sein Mütchen zu kühlen. Es ist eine alte Weisheit: Wer oben ist, muß oben bleiben, wenn er nicht ins Bodenlose abstürzen will. So schüttelte ich allen Wankelmut ab. In einer Flüchtlingssammelstelle sprach ich Verzweifelten Mut zu, in einer Flakbatterie an einer Elbbrücke zeichnete ich Hitlerjungen mit Kriegsverdienstkreuzen aus. Meinem Fahrer Kuppelt, der mich herzlich darum bat, verlieh ich das Eiserne Kreuz erster Klasse.

In Mobendorf bei Hainichen gelang es mir zum letztenmal, ordnend in die Belange des deutschen Volkes einzugreifen. Eine Zigarettenfabrik hatte dorthin Tabak ausgelagert, um ihn vor Bombenangriffen zu schützen, mehrere Feldscheunen waren damit gefüllt. Jetzt drängten Menschen heran, sie kamen mit Handwagen, sogar mit Pferdewagen, um teil an der Beute zu haben. Durch kernige Worte gelang es mir, die Entnahme in ordentliche Bahnen zu lenken.

Meine weitere Fahrt begleiteten Elend und Auflösung rechts und links, Jabos am Tag vom Morgengrauen bis zur Dunkelheit, Gerüchte, Schreckensmeldungen von den Fronten, mich aber trieb es durch Sachsen, das westliche Böhmen und die Oberpfalz nach Süden. Endlich überfuhr ich die Donau, auf der Höhe dahinter schimmerten die Gipfel der Alpenfestung in schneeiger Reinheit. Fand ich dort endlich das Ende meiner Odyssee?

In einer Auffangstelle hörte ich zu meiner Verblüffung, daß sich die Reichsleitung der DAF aus Berlin abgesetzt hatte und in einem bayrischen Städtchen untergekrochen war. Nun war guter Rat teuer – zwei Dr. Leys in Bayern? Ich verstaute meine Uniform im Koffer, zog meinen Zivilanzug an, nach nächtlicher Fahrt traten wir Dr. Ley gegenüber, der uns erschüttert in die Arme schloß. «Meine Getreuen», murmelte er, «meine Getreuen!» Bei Bier und Bauernschinken berichteten wir von unserer Fahrt durch halb Deutschland, Dr. Ley schilderte, wie er aus dem brennenden Berlin entkommen war. «Speer hat meine Idee verraten», klagte er, «er hat mich zwar zum Reichsbeauftragten für Todesstrahlen ernannt, mir aber keine Fertigungskapazitäten zugewiesen. Ein paar Spulen, ein bißchen Drahtzeug, man kann das alles in einem Holzkästchen, notfalls in einem Schuhkarton unterbringen!» Jetzt erst erfuhr ich, warum vor Jahren die Entwicklung einer deutschen Atombombe gestoppt worden war: Hitler hatte Relativitätstheorie und Kernspaltung zu jüdischen Wissenschaften erklärt. Nun suchte Dr. Ley mit seinem Volkstodestrahler nach einem letzten Ausweg.

Drei Tage lang blieb ich in der Nähe des ROL, erlebte mit, wie der Parchimer Oberlehrer in einer Fahrradwerkstatt an seiner Erfindung bastelte, wie es wieder und wieder mißlang, eine Ziege auf zehn Meter durch gebündelte Todesstrahlen zu fällen. Während wir im Radio hörten, daß sowjetische Panzerspitzen nördlich und südlich der

Reichshauptstadt vorstießen, daß sich die Amerikaner den Weg durch das Herz Deutschlands bahnten, ertränkte der glücklose Erfinder seinen Schmerz im Steinhäger.
Da erfuhren wir vom Tod Hitlers. Über Funk hörten wir aus Berlin, daß nun Goebbels, der bis zuletzt an der Seite Hitlers im Führerbunker ausgehalten hatte, einen General durch die sowjetischen Linien schickte und sich Stalin als verhandlungsbereiten Reichskanzler anbot. Die sowjetische Seite ging, wie bekannt, nicht darauf ein. Vergeblich beschwor ich Dr. Ley, sich in dieser historischen Stunde zum Reichsverweser ausrufen zu lassen. Aber Dr. Ley war wie gelähmt. In einer Ecke der Fahrradwerkstatt saß er, Kästchen mit der unvollkommenen Todesstrahlenmaschinerie um sich, ein Glas mit quellklarem Steinhäger in der Hand, wobei er murmelte: «Meine Mäuse, meine Mäuse.» So habe ich den ROL zum letztenmal gesehen, so lebt er in meiner Erinnerung fort.
Im Morgengrauen, als noch alles schlief, machte ich mich mit Kuppelt im Kübelwagen auf den Weg. Wir nahmen nur das Nötigste mit, ich meinen Koffer mit der Uniform des ROL und meiner Häftlingskleidung, dazu Ausweispapiere, Verpflegung, auf meinen Knien lag eine Maschinenpistole. Ich begriff, daß das Schicksal Deutschlands, ja Europas noch einmal von mir herausgefordert werden mußte beziehungsweise auf meinen Schultern ruhte.
Als die Sonne über den Horizont stieg, verbargen wir unseren Kübel in einem Gebüsch, um nicht zur Beute der Jabos zu werden. Fern grollten Geschütze. Am Abend wies mir der Kommandeur einer Flakbatterie den Weg zu einem Sender der Luftwaffe, dessen Mast auf einer Bergkuppe stand. Der Befehlshaber dieses Senders erkannte in mir sofort Dr. Ley. Mit entschlossenen Worten machte ich ihm klar, daß ich in dieser historischen Stunde seinen Sender benötigte, um meine Friedensproklamation zu verkünden.

Eine halbe Stunde später saß ich vor dem Mikrofon. Ich war von eiskalter Entschlossenheit, meine Hände lagen ehern auf der Tischplatte, fest klang meine Stimme, als ich meinen Friedensplan erläuterte. Danach hatten unverzüglich alle Waffen zu schweigen, alle Armeen zogen sich hinter die Grenzen ihrer Staaten zurück, alle Grenzen, die vor Kriegsbeginn bestanden hatten, wurden garantiert, alle Kriegsgefangenen sofort freigelassen. Ich erklärte der Welt, daß ich als neues deutsches Staatsoberhaupt die Einhaltung dieser Abmachungen garantierte, auch wollte ich nur so lange im Amt bleiben, bis Wahlen möglich seien, und dann einer demokratisch gewählten Regierung Platz machen.

Hinter mir stand Kuppelt, ergriffen schüttelte er mir, als ich geendet hatte, die Hand. Der Befehlshaber des Senders trat in den Raum, ich wollte ihn anweisen, nun seine Anlagen auf Empfang zu stellen und die Antwort Stalins, Trumans und Churchills entgegenzunehmen. Der Mann war bleich bis an die Lippen, als er mir meldete, meine historischen Worte wären wegen Stromausfalls nicht in den Äther gedrungen.

Alles war aus. Ich entpflichtete Kuppelt und nahm meinen Koffer, mehr brauchte ich nicht. Bergwärts stieg ich, in einem Gehölz verbrachte ich die Nacht. Im Tal rumorten Panzer. Weinte ich in dieser Nacht? Niemand wird mir verübeln wollen, wäre es so gewesen. Ich hatte hoch gesetzt, ich hatte ausgespielt.

Am Morgen züngelten Flammen auf und verzehrten die Uniform des ROL, den Koffer und alle meine Papiere. In der Kleidung eines KZ-Häftlings wankte ich meinen Befreiern entgegen.

Erfreulich kurz war mein Aufenthalt in einem Quarantänelager, schon im Juli 1945 kehrte ich nach Düsseldorf heim, erholte mich von den Strapazen und begann mit dem Neuaufbau meines Betriebes. Aber das hat mit der

Geschichte, die hier erzählt wird, schon nichts mehr zu tun. Erwähnt soll noch werden, daß Helene – sie hatte mir in den Schreckensmonaten der politischen Haft regelmäßig geschrieben und mit unverbrüchlicher Treue zu mir gehalten –, nachdem ihr Betrieb in Claußenhain enteignet worden war, mit den Kindern zu mir kam und bei mir Geborgenheit fand. Unermüdlich arbeiteten wir Seite an Seite, verständnisvoll begleitete sie mein schriftstellerisches Mühen. Inzwischen habe ich, mit Ehren überhäuft, meinen siebzigsten Geburtstag gefeiert, habe die Führung meines Betriebes in die Hände meines Sohnes gelegt und mich mit meiner Frau zur wohlverdienten Ruhe zurückgezogen. Möge Gott mir noch ein Jahrzehnt in körperlicher und geistiger Frische vergönnen!

Endlich wird es den geneigten Leser interessieren, was aus einigen Gefährten meiner turbulenten Tage geworden ist. Dr. Ley büßte, wie ich schon erwähnte, seine Verbrechen, die ich auf Grund meiner untergeordneten Stellung als nominelles Mitglied der NSDAP nicht überschauen konnte, mit dem Tode. Kümpchen wurde zunächst als «minderbelastet» eingestuft und war dann eine Zeitlang als Schulrat in einem niedersächsischen Landkreis tätig. Inzwischen ist er verschieden, eine unübersehbare Menschenmenge folgte seinem Sarg. Mein Freund aus der Prager Burg, der spätere Lagerleiter von Krempin, war nach dem Krieg maßgeblich beim Aufbau der Münchner Kriminalpolizei tätig und verzehrt heute in einem oberbayrischen Kurort seine wohlverdiente Pension. Christa lebte zunächst als Umsiedlerin in kärglichen Verhältnissen, heiratete dann einen Werbefachmann und ist glückliche Mutter von drei blühenden Töchtern. Schwager Knut, der es für angeraten hielt, für einige Zeit unter falschem Namen zu leben, fand später als Personalchef in einem badischen Großbetrieb vollauf Gelegenheit, seine Fähigkeiten in der Menschenführung zur Geltung zu bringen.

So schließe ich meine Memoiren in dem Bewußtsein, meine Leser in die Höhen und Tiefen einer bewegten Zeit geführt und ihren Horizont um ein beträchtliches erweitert zu haben. Ich bin jedem Leser zu Dank verpflichtet, der dieses Buch seinen Freunden und Bekannten wärmstens empfiehlt und bei Geburtstagen in der Familie und vor dem Weihnachtsfest bedenkt: Es gibt kein wertvolleres Geschenk für jung und alt, besonders für unsere heranwachsende Generation, als das sensationelle Enthüllungsbuch

«Die Mäuse des Dr. Ley».

Zu dieser Ausgabe

Das passiert immer wieder: Ein politisches System bricht zusammen, ein anderes etabliert sich, und schon versucht der eine und andere, alte Verflechtungen abzustreiten und abzustreifen und neue zu knüpfen. Es gehört zu den verbreiteten menschlichen Fähigkeiten, vergangene Machthaberei als geringfügig und gewesene Leiden als dominierend zu empfinden. »Ich war schon immer dagegen« wird zum Leitsatz, und flugs schlägt sich der Findige und Windige auf die Seite, die nun Vorteil und erneuerte Moral verspricht.

1933 drängten die »Märzgefallenen« so massiv in die NSDAP, daß diese zeitweilig ihre Listen sperren mußte. Dieser Massenwunsch wiederholte sich 1938 in Österreich. 1945 wollte jeder so schnell wie möglich alles Braune an sich, weniger in sich, tilgen, das Schwarz des bereuenden Katholiken war eine begehrte neue Farbe. Als die DDR in Scherben fiel, nestelte so mancher das SED-Abzeichen vom Rockaufschlag und gefiel sich über Nacht als strammer Vertreter der Marktwirtschaft. Bei den Kampfgruppen mitgeschossen? Vor Tribünen gejubelt? »Das mußten wir doch alle«, galt als Hauptargument.

Eine in der Bundesrepublik in den frühen fünfziger Jahren verbreitete Literatur alter Nazis und ihrer Feldherren brachte mich 1955 auf die Idee, diese Haltung zu glossieren. Ich erfand den sächsischen Gummiwarenfabrikanten Waldemar Naß, der überall mitgemischt und angeblich nie etwas gemerkt hatte. Ich kam nicht weit mit meinem Vorhaben, denn 1957 nahm mir die Stasi alles Schreibzeug aus der Hand, erst 1964 konnte ich weiterfabulieren. Nicht zu rasch sollte derzeit Loest nach seiner Zuchthausstrafe auf sich aufmerksam machen, nur eine Auflage pro Jahr war für ihn gestattet. So schrieb ich Krimis unter dem Pseudonym Hans Walldorf. Meine Parodie erschien unter diesem Verfassernamen und dem Titel: »Waldemar Naß: Ich war Dr. Ley«, 1966 im Eulenspiegel-Verlag zu Ostberlin. In einer verschnörkelten Nachbemerkung versuchte ich immerhin anzudeuten, wer sich hinter dem Pseudonym verbarg.

Erich Loest

NORMAN MANEA

Trennwand

Aus dem Rumänischen
von Gerhardt Csejka, Dieter Schlesak,
Paul Schuster und Ernest Wichner
160 Seiten, Taschenbuch Nr. 7
12,80 DM
Steidl Verlag · Göttingen

*

Norman Manea erlitt das Schicksal aller Juden in der Bukowina: Im Alter von fünf Jahren wurde er mit seinen Eltern in ein Lager nach Transnistrien in der Ukraine deportiert. Dieses KZ-Erlebnis ist das Trauma seines Lebens. Manea erzählt von den Überlebenden, denen die Nähe des Todes in ihrer Kindheit den Zugang zum Leben verstellt. Er schildert die Verfolgten als Erwachsene, wo sie erneut zu Opfern werden, zu Opfern des abgewirtschafteten Balkansozialismus und seiner terroristischen Machthaber. Maneas Erzählungen sind so angeordnet, daß von den Kindheitserlebnissen bis zu den Erfahrungen des Erwachsenen eine Art Lebenslauf entsteht, ein Lebenslauf, der Inneneinsichten in das frühere und jüngste Rumänien des Terrors erlaubt. Sie sind ein weltliterarisches (Über-)Lebenszeichen aus diesem Land.